1. Kapitel

Eine Detonation, weit entfernt, erschütterte die Stadt. Danach hielt die Natur den Atem an. Für Sekunden. Die erschrockene Stille endete, als das Rasseln von Panzerketten und Schüssen ertönte. Es kam näher und näher. Die Erde bebte und die Fensterscheiben klirrten. Eine Frau schrie: »Die Russen, sie sind hier.«

Anna kam in die Gegenwart zurück, ins Klassenzimmer, und bemerkte, dass sie sich die Ohren zuhielt. Verlegen faltetet sie die Hände im Schoß und blickte aus dem Fenster. Seit sie und ihre Eltern in dem Bergdorf des Schweizer Kantons Uri untergekommen waren, konnte sie sich nicht sattsehen an der fremdartigen Landschaft, den schneebedeckten Gipfeln rundum. So hoch und schroff, beängstigend und zugleich faszinierend waren diese Berge. Sie zuckte zusammen, der schrille Glockenton verkündete das Ende der Schulstunde. Lärm brach aus, als hätte jemand einen Schalter umgelegt. Die meisten Kinder sprangen auf, johlten, pufften sich, rannten hinaus, hinaus in die Frühlingssonne.

Nur Anna blieb sitzen, ihren Kopf tief über ein Blatt Papier geneigt. Sie zeichnete Berge. Berge, die aussahen wie hohe Türme, nach vorn geneigt mit spitzen Krallenfingern.

Plötzlich umkreisten die paar übrigen Kinder im Klassenzimmer Anna und spotteten: »Anna, die Berge, die sehen doch nicht so aus!«

Anna schaute auf und ihre großen dunklen Augen füllten sich

mit Tränen. »Doch, sie sehen so aus«, flüsterte sie.

Die Mitschüler lachten. »Die Anna, die Anna, die zeichnet unsere Berge, die Anna, die Anna, die zeichnet unsere Berge«, sangen sie im Chor.

Nur einer sang nicht mit, Anton. Er lehnte an der Wand, seine Hände in den Hosentaschen vergraben. Nachdem die anderen johlend und singend das Klassenzimmer verlassen hatten, ging er auf Anna zu und sah ihr über die Schulter.

»Komm.« Er nahm sie an der Hand und zog sie ans Fenster, »schau, so sehen sie aus, meine Berge. Unten im Tal sind sie grün und braun, oben auf den Spitzen liegt das ganze Jahr Schnee.«

Anna schüttelte ihren schwarzen Lockenkopf, »sie sehen aus, als ob sie böse auf mich wären.«

»Das sind sie nicht, sie beschützen dich und mich, aber pack jetzt deine Sachen zusammen, wir müssen heim, bevor es dunkel wird.«

Schweigend räumte Anna die Stifte in die Federtasche, rollte das Papier zusammen und verstaute alles in der Schultasche.

»Komm schon«, sagte Anton und hielt ihr die Tür auf.

»... hat es natürlich schwer als Flüchtling ...«, hörten sie sagen.

Zwei Lehrer im Gang unterhielten sich. »Von wo kommen denn die?«

»Aus Ungarn. Sind vor den Russen geflohen. Acht Jahre erst, und schon so viel erlebt. Schrecklich!« Der eine entdeckte Anna und nickte freundlich.

Schnell zog Anton sie an den beiden vorbei. Hand in Hand liefen sie durch die Gassen; Annas Holzschuhe klapperten auf dem Kopfsteinpflaster.

Unwillkürlich zog sie die Schultern hoch. »Bei uns in Ungarn war viel mehr Platz. Warum stehen die Häuser bei euch so dicht?«

»Es ist halt wärmer im Winter, der Wind pfeift nicht so durch.« Anton blieb stehen, und zeigte wie ein Fremdenführer um sich. »Und siehst du dort die Felsbrocken am Wegrand? Da fällt allerhand von den Bergen herunter. Und schau, die Häuser schützen mit ihrer Front die Gasse, damit keinem so einen Brocken auf den Kopf fallen kann.«

Sie gingen weiter. Die Häuserreihen blieben zurück und die Kinder traten hinaus ins Tal. Das Haus, das man Annas Familie zugeteilt hatte, lag etwas abseits auf einer Anhöhe.

Anna atmete auf. »Ich bin lieber hier draußen. Schau, wie der Bach leuchtet, ganz grün und türkis!«

»Er ist blau, der Bach. Wasser ist blau. Das weiß doch jeder. Schön ist er, aber im Frühjahr musst du aufpassen. Da wird er wild und gefährlich. Dann darfst du nicht allein über die Brücke gehen, hörst du?«

»Es ist ja schon Frühling«, sagte sie und blieb stehen, »und er ist gar nicht wild.« Als sie zufällig zum Haus hinaufblickte, sah sie, wie der Postbote auf ihre Mutter Olga einsprach. Er gestikulierte heftig, sah ärgerlich aus. »Komm, Anton, ich glaube, da stimmt etwas nicht.« Anna ließ seine Hand los und rannte voraus.

Schnaufend kam sie oben an. Ihre Mutter wollte dem Postboten ein Paket entreißen und schleuderte ihm dabei ungarische Schimpfwörter ins Gesicht.

»Leben hier und sind zu blöd, unsere Sprache zu lernen, verdammt noch einmal!«, fluchte der Bote und hielt das Paket fest. Hilfesuchend sah er sich nach den Kindern um. »Sie soll hier unterschreiben, das ist alles, was ich will, aber sie versteht ja nichts.«

Anna übersetzte, was der Bote gesagt hatte. Die Mutter nickte, nahm den Block und unterschrieb. Danach lief sie mit dem Paket hinein.

Der Junge betrachtete die Szene mit gerunzelter Stirn. Sobald der Postbote hinter der Wegbiegung verschwunden war, fragte Anton: »Sag mal, warum spricht denn deine Mutter immer noch kein Deutsch, du hast es doch auch gelernt?«

»Sie hockt den ganzen Tag allein zu Hause, von wem soll sie's denn lernen?« Annas Augen blitzten kurz auf.

»Schon gut, ich meine ja nur.«

Inzwischen war die Mutter wieder vor das Haus getreten. »Ich habe einen Szekler Kuchen gebacken und koche euch noch einen Kakao dazu«, sagte sie auf Ungarisch.

Anton hob fragend die Augenbrauen.

Anna lachte laut auf. »Das ist ein Blechkuchen mit Marmelade drauf, schmeckt herrlich, meine Mutter ist eine ganz tolle Kuchenbäckerin. Komm.«

Sie zog ihn an der Hand in die Küche. Mitten auf dem Tisch prangte der Kuchen. Wie ein leichter Schneehauch schimmerte auf der goldbraunen Oberfläche weißer Puderzucker. Anton schnupperte und zog den Marmeladenduft in die Nase. Annas Mutter stellte zwei Tassen Kakao hin, schnitt den Kuchen auf und legte jedem Kind ein großes Stück auf den Teller.

»Itt«, sagte sie.

Wieder schaute Anton fragend Anna an.

»Das ist ungarisch und heißt ›hier‹«, sie schob sich ein Stück Kuchen in den Mund. »Das haben wir nach der Schule immer gegessen, als ich noch in Ungarn gewohnt habe. Nur Kakao«, Anna seufzte, »den konnte man bei uns nicht kaufen.«

Anton biss zögerlich hinein, diese Art von Kuchen kannte er nicht. Bei ihm zu Hause gab es nach der Schule nur Brot und etwas Käse. »Schmeckt toll!« Hastig aß er seinen Teller leer und schob ihn

Annas Mutter hin, damit sie ihm ein neues Stück darauflegen konnte. Auch das zweite Stück verschwand fast so schnell wie das erste in seinem Mund.

Anna kicherte. »Du hast aber Hunger. Du hättest heute Mittag mehr Suppe essen sollen. Aber ich mochte sie auch nicht, sie war so fad. Überhaupt, hier ist das Essen schon anders. In Ungarn waren die Suppen viel, viel rassiger. Sauerkrautsuppe mit Paprika, gekochtes Fleisch, auch mit Paprika und viel Zwiebeln. Und jeden Nachmittag gab es Kuchen.« Sie strich sich genüsslich über den Bauch und hielt ihrer Mutter nochmals den Teller hin. »Bei uns gibt es auch keine so hohen Berge wie hier und es gibt Pferde, Horden von wilden Pferden. Ich liebe diese Tiere, du auch?«

Anton nickte und tupfte mit dem Finger die letzten Kuchenkrümel vom Teller. »Wir haben keinen Platz für sie, wir brauchen unsere Wiesen für die Kühe. Die geben Milch und daraus wird Butter und Käse gemacht.« Er runzelte die Stirn. »Hier ist es schön, auch ohne Pferde.«

»Aber auf den Kühen kann man nicht reiten. Anton, kannst du reiten?«

»Nein, weil wir keine Pferde haben. Wir haben aber Ziegen und Schafe.«

»Das haben wir auch.«

»Ich muss dann mal gehen.« Abrupt stand Anton auf, ging auf Annas Mutter zu, die am Herd stand, und gab ihr die Hand.

Sie lächelte. »Komm bald wieder, Anton, jederzeit, wenn du möchtest.«

Er verstand kein Wort, Anna übersetzte wieder.

»Danke.« Er nahm seinen Schultornister vom Boden, »und vergiss nicht, morgen müssen wir eine Stunde früher in der Schule sein und deinen Impfausweis musst du auch mitbringen. Der Doktor kommt in die Schule. Ich warte unten am Weg auf dich.«

Anna begleitete ihn hinaus. »Tschüss, Anton.« Sie schaute ihm nach, bis er hinter der Wegbiegung verschwunden war.

»Mama, hab ich einen Impfausweis?«, fragte sie, zurück in der Küche.

»Was ist das?«

»Da drin steht alles über mich. Wann ich krank gewesen bin und ob ich schon Impfungen bekommen habe, hat der Anton gesagt.«

»So was haben wir nicht.«

»Ich muss aber einen mitbringen«, drängelte Anna, »morgen kommt der Doktor, und alle müssen einen haben«, sie schniefte, »sonst lachen mich die Kinder wieder aus, wenn ich ohne komme.«

»Die lachen dich nicht aus, sei nicht so ein Hase. Putz dir die Nase und deck den Tisch. Bald kommt der Vater nach Hause und dann möchte er essen.« Sie ging zum Holzherd, und hob den Deckel von der Pfanne. Ein intensiver Zwiebel- und Kohlgeruch zog durch die Küche.

Anna deckte stumm den Tisch. Ihre Gedanken waren bei dem Impfausweis und dem morgigen Tag. Natürlich würden die Kinder sie wieder auslachen. So wie heute, als sie die Berge gesehen hatten, die sie gemalt hatte. Morgen, weil sie keinen Impfausweis hatte. Sie fühlte sich immer noch fremd hier.

»Fertig, Anna?« Die Mutter legte einen Laib Brot und ein Brotmesser auf den Tisch. »So, und jetzt erzähl mir, was ihr in der Schule gemacht habt.« Sie trocknete sich die Hände an der Schürze ab und setzte sich auf einen Stuhl. »Komm her, mein Mädchen, hast du auch schön gelernt?«

»Ja, und als die anderen gesungen haben, durfte ich malen. Mitsingen kann ich noch nicht, ihre Lieder, diese Worte, die verstehe ich noch nicht. Aber der Lehrer ist zufrieden mit mir, und er sagte, dass ich schon fast so gut Deutsch kann wie die anderen.«

»Hm, du bist halt meine Anna.« Mutter zog sie zu sich auf die Knie, »du bist eben mein Mädchen.« Zärtlich strich sie ihr über den schwarzen Lockenkopf.

»Mama, was ist ein Flüchtling?«

»Weil wir vor den Russen fliehen mussten, deshalb sind wir Flüchtlinge.«

»Wann gehen wir wieder nach Ungarn zurück?«

»Wir werden in der Schweiz bleiben, mit ihren Panzern haben sie alles vernichtet. Unser Haus, die Häuser von unseren Nachbarn, einfach alles. Deshalb können wir nicht mehr dorthin zurückkehren. Es ist aber nichts Schlimmes, ein Flüchtling zu sein, Anna.«

»Einer der Lehrer auf dem Korridor hat zu einem anderen gesagt, dass ich es schwer haben werde, weil ich ein Flüchtling bin.«

Die Mutter erwiderte nichts, ihre Augen wurden feucht und sie drückte Anna an sich. Sie sollte nicht merken, wie sehr auch sie sich nach Ungarn sehnte und wie einsam sie sich hier fühlte, und wie sehr sie die hohen Berge erdrückten. Andererseits war sie froh, dass sie in der Schweiz eine neue Bleibe gefunden hatten. Es war zwar nur ein kleines und etwas baufälliges Haus, doch sie hatten ein Dach über dem Kopf. Wenn sie an die Flüchtlinge dachte, die immer noch in dem Flüchtlingslager leben mussten und keine Aussicht auf eine baldige Verbesserung sahen, dagegen ging es ihnen hier in dem kleinen Dorf richtig gut. Sie seufzte, schob Anna von den Knien und stand auf.

»Komm, wir schauen, was das Essen macht.« Sie ging zum Herd und rührte das Zwiebel-Kohlgemüse um. Mit prüfendem Blick kontrollierte sie, ob Anna den Tisch auch ordentlich gedeckt hatte und alles an seinem Platz stand. Die Familie war ihr ein und alles. Kochen war ihre Leidenschaft, sie zauberte aus wenigen Zutaten die köstlichsten Gerichte. In Ungarn hatte sie einen Gemüsegarten gehabt und jeden Mittwoch das Gemüse auf dem lokalen Markt zum Verkauf angeboten. Trotz ihrer Pummeligkeit wirkte Olga sehr agil.

»Guten Abend, ihr beiden!« In der Eingangstür stand Annas Vater. Er stapfte mit schweren Schritten in die Küche, setzte sich und zog die derben Stiefel aus. »Alles gut gegangen heute, Olga?«

Die Mutter nickte und stellte einen Krug mit Tee auf den Tisch.

»Nein, ist es nicht, sie hat mit dem Postboten gestritten«, rief Anna und lachte.

»Weshalb?«

Anna setzte sich zum Vater und erzählte ihm, wie Mama an dem Paket gezerrt hatte. Ihr Lachen erlosch, denn Janosch fand das offensichtlich nicht so lustig wie sie.

»Übst du denn nicht mehr mit Mama?«

»Doch, fast jeden Tag, nur heute nicht.«

»Nun, die Mama wird das auch noch lernen, nicht wahr?«

»Vielleicht«, murmelte Olga, ging zum Herd und hob den Pfannendeckel hoch. »Wir können essen, sonst wird der Eintopf kalt.« Sie setzten sich an den Tisch und die Mutter füllte die Teller.

Stumm löffelten sie das suppige Gemüse, bis Anna die Stille unterbrach. »Ich muss morgen einen Impfausweis in die Schule mitbringen. Mama sagt, dass wir so etwas nicht haben. Ich muss aber, das hat auch der Anton gesagt.« Sie rutschte auf ihrem Stuhl hin und her.

»Anna, sitz ruhig«, sagte die Mutter. »Wie oft muss ich dir das noch sagen!«

»Weshalb brauchst du so einen Ausweis?« Vater schnitt sich bedächtig eine Scheibe Brot ab und tunkte es in das Gemüse.

»Für den Doktor, der morgen in die Schule kommt und uns untersuchen wird.«

»Wenn wir keinen haben, wird der Doktor dir eben einen ausstellen, dann hast du das nächste Mal einen Ausweis. So, und nun iss deinen Teller leer.«

Anna erwiderte nichts, sondern stocherte missmutig in ihrem Gemüse. Auch Vater konnte ihr nicht helfen, und nur, weil sie ein Flüchtling war, hatte sie keinen Impfausweis. Nachdem sie den Teller leer gegessen hatte, sprang sie vom Stuhl: »Ich geh jetzt zeichnen.«

»Keine Schulaufgaben mehr?«

»Nein, ich kann schon alles.«

Die Mutter strich ihr übers Haar. »Dann darfst du gehen.«

Als Anna die Küche verlassen hatte, blieben die beiden am Tisch sitzen und der Vater erzählte von seinem Tag. »Es ist zwar nicht leicht, bei jedem Wetter auf den Schienen zu arbeiten, doch ich bin froh, dass ich diese Arbeit gefunden habe.« Er nahm den Krug und schenkte Tee in seinen Becher ein. »Die Kollegen sind hilfsbereit, und wenn wir in der Baracke unsere Pausen machen, helfen sie mir.« Er lachte. »Heute Mittag haben sie mir wieder was beigebracht. ›Chuchichäschtli‹ hab ich sagen sollen. Und sie haben sich ausgeschüttet darüber, als ich das Wort auszusprechen versucht habe. ›Chuchichäschtli‹, das ist ein Küchenschrank, Olga, aber das musst du dir nicht merken.« Nachdenklich betrachtete er seine Frau. »Olga, weshalb gehst du nicht öfters unter die Leute? So wirst du die Sprache nie lernen. Was Anna dir beibringt, genügt nicht.« Er strich ihr leicht über die Hand. »Schau, wir sind noch jung. Wir können uns hier ein neues Leben aufbauen und Anna wird hier glücklich aufwachsen.«

»Ich habe Angst, Janosch. Ich habe Heimweh. Werde ich meine Heimat je wiedersehen? Und die Sprache, ich werde sie nie lernen. Und wohin soll ich denn gehen, zu wem? Die Frauen arbeiten auf den Feldern, in Altdorf oder in Gurtnellen. Die haben keine Zeit, mit mir zu schwatzen. Ach, Janosch ...« Olga verstummte und wischte sich die Tränen aus dem Gesicht.

»Versuch es doch wenigstens. Ich werde mich umhören, vielleicht kann dich ja jemand unterrichten, bitte, mir zuliebe.« Er küsste ihr die Tränen weg. »Ich lege mich ein wenig hin und danach schaue ich nach Anna.«

In der Schlafkammer nebenan ließ Janosch sich aufs Bett fallen, die Sprungfedern quietschten unter seinem Gewicht. Er verschränkte die Hände hinter dem Kopf. Auch er hatte Heimweh. Heimweh nach seinem Dorf. Heimweh nach seinem kleinen Bauernhof und Heimweh nach seinen Freunden, von denen er nicht wusste, wohin es sie verschlagen hatte, doch er wollte es nicht zeigen. Uns geht es doch gut hier, Anna kann unbeschwert aufwachsen. Was man verloren hat, muss man hinter sich lassen. Wenn nur Olga das auch begreifen würde.

Schwerfällig erhob er sich und ging hinauf in Annas Zimmer, das er für sie unter dem Dachboden eingerichtet hatte.

Da saß sie, den Kopf über einen Zeichenblock gebeugt. Sie hatte ihn nicht kommen hören. Stumm betrachtete er sie. Von wem hatte sie nur dieses Feuer für die Malerei?, er schlich sich von hinten an.

Erschrocken drehte sie sich um, dann lächelte sie. »Papa!« Sie streckte ihm ihren Block entgegen. »Schau mal, was ich gemalt habe.«

»Wieder Berge?«, fragte er erstaunt.

»Ja, aber diesmal nur mit Bleistift. Gefällt es dir?«

Erstaunt betrachtete Janosch die Zeichnung. Was er sah, war keine Kinderzeichnung, es war eine Bleistiftskizze mit einer Bergkette, gekonnt ausschraffiert, als hätte sie schon immer so gezeichnet.

»Das ist wunderschön, Anna, das hast du dir toll ausgedacht!«

»Nein, nein. Wenn ich mit Anton zur Schule gehe, dann sehe ich das. Schau, der Gotthard, der hier. Und dann der hier, da weiß ich nicht, wie er heißt, da muss ich morgen den Anton fragen, der kennt die Namen alle. Der da, ich glaube, das ist der Obersee. Ach, ich kann mir die Namen nicht merken.«

»Das wirst du in der Schule noch lernen, aber geh jetzt ins Bett, es ist spät.«

Anna stand gehorsam auf, versorgte den Block und ihre Bleistifte und zog sich langsam aus. Die Kleider legte sie ordentlich gefaltet auf den Stuhl neben ihrem Bett.

»Und nun noch Zähne putzen und Gesicht waschen, auch deine Finger, die sind ja ganz schwarz von den Bleistiften.«

Anna trabte brav nach unten. Der Vater betrachtete nachdenklich die säuberlich zusammengelegten Kleider. Seit ihrer Flucht tat sie das jeden Abend, so, als wollte sie ... er seufzte, setzte sich auf den Bettrand und vergrub das Gesicht in den Händen. Anna sollte hier glücklich aufwachsen und diese grässliche Flucht vergessen. Dafür würde er alles tun.

»Hier.« Anna streckte ihm ihre Hände entgegen, »sie sind sauber und meine Zähne auch.«

»Gut, dann ab ins Bett.«

»Papa, bleibst du noch? Ich habe Angst!«

»Wovor, Anna?«

»Vor den Panzern.«

Der Vater strich ihr über das Haar. »Die Panzer, die kommen

nicht hierher, aber ich bleibe bei dir.« Zufrieden schlüpfte Anna unter die Bettecke.

2. Kapitel

Anton trottete nach Hause. Der Kuchen von Annas Mutter schmeckte noch auf der Zunge nach. Seine Mutter machte nie solche feinen Kuchen, aber sie musste ja auch arbeiten, im Stall und auf dem Feld. Zum Kuchenbacken hatte sie keine Zeit.

Nachdenklich blieb er stehen und stieß mit seinem derben Schuh einen Stein den steilen Weg hinunter. Dann bückte er sich und riss ein Büschel Grashalme am Wegrand aus. Im Schneckentempo stapfte er den Weg hinunter. Er hatte so gar keine Eile nach Hause zu kommen, denn gleich musste er mithelfen, im Stall die Kühe melken, das Abendbrot zuzubereiten, die Ziegen füttern, und dazu hatte er heute überhaupt keine Lust. Die Grashalme, die er noch immer in der Hand hielt, verstreute er auf dem Weg. Er konnte sich noch gut an den Abend erinnern, als Vater plötzlich los polterte: »Jetzt wollen die in Bern bei uns auch noch Flüchtlinge unterbringen. Wir wollen die Fremden nicht hier haben, wir können keine Hungermäuler durchfüttern. Wir haben selbst nicht viel zum Leben. In dem Holzhaus oben am Berg sollen sie wohnen.«

Anton hatte aufmerksam zugehört. Weshalb Flüchtlinge durchgefüttert werden sollten, das hatte er nicht verstanden. »Haben die auch Kinder?«

»Flüchtlinge haben immer Kinder, jede Menge«, hatte der Vater erwidert. Das freute Anton. Dann hätte er endlich Spielkameraden und wäre nicht mehr so allein.

Als die Flüchtlinge dann eingezogen waren, sah Anton nicht viele Kinder, so wie sein Vater gesagt hatte, sondern nur ein Mädchen. Ein Mädchen mit schwarzem Lockenkopf und schwarzen Augen. Sie sah immer ein bisschen verloren aus.

»Anton, Anton, wo bleibst du denn?« Die Mutter winkte aufgeregt. »Die Kühe habe ich schon gemolken, Vater geht es nicht gut, er musste sich hinlegen.«

Anton beschleunigte Tempo. »Ich war bei Anna, es gab Kuchen«, sagte er pampig. »Ich habe sie nach Hause begleitet, ich habe ja nicht gewusst, dass Vater wieder Schmerzen hat.«

»Ich muss die Milchkannen zur Käserei bringen, du bereitest inzwischen das Abendbrot zu, damit wir essen können, wenn ich zurück bin. Immer trödelst du so lange umher, du weißt doch, dass du nach der Schule sofort nach Hause kommen sollst.« Sie setzte sich auf den Traktor, ließ den Motor an und fuhr den holperigen Weg hinauf in Richtung Dorf. Anton ging ins Haus und deckte in der Küche den Tisch. Weshalb durfte er nicht ein einziges Mal etwas später nach Hause kommen? Weshalb musste er immer zur Stelle sein?

Am nächsten Morgen wartete Anton wie gewohnt an der Weggabelung auf Anna. »Hast du den Impfausweis?«, fragte er.

»Nein, ich habe keinen, weil ich ein Flüchtling bin.« Anna zuckte mit den Achseln. »Nun werden mich die anderen Kinder wieder auslachen.« Sie blickte Anton aus traurigen Augen an.

»Das werden sie nicht, dafür werde ich sorgen. Jeder, der dich auslacht, den werde ich verprügeln!« Zur Unterstreichung hob er seine Faust.

»Kannst du das?« Anna schaute ihn bewundernd an.

»Aber sicher kann ich das, ich bin stark«, erwiderte er. »Komm jetzt, wir müssen uns beeilen, wir sind eh schon spät.« Er rannte den steinigen Weg hinunter.

»Anton, ich kann nicht so schnell, meine Schuhe«, jammerte Anna.

»Zieh sie aus und gib mir deine Hand.«

Anna zog ihre Holzschuhe aus und klemmte sie unter den Arm. Die Schule in Gurtnellen war eine gute Fußstunde von Intschi entfernt. Gerade noch rechtzeitig erreichten sie das Klassenzimmer, bevor der Lehrer mit dem Doktor hereinkam.

Die Kinder erhoben sich und begrüßten die beiden mit »Ä guatä Dag, Herr Lehrer.« Der Lehrer gab eine kurze Anweisung: »Jedes Kind, das ich aufrufe, geht ins Lehrerzimmer. Dort werdet ihr untersucht. Habt ihr euren Impfausweis dabei?«

»Ja«, tönte es wie aus einem Mund.

Nur Anna blieb stumm und schaute verängstigt in die Runde.

»Was ist mit dir, Anna?«

Sie schüttelte den Kopf und flüsterte: »Wir haben keinen solchen Ausweis.«

»Weil sie ein Flüchtling ist«, sagte ein Mädchen, das in der Bank vor Anna saß, und kicherte.

»Maria, du hältst deinen vorwitzigen Mund. Wenn Anna keinen Ausweis hat, dann bekommt sie heute einen. So, und jetzt schreiben wir einen Aufsatz. Nehmt eure Tafel hervor, damit wir anfangen können.« Ein Rascheln und Rutschen begann, ein leises Flüstern, während der Lehrer den ersten Satz an die Wandtafel schrieb.

Als Anna nach der Untersuchung wieder ins Klassenzimmer zurückkam, hielt sie freudestrahlend ihren Impfausweis in der Hand.

3. Kapitel

Es war ein langer Winter gewesen. Der Schnee lag meterhoch und das Dorf war wochenlang von der Umwelt abgeschnitten. Nun aber kündigte sich zaghaft der Frühling an. Die Leute im Dorf atmeten auf.

»Einen so langen und harten Winter hatten wir schon seit Ewigkeiten nicht mehr«, sagten sie.

Olga war froh darüber, dass Anna wieder regelmäßig die Schule besuchen konnte. Wegen den Schneeverwehungen war auch der Schulbus, der im Winter die Kinder von den entlegenen Höfen eingesammelt hatte, nicht mehr nach Gurtnellen gefahren.

Anton brachte Anna während dieser Zeit den Urner Dialekt bei. Er besuchte sie jeden Nachmittag. »Du sprichst ja bald so wie ich«, bemerkte er einmal lachend, als sie ihn im perfekten Dialekt begrüßte.

Die Mutter profitierte ebenfalls von den nachmittäglichen Unterrichtsstunden. Meistens saß sie still neben den beiden, strickte oder nähte. Nach diesem Winter konnte auch sie einige Worte in einem holperigen Deutsch sprechen. Waren sie aber unter sich, sprach sie nur Ungarisch. Damit wollte sie verhindern, dass Anna ihre ursprüngliche Herkunft vergaß. In Olga glimmte immer noch die Hoffnung, irgendwann nach Ungarn zurückzukehren. So erzählte sie ihrer Tochter immer wieder mal von ihrer Heimat. Und Anna erinnerte sich noch gut an Hakar, dem kleinen Dorf nahe der österreichischen Grenze. Wo die Hühner frei umherliefen. Wo im

Sommer die Luft vor Hitze flirrte und die alten Frauen und Männer am Abend auf den Bänken vor ihren Häusern saßen und ein Schwätzchen hielten. Wo die Kirchenbänke am Sonntagmorgen alle besetzt waren und der Organist, der Lehrer vom Dorf, auf der verstimmten Orgel die Kantaten von Johann Sebastian Bach spielte.

Dann kam die Nacht, in der die Eltern mit Anna heimlich das Dorf verließen, nur mit zwei Koffern und Papas Rucksack. Anna hatte außer ihrem Teddy nichts mitnehmen können. Manchmal, wenn sie allein war, sah sie die Bilder von ihrer Heimat vor sich.

Hier in Intschi war alles anders. Die Leute saßen am Abend nicht vor ihren Häusern. Alles war sauber und aufgeräumt. Die Hühner hatten einen Stall und auch die Orgel in der Kirche war nicht verstimmt.

Eines Tages, Anna und Anton erreichten kurz vor dem Glockenschlag, der die Schulstunde einläutete, den Schulhof, fing der Lehrer die beiden an der Tür ab und bat Anna ins Lehrerzimmer. Mit ängstlichen Augen schaute sie ihn an und durch ihren Kopf wirbelten die Gedanken. Hatte sie etwas falsch gemacht? Schüchtern nahm sie auf dem Stuhl Platz, den ihr der Lehrer hingeschoben hatte. Was wollte er, er schien so feierlich, also konnte es nichts Schlimmes sein.

»Anna«, begann er, »ich habe mir deine Zeichnungen mal genau angeschaut und auch einem Freund von mir gezeigt, einem pensionierten Lehrer und Kunstmaler.« Feierlich faltete er seine Hände.

»Ja?«, fragte Anna erstaunt und rutschte auf ihrem Stuhl hin und her.

»Mein Freund ist der Ansicht, dass du ein beachtliches Talent hast.« Er zog eine Zeichnung von Annas Bergbilder aus dem Stapel auf dem Tisch hervor. »Hier, das da, das gefällt ihm besonders gut.

Er möchte dir gerne Unterricht geben. Du würdest viel über das Farbmischen lernen und auch, auf was du bei Licht und Schatten achten solltest. Du könntest zweimal in der Woche nach Altdorf fahren.«

»Malunterricht, ich?«

»Ja.« Er lächelte. »Ich werde morgen oder übermorgen bei dienen Eltern vorbeischauen, um das alles zu besprechen.« Er erhob sich. »Jetzt aber ab ins Klassenzimmer, jetzt wird gelernt.«

Annas Herz klopfte wie verrückt. Ein richtiger Kunstmaler wollte ihr Malunterricht geben! Ob die Eltern das erlaubten?

Sie konnte sich nicht auf die Schulstunde konzentrieren. Stattdessen zeichnete sie kleine schwarze Männlein in ihr Heft. Wie würde das sein? Farben mischen und auf eine richtige Leinwand malen, mit Pinsel und richtigen Farben! Er würde ihr zeigen, wie man Menschen malt, er würde mit ihr in die Natur gehen und gemeinsam würden sie die Berge malen. Vielleicht schauten die dann nicht mehr so grimmig auf sie hinunter.

»Anna, kommst du bitte an die Tafel, um mit dem nächsten Satz fortzufahren!«

Sie erhob sich mit hochrotem Kopf. Sie hatte keine Ahnung, was es mit dem nächsten Satz auf sich hatte. Ein Kichern ging durch die Klasse, als sie hilflos vor der Tafel stand.

»Du sollst den Satz von Anneliese ergänzen. Also los, fertig mit den Träumereien, sonst bekommst du einen Abzug in deiner Note.« Der Ton des Lehrers war streng, aber seine Augen blickten freundlich.

Endlich, die Schulglocke ertönte, die Stunde war zu Ende. Anna atmete erleichtert auf und packte eilig ihre Hefte in den Rucksack. Auf dem Nachhauseweg erzählte sie Anton von ihrem Glück.

»Du und dein Malfimmel, spiel doch lieber mit Puppen so wie andere Mädchen«, brummte er nur. Damit war die Angelegenheit für ihn abgetan.

Anna schaute ihn mit wütenden Augen an und den Rest des Heimweges stapfte sie stumm neben ihm her.

Zu Hause erzählte sie, immer noch aufgeregt, von ihrem Glück.

»Du wirst einmal heiraten, Anna, und Kinder haben. Dazu muss man nicht malen können, sondern Dinge wie Nähen, Kochen und Stricken«, sagte die Mutter mit strenger Stimme.

»Der Lehrer wird nächste Woche zu uns kommen und alles mit dir und Vater besprechen. Zweimal darf ich an meinen freien Nachmittagen nach Altdorf fahren. Ach Mama, bitte, ich kann ja trotzdem alles andere lernen.«

»Nach Altdorf, allein? Kommt nicht in Frage, das ist viel zu gefährlich, dazu gebe ich nie mein Einverständnis. Und was ist das für ein Mann, den möchte ich vorher gerne noch kennenlernen!«

Anna senkte trotzig den Kopf. »Der ist schon in Ordnung, sonst hätte ihn der Lehrer ja gar nicht empfohlen, und allein nach Altdorf fahren, mit dem Bus, ich bin doch kein kleines Kind mehr.«

»Ich werde das mit Vater besprechen. Jetzt geh in dein Zimmer und mach deine Schulaufgaben.« Die Stimme von Mutter war um eine Oktave höher geworden.

Das hieß für Anna unbedingter Gehorsam. Wütend stapfte sie aus der Küche und ging in ihr Zimmer. Die Tür flog mit einem Knall ins Schloss. Immer noch wütend pfefferte sie ihren Rucksack aufs Bett und setzte sich mit verschränkten Armen auf den Stuhl. Sie würde heute keine Aufgaben machen, sie konnte eh schon alles. Doch nach einigem Nachdenken nahm sie ihr Heft heraus. Ihr Lehrer wäre enttäuscht, wenn sie ihre Arbeit morgen nicht abliefern würde. Er hatte ihr ja die Möglichkeit verschafft, bei einem richtigen Kunstmaler malen zu lernen. Den Kopf über das Heft gebeugt schrieb sie mit ihrer gestochenen Schrift den Aufsatz zu Ende. Er handelte von einem jungen Burschen, der den Sommer allein auf einer Bergwiese die Ziegen hütete und der sich vor der Nacht fürchtete. So wie ich, dachte sie, und holte ihren Malblock hervor, zeichnete die Ziegen, den Hirten und im Hintergrund hohe Berge, die auf die Herde hinabschauten.

»Vielleicht schützen die Berge doch vor den bösen Mächten. Mag sein, dass Anton recht hat«, murmelte sie, als sie die Zeichnung auf die Seite legte.

Das Abendessen verlief stumm. Anna beugte den Kopf über ihren Teller und löffelte die Suppe in sich hinein. Auch die Mutter sprach kein Wort. Nur der Vater erzählte von seinem Tag, so wie er das jeden Abend tat. Er schien nicht zu bemerken, dass seine beiden Frauen heute sehr schweigsam waren. Als Anna fertig gegessen hatte, bat sie, in ihr Zimmer gehen zu dürfen.

Mutter nickte und Vater brummelte, »ja, geh nur.« Er wartete, bis Anna aus der Tür war. »Was ist los, Olga?«

Sie brach ein Stück von dem Brotkanten ab, der vor ihr auf dem Tisch lag, »Anna soll in Altdorf Malunterricht bei einem Kunstmaler erhalten.«

»Malunterricht?« Janosch hob fragend die Augenbrauen. »Weshalb denn, wer hat das gesagt?«

»Der Lehrer von Anna, der meint, sie habe ein außergewöhnliches Talent dazu.«

»Hm, hat sie ja vielleicht auch. Wenn ich so sehe, was sie alles malt.«

»Aber wir kennen diesen Mann nicht und allein nach Altdorf, ich weiß nicht.«

»Nun, wir könnten ihn ja kennenlernen. Anna ist kein kleines Kind mehr. Sie kann durchaus allein nach Altdorf fahren.«

»Für was soll das gut sein? Sie soll einmal heiraten und Kinder bekommen, dazu braucht sie nicht malen zu können, das sind Flausen.«

»Da hast du nicht unrecht, obwohl ... Flausen würde ich es nicht nennen. Ich glaube, sie arbeitet mit ihrer Malerei einiges auf. Unsere Flucht, ihre Heimat, die sie noch nicht vergessen hat. Sicher, hier hat sie Anton, der ein guter Schulkamerad, fast schon ein Freund für sie ist. Aber sonst? Keine Freundinnen, so wie es junge Mädchen in ihrem Alter haben. Ich glaube, sie ist sehr allein. Deshalb sollten wir abwarten, was der Lehrer uns zu sagen hat. Wann kommt er?«

»Nächste Woche am Abend hat Anna gesagt.«

Janosch lächelte in sich hinein. Natürlich kommt er am Abend, denn meine Olga versteht ja immer noch nicht alles. »Gut, Olga, dann warten wir mal auf seinen Besuch. Ich gehe jetzt zu Anna hinauf, um zu sehen, was sie treibt.« Er ging auf sie zu und strich ihr zärtlich über das Haar, ehe er den Raum verließ.

Olga schaute ihm dankbar nach. Sie liebte ihn wie am ersten Tag. Sie sah ihn immer noch vor sich, wie er mit einem Blumenstrauß in der Hand unbeholfen vor ihr stand und ihr erklärte, dass sie, und nur sie, seine Frau werden könne. Als das zweite Kind, es wäre ein Bub gewesen, tot geboren wurde, und sie danach nicht mehr leben wollte, da war er es gewesen, der ihr Mut gemacht hatte, nicht aufzugeben.

Leise öffnete Janosch die Tür zu Annas Zimmer. Sie lag angezogen auf ihrem Bett und schlief. Er deckte sie sachte zu und verließ auf den Zehenspitzen das Zimmer.

Olga war eben fertig geworden mit dem Geschirr und saß neben dem bullernden Ofen, denn abends war es trotz Frühling immer noch kühl. Sie hatte ihr Strickzeug hervorgeholt, es sollte ein Frühlingspullover für Anna werden. Eifrig ließ sie die Nadeln durch die Maschen gleiten. Janosch betrachtete sie nachdenklich. Würde auch sie sich irgendwann einmal hier eingewöhnen und heimisch fühlen? Er hatte das leise Gefühl, dass das noch sehr, sehr lange dauern könnte.

In der Woche darauf besuchte der Lehrer Knauer die Familie. Schwer atmend stieg er den steilen Weg empor. Immer wieder unterbrach er die Schritte und stützte sich dabei auf seinen Spazierstock. Die grauen Haare standen ihm wirr vom Kopf ab.

Er liebte seine Schüler. Die Anna, die war sein Sorgenkind. Er fühlte, dass das Mädchen ihre Flucht aus Ungarn noch nicht verarbeitet hatte. Sie war eine fleißige und aufmerksame Schülerin, aber manchmal da trafen ihn ihre traurigen dunklen Augen bis ins Herz. Er wollte alles unternehmen, dass aus Anna einmal eine junge und lebenslustige Frau werden würde. Mit einem Taschentuch wischte er sich den Schweiß von der Stirn.

Vater Janosch trat heraus und begrüßte ihn mit Handschlag. »Kommen Sie bitte herein, Herr Lehrer.«

Neugierig sah er sich um. Die Küche war sauber und aufgeräumt. Zwar waren die Wände durch die Holzfeuerung leicht angeschwärzt und die Einrichtung eher ärmlich, doch er fühlte sich sofort wohl. Er begrüßte Annas Mutter mit einer kleinen Verbeugung.

»Die Anna ist nicht hier«, bemerkte der Vater, »sie ist bei Anton, der will ihr beibringen, wie man Ziegen melkt.«

»Das ist gut, so können wir ungestört reden«, Knauer ließ sich auf den Stuhl fallen, den ihm Vater Janosch hingeschoben hatte.

»Möchten Sie eine Tasse Kaffee oder lieber einen Tee?«

»Kaffee ist gut. Sie wohnen aber auch abgelegen und der steile Weg.« Er atmete immer noch schwer.

»Schon, doch wir sind froh, dass wir das hier bekommen haben.«

Olga stellte einen Kessel mit Wasser auf den Herd, nahm die Kaffeedose und die Filtertüte aus dem Schrank. Der Kaffee tropfte langsam in die Kanne und durchzog die Küche mit seinem Duft.

»Bitte.« Sie stellte drei Becher auf den Tisch. »Ach herrje, ich habe ja noch Kuchen«, sie sprang auf, brachte den Teller zum Tisch. »Extra für Sie gebacken, Herr Lehrer.«

»Das ist lieb.« Knauer nahm ein Stück. »Schmeckt herrlich.« Er wischte sich mit der Hand die Krümel vom Mund und fuhr fort: »Ich würde gerne mit Ihnen über Annas Malunterricht sprechen, davon hat sie sicher auch schon erzählt.«

Die beiden nickten.

»In eurer Anna schlummert ein außerordentliches Talent. Sie zeichnet zwar meistens Berge, dennoch bin ich immer wieder über die Vielfältigkeit erstaunt, wenn ich ihre Bilder anschaue.« Er trank von seinem Kaffee und schob ein weiteres Stück Kuchen in den Mund. »Köstlich, Ihr Kuchen!« Olga errötete vor Freude. »Ich habe die Bilder einem Freund gezeigt« fuhr Knauer fort, »einem pensionierten Lehrer und Kunstmaler. Auch der war erstaunt über die Ausdruckskraft. Er würde das Mädchen gerne unterrichten, ihr die Farbmischungen beibringen, ebenso die Licht- und Schattenverhältnisse, einfach alles, was zur Malkunst gehört.« Erneut wischte er sich die Kuchenkrümel von den Lippen. »Anna könnte zweimal in der Woche nach Altdorf fahren, um bei ihm zu lernen.« Bittend sah er die beiden an.

Vater Janosch nahm jetzt auch einen Schluck Kaffee. »Hm, was würde das denn kosten? Wir haben nicht so viel Geld, wir müssen ziemlich rechnen, um über die Runden zu kommen.«

»Es kostet Sie nichts. Mein Freund tut das, weil er von Annas Talent überzeugt ist.«

Nun mischte sich Olga ins Gespräch ein. »Ich kenne ja Ihren Freund nicht. Zweimal in der Woche, allein nach Altdorf? Sie hat für die Schule zu lernen, das hat erste Priorität, oder sehe ich das falsch? Malen, das kann sie auch ohne Unterricht, das tut sie eh schon die ganze Zeit«, sagte sie in holprigem Deutsch.

Der Lehrer strich sich mit der Hand nachdenklich über das Kinn. »Das sehen Sie schon richtig. Dennoch, Anna ist kein kleines Mädchen. Doch vielleicht haben Sie recht, zweimal ist etwas viel für sie, wir könnten das auf einmal reduzieren, sagen wir mal, am Samstagnachmittag. Damit wäre das Problem mit dem Lernen behoben. Aber, das möchte ich noch erwähnen, Anna ist eine sehr gute Schülerin. Sie begreift schnell, ist aufgeweckt, sie hat überhaupt keine Probleme mit dem Schulstoff. Von daher gesehen ...«

»Die Anna wird einmal heiraten und Kinder haben, dazu braucht sie keinen Malunterricht. Malen ist etwas für Reiche.«

»Dürfen wir das uns nochmals überlegen?« Vater Janosch stand auf und wanderte in der Küche umher. »Wir möchten einfach nicht, dass Anna im Dorf als etwas ›Besseres‹ angesehen wird, nur weil sie Malunterricht bekommt. Sie soll gleich sein wie die anderen Kinder. Können Sie das verstehen?«

»Ganz sicher, nur ... Sie sollten der Anna eine mögliche Zukunft nicht verbauen, das wäre sehr schade. Ich werde mit meinem Freund wegen des Samstagnachmittags sprechen und Sie überlegen es nochmals. Falls Sie möchten, Sie können meinen Freund auch gerne besuchen.«

»Wir werden uns darüber unterhalten, nicht wahr, Olga, und

Ihnen Bescheid geben. Aber bitte verstehen auch Sie unsere Bedenken.«

Der Lehrer war nun auch aufgestanden. »Sicher verstehe ich. Sie melden sich dann bei mir, wie Sie sich entschieden haben«, wandte er sich an Janosch.

Die beiden begleiteten ihn zur Tür hinaus und sahen ihm nach, bis er hinter der Wegbiegung verschwunden war.

»Und jetzt?« Janosch ließ sich auf den Stuhl fallen.

»Ich glaube, dass er es ernst meint, aber ich weiß nicht. Ist sie wirklich so gut im Malen?«

»Schon, die letzten Bilder, die ich mir mal genauer angeschaut haben, sind keine Kinderzeichnungen, da liegt mehr drin. Aber ich kann nicht sagen, weshalb, ich kenn mich damit nicht aus.«

»Sollen wir es mal versuchen, probehalber mit der Auflage, dass die Schule nicht darunter leiden darf? Wir werden dann bald merken, wie es läuft.«

»Das können wir.« Er nickte. »Wann kommt Anna nach Hause?«

»Sie sollte zum Abendessen hier sein, hat sie versprochen. Ich setze jetzt die Kartoffeln auf.«

Eine Stunde später stand Anna mit glühenden Wangen und zerzausten Haaren in der Küche und erzählte freudestrahlend, dass sie gemolken und den Stall ausgemistet hatte. Die Mutter hörte ihr mit erleichtertem Herzen zu. Sie hat doch nicht nur ihre Malerei im Kopf, dachte sie. Es wird schon alles richtig werden mit ihr. Liebevoll strich sie ihr über die Haare.

Beim Abendessen sprudelte es nur so aus Annas Mund. Sie schilderte haargenau, wie sie die Ziegen gemolken hatte, und die eine sie immer wieder mit dem Kopf angestupst hatte. Dass sie nun immer nach der Schule im Stall mithelfen würde, Antons Mutter hätte es erlaubt. Und im Sommer würde sie mit den Kühen auf die Alpwiese gehen. Vor Aufregung vergaß sie zu Essen.

»Anna?« Der Vater legte Messer und Gabel zur Seite. »Dein Lehrer war heute hier und hat mit uns über den Malunterricht gesprochen, den du bei einem Kunstmaler in Altdorf bekommen sollst.«

»Und?« Auch Anna legte ihr Besteck auf den Teller, »darf ich?«

»Wir probieren es«, sagte die Mutter, »aber unter einer Bedingung, deine Schulleistungen lassen nicht nach. Sonst wird das Ganze sofort gestoppt, hast du verstanden?«

Über Annas Gesicht flog ein Strahlen, sie sprang auf, umarmte zuerst die Mutter und dann den Vater.

»Oh vielen, vielen Dank. Ich darf malen, ich darf malen, ich darf malen!« Sie hüpfte um den Tisch und klatschte in die Hände.

»Nun setz dich wieder hin«, befahl Vater. »Deine Mutter hat gesagt, dass du die Schularbeiten dabei nicht vernachlässigen darfst, und es wird nur einmal in der Woche sein, am Samstagnachmittag. Aber ich denke, auch da kannst du viel lernen, bei diesem Herrn, wie ist eigentlich sein Name?«

»Ich glaube, er heißt Steiner oder so was. Darf ich jetzt nach oben gehen oder muss ich hier noch helfen?«

»Geh ruhig«, sagte die Mutter, »aber bleib nicht zu lange auf und schau noch etwas in deine Schulhefte.«

»Mach ich.« Wie ein Wiesel verschwand Anna aus der Küche.

»Jetzt wird sie langsam flügge, unsere Tochter.« Janosch nahm seine Frau in den Arm, »aber ich bin sicher, dass sie den rechten Weg gehen wird.«

4. Kapitel

Mit den Ermahnungen der Mutter machte sich Anna auf den Weg zur Bushaltestelle. Ihre erste Malstunde in Altdorf. In ihrem Rucksack lagen sorgfältig verpackt die Bilder.

Als sie gestern Anton von ihrem Glück erzählte, hatte er wie schon oft schnippisch gefragt: »Was willst du denn überhaupt dort, weitere Bildchen malen?« Breitbeinig war er vor ihr gestanden, seine Hände in den Hosentaschen vergraben.

Sie hatte darauf ebenso schnippisch geantwortet: »Das verstehst du nicht, weil du auf einem Bauernhof wohnst!« Sie hatte sich umgedreht und war mit hoch erhobenem Kopf davon marschiert.

Der Bus wartete bereits an der Haltestelle, Anna stieg ein. Eine ältere Frau, dick eingepackt in eine Winterjacke und mit einer Strickmütze auf dem Kopf, war der einzige Fahrgast außer ihr. Mit verlorenem Blick starrte sie nach draußen. Ein Augenlid hing nach unten, in den Mundwinkeln hatten sich Speichelfäden angesammelt. Anna setzte sich auf die Bank in der Nähe des Fahrers. »Da bist du besser aufgehoben«, hatte Mutter ihr eingeschärft, »im Fall, dass ungehobelte Kerle im Bus sind.« Anna hatte nur gelächelt.

Im letzten Moment, der Fahrer war im Begriff wegzufahren, kam der Pfarrer heftig winkend um die Ecke gerannt. Sein Rock wehte ihm um die Beine. Fast wäre er dabei gestürzt. Keuchend ließ er sich auf den Sitz neben Anna fallen und wischte sich mit dem Taschentuch den Schweiß von der Stirn.

Mit einem schwungvollen Bogen lenkte der Busfahrer das Fahrzeug auf die Hauptstraße in Richtung Altdorf. Anna schaute staunend aus dem Fenster. Das erste Mal, dass sie alleine unterwegs war. Sie fühlte sich großartig, erwachsen!

Der Bus nahm Kurve um Kurve, und je weiter er ins untere Tal kam, desto breiter wurde es. Zwar waren da immer noch Berge, aber sie wirkten nicht mehr so erdrückend.

Anna atmete tief ein und betrachtete die Leute, die an den Haltestellen zustiegen. Arbeiter auf dem Weg nach Hause. Bäuerinnen, die Körbe mit Kartoffeln, Karotten und Kohl auf den Knien hielten. Ein paar junge Burschen, ausgehfein zurechtgemacht, froh gelaunt und voller Vorfreude auf einen fröhlichen Nachmittag in der Hauptstadt des Kantons.

»Wo willst du denn hin, Anna?« Der Pfarrer schreckte sie aus ihren Gedanken auf.

»Nach Altdorf, Herr Pfarrer.«

»So allein?«

Anna nickte. »Ich darf zum Malunterricht fahren«, erwiderte sie glücklich.

»Zu wem denn?«

»Herr Steiner, so heißt er.«

»Hm, ja den kenne ich noch, er hat mal in Gurtnellen Unterricht gegeben, er malt ganz wunderschöne Bilder und verkauft sie bis nach Luzern hinunter. Da kannst du stolz darauf sein, dass du bei ihm lernen darfst. Weißt du denn, wo er wohnt?«

»Ja, hier ist seine Adresse.« Sie zog ein Blatt Papier aus der Jackentasche.

»Das ist aber nicht direkt in der Stadt, das Haus liegt etwas außerhalb. Da musst du noch ein schönes Stück zu Fuß gehen.«

»Das macht nichts, ich werde das schon finden.«

»Bist du sicher? Soll ich dich dorthin begleiten?«

»Nein, nein.« Anna schüttelte energisch den Kopf.

»Wir sind da.« Der Pfarrer stand auf, nachdem der Bus mit quietschenden Bremsen auf den breiten Parkplatz vor dem Bahnhof gehalten hatte.

Anna nahm ihren Rucksack, stieg aus und blieb etwas verloren auf dem Gehsteig stehen.

»Komm, ich begleite dich, sonst verirrst du dich noch und kommst zu spät zum Unterricht.« Ohne Annas Antwort abzuwarten, nahm der Pfarrer sie an der Hand und ging mit ihr über die Straße. Eine Weile liefen sie schweigend nebeneinander her. An einer Straßenkreuzung blieb er stehen. »Du gehst jetzt diese Straße entlang, immer geradeaus, bis zum letzten Haus, dort wohnt Herr Steiner. Grüß ihn von mir, ja?«

»Vielen Dank, Herr Pfarrer.« Leichtfüßig hüpfte sie davon.

Das Haus, in dem der Maler wohnte, lag leicht abseits der Straße und etwas erhöht. Unsicher blieb sie vor dem Gartentor stehen, bevor sie es zaghaft öffnete. Der sanft geschwungene Weg gab den Blick auf ein Holzhaus frei, mit Fenstern, die bis auf den Boden reichten. An der rechten Seite des Hauses war ein Schuppen angebaut. Es war aber kein Schuppen, so wie Anna es kannte, denn auch hier war ein riesengroßes Fenster eingebaut.

Als sie bei der Tür angekommen war, sah sie eine Kuhglocke, die auf einem rechteckigen grauen Stein stand. »Bitte läuten« war mit bunten Farben darauf gemalt. Sie betätigte die Kuhglocke, die einen durchdringend hellen Ton von sich gab. Erschrocken sprang sie einen Schritt zurück. Die Tür öffnete sich und heraus trat ein älterer Mann. Er war hochgewachsen und seine Haare waren mit Silberfäden durchzogen. Blaue Augen musterten sie prüfend, ehe er sagte: »Du musst die Anna sein? Komm herein, ich habe dich erwartet. Ich heiße Franz Steiner, für dich bin ich der Franz.« Er streckte ihr seine Hand entgegen, auf der noch Farbreste zu sehen waren.

Schüchtern trat sie ein. Das Zimmer war hell durchflutet und vollgestopft mit Büchern und Bildern, die auf dem Boden an den Wänden lehnten. Mit Zeitungen, die aufgestapelt neben dem Holzofen lagen. Ein kleiner Tisch mit zwei Stühlen standen in der Mitte.

»Leg deinen Rucksack dorthin.« Steiner zeigte auf einen hölzernen Sessel, der wie ein Kirchenstuhl aussah. »Ich zeige dir jetzt das Atelier und dann möchte ich gerne deine Bilder sehen. Du hast sie doch dabei?«

Anna nickte und folgte ihm nach draußen. Steiner ging in den Schuppen und öffnete die Tür. »So, hier werden wir in Zukunft zusammen arbeiten, tritt ein.«

Auch dieser Raum war lichtdurchflutet und ein intensiver Terpentingeruch stieg ihr in die Nase. An der Wand gegenüber dem Fenster gab es mehrere Staffeleien mit Bildern. Manche schon fertig, andere erst mit ein paar Strichen vorgezeichnet. Auf einem überdimensionalen Tisch, in der Mitte des Ateliers, lagen Pinsel in allen Größen, Farbtuben, Töpfe, Tücher, Bleistifte und Farbkreiden kreuz und quer. Auf einer alten Anrichte stapelten sich schon bespannte Leinwände und auf dem Boden lagen, wie im Wohnzimmer, Berge von Zeitungen und Magazinen. Staunend und ehrfürchtig schaute sie das bunte Durcheinander an.

»Nun möchte ich mir gerne deine Bilder anschauen.«

Erschrocken drehte sie sich um. Sie hatte Franz komplett vergessen. »Die sind noch im Rucksack.«

»Dann gehen wir sie holen.«

Annas Schüchternheit war verflogen. Hier durfte sie nun malen. Ihr Herz hüpfte vor Freude. Sie packte ihre Bilder aus und hielt sie

Franz hin. Der nahm jedes Einzelne in die Hand und studierte es lange, ohne ein Wort zu sagen.

Anna beobachtete ihn ängstlich. Zweifel stiegen in ihr hoch. Sind sie vielleicht doch nicht so gut, dass es sich lohnt, ihr Unterricht zu geben? Nach einer Weile legte Franz Steiner die Bilder auf den Tisch und schaute Anna lange an.

»Sag mal, weshalb sind deine Berge so düster?«

»Ich sehe sie so.«

»Hm.« Er lehnte sich nach vorn, »komisch, ich sehe sie manchmal auch so, aber in meinen Bergbildern gibt es Licht und Schatten. Hast du schon einmal gesehen, dass, wenn die Sonne untergeht, der untere Teil der Berge zwar schon im Schatten liegt, die Spitzen oben aber noch im Licht der untergehenden Sonne sind?«

Anna zupfte verlegen an ihrem Ohr. »Ja schon, aber das mit dem Licht ...«, abrupt brach sie ab.

»Das macht gar nichts Anna, du bist ja hier, um zu lernen. Ich wollte nur wissen, ob du es siehst, das Licht.« Er legte die Bilder auf den Tisch, »wir gehen jetzt in das Atelier zurück und dann zeige ich dir, wie das geht. Und du sollst ja nicht nur Berge malen. Es gibt Blumenwiesen, Wege, auf denen Menschen spazieren, Häuser. Es gibt auch Schalen mit Früchten, es gibt so viele Dinge, die man malen kann, komm gehen wir.« Er stand auf und stapfte zurück ins Atelier. Anna folgte ihm gehorsam. Jetzt hatte sie keine Angst mehr, sie setzte volles Vertrauen in Franz Steiners Wissen.

»Zuerst einmal möchte ich dir zeigen, wie man Farben mischt«, sagte er, wieder im Atelier. »Hast du schon eine Ahnung davon?«

Anna schüttelte den Kopf. »Ich habe einfach die Farben gemischt, so wie es gerade gekommen ist. Manchmal hat es gestimmt, meistens aber nicht.«

»Ei-Tempera?«

»Ja. Ölfarben sind zu teuer, dafür haben wir kein Geld.«

»Nun gut, Ei-Tempera können auch gemischt werden, aber du bekommst nie dasselbe Resultat wie mit Öl.« Er nahm einen Bogen Papier von einem Stapel und legte ihn auf den Tisch. »So, und hier sind die Farben. Gelb, das Rot und das Blau sind die Grundfarben. Man nennt sie auch Primärfarben. Alle anderen Farben lassen sich mit ihnen mischen. »Zum Beispiel«, er nahm eine Tube und drückte etwas Gelb auf eine Farbpalette, »und jetzt kommt Rot dazu«, er mischte die beiden Farben mit einer kleinen Spachtel. »Siehst du, nun hast du ein wunderschönes Orange.«

Anna sah ihm andächtig zu, sie vergaß dabei ausnahmsweise, auf ihrem Stuhl hin und her zu zappeln. Franz Steiner zeigte ihr noch mehr Möglichkeiten der Farbmischung und Anna schrieb eifrig Notizen in das Heft, das sie mitgebracht hatte.

»Du musst das nicht aufschreiben.« Steiner lächelte, »das kannst du nach kurzer Zeit, und manchmal kommen mit dem Ausprobieren weitere Farbnuancen zustande. Also, sei mutig und hab keine Angst.«

»Ich habe keine Angst, ich möchte einfach viel lernen und zu Hause ausprobieren.«

»Das ist gut. Jetzt möchte ich dir noch etwas über die Perspektive erzählen. Hast du davon schon einmal etwas gehört?«

Wieder schüttelte sie den Kopf.

»Schau«, er erhob sich und holte eines der Bilder von der Staffelei. »Hier habe ich eine Person gezeichnet. Oben, ziemlich hoch am Himmel, ist die Sonne, also Licht. Die Person steht an einem Wiesenbord, das heißt, je höher die Sonne steht, desto kürzer ist der Schatten und umgekehrt. Hast du das verstanden, Anna?«

»Ja schon, aber das ist ziemlich schwer.«

»Nein, das ist es nicht, du musst bloß ein wenig üben und mit der Zeit wird dir auch das in Fleisch und Blut übergehen.«

»Wann darf ich denn nun malen?« Anna schaute ihn mit ihren großen dunklen Augen an.

»Na jetzt!« Franz schaut auf die Uhr. »Wir haben noch eine Stunde Zeit. Du setzt dich hier an den Tisch und malst was, irgendetwas, was du gerne möchtest.«

»Berge?«

»Ja, mal du deine Berge, aber denk daran, nicht nur dunkel, versuch, etwas Licht hineinzubringen. Schau aus dem Fenster. Hier sind deine Ölfarben, einen Pinsel und einen Bogen Papier. Ich schau dann, was du hingezaubert hast.« Franz verließ das Atelier mit leisen Schritten.

Anna setzte sich an den Tisch und mischte die Farben. Danach malte sie, zuerst ganz vorsichtig mit langsamen Strichen, die Konturen der Berge. Die Spitzen unregelmäßig, die steilen Wände flach abfallend und unten als Abschluss etwas Grün. Immer wieder setzte sie sich auf dem Stuhl nach hinten, um ihr Kunstwerk zu betrachten, kratzte sich am Kopf, nahm den Pinsel erneut in die Hand, verbesserte hier etwas und dort etwas. Sie war so in ihre Arbeit vertieft, dass sie Franz nicht hörte, als er in das Atelier zurückgekommen war.

»Das ist schon sehr schön, Anna.«

Sie fuhr aus der Versunkenheit hoch. »Findest du, Franz? Das Licht, so wie du es mir erklärt hast, ist mir nicht recht gelungen.«

»Doch, doch, das ist schon ganz gut. Du wirst sehen, mit jedem Mal wird es besser. Ich denke, dass du jetzt gehen solltest, sonst verpasst du noch den Bus, und da wäre deine Mutter gar nicht zufrieden.«

Anna zog ein langes Gesicht. »Schon?«

Er gab ihr einen Klaps auf den Arm. »Ja, am kommenden Samstag malen wir zwei in der Natur, so richtig mit Staffelei und allem Drum und Dran.«

»Oh das ist toll, aber das dauert so lange bis nächsten Samstag.«

»Der kommt schneller, als du denkst, also pack deine Sachen zusammen.«

Anna stand auf und sie gingen zusammen ins Haus. Sie holte ihren Rucksack vom Stuhl, schob ihre Bilder hinein und ging zur Tür. »Ich freue mich und ich werde zu Hause üben, Farben mischen und Licht in den Bergen malen. Du wirst sehen, Franz, bis in einer Woche kann ich das.«

»Dann bin ich aber mal gespannt. Nun lauf, der Bus kommt gleich.«

Franz Steiner schaute ihr nach, bis sie hinter dem mächtigen Busch verschwunden war. Nachdenklich ging er ins Atelier zurück. Dieses Mädchen hatte wirklich Talent und das würde er fördern, so gut er konnte. Aber wie lange würde er das können? Bald würde sie ihn überholen mit ihrer Malerei. Dessen war er sich sicher.

Anna lief glücklich zur Busstation. Sie hatte keine Augen für die Reuss, die gemächlich ihre Bahnen neben der Straße herzog. Sie war mit ihren Gedanken beschäftigt. Zum ersten Mal hatte sie etwas über das Farbenmischen und über das Licht und den Schatten, und wie man sie in die Bilder einbringen konnte, erfahren. Im Bus zog sie das Heft mit ihren Notizen aus dem Rucksack und studierte sie. Sie musste das mit der Perspektive und dem Schatten ausprobieren. Bis nächsten Samstag würde sie es verstanden haben.

Als sie die Eingangstür aufschloss, hörte sie ein leises Schluchzen aus der Küche. Sachte öffnete sie die Tür. Am Küchentisch saß ihre Mutter. Sie weinte.

Erschrocken eilte Anna zu ihr. »Mama, was ist? Bist du krank?«

»Nein, aber ich bin so allein.« Ihre Schultern zuckten. »Vater musste zur Arbeit und du warst auch nicht da. Ich habe solche Sehnsucht nach Ungarn. Nach dem bunten und fröhlichen Leben, nach meinen Freunden und Verwandten. Hier habe ich nur dich und Vater.«

»Mama, sei nicht traurig, jetzt bin ich ja wieder hier.« Hilflos stand Anna neben ihr.

Die Mutter erhob sich und wischte sich mit der Hand die Tränen vom Gesicht. »Ist ja schon gut. Komm, lass uns das Abendessen vorbereiten.«

Anna nickte und versorgte schweigend ihre Malutensilien.

Am kommenden Samstag um dreizehn Uhr wartete Anna an der Bushaltestelle. Sie hatte viel geübt, mit Licht und Schatten gespielt, Perspektiven ausprobiert und Farben gemischt. Zufrieden war sie allerdings immer noch nicht mit sich. Anton hatte sie nur noch auf dem Schulweg getroffen. Nach der Schule verschwand sie in ihrem Zimmer. Sie müsse üben für den nächsten Samstag, hatte sie geantwortet, als er sie gefragt hatte, wann sie denn wieder mal Zeit habe, ihm im Stall zu helfen. Anton hatte nur den Kopf geschüttelt und war wütend davon gestapft.

Anna schaute ungeduldig auf die Kirchenuhr. Wo blieb nur der blöde Bus. Sie wollte keine Minute von den kostbaren Unterrichtsstunden versäumen.

Endlich kam er langsam um die Kurve gekrochen.

In Altdorf stürmte sie los. Eine halbe Stunde hatte sie verloren und sie wollte doch malen. Hoffentlich wartet Franz auf mich. Hoffentlich ist er nicht allein losgezogen. Erleichterung! Er stand beim Gartentor, einen Koffer mit Malmaterial in der Hand, als Anna die letzten Meter im Laufschritt heranhetzte. Neben ihm lehnten zwei Staffeleien am Zaun.

»Entschuldigung, Franz«, stieß sie hervor, »der Bus ...«

»Ja, ich weiß, der hat manchmal Verspätung. Das macht aber nichts, wir können gleich losgehen. Ich kenne einen schönen Platz nicht weit von hier. Nimm deine Staffelei.«

Nach einem kurzen Fußmarsch erreichten sie eine Anhöhe, die einen wunderbaren Ausblick über die Stadt und auf die Berge bot. Sie legten die Utensilien auf den Boden und Franz nahm zwei Klappsessel aus seinem Rucksack. Dann platzierte er die Staffeleien so, dass die Stadt und die Berge genau in ihrem Blickwinkel lagen. Anna nahm die beiden Leinwände und stellte sie sorgfältig darauf. Ehrfürchtig strich sie dabei über das grobe Leinen.

»Ich habe sie schon präpariert, Anna, es kann also gleich losgehen. Aber das nächste Mal musst du auch lernen, einen Rahmen zu bespannen und zu grundieren.«

Sie nickte, nahm ihren Klappsessel und setzte sich. Franz gab ihr ein paar Farben, eine Palette und Pinsel.

»Nun bist du an der Reihe. Achte auf die Perspektive, hinten kleiner als vorn, außer natürlich die Berge, und achte vor allem auf das Licht, das jetzt ganz wunderschön ist. Weich und nicht zu grell.«

»Was soll ich denn jetzt malen? Nur die Berge oder auch das Dorf?«

»Was du möchtest, was dir am meisten zusagt.«

Sie setzte sich hin und mischte eifrig die Farben. Mit einem feinen Pinsel zeichnete sie zuerst die Konturen der Berge, um anschließend eine Kirchenspitze und die Häuserdächer zu skizzieren. Dann malte sie die Konturen aus, Ocker, Gelb, Grün und Blau, zuerst die Bergspitzen und danach die Häuser. »Mist, jetzt sind mir die Farben zusammengelaufen. Franz«, hilfesuchend wandte sie sich an ihn, »was soll ich jetzt machen?«

»Du musst warten, bis die Farben angetrocknet sind, erst hinterher kannst du mit den anderen Farben weitermalen. Bei der Malerei ist Geduld und Ruhe angesagt. Aber das wirst du auch noch lernen.« Er ging zu seiner Staffelei zurück. Anna folgte ihm.

»Das ist aber schön«, rief sie begeistert. »So ganz anders. Sind das auch Berge?«

»Hm, ja. Ich wollte etwas Neues ausprobieren.« Er strich sich durchs Haar. »Surrealismus nennt man das. Ich werde das Bild zu Hause fertig malen. Mal sehen was daraus wird. Und nun zu deinem Bild. Der Ansatz ist sehr, sehr gut, Mädel, ich bin stolz auf dich. Aber langsam müssen wir zusammenpacken. Du musst auf dich auf den Heimweg machen und die Bilder müssen eh trocknen. Das nächste Mal machen wir weiter. Das können wir dann im Atelier fertig bearbeiten.«

Anna zog ein langes Gesicht. »Die Nachmittage gehen immer so schnell vorbei. Ich habe das Gefühl, dass ich gar nichts gemalt habe.«

»Hast du, Anna. Doch jetzt komm, sonst versäumst du den Bus.«

Sie packten ihre Siebensachen zusammen und gingen schweigsam den Weg hinunter. Jeder hing seinen Gedanken nach. Anna dachte an ihr Bild, das ihr nicht gefiel. Weshalb, das wusste sie nicht. Franz dachte auch an das Bild von Anna, aber ihm gefiel es. Und erneut wurde er sich bewusst, dass in ihr ein großes Talent steckte, bei dem er mithelfen durfte, es zu fördern. Und das erfüllte ihn mit Stolz.

5. Kapitel

Anton war sauer, sauer auf Anna. Seit sie nach Altdorf zum Malen fuhr, hatte sie keine Zeit mehr für ihn. »Ich muss zeichnen«, war ihre Antwort, wenn er etwas mit ihr unternehmen wollte.

Sie hatte sich verändert. Sie war nicht mehr das kleine Mädchen, das ihm bewundernd zuschaute, wenn er die Kühe im Stall molk oder oben auf dem Heuwagen stand und das Heu mit den Füßen feststampfte. Ihre dunklen, kurz geschnittenen Haare kringelten sich immer noch über der Stirn und auch ihre Augen schauten hin und wieder noch traurig in die Welt. Aber wenn sie ihm von ihrem Malunterricht vorschwärmte, dann sah er eine andere Anna vor sich. Eine, die ihm mit einem Feuer in ihren Augen erzählte, dass sie einmal eine berühmte Malerin werden möchte. Eine, so schien ihm, die genau wusste, was sie wollte.

»Malen ist kein Beruf, malen ist eine brotlose Kunst«, hatte er widersprochen und seine Hände in den Hosentaschen vergraben.

»Ist es nicht!«

Mit Vehemenz schaufelte er den Kuhmist auf die Schubkarre, um ihn auf den Misthaufen neben dem Stall zu fahren. »Morgen wird sie keine Ausrede haben«, brummte er vor sich hin, »morgen wird sie mitgehen.«

Nachdem er frisches Stroh im Stall ausgestreut hatte, ging er ins Haus zurück.

»Alles erledigt, Anton?«, fragte der Vater.

Anton nickte, ging zum Küchenschrank, schnitt sich eine

Schreibe Brot und ein Stück Käse ab. »Dann kann ich morgen zum Arnisee hinauffahren?«

»Ja, und nimm noch das Paket für die Gislers mit.«

»Mach ich, ich hole es gleich bei der Post ab.« Er verschwand blitzschnell aus der Küche nach draußen. Der Vater schaute ihm durchs Fenster nach. Ein strammer Bursche war er geworden.

»Es wird erst morgen geliefert, der Bus ist heute nicht bis hierher gefahren.« Die Posthalterin holte ein Taschentuch aus ihrem Schürzenkleid und trompetete hinein. »Komm morgen früh nochmals vorbei. Aber sag mal, hast du denn keine Schule?«

»Nein, die haben eine Lehrerkonferenz«, erwiderte Anton freudig.

»Ja, ja, deine geliebte Alp.« Sie lächelte und strich ihm dabei über sein blondes Haar.

Anton schlenderte in Richtung Annas Haus. Schon von Weitem sah er sie mit einem Zeichenblock auf den Knien auf der Bank vor dem Haus sitzen. Er blieb stehen und betrachtete sie. Hübsch sah sie aus, wie sie so da saß, den Kopf tief über den Block gebeugt, wie damals in der Schule. Immer noch war sie voll konzentriert, wenn sie zeichnete. Langsam ging er näher.

»Anton du hier?«, fragte sie erstaunt, als sie ihn bemerkte. »Ich dachte, dass du im Stall zu tun hast oder sonst was auf dem Hof?«

»Alles erledigt, ich war schnell heute«, erwiderte er.« »Hast du Lust, morgen mit mir zum Arnisee hinauf zu fahren? Ich muss bei den Gislers ein Paket abliefern, danach könnten wir wandern.«

»Das ist toll, klar doch komme ich mit!« Sie stand auf und packte ihre Malutensilien zusammen. »Komm ins Haus, ich glaube, Mutter hat einen Kuchen gebacken.«

Das ließ er sich nicht zweimal sagen.

In der Küche wartete die Mutter bereits auf die beiden. »Ich habe dich gehört, Anton, schau mal.« Sie stellte den Kuchen, den sie eben erst aus dem Backofen geholt hatte, auf den Tisch. »Der kann auch warm gegessen werden, ein Apfelkuchen mit Rosinen, greif zu.« Anton setzte sich an den Küchentisch und nahm den Teller mit dem Kuchen entgegen.

»Du kannst dir noch etwas Milch darüber gießen, hier.« Die Mutter hielt ihm die Flasche hin.

»Milch?«, fragte Anton erstaunt.

»Ja, das machen wir so in Ungarn, der Kuchen kühlt etwas ab und die Milch verfeinert den Geschmack.«

»Hm, schmeckt gut«, sagte Anton, »das muss ich mal meiner Mutter erzählen. Aber«, er schob sich ein Stück Kuchen in den Mund, »sie hat leider keine Zeit zum Backen, der Hof ...«

»Ja, ich weiß, Anna hat mir davon erzählt. Deinem Vater wird es bestimmt bald wieder besser gehen, oder?«

»Hoffentlich.« Er hob die Schultern und fügte traurig hinzu, »Arthrose, das kann man nicht heilen, hat der Doktor gesagt.«

»Es wird schon, Anton«, Mutter Olga stand auf und strich ihm über den Arm. »Nur den Mut nicht verlieren.« Sie schaute sich um. »Wo ist denn Anna geblieben?«

»Sie ist, glaube ich, in ihr Zimmer gegangen.«

»Sie sollte doch auch ein Stück Kuchen essen, sie ist so dünn. Immer hat sie nur ihre Malerei im Kopf, ich mag das gar nicht.«

»Sie wird schon wieder normal werden«, sagte Anton. »Sie haben mittlerweile sehr gut Deutsch gelernt«, fügte er schüchtern hinzu.

»Ach ja, geht so. Ich verstehe immer noch nicht alles.« Sie schnitt zwei Stück vom Kuchen ab und legte sie auf einen Teller, »das ist für deine Eltern.«

»Vielen Dank.« Anton nahm ihn entgegen. »Könnten Sie der Anna bitte ausrichten, dass sie morgen um neun Uhr bei der Station ist, ich möchte mit der ersten Sesselbahn hinauffahren.«

»Das werde ich. Komm gut nach Hause und grüße deine Eltern von mir.«

Die Sonne war bereits hinter den Bergen verschwunden, als Anton eilig den schmalen Weg hinunterlief. Aus dem Wohnzimmer waren die Schnarchtöne von Vater zu hören. Auf Zehenspitzen schlich er in die Küche und stellte den Teller mit den Kuchenstücken auf das Buffet.

Ich bin im Dorf, bitte bereite das Abendessen vor, stand auf einem Zettel, der auf dem Küchentisch lag. Leise ging Anton die Treppe hinauf in sein Zimmer. Er wollte kein Abendessen vorbereiten, er wollte allein sein und über Anna nachdenken.

Mit dem Paket in der Hand wartete er am nächsten Morgen ungeduldig an der Station auf Anna. In letzter Minute kam sie um die Ecke gerannt, ihr Rucksack schwenkte hin und her. Er schien schwer zu sein, und Anna versuchte, mit einer Hand das Baumeln etwas abzufangen.

»Endlich, komm jetzt, wir müssen einsteigen. Was schleppst du denn da mit?« Er zeigte auf zwei hölzerne Latten, die aus der Öffnung des Rucksacks schauten.

»Das ist eine Staffelei, die hat der Franz für mich gebaut. Man kann sie überallhin mitnehmen, weil man sie zusammenlegen kann.«

»Willst du den malen, oben?« Ärgerlich schüttelte er den Kopf.

»Ja, natürlich, die Berge. Da bin ich ihnen ganz nahe, und ich soll üben, hat der Franz gesagt.«

»Hat der Franz gesagt«, äffte Anton sie nach. »Immer der Franz, ich kann den Namen schon bald nicht mehr hören!« Er stellte das Paket auf den Boden des Sessellifts und schwieg beleidigt.

Der Lift schaukelte im Wind und Anna klammerte sich an den hölzernen Griff an der Seite. Anton beobachtete sie aus den Augenwinkeln. Sie hatte Angst, aber dieses Mal wollte er sie nicht trösten. Ihr Malfimmel machte ihn sauer. Da muss sie jetzt durch, dachte er, verschränkte die Arme und schaute auf die andere Seite.

Herr Gisler erwartete sie bereits, als der Sessellift im Stationshaus anhielt.

»Vielen Dank, Anton, für das Paket. Ich hätte sonst extra hinunterfahren müssen. Möchten du und deine Freundin nachher noch auf ein Vesperbrot vorbeikommen, meine Frau hat gestern Würste gekocht?«

Anton schaute Anna an.

»Oh ja, gerne«, antwortete sie freudig.

»Also dann, bis später, so ungefähr um vier Uhr?«

Anton nickte und Herr Gisler stapfte mit dem Paket unter dem Arm den Weg hinauf.

»Und wohin gehen wir jetzt?«, fragte Anna.

»Zuerst zu den Ziegen, ich soll kontrollieren, ob alles in Ordnung ist, hat Vater gesagt. Und danach könnten wir zu den Felsbrocken gehen.« Er steckte seine Hände in die Hosentaschen und schaute Anna herausfordernd an. »Dann kann ich dir zeigen, wie man klettert. Irgendeinmal solltest du das ja auch lernen.«

»Gut, zuerst die Ziegen. Ist das weit weg von hier?«

»Magst du deine Staffelei nicht mehr tragen?«

»Doch, doch, natürlich. Ich bin nicht so schwach, wie ich aussehe«, maulte Anna. »Aber klettern, das mag ich nicht. Ich schau dir zu und male ein bisschen, dich zum Beispiel beim Bergsteigen.«

»Also komm jetzt, die Ziegen warten auf uns. Die kannst du ja auch malen. Kannst du das überhaupt, Ziegen malen oder kannst du nur Berge?«

»Ich kann alles, ich bin gut, das hat der ...« Sie biss sich auf die Zunge, sie wollte ihn nicht noch einmal ärgern.

Die beiden zogen los, dem schmalen Pfad entlang. Anton lief leichtfüßig vor Anna her, die sich mit ihrem Rucksack schwertat. Die sattgrünen Wiesen waren übersät mit gelbem Arnika, blauem Feldenzian und weißer Alpenküchenschelle. Trotz des Kampfes mit ihrem Rucksack nahm Anna diese Farbenpracht zum ersten Mal mit Maleraugen wahr. Die Welt war nicht nur düster, die Welt war auch bunt. Und plötzlich hing auch ihr Rucksack nicht mehr wie ein Klotz auf ihrem Rücken.

»Dort vorn«, Anton zeigte auf eine Plattform unter einem Felsvorsprung, »dort sind unsere Ziegen. Wir könnten eine Pause machen und etwas essen, bevor wir zu den Steinen gehen.«

Anna nickte und die beiden nahmen den letzten steilen Weg hinauf in Angriff. Oben angekommen kontrollierte Anton, ob noch alle Ziegen da waren.

»Ist alles in Ordnung, es ist keine ausgebüxt. Hast du Kuchen dabei?«

»Woran hast du gesehen, ob sie alle noch hier sind?« Anna stellte den Rucksack auf den Boden, öffnete ihn und nahm ein in Papier gewickeltes Paket hinaus.

»Die sind am Ohr markiert, Vater hat ihnen eine Nummer eingebrannt, deshalb habe ich das gesehen. Denn ich weiß ja«, er setzte sich ebenfalls neben Anna, »wie viele auf der Alp sind.«

»Und die bleiben immer hier?«

»Nein, nur im Sommer, im Winter kommen sie wieder ins Tal.«

»Und die laufen nicht weg?«

»Nein, die bleiben. Komm, gib mir bitte ein Stück Kuchen, ich habe Hunger.«

Anna wickelte das Paket aus und gab ihm die eine Hälfte.

»Hm, das ist komisch, dass die nicht weglaufen. Du hast mir nie erzählt, dass ihr auch noch Ziegen habt, hier und unten auf dem Bauernhof.«

Anton zuckte mit den Schultern und zog die Schuhe aus. »Nun, ich habe halt nicht daran gedacht. Aber wir sind deshalb noch lange nicht reich, wenn du das meinst.«

»Aber ihr habt Ziegenmilch und Käse, das mag ich.«

»Wenn meine Mutter wieder Käse macht, dann bringe ich dir ein Stück vorbei«, erwiderte Anton mit vollem Mund.«

»Und die Kühe? Sind die auch hier?«

»Alle, nur die Rosi ist noch unten, die bekommt bald ein Kalb, deshalb.«

»Musst du die auch noch kontrollieren, die Kühe?«

»Nein.« Anton legte sich auf den Rücken und verschränkte die Arme unter dem Kopf, »ist das jetzt eine Fragestunde oder was?«

»Ich möchte halt an deinem Leben teilnehmen, wir gehen doch zusammen in die Schule. Aber wenn es dich stört, dann frag ich jetzt nix mehr.«

»Sei doch nicht gleich so beleidigt.«

»Bin ich nicht, du bist es, sobald ich von meinem Malunterricht oder vom Franz etwas erzähle.« Anna stand auf und strich ihr Kleid zurecht. »Gehen wir heute noch zu den Steinen?«, fragte sie schnippisch.

»Jetzt gleich.« Schon war er aufgestanden und griff nach seinen Schuhen.

»Also los, komm.« Er nahm Annas Rucksack, »damit es etwas flotter geht als vorhin.«

Die Steine, wie Anton sie nannte, waren größere und kleinere Felsbrocken, die unterhalb einer steilen Felswand auf der Wiese lagen. Ein kleiner See lud zum Verweilen ein. Er liebte diesen Platz. Hier konnte er klettern oder auch nur seine Füße ins kalte Wasser halten und vor sich hinträumen.

Er legte den Rucksack auf einen flachen Stein. »Anna, schau dort«, er zeigte auf einen Brocken, der nicht sehr hoch war. »Hier könntest du es versuchen, es ist gar nicht schwer und wenn du fällst, dann fange ich dich auf.«

Anna schaute ihn erschrocken an. »Da soll ich hinauf, das kann ich nicht!«

»Du sollst nie sagen ›das kann ich nicht‹, eben noch hast du erzählt, dass du alles kannst. Komm, probier es einfach einmal.« Er zog das Seil aus den Schleifen seines Hosenbunds, »damit kann ich dich sichern.«

Anna schüttelte den schwarzen Lockenkopf. »Nein, Anton, geh du klettern, ich schaue dir zu und mal ein bisschen, ich möchte nicht.«

»Na, dann bleib halt hier, bist eben doch nur ein Mädchen«, sagte er enttäuscht, und schnürte das Seil wieder um die Taille, zog die Schnürsenkel fest und marschierte entschlossen auf den Felsen zu.

Anna setzte sich, nahm Heft und die Staffelei aus dem Rucksack und baute sie zusammen. Dann holte ihre Farbstifte hervor und begann zu malen.

Anton begutachtete inzwischen mit Kennerblick den Einstieg. Der Findling war nicht zu hoch, doch hoch genug, sodass er Anna imponieren konnte. Mit dem rechten Fuß stieg er in die erste Lücke, krallte sich mit den Händen oberhalb in dem Stein fest und zog sich hoch. So kletterte er langsam Meter für Meter in der Wand hoch. Sie war nicht schwierig, aber ein leichter Überhang in der Mitte ließ ihn ganz schön ins Schwitzen kommen. Ab und zu schielte er dabei auf Anna, die hochkonzentriert vor ihrer Staffelei hockte und mit energischen Strichen in ihr Heft malte. Sie schien der Welt entrückt zu sein. Als er oben angekommen war, stieß er einen lauten Jauchzer aus und schaute hinunter.

Jetzt endlich! Anna hob den Kopf und sah zu ihm hinauf.

»Gratuliere, Anton«, sie klatschte, »kommst du da auch wieder hinunter?«

»Klar! Aber auf der anderen Seite, da ist es nicht so überhängend. Ich bin gleich unten, danach können wir zu den Gislers Wurst essen gehen.«

»Das ist aber schnell gegangen«, staunte Anna, als er kurze Zeit später vor ihr stand.

»Haha«, Antons Augen leuchteten, »die hintere Seite vom Stein ist auch nicht so hoch. Pack deine Sachen zusammen, damit wir gehen können. Ich habe einen Mordshunger.«

»Du scheinst immer hungrig zu sein?« Sie grinste, klappte ihre Staffelei zusammen und schob sie in den Rucksack. »Hier, das habe ich für dich gemalt.« Sie hielt ihm das Blatt entgegen, das sie aus ihrem Heft gerissen hatte.

»Für mich?« Anton schaute auf die Zeichnung. »Du hast ja gar keine Berge gemalt, sondern ...«

»Eine Blumenwiese, ja«, entgegnete Anna, »das kann ich auch.«

»Kompliment, die ist hübsch, deine Wiese mit den bunten Blumen«, bemerkte er bewundernd, faltete das Blatt zusammen und steckte es in die Hosentasche. »Das werde ich zu Hause über meinem Bett aufhängen und darunter schreiben ›von Anna der Kunstmalerin‹.«

»Du musst gar nicht fotzelen, der Franz ...« Sie stockte und fuhr dann mit einem entschlossenen Ton fort, »hat gesagt, dass ich alles lernen muss. Blumenwiesen, Tiere, Menschen, ich will alles können.«

»Ist ja schon gut, komm, wir gehen.«

Die beiden marschierten hinunter in Richtung Gasthof, der am Ufer vom Arnisee lag. Frau Gisler winkte ihnen schon von Weitem zu.

»Kommt herein, die Würste warten«, sagte sie und lachte, »setzt euch, ihr habt sicher Hunger?«

Anton nickte.

»Du schon, das weiß ich, bist ja auch ein dürrer Hecht, hast nichts auf den Knochen.« Frau Gisler verschwand in der Küche und kam kurz darauf mit einem duftenden Laib Brot zurück. Sie schnitt zwei dicke Scheiben ab und legte sie auf ein Brett.

Inzwischen hatte sich auch Herr Gisler zu den beiden an den Tisch gesetzt. Er wischte sich mit einem Taschentuch den Schweiß von der Stirn. »Heute ist es ungewöhnlich heiß und kein Regen in Sicht. Wenn das so weitergeht, dann werden wir im Sommer wieder Brände haben.« Sorgenvolle Falten überzogen seine Stirn.

»Vater hat gesagt, dass es nächste Woche regnen soll«, sagte Anton.

»Dein Wort in Gottes Ohr, aber ich glaube nicht daran. Nach dem Hundertjährigen Kalender werden wir in diesem Jahr nicht viel Regen erwarten können. Dadurch wird die Heuernte klein ausfallen und für die Kühe muss Futter zugekauft werden.«

»Hier sind die Würste!« Frau Gisler brachte einen Topf, aus dem es herrlich duftete. »Nun langt zu, Kinder und lasst es euch schmecken.«

Die ließen sich nicht zweimal bitten. Anton fischte mit der Gabel eine pralle, fettglänzende Wurst heraus und legte sie auf Annas

Teller. Nachdem er auch sich versorgt hatte, wurde es still in der Gaststube. Die Wirtsleute beobachteten die beiden lächelnd.

Nach einer Weile schob Anton den Teller weg. »So, ich bin satt.« Er strich sich über den Bauch. »Aber jetzt müssen wir gehen, damit wir den letzten Sessellift erwischen, ich muss noch im Stall mithelfen.«

»Ich packe noch einen Ring Würste ein für zuhause.« Frau Gisler verschwand in der Küche.

Die Fahrt ins Tal war ruhig, Anna saß entspannt auf der Holzbank, den Rucksack auf den Knien. Als sie ausstiegen, nahm Anton ihn ihr ab, hievte ihn auf seinen Rücken und zusammen liefen sie bis zur Weggabelung, wo sich ihre Wege trennten.

»Tschüss, bis morgen und vergiss vor lauter Malen nicht, dass wir unseren Aufsatz abgeben müssen.«

»Den habe ich schon fertig!« Anna lief lachend den Weg hinauf.

Zu Hause nahm Anton das Bild von Anna aus der Hosentasche, glättete es vorsichtig und befestigte es mit einem Nagel an der Wand über seinem Bett. Nachdenklich betrachtete er die Blumenwiese. Sie gefiel ihm, obwohl sie ganz anders aussah. Die Farben waren viel bunter und die Blumen hatten keine Blütenblätter, sondern waren rund mit bunten Tupfen in der Mitte. Was ging in ihr vor, wenn sie malte? Würde er das je verstehen?

6. Kapitel

Anna schlenderte die Dorfstraße bis zum Kirchplatz hinunter. Auf der Bank vor der Friedhofsmauer blieb sie stehen, setzte sich dann und schaute ins Tal hinab. Obwohl es schon Mittag war, klebten die Nebelschwaden hartnäckig an den Felswänden.

Nur noch ein paar Wochen Schule, dann war sie frei. Sie lernte allerdings gern und sie lernte leicht und die Mädchenschule in Altdorf, in der sie das letzte Schuljahr absolvierte, gefiel ihr. Sie lernte kochen, nähen, besuchte einen Erste-Hilfekurs. Auch das Malen und Zeichnen kamen nicht zu kurz. Was sie nach ihrem Schulabschluss machen wollte, das wusste sie schon ganz genau. Sie würde sich eine Stelle im Gastgewerbe suchen, entweder in Altdorf oder in Luzern, um Geld zu verdienen, weil in Intschi würde das nicht möglich sein. Herr Mattli hatte ihr in dieser Hinsicht keine Hoffnung gemacht. »Als Aushilfe ja, Anna. Unsere Gaststätte kann keine Ganzjahresangestellte bezahlen, dafür sind wir zu wenig ausgelastet.«

Am liebsten wäre sie hier sitzen geblieben, doch Frau Mattli, die Wirtin vom »Restaurant Alpenblick« sah es nicht gern, wenn man zu spät zur Arbeit erschien. Und sie musste Geld verdienen, wenn sie sich ihren Wunsch erfüllen wollte, an einer Kunstschule das Malen von Grund auf zu studieren. Und das wollte sie, mit allen Fasern ihres Herzens. Beim Franz hatte sie bereits verschiedene Grundlagen kennengelernt, aber sie wusste selber, dass das nicht ausreichend war. Die Komposition, die Farbmischung, den Raum der Farben die Perspektive, sie fühlte, dass sie noch viel lernen musste, obwohl der Franz ihre Bilder in den höchsten Tönen lobte.

Ihre Eltern ahnten nichts von diesem brennenden Wunsch. Sie betrachteten ihre Malerei lächelnd als Jungmädchenspinnerei. Dass sie neben der Schule in der Gaststätte eine Aushilfsstelle als Mädchen für alles angetreten hatte, das sahen sie mit Wohlgefallen.

»Du wirst eh einmal heiraten«, hatte ihre Mutter vor einigen Tagen bemerkt. »Da ist eine Ausbildung nicht wichtig, das wäre rausgeschmissenes Geld, Geld, das wir nicht haben.« Anna hatte nichts dazu gesagt.

Erschrocken schaute sie auf die Kirchturmuhr. Oh je, ich muss mich beeilen, fuhr es ihr durch den Kopf und sie hastete die letzten Meter den Weg zur Gaststätte empor. Außer Atem stieg sie die steile Treppe hoch und betrat die Gaststube. Ein kurzer Blick, das übliche Chaos nach dem Mittagessen.

»Anna, du bist spät dran, du weißt doch ...« Der vorwurfsvolle Blick von Frau Mattli streifte sie.

»Es soll nicht wieder vorkommen.« Anna senkte schuldbewusst den Kopf, holte eine Schürze aus der Küche und fing an, das Geschirr von den Tischen abzuräumen.

»Ich leg mich jetzt hin. Du kannst mich rufen, wenn etwas Außergewöhnliches sein sollte.« Frau Mattli stieg schwerfällig die Treppe hinauf. »Mein Mann ist nach Altdorf gefahren, bitte kümmere dich am Nachmittag um die Gäste«, rief sie nach unten, bevor sie die Tür zur Wohnung öffnete.

Nach zwei Stunden hatte Anna die Gaststube und die Küche auf Hochglanz gebracht. Sie holte sich eine Flasche Wasser aus dem Kühlschrank, stellte sich ans Fenster, schaute in die wabernde Milchsuppe und trank einen Schluck. Anschließend ging sie in die Gaststube, um nachzusehen, ob sich bereits Nachmittagsgäste eingefunden hatten. Doch die war leer. An einem sonnigen Tag bevölkerten die Touristen die Terrasse, um ein Glas Wein, Kaffee oder ein Bier zu trinken und die Aussicht zu genießen.

Sie setzte sich mit einem Magazin auf einen Stuhl und blätterte lustlos darin. Es war eines dieser schreienden Hefte, in denen man alles über die europäischen Königshäuer, den Streitereien, Hochzeiten oder neuen Liebschaften lesen konnte.

»Du kannst jetzt nach Hause gehen, Anna.« Frau Mattli war in die Gaststube getreten. »Heute werden wir wohl nicht mehr mit Gästen überrannt, bei dem Wetter.« Sie schaute sorgenvoll aus dem Fenster. »Der Frühling könnte nun wirklich endlich kommen, aber leider liegt das nicht in meiner Hand.« Sie drehte sich zu Anna um. »Ich habe noch einen Topf mit Suppe in der Küche, du kannst ihn mitnehmen und sei bitte pünktlich morgen.«

»Vielen Dank.« Anna ging in die Küche und holte die Kasserolle. »Auf Wiedersehen, Frau Mattli, ich werde pünktlich sein, versprochen«, beteuerte sie.

Mit dem Topf in der Hand machte sie sich auf den Heimweg. Nun würde sie Zeit haben zum Malen, denn wenn Nachmittagsgäste da waren, kam sie sehr oft erst am Abend nach Hause. Dann mussten noch Schulaufgaben fertig geschrieben werden oder sie musste der Mutter im Haushalt helfen. Heute aber würde sie schnurstracks in ihrem Zimmer verschwinden und ihrer Leidenschaft frönen.

Als sie den Weg zum Haus hinaufging, sah sie Mutter, die aufgeregt am Fenster stand und ihr zuwinkte. »Ich muss nach Altdorf. Vater hat einen Unfall gehabt, er liegt im Spital!«

»Oh, was ist passiert?«

»Irgendetwas mit seinem Bein, hat die Schwester gesagt. Ich habe es nicht richtig verstanden.«

»Mama, soll ich mitkommen?«

»Nein, nein, ich schaff das schon«, antwortete die Mutter, »aber ich muss mich beeilen, der Bus fährt in einer halben Stunde.« Hastig holte sie den Mantel aus dem Korridor.

Bedrückt schlich Anna in ihr Zimmer. Vater im Spital, etwas mit seinem Bein? Sie setzte sich auf das Bett und nagte an der Unterlippe. Die Lust zum Malen war verflogen.

Es war bereits dunkel, als die Mutter zurückkam und sich erschöpft auf einen Stuhl fallen ließ. »Er hat sich das Bein gebrochen, morgen soll er operiert werden, und wenn alles gut verläuft, darf er in zwei Wochen nach Hause kommen.« Sie zog den Mantel aus. »Die Unfallversicherung wird alle Kosten übernehmen.« Sie seufzte erleichtert.

»Wir können jetzt essen«, sagte Anna, zog den Topf vom Herd und stellte ihn auf den Tisch.

»Was ist das?«

»Von Frau Mattli, Suppe, die übrig geblieben ist.«

»Hm, riecht gut.« Die Mutter beugte sich über den Topf, »eine Fleischsuppe?«

»Ein Fleischeintopf, der zusammen mit getrockneten Bohnen serviert wurde. Es gab nicht viele Gäste heute und die Mattlis können ja nicht alle Reste essen.«

Die beiden setzten sich an den Tisch.

»Dann hast du gar nicht so viel zu tun gehabt.«

»Doch, viel schmutziges Geschirr, auch das vom Vorabend und eine chaotische Küche.«

»Hast du noch Schularbeiten zu erledigen?«

»Nein, Mama, ich habe sie schon in der Freistunde fertig geschrieben.«

»Ich bin stolz auf dich, Anna.« Mutter lächelte, stand auf und begann die Suppenteller abzuräumen. »Ich werde mich jetzt gleich hinlegen, ich bin müde.«

»Mama, mach dir keine allzu großen Sorgen, alles wird gut mit Papa, glaub mir.« Sie stand auf, nahm sie in den Arm und strich ihr über den Rücken.

»Ach, Anna.« Tränen stiegen in ihre Augen, »ich fühle mich so allein hier.«

Anna schaute ihre Mutter lange an, eine tiefe Traurigkeit stieg in ihr auf. Sie hätte sie so gerne getröstet. Sie hatte Anton, ihre Schulkameraden, sie hatte Franz, der ihr Malunterricht gab. Sie hatte ihre Bilder. Aber Mutter?

»Leg dich hin und ruh dich aus, Mama. Schlafen ist die beste Medizin.« Sie fühlte sich sehr erwachsen.

In ihrem Zimmer zog sie den Malblock unter den Büchern hervor und beugte sich darüber. Erst kurz nach Mitternacht versorgte sie ihre Malutensilien und sank müde ins Bett.

Verschlafen öffnete Anna am nächsten Morgen die Fensterläden. Eine strahlende Sonne begrüßte sie. Das Wetter hatte sich über Nacht total geändert. Die schneebedeckten Spitzen leuchteten mit dem Sonnenlicht um die Wette.

Leise öffnete sie die Tür und lauschte. Alles war still. Mutter schlief offensichtlich noch. Sie schlich die Treppe hinunter. Die Stufen knarrten bei jedem Schritt. »Mist«, schimpfte sie und ging in die Küche, um sich einen Kanten Brot abzuschneiden. Sie musste sich beeilen, der Bus nach Altdorf fuhr in fünfzehn Minuten. Mit dem Brot in der Hand eilte sie zur Station.

»Heute bist du aber pünktlich«, begrüßte Frau Mattli sie, als Anna mittags die Gaststube betrat. »Geh gleich auf die Terrasse, dort warten ein paar Gäste auf ihre Bedienung, ich habe hier noch alle Hände voll zu tun.«

Anna holte eine Schürze aus dem Schrank. Sie war braun gestreift und auf dem Latzteil prangte das Logo vom Restaurant, eine Kuhglocke mit dem Urnerwappen. Bis zu den Knöcheln reichte sie und das Band musste Anna zweimal um ihre Taille binden.

Auf der Terrasse saßen einige Gäste, Touristen aus dem Unterland, die den schönen Frühlingstag nutzten, einen Ausflug auf die Berge zu machen. Flink putzte sie die Tische mit einem Lappen sauber und fragte nach den Wünschen.

Als sie mit dem vollbepackten Tablett wieder ins Freie trat, bemerkte sie auf der Bank hinten am hölzernen Geländer einen Herrn, der in einer Zeitung las. Er musste eben erst gekommen sein, denn sie konnte sich nicht erinnern, ihn vorher gesehen zu haben.

Während sie die Bestellungen auf die Tische stellte, beobachtete sie ihn aus den Augenwinkeln. Eine graue Stoffhose mit Bügelfalten, ein hellblaues Hemd und ein schwarzes Sakko, er sah nicht wie ein Erholungstourist aus.

Anna trat an seinen Tisch und fragte nach seinen Wünschen. Er sah auf und ließ die Zeitung sinken. Graublauen Augen betrachteten sie prüfend.

Aus Altdorf ist er nicht, diesen Dialekt hatte sie noch nie gehört, zuckte es durch Annas Kopf, als er einen Kaffee und ein Stück Kuchen bestellte.

Er schaute ihr nach, wie sie mit der überlangen Schürze kämpfte, die sich zwischen ihren Beinen verfing. Das junge Mädchen gehört nicht hierher, dachte er. Die dunklen Augen und die schwarzen Haare! Sie passte so gar nicht in das Bild der hiesigen Dorfjugend. Nachdenklich strich er sich über das Kinn. Wo die Mattlis sie wohl herhatten?

»Was macht denn so eine junge hübsche Frau in diesem gottverlassenen Nest?«, fragte er, als sie ihm den Kaffee und den Kuchen hinstellte.

»Ich bediene hier und ich wohne in dem Nest«, antwortete Anna kühl.

»Möchten Sie sich nicht zu mir setzen und mir etwas Gesellschaft leisten?« Er lächelte so charmant, dass Anna ihm das »gottverlassene Nest« verzieh. Nach einem kurzen Blick zu den anderen Gästen, die aber zufrieden ihre Getränke und Speisen genossen, nickte sie und ließ sich auf dem Stuhl gegenüber nieder.

»Ich heiße Markus Sonderegger.« Er streckte ihr die Hand hin, »ich wohne in Basel und bin auf der Durchreise ins Tessin. Meistens unterbreche ich meine Reise in diesem Dorf und Sie«, er trank einen Schluck, ehe er fortfuhr, »ich habe Sie hier noch nie gesehen?«

Anna schaute auf ihre Hände. Unter dem Nagel ihres Zeigefingers klebte noch ein roter Farbrest von ihrer gestrigen Malerei. Sie wollte ihn mit dem Finger hervorklauben, aber er blieb hartnäckig dort. Sie hob den Kopf. »Ich bin hier aufgewachsen«, wieder senkte sie den Blick auf das Rot unter ihrem Nagel. »Nein, stimmt nicht ganz«, korrigierte sie sich leise, »ursprünglich komme ich aus Ungarn, aus einem ebenso kleinen Dorf wie das hier.« Sie stockte, der Farbrest ließ ihr keine Ruhe, dann sagte sie: »Meine Eltern mussten fliehen ... vor den Russen ... und so sind wir hierhergekommen.«

»Hm.« Sonderegger strich sich über die Haare, »und jetzt kellnern Sie hier?«

»Nur als Aushilfe, in einigen Wochen bin ich mit meiner Schule fertig, und dann suche ich mir eine Stelle, entweder in Altdorf oder in Luzern. Hier kann ich nicht bleiben, und ich verdiene auch nicht genug.«

»Aha, ich verstehe«, er lehnte sich leicht nach vorn, »ist das Ihr Wunsch, Kellnerin zu sein?«

Anna schüttelte den Kopf und eine leichte Röte stieg ihr ins Gesicht. »Nein eigentlich nicht, aber ich muss Geld verdienen, damit ich später einmal das studieren kann, was ich möchte. Es kostet viel Geld«, fügte sie flüsternd hinzu, »und das haben meine Eltern nicht.«

»So, was ist das denn, was Sie lernen wollen?«

Plötzlich sprudelte es wie ein Wasserfall aus Annas Mund und sie erzählte diesem fremden Mann von ihrer Leidenschaft und dem Wunsch, Kunstmalerin zu werden. Sonderegger hörte aufmerksam zu. Hin und wieder lehnte er sich zurück, strich mit der Hand bedächtig durch seine grau melierten Haare, um sich dann wieder nach vorn zu beugen. Jetzt verstand er das lodernde Feuer in ihren Augen, das er sich nicht erklären konnte, als sie ihn vorhin angeschaut hatte. Ihr Wunsch zu malen musste wirklich aus tiefstem Herzen kommen.

»So und jetzt muss ich mich um die Gäste kümmern.«

»Ihre Malerei interessiert mich, könnte ich möglicherweise ein paar Bilder von Ihnen sehen? Morgen vielleicht?«

Sie schaute ihn überrascht an. »Sie wollen meine Bilder sehen?«

»Morgen früh, bevor ich ins Tessin weiterreise.«

»Oh ja, natürlich.« Annas Augen strahlten. »Vor der Schule kann ich sie vorbeibringen, falls das nicht zu früh ist?«

»Nein, nein, ich möchte nicht zu spät weiterfahren. Morgen um sieben Uhr dreißig ist okay für Sie?«

»Ich werde hier sein, vielen Dank, Herr Sonderegger, aber jetzt muss ich mich wirklich um die Gäste kümmern«, sie schaute sich um, »ja, ich muss, es sind neue angekommen.«

Der Nachmittag wollte und wollte nicht enden. Frau Mattli forderte von ihr dies und dann noch das und jenes. Endlich um sechs Uhr erlaubte sie ihr zu gehen.

Anna stürmte nach Hause. Sie wollte die Bilder für Herrn Sonderegger zusammenstellen, das Abendessen vorbereiten, denn Mutter war sicher noch im Spital. Und dann hatte sie auch noch etwas für die Schule zu arbeiten. Weshalb musste Frau Mattli sie auch gerade heute so lange beschäftigen!

Atemlos vom Laufen öffnete sie die Tür. Es war niemand da, wie sie vermutet hatte. Eilig ging sie in ihr Zimmer und zog die Mappe mit den Bildern unter dem Bett hervor. Da lagen sie, fein säuberlich geordnet. Anna breitete sie auf dem Boden aus und betrachtete sie mit kritischem Blick. Welche soll ich denn nun zeigen? Die Berge, die sie oft in den dunkelsten Farben gemalt hatte, die Blumenwiese, die Stillleben, die unter der kundigen Anleitung von Franz entstanden waren? Sie konnte sich nicht entscheiden und packte sie in die Mappe. Ich nehme einfach alle mit. Entschlossen stand sie auf und ging in die Küche, um das Abendessen vorzubereiten. Sorgfältig deckte sie den Tisch, stellte Brot, Butter und Käse hin. Im Vorratsschrank fand sie ein paar gekochte Eier, die sie ebenfalls hinstellte. Danach zog sie aus ihrer Schulmappe das Aufgabenheft und begann den Aufsatz zu überarbeiten, den sie morgen früh in der Schule abgeben musste.

»Ich bin wieder hier.«

Anna zuckte zusammen. »Du? Ich habe dich nicht gehört. Komm, setz dich, es ist alles bereit, du bist sicher hungrig?«

»Das ist lieb, ja, hungrig und müde.«

Erschöpft ließ sich Mutter auf einem Küchenstuhl nieder.

»Es geht Vater schon besser, die Operation ist gut verlaufen und der Arzt ist sehr zufrieden mit ihm. Ach, was bin ich froh!« Sie nahm ein Stück Brot, bestrich es mit Butter und legte ein Stück Käse darauf. »Er wird noch eine Woche im Krankenhaus bleiben müssen, weil sie das Bein erst schienen können, wenn die Geschwulst zurückgegangen ist. Dann darf er nach Hause kommen. Wann er wieder arbeiten kann, das muss abgewartet werden«, sie biss in ihr Käsebrot, »hoffentlich verliert er seine Arbeit nicht, das wäre ...«, abrupt brach sie ab und schaute Anna mit traurigen Augen an.

»Er wird seine Arbeit nicht verlieren, Mama, da gibt es Gesetze, man darf nicht gekündigt werden, solange man krank ist.« Beruhigend strich sie über Mutters Arm.

»Vielleicht ist das so, wenn man Schweizer ist, aber wir, wir sind doch nur Flüchtlinge?«

»Auch Flüchtlinge haben Rechte, das habe ich in der Schule gelernt.«

»Ach, Anna, wenn ich dich nicht hätte, ich wüsste nicht ...», Tränen liefen ihr über die Wangen. Erneut strich Anna ihr über den Arm.

»Mama, nun sei doch zuversichtlich. Morgen fährst du wieder ins Spital und besuchst den Papa. Wenn ich Zeit habe, werde ich nach der Schule auch noch kurz vorbeischauen, das heißt, falls Frau Mattli mir erlaubt, dass ich etwas später komme. Ich werde morgen früh vorbeigehen und sie fragen.«

»Tu das, Anna. Vater freut sich sicher, wenn du ihn besuchst.« Mutter erhob sich, »ich werde mich etwas ausruhen.«

Die Tür der Schlafkammer klappte leise ins Schloss und Anna war allein. Sie räumte das Geschirr weg, stellte es in das Abwaschbecken, versorgte Brot, Butter und Käse und setzte sich an den Tisch, um an ihrem Aufsatz zu arbeiten.

Es war noch dunkel, als Anna mit ihrer Mappe unter dem Arm in Richtung Gasthof lief. Ein kühler Wind blies ihr ins Gesicht. Sie war aufgeregt und erschien mit geröteten Wangen in der Gaststube.

»Anna, was tust du hier, so früh schon?«, fragte Frau Mattli erstaunt.

»Ich wollte Sie fragen, ob ich heute Nachmittag etwas später kommen darf, mein Papa liegt im Spital, sein Bein ist gestern operiert worden und ich möchte ihn nach der Schule gerne besuchen. Und der Gast aus Basel möchte meine Zeichnungen sehen.«

Noch ehe Frau Mattli antworten konnte, ertönte Sondereggers Stimme auf der Treppe. »Guten Morgen, Anna, schön, dass Sie schon hier sind. Wir könnten einen Kaffee zusammen trinken, während Sie mir Ihre Werke zeigen.«

Frau Mattli zog fragend die Augenbrauen hoch. »Aber um drei Uhr bist du hier, du weißt, ich brauche dich.« Sie drehte sich um und ließ die beiden allein.

Anna nickte, folgte Sonderegger in die Gaststube, öffnete ihre Mappe und legte die Bilder auf den Tisch. Sein Haar war noch feucht von der Dusche und ein leichter Rasierduft stieg in ihre Nase. Während er ihre Bilder betrachtete, brachte Frau Mattli den Kaffee und stellte ihn demonstrativ auf den Tisch, direkt auf Annas Bilder. Ihr Blick sprach Bände. Was will denn so ein feiner Herr mit Annas Bilder, das sind doch nur hingekritzelte Malereien von einem Kind?

Anna rutschte nervös auf ihrem Stuhl hin und her, während er lange und intensiv Bild für Bild betrachtete. Weshalb sagt er nichts? Fand er sie etwa nicht schön, nicht der Rede wert?

»Die Ansätze sind gut, sehr gut sogar.« Sonderegger legte das letzte Bild in die Mappe zurück. »Natürlich fehlt noch etwas, so der letzte Kick, wie man heute im Jugendjargon sagen würde, aber dem kann ja nachgeholfen werden.« Er nahm einen Schluck Kaffee. »Anna, wenn ich wieder in Basel zurück bin, werde ich mich melden. Das wird in etwa vier Wochen sein. Ich kenne ein paar Leute, die Ihnen vielleicht behilflich sein könnten.« Er strich sich mit der Hand über die feuchten Haare, um sie zu glätten. »In der Zwischenzeit sollten Sie einfach weitermalen.«

Anne spürte, wie die Freude ihr die Röte ins Gesicht trieb. »Das werde ich auf jeden Fall, ich geh ja immer noch hin und wieder zum Franz in den Malunterricht.«

»Franz?«

»Ja, ein ehemaliger Lehrer und Kunstmaler, bei dem ich schon viel gelernt habe, nur leider habe ich im Moment nicht mehr so viel Zeit, aber wenn es möglich ist, dann kann ich bei ihm malen.«

»Das ist gut, also weitermachen, niemals aufgeben, Sie hören von mir.«

7. Kapitel

Müde öffnete Markus die Eingangstür und stellte den Koffer auf den Boden. Die Reise ins Tessin und anschließend nach Mailand war anstrengend gewesen. Die Verhandlungen, ganz besonders die in Mailand, zäh und nervenaufreibend. Aber er hatte es wieder einmal geschafft und den Galeristen dazu überredet, ihm ein Bild von einem noch jungen, jedoch in seinen Augen vielversprechenden Kunstmaler zu einem moderaten Preis zu überlassen. Das Bild würde in den nächsten Tagen an die Bank geschickt werden, wie der Galerist versprochen hatte, und Markus war in Gedanken seine Kundschaft durchgegangen, die ein solches Bild kaufen würden.

Er begab sich nach oben ins Schlafzimmer und von dort in das Badezimmer nebenan. Sein Sinn stand nach einem entspannenden Schaumbad. Er liebte es, zu baden. Mit einem Drink in der Hand, leiser klassischer Musik aus dem Radio, das war für ihn purer Genuss.

Während das Wasser plätschernd in die Wanne floss und sich das Badesalz in duftenden Schaum verwandelte, entkleidete er sich im Schlafzimmer. Der Spiegel, der die ganze Breite des Schrankes einnahm, zeigte seinen alternden Körper mit brutaler Offenheit. Eiligst zog er den Bademantel über; es schmerzte ihn höllisch, dass seine Figur langsam die Jugendlichkeit verlor.

Mit einem Drink in der Hand stieg Markus in die Wanne. Er seufzte vor Wohlgefühl.

Aus dem Radio ertönte die Arie »E Strano« aus der Traviata von

Verdi. Er liebte diese Oper sehr, er liebte eigentlich alle Opern, doch die hier berührte sein Herz besonders. Weswegen, das wusste er nicht. Möglicherweise lag es an der Sanftheit, die diese Musik ausstrahlte.

Erst als das Wasser sich abgekühlt hatte und ihn ein leichtes Frösteln überkam, stieg er aus der Wanne, um sich abzutrocknen. Mit einer bequemen Hose und einem Sweater bekleidet suchte er in die Küche nach etwas Essbarem. Frau Keller, seine Haushälterin, hatte wie immer vorgesorgt. Im Kühlschrank fand er eine Käseplatte, garniert mit Bündnerfleisch und Salzgurken. Er stellte sie auf den Salontisch, nahm eine Flasche Bordeaux aus dem Regal, goss sich den dunkelrot funkelnden Wein in ein Kristallglas und genoss die Ruhe, die nur hin und wieder durch ein vorbeifahrendes Auto gestört wurde. Kurz vor Mitternacht ging er ins Bett.

Die vergangenen Wochen waren hektisch gewesen. Markus hatte alle Hände voll zu tun gehabt. Kunden mussten kontaktiert, neue Konzepte entworfen werden, und fast jeden Abend standen Geschäftsessen auf dem Programm.

Manchmal, wenn er in seiner kurzen Mittagspause den Rheinweg entlang spazierte und an seinem Elternhaus vorbeikam, das er vermietet hatte, dann übermannten ihn die Gedanken an seine Jugend. War es eine verlorene Jugend gewesen? Er konnte es bis heute weder bejahen noch verneinen. Es hatte ihm an nichts gefehlt. Er durfte die besten Schulen besuchen, doch er empfand den Reichtum wie eine Wand zwischen ihm und dem Leben draußen. Sein Vater, ein Patriarch, entschied über seine Berufswahl. »Entweder Arzt oder Jurist«, das waren seine Worte gewesen, als Markus mit dem Wunsch an ihn herangetreten war, Kunst studieren zu wollen. Schließlich hatte er sich zu einem Jurastudium entschlossen, denn er konnte kein Blut sehen und auch die langen Präsenzzeiten in einem Spital schreckten ihn ab.

Als Jurist bleibt mir immer noch genügend Zeit, mich mit der Kunst auseinanderzusetzen, hatte er gedacht. Nach dem Studium absolvierte er seine Referendarzeit in einer renommierten Anwaltskanzlei. Wieder ein Privileg durch Namen und Reichtum seiner Eltern.

Heute war er ganz zufrieden mit seinem Leben. Die Sonntagmorgen liebte er ganz besonders. Keine Hektik, keine Telefonate, Zeit, die er für sich hatte. Meistens, nach dem ersten Kaffee, den er auf der Terrasse zu sich nahm, wenn es das Wetter zuließ, und dabei ausgiebig die Zeitung studierte, setzte er sich an den Schreibtisch in seinem Arbeitszimmer, um liegengebliebene Post aufzuarbeiten.

So auch diesen Sonntag. Er nahm den Stapel und sortierte die Post nach Eingangsdatum. Es waren wieder viele Bittschreiben darunter, denn er verfügte durch seine Bank über ein erkleckliches Budget, das er nach seinem Gutdünken einsetzte. Und genau das liebte er an seiner Arbeit: die Freiheit. Nachdem er die dringlichsten Briefe beantwortet hatte, fiel ihm die Mappe mit Annas Bildern in die Hand.

»Wie konnte ich alter Esel das vergessen«, murmelte er erschrocken. Er öffnete sie und schaute die Bilder nochmals an. Und war immer noch überzeugt, dass in Anna eine große Künstlerin steckte. Entschlossen stand er auf, griff zum Telefon und wählte die Nummer von Hubert von Krantz.

Zehn Minuten später setzte er sich in sein Auto und fuhr in Richtung Innenstadt, Annas Mappe auf den Beifahrersitz. Die Straßen in Basel waren leer. Nur ein paar Kirchgänger und Touristen schlenderten durch die Altstadtgassen. Er parkte, stieg aus und schritt gemächlich in die Gasse, in der sich die Galerie und die Wohnung des Ehepaars von Krantz befand.

Hubert von Krantz begrüßte ihn überschwänglich. »Mein Freund, was hast du denn so Dringliches zu zeigen, es ist Sonntagmorgen, und ... doch komm herein.«

Sonderegger trat in den kühlen Korridor, in dem es immer etwas moderig roch. Das Altstadthaus bestand aus dicken Mauern und kaum ein Sonnenstrahl konnte die Wände erwärmen.

»Wie ich dir am Telefon erklärte, ich habe eine junge talentierte Frau entdeckt. Doch sieh selbst, ich habe ein paar von ihren Bildern mitgebracht. Ich glaube, dass auch du begeistert sein wirst.«

»Wir haben gerade Kaffee getrunken, möchtest du einen?«

»Nur ein Glas Wasser, bitte.«

»Ich rufe Ursula, sie ist sicher auch interessiert. Sind denn die Bilder schon für eine Ausstellung gedacht?«

»Aber nein, doch komm, lass uns es besprechen.«

Die beiden begaben sich in den ersten Stock der Wohnung über der Galerie.

»Hallo Markus.« Ursula erhob sich von ihrem Sessel, ihr seidener Morgenrock öffnete sich dabei leicht und ließ einen Teil ihres perfekten Körpers sehen. Sie ging mit ausgestreckten Händen auf ihn zu. »Was führt dich an einem Sonntagmorgen zu uns? Setz dich. Kaffee?« Sie deutete mit dem Kopf auf die Kaffeekanne, die auf dem Tisch stand.

»Nein, nur ein Glas Wasser, vielen Dank, Ursula.« Er versank in einem von diesen unbequemen modernen Sesseln, in denen das Gesäß tiefer lag als die Beine. Er hatte lange Beine. Der Raum war mit teuren Möbeln aber sehr spartanisch ausgestattet. An den weißen Wänden hingen nur zwei Bilder, die allerdings das Zimmer völlig beherrschten. Ein Picasso aus der blauen Periode und ein Klee, der mit seinen wilden Farben sofort den Blick eines jeden Besuchers auf sich lenkte.

»Hier dein Wasser.« Hubert kam aus der Küche zurück, stellte eine geschliffene Karaffe mit Wasser und ein Glas auf den Tisch. »Nun lass mal sehen.« Neugierig öffnete er die Mappe, zog vorsichtig ein Bild nach dem anderen heraus, breitete sie auf dem Tisch aus und betrachtete sie lange. Auch Ursula hatte sich erhoben, lehnte sich über seine Schulter. Die langen blonden Haare fielen dabei über ihr Gesicht.

»Wo hast du denn die aufgegabelt?«, fragte von Krantz, nachdem er das letzte Bild betrachtet hatte.

»Ich habe sie auf einer meiner Reisen ins Tessin, in dem Bergdorf, wo ich immer einen Halt einlege, kennengelernt. Ich sehe ein großes Talent in ihr schlummern. Ein Talent, das gefördert werden sollte.«

»Hm ...« Von Krantz lehnte sich in seinem Sessel zurück, »eine Landpomeranze also. Gut, ihre Bilder sind nicht schlecht, was meinst du, Ursula?«

Sie runzelte die Stirn. »Doch was sollen wir dabei? Reif für eine Ausstellung sind sie ganz bestimmt noch nicht.«

»Ihre Eltern sind arm, sie haben kein Geld, der Anna eine Ausbildung zu bezahlen, und da dachte ich an dich, an euch. Hubert, du kennst so viele einflussreiche Leute, die möglicherweise gewillt wären, ein solches Talent zu fördern.« Markus versuchte, sich in dem tiefen Sitz aufzurichten.

»Schon, aber ich kann dir leider nicht weiterhelfen.« Von Krantz wiegte den Kopf und betrachtete dabei seine gepflegten Hände.

»Denk einfach mal drüber nach, ihr Ruhm könnte auch auf dich zurückfallen!« Sonderegger rappelte sich mühsam aus dem Sessel hoch und band die Mappe zu. »Es eilt ja nicht.«

»Und du, Markus?« Ursula hatte sich ebenfalls aufgerichtet und strich sich die Haare aus dem Gesicht, »du kennst doch auch viele einflussreiche Leute, weshalb kannst denn du nicht behilflich sein?«

»Ihr wisst, dass mir von meinem Arbeitgeber in dieser Hinsicht die Hände gebunden sind, ich darf bei so etwas nicht mitmischen. Gebt mir bitte Bescheid, es würde mich für Anna sehr freuen. Wie gesagt, ich glaube an sie. Sie hat Talent und auch das notwendige Durchhaltevermögen.« Er lächelte, weil er an das lodernde Feuer in Annas Augen denken musste, während sie ihm von ihrem Wunsch zu malen erzählt hatte.

Von Krantz nickte. »Ich werde es mir durch den Kopf gehen lassen, doch versprechen kann ich nichts. Ich ruf dich an.«

Auf der Straße atmete Markus erst einmal tief durch, bevor er langsam zu seinem Auto ging. Er war sich nicht so sicher, ob der Galerist angebissen hatte, er konnte es nur hoffen, denn ihm war klar, dass von Krantz nach Anerkennung lechzte. Die Galerie von den beiden lief glänzend, aber Hubert war finanziell von Ursula abhängig. Er hatte beste Beziehungen zu den großen Häusern, die sich mit Kunst beschäftigen sowie zu Ausbildungsstätten für angehende Künstler. Für das, was in der Kunstszene gerade angesagt war, hatte er einen Riecher, aber seine Frau entschied, was in der Galerie ausgestellt wurde und wer zu den beliebten Vernissagen eingeladen wurde.

Als er zu Hause die Tür öffnete, empfing ihn Stille. Eine Stille, die er nach einem hektischen Arbeitstag sehr zu schätzen wusste. Doch heute hätte er gerne mit jemandem über Anna und über ihre Bilder gesprochen. Das Mädel gefiel ihm, nicht als Frau, als Künstlerin. Sein Magen knurrte, er öffnete den Kühlschrank und suchte Käse, Schinken und noch einen Rest Gurkensalat zusammen, mehr war nicht da, aber es genügte ihm. Er belegte einen Teller mit Käse und Schinken, schnitt ein Stück dunkles Brot ab, ging ins Wohnzimmer, schaltete den Fernseher ein und zappte durch die Programme. Bei keinem hatte er große Lust, länger als ein paar Minuten zu verweilen. Er drückte auf den Aus-Knopf, stand auf und schenkte sich einen Whisky ein. Sinnend betrachtete er die goldene Flüssigkeit, bevor er einen Schluck nahm. Und wieder dachte er an Anna, und wie er ihr helfen könnte, falls Hubert von Krantz nicht zusagte. »Die ganze Grübelei hilft nichts«, murmelte er, während er sich noch einmal nachschenkte, »ich muss versuchen, allein mit Hubert zu sprechen und ihn davon überzeugen, Anna wenigstens persönlich kennenzulernen.« Er stellte das Geschirr in die Küche und ging in die Bibliothek, um ein Buch zu holen. Die Sonntagabende waren dem Lesen gewidmet. Das waren seine ganz persönlichen Glücksmomente, in einer Geschichte zu versinken und die Welt zu vergessen.

Am nächsten Tag versuchte Markus mehrmals, Hubert von Krantz zu erreichen, ohne Erfolg. Enttäuscht wandte er sich den täglichen Arbeiten zu. Seine Sekretärin hielt ihn ganz schön in Atem, sodass Anna und ihre Bilder aus seinen Gedanken verschwanden. Am Abend war eine wichtige geschäftliche Besprechung angesagt, die seine Aufmerksamkeit erforderte. Anschließend fiel er erschöpft in den Schlaf.

Telefonklingeln hallte durch das Haus. Erschrocken fuhr Markus hoch und griff nach seiner Armbanduhr auf dem Nachttisch. Sechs Uhr!

»Wer um Himmels willen ruft mich zu dieser unchristlichen

Zeit an«, brummte er, griff nach dem seidenen Morgenrock, schlüpfte eiligst in seine Hausschuhe und hastete nach unten. »Wer ist da?«, rief er wütend in den Telefonhörer.

Huberts Stimme ertönte: »Ich hoffe, dass ich dich nicht aufgeweckt habe, wenn, dann tut es mir leid.«

»Hast du. Was gibt es denn so Wichtiges um sechs am Morgen?«

»Ich möchte mit dir sprechen, über Anna, um genau zu sein. Hättest du heute Abend Zeit? Sagen wir um zwanzig Uhr?«

Er überschlug im Kopf seine Termine. »Ja, das passt. Wo treffen wir uns?«

»In der ›Taverne‹, ich werde einen Tisch reservieren«, sagte von Krantz und legte ohne ein Abschiedswort auf.

Immerhin eine erfreuliche Nachricht. Markus lächelte in sich hinein und legte den Telefonhörer auf die Gabel zurück. »Also doch!« Mit Elan ging er unter die Dusche. Der Morgen hätte nicht besser beginnen können.

Punkt acht Uhr betrat er die »Taverne«, ein einfaches Speiserestaurant, in dem man vorzüglich essen konnte.

Von Krantz saß bereits an einem Tisch und machte durch heftiges Winken auf sich aufmerksam. »Ich habe schon gewählt, aber natürlich noch nicht bestellt«, bemerkte er. »Ich nehme das Elsässer Sauerkraut mit Rippchen, Speck und Würsten, die bereiten das hier ganz hervorragend zu, mit Elsässer Crémant. Und du?«

Sonderegger nahm die Karte und überflog sie kurz. »Ich glaube, ich brauche etwas Leichtes, die vielen Geschäftsessen tun mir nicht so gut.«

»Lass dir Zeit.« Hubert betrachtete intensiv den prallen Hintern der Kellnerin, die am Tisch gegenüber Teller und Besteck eindeckte.

»Ich ich nehme die Forelle gedämpft und einen gemischten Salat.« Markus legte die Speisekarte auf den Tisch zurück.

»Gut, dazu passt ein Elsässer Wein, wenn du magst?« Und wieder streiften Huberts Augen die Kellnerin. Dieses Mal blieben sie an ihrem üppigen Busen hängen.

»Was willst du denn so dringend mit mir besprechen?«, fragte Sonderegger, als die Kellnerin die Teller vor sie hingestellt hatte.

Von Krantz schnitt sich ein Stück von der prallen Wurst ab und schob sie in den Mund. »Hat Anna noch mehr Bilder gemalt oder sind das alle, die du mir gezeigt hast?«

»Das weiß ich nicht, wahrscheinlich hat sie schon noch einige, weshalb möchtest du das wissen?« Markus freute sich diebisch über Huberts Interesse, tat aber ahnungslos.

»Nun, erstens möchte ich diese junge Frau gerne mal persönlich kennenlernen und zweitens würde ich gerne noch mehr von ihr sehen.« Er wandte sich dem Rippchen zu, das er in die Senfsoße tauchte, bevor es in seinem Mund verschwand.

»Das kann ich gerne für dich herausfinden, ich plane, in ein paar Wochen wieder ins Tessin zu fahren.«

»Ich habe nämlich darüber nachgedacht.« Von Krantz schnitt die dicke Speckscheibe in mundgerechte Stücke, »ich kenne in London eine Akademie, respektive den Verantwortlichen, und der ist immer auf der Suche nach jungen Talenten. Die Akademie erhält ein jährlicher Geldbetrag für ein Stipendium, also ich könnte mich dort erkundigen, ob sie auch Ausländer in ihr Programm aufnehmen. Deshalb möchte ich die junge Dame gerne persönlich kennenlernen.«

Die Kellnerin schwebte am Tisch der beiden vorbei und zwinkerte von Krantz aufreizend zu. Der konnte seine Lüsternheit nicht mehr verbergen und Sonderegger ahnte, was da folgen würde, sobald er sich verabschiedet hatte.

»Ich kann Anna gerne nach Basel einladen. Allerdings müsste ich das zuerst mit ihren Eltern besprechen, denn ich glaube, dass sie noch nicht volljährig ist.«

»So jung?« Von Krantz schnalzte mit der Zunge.

»So jung, ja, und voll Feuer zum Malen. Wie gesagt, ich werde das klären, wenn ich wieder in Intschi bin. Bis dahin wäre ich dir dankbar, wenn du im Vorfeld schon mal abklären könntest, ob das mit dem Stipendium möglich ist. Denn wir sollten dem Mädel keine Hoffnung machen, die dann nicht in Erfüllung geht.«

Nach dem Dessert, Vanilleeis mit Schlagsahne und einem Schuss Crémant stand Markus auf. »Ich muss jetzt gehen, morgen liegt ein anstrengender Tag vor mir. Bitte lass mich die Rechnung bezahlen.« Er nahm die Kreditkarte aus seinem Geldbeutel und winkte die Bedienung herbei.

»Nein, nein, das ...« Hubert brach ab, »danke, ich werde die Akademie kontaktieren. Ich bleibe noch«, murmelte er mit roten Ohren, »ich habe noch etwas zu erledigen.«

»Schon in Ordnung, ich melde mich, wenn Anna nach Basel kommt. Ich wünsche dir noch einen schönen Abend.« Sein Tonfall ließ keine Frage offen, wie er darüber dachte, doch seine Erziehung verbot ihm jegliche anzügliche Bemerkung.

8. Kapitel

Antons Eltern saßen mit strahlenden Gesichtern in der vordersten Reihe der Turnhalle in Gurtnellen. Sie war in einen Festsaal umfunktioniert worden, denn heute fand die Abschlussfeier der Schüler der achten Klasse statt.

Anton wurde zuerst nach vorne gebeten, er hatte seinen Schulabschluss als Bester beendet. Verlegen hielt er das Diplom in der Hand, er fühlte sich nicht wohl in dem Sonntagsanzug, aber seine Mutter hatte ihm kein Gehör geschenkt, als er ihr am Morgen erklärt hatte, dass man nicht mit »Frack und Fummel« zur Abschlussfeier erscheinen müsse.

»Du ziehst das jetzt an und damit basta«, hatte sie streng erwidert.

Wie es Anna wohl erging bei ihrer Abschlussprüfung in Altdorf? Sie sahen sich nicht mehr oft, seit sie nicht mehr in Gurtnellen zur Schule ging und an ihren freien Nachmittagen in der Gaststube aushalf. Und wenn er sich mit ihr am Abend treffen wollte, winkte sie ab, sie hätte noch zu tun. Sie war so anders geworden, ganz besonders, seit sie diesen feinen Herrn aus Basel getroffen hatte.

Die Stimme des Schuldirektors holte ihn in die Gegenwart zurück: »Du weißt, dass ich dir helfen werde, falls du dich doch noch entschließt, die Weiterbildungsschule für Landwirte in Altdorf zu besuchen.«

Anton hob die Schultern. »Vielleicht, ich weiß nicht.«

»Schade«, murmelte der Direktor.

Nach der offiziellen Feier begaben sich die Schüler und Eltern nach draußen auf den Schulhof.

»Anton, kommst du auch mit, heute Abend?« Julius stand breitbeinig vor ihm.

»Wohin?«

»Zum Tanzen, wir treffen uns um zwanzig Uhr im Bären. Da wird mächtig was abgehen.«

»Weiß nicht.«

»He Alter«, Julius stupste ihn in den Brustkorb, »wir feiern heute unseren Abschluss.«

»Mal sehen, muss zuerst noch etwas erledigen.«

»Kannst deine Anna mitbringen, sie ist ja schließlich auch hier zur Schule gegangen.« Julius grinste Anton vielsagend an.

»Wenn ich komm, dann siehst es ja.« Anton ließ seinen Schulkameraden stehen und gesellte sich zu seinen Eltern.

»Herzliche Gratulation!« Die Mutter umarmte ihn. »Ich bin so stolz auf dich.«

Auch Vater klopfte ihm anerkennend auf die Schulter. »Jetzt kann es nur noch aufwärtsgehen mit dem Hof, wo du immer Zeit hast, mir zur Seite zu stehen.« Vater nahm seinen Stock und stützte sich auf die Schultern von Anton, »lass uns gehen, es gibt noch einiges zu tun im Stall, und du willst doch sicher heute Abend mit deinen Schulkameraden feiern?«

»Ach, ich weiß noch nicht, kommt drauf an«, brummte Anton genervt.

»Junge, man feiert nur einmal seinen Abschluss, also gehen wir.«

Schweigend fuhren sie nach Intschi zurück. Als sie auf den Hof einbogen, wurde Antons Herz schwer. Das war es nun wohl gewesen. Vom Schulabschluss direkt zum Bauer. Leere übermannte ihn.

»Kann ich dich im Stall allein lassen, meine Hüfte, ich muss mich hinlegen, die Stühle in der Turnhalle waren sehr hart.«

»Klar, Vater, ich weiß, was ich zu tun habe.« Anton trollte sich, zog im Schuppen die Arbeitshose und den Kittel über, wusch sich die Hände, schnappte den Melkstuhl und ging rüber zum Stall. Die Kühe muhten schon ungeduldig, aber bevor er sich an die Arbeit machte, schaltete er das Radio ein. Bei Musik ließen sich die Kühe viel besser melken. Während der feine Milchstrahl in die Milchkanne floss, dachte er an Anna. Wo sie jetzt wohl sein mochte? Sicher ging sie mit ihren Schulkameradinnen feiern, in einem der feinen Schuppen in Altdorf? Er sah ihre großen dunklen Augen vor sich, Augen, in denen er am liebsten versinken würde, wenn sie ihn anschauten. Er seufzte.

Als er fertig war, ging er mit schweren Schritten ins Haus.

»Na, Anton?« Die Mutter kam mit einem Korb Eier in die Küche und stellte ihn auf den Tisch.

»Alles erledigt.«

»Hast du Hunger?«

Anton schüttelte den Kopf.

»Gehst du noch zur Abschlussfeier?«

»Nein, ich bin zu müde, ich geh in mein Zimmer, hab da noch was zu tun.«

Die Hände in den Hosentaschen vergraben, starrte er aus dem Fenster. Er konnte sich auch ohne Landwirtschaftsschule weiterbilden. Er würde das allen beweisen. Entschlossen holte er ein Buch hervor, das er in Altdorf gekauft hatte, »Wie modernisiere ich meinen Hof«, und begann darin zu lesen.

Seit dem Schulabschluss vor einer Woche hatte er Anna nicht mehr gesehen. Heute wollte er es ihr sagen. Falls sie nicht in der Gaststube war, wusste er, wo er sie finden würde. Neben dem Sessellift führte ein schmaler Weg auf eine Anhöhe, von der man einen grandiosen Blick ins Tag und auf die Berge hatte. Es war ihr Lieblingsplatz.

Schon von Weitem sah er sie auf der Bank sitzen, den Kopf über einen Zeichenblock gebeugt. Er konnte ihre Leidenschaft für die Malerei noch immer nicht verstehen. Auch ihr Drang nach der großen, weiten Welt war für ihn unverständlich.

Leise näherte er sich, sie schien ihn nicht zu hören. Mit dem Stift in ihrer schmalen Hand skizzierte sie die Landschaft. Es war eine skurrile Landschaft, eine ganz andere als die, die sein Auge sah. Unbemerkt stand er eine ganze Weile hinter ihr und beobachtete sie.

Plötzlich drehte sie sich um. »Du, Anton? Ich habe dich nicht kommen gehört. Was machst du hier?«

»Dich besuchen.« Er setzte sich neben sie.

»Woher weißt du, dass ich hier bin?«

»Weiß ich einfach.« Sein Herz klopfte so laut, dass er befürchtete, sie könnte es hören.

»Du warst Bester in deiner Klasse.« Sie lachte ihn an. »Ich wollte dir schon lange dazu gratulieren, aber ich hatte einfach keine Zeit. Frau Mattli benötigte mich jeden Tag.« Sie legte ihren Zeichenblock auf die Bank.

»Ich musste auch viel arbeiten, Vater, weißt du.«

Anna nickte. »Aber jetzt kann ich dir ja gratulieren.« Sie drückte ihm einen Kuss auf die Wange.

Anton schaute verlegen auf seine Hände. »Und du?«

»Nicht Bestnote, aber ich bin zufrieden. Ich will ja nicht studieren, außer Malerei, und dazu muss ich in Mathe keine Sechs haben, oder?«

»Nö, musst du nicht.«

Beide schwiegen. Anton scharrte mit dem Fuß in den Steinen, die auf dem Boden vor der Bank lagen und Anna ließ ihren Stift durch die Hände gleiten.

»Sag mal«, unterbrach Anna die Stille, »gehst du jetzt auf diese Weiterbildungsschule nach Altdorf?«

»Nein, ich kann nicht, ich muss auf dem Hof mithelfen.«

»Aha, Vater!«

»Ja.«

Wieder Schweigen.

Plötzlich nahm Anton die Hand von Anna. »Ich muss dich was fragen.«

»Ja?« Sie schaute ihn mit ihren dunklen Augen an.

»Anna, ich ...« Er verstummte einen Augenblick, holte dann Luft und stieß hervor: »Anna, willst du mit mir gehen?« Nun war es gesagt, nun hatte er dieses Wort ausgesprochen. Ein Stein, nein, viele Steine fielen ihm vom Herzen.

Sie hörte auf, mit dem Bleistift zu spielen, und schaute ihn ernst an. »Anton, das geht nicht. Du weißt, dass ich malen muss, ich kann nicht aufhören damit.«

»Nur weil ich ein Bauer bin?«

»Das hat nix damit zu tun, mein Leben ist das Malen und vielleicht gehe ich ja auch bald weg von hier.«

»Dieser Basler, ist es der?«

»Der will mir helfen, eine Ausbildung zu bekommen.«

»Und wenn das nicht klappt?«

»Es klappt, das weiß ich, das fühle ich. Anton, es geht einfach nicht. Ich würde auch nie eine gute Bäuerin werden.«

»Dann also nicht«, erwiderte Anton traurig und stand auf. »Anna, was immer auch passiert, ich werde für dich da sein, vergiss das nie, hörst du, nie!« Mit gesenktem Kopf stapfte er den Weg hinunter, die Hände in den Hosentaschen vergraben.

9. Kapitel

Traurig schaute Anna Anton nach, wie er zögernd und mit hängenden Schultern davonging. Sie nahm ihren Zeichenblock wieder zur Hand und betrachtete das Werk. Seufzte. Was nur hatte sie da gemalt? Eine wilde Ansammlung von Strichen, ausschraffiert. Eigentlich nicht das, was sie mit ihren Augen gesehen hatte, sondern was in ihrem Kopf entstanden war. Was Franz wohl dazu sagen würde? Wahrscheinlich würde er sie rügen und sie auffordern, das Bild nochmals, und zwar ordentlich, zu malen. Und vor allem die Farbstifte dazu benutzen und »bitte nicht in Schwarz«, sie konnte seine Stimme förmlich hören und musste lächeln.

Nach einer Weile stand sie auf und packte ihre Sachen zusammen. Sie musste pünktlich in der Gaststube erscheinen. Gerade an einem so herrlichen Frühlingstag würden viele Ausflügler ihren Nachmittagskaffee auf der Terrasse genießen, und sie brauchte das Geld dringend für ihre Ausbildung. Von Sonderegger hatte sie seit seinem letzten Besuch nichts mehr gehört. Er hat mich wohl vergessen, dachte sie. Klar, ich bin ja nur ein Flüchtling und meine Malereien sind Kinderzeichnungen, denen man keine große Beachtung schenkt.

Die Aussichtsterrasse war gut besetzt, Frau Mattli eilte geschäftig mit dem Tablett hin und her. Anna rannte die letzten Meter im Laufschritt, keuchte die Treppe hoch und wäre fast mit einem Gast, der aus der Gaststube kam, zusammengestoßen. »Entschuldigung«, japste sie und wollte an ihm vorbeistürmen.

»Anna!« Eine Hand hielt sie an der Schulter zurück, »ich bin es, hast du mich nicht mehr erkannt?«

Sie blickte hoch, vor ihr stand Sonderegger und lächelte sie an.

»Sie?«, stammelte Anna, »ich ...«, sie brach ab, »ich muss zur Arbeit«, und wollte an ihm vorbei in den Korridor schlüpfen.

»Gut, ich setz mich auf die Terrasse und ich hätte gerne einen Kaffee und ein Stück Kuchen, und wenn der größte Sturm hier vorüber ist, dann habe ich dir einiges zu erzählen.«

Anna nickte. »Egal, was für einen Kuchen?«

»Wenn es Apfelkuchen gibt, dann den, wenn nicht, einfach das, was gerade vorhanden ist, die Kuchen von Frau Mattli sind alle sehr lecker.«

In der Küche band sie sich eiligst ihre Schürze um und ging zum Kuchenregal. Es gab Apfelkuchen. Sie schnitt ein Stück ab, legte es auf den Teller und garnierte die Apfelschnitze mit einem Kleckser Sahne, füllte den Kaffee in eines der Silberkännchen, stellte den Kaffeerahm und einige Zuckerwürfel dazu und balancierte das Tablett auf die Terrasse. Markus Sonderegger saß, wie das erste Mal, ganz hinten an der Mauer und blätterte in einer Zeitung.

»Hier, Ihr Kaffee und der Kuchen, Apfelkuchen, wie Sie es gewünscht haben.« Sie stellte das Tablett vor ihn hin.

»Fein, vielen Dank, Anna, und wie gesagt, wenn es etwas ruhiger geworden ist, möchte ich gerne etwas mit dir besprechen.«

»Ja, doch das kann dauern, an einem so schönen Tag wie heute werden die Leute sitzen bleiben.«

»Macht nichts, ich habe Zeit.«

Anna hastete in die Küche zurück, um Frau Mattli zu helfen, die gerade einige Servierbretter für eine größere Gruppe zusammenstellte.

Er hat mich geduzt, dachte sie und füllte die Silberkannen mit

Kaffee. Was will er mit mir so Wichtiges besprechen? Hat er wohl etwas für mich gefunden? Wird mein größter Wunsch ...?

»Anna!« Frau Mattlis Stimme riss sie aus ihren Gedanken, »wir müssen noch mehr Kuchen schneiden. Das, was hier ist, wird nicht reichen. Geh und schau in der Vorratskammer nach, was noch da ist.«

Anna eilte in den Keller und schob die schwere Eisentür auf, hinter denen die Vorräte für die Restauration gelagert waren. Mehrere Schinken, Wurstringe und geräucherte Speckseiten hingen in Reihen geordnet an Haken von der Decke. In zwei großen Kühlschränken lagerten verschiedene Fleischstücke, Butter, Käse und Flaschen mit flüssiger Sahne. Auf einem Gestell an der Wand befanden sich in Einweckgläser mit Marmelade und Kompott, und in einer speziellen Kühlbox lagen die Kuchen, die Frau Mattli jeden zweiten Tag buk.

Anna türmte drei Kuchenbleche aufeinander und ging damit in die Küche zurück. »Hier, reicht das oder soll ich noch mehr holen?«

Frau Mattli prüfte mit kritischem Blick die Kuchen. »Für den Moment reicht das, danke.«

Der Nachmittag verging wie im Flug. Als nur noch wenige Gäste auf der Terrasse saßen, fand Anna endlich Zeit, sich an den Tisch von Herrn Sonderegger zu setzen. Erwartungsvoll schaute sie ihn an. Würde es eine gute oder eine schlechte Nachricht sein, sie war aufgeregt und das Herz schlug ihr bis zum Hals.

»Anna, hast du noch mehr Bilder gemalt, seit wir uns das letzte Mal gesehen haben?«

Sie nickte. Weshalb fragt er das, er weiß doch, dass ich verrückt nach dem Malen bin!

»Ich konnte einem Galeristen deine Bilder zeigen und er möchte noch mehr von dir sehen.« Er lehnte sich zurück, verschränkte die Arme und sah Anna prüfend an. »Entschuldige mein ›du‹, das ist mir so herausgerutscht, ich darf doch?«

»Ja klar.« Sie rutschte auf die vordere Stuhlkante, »und der Galerist will wirklich noch mehr Bilder von mir sehen?«

»Er möchte dich persönlich kennenlernen, das heißt, du müssest nach Basel kommen.«

»Ich, nach Basel? Das wird Mutter nicht erlauben und Vater auch nicht.«

»Hm, ich könnte mit deinen Eltern sprechen.«

»Ja?«, kam es zögernd aus Annas Mund, »aber ich bin nicht sicher, dass das helfen wird, ich bin noch nicht volljährig.«

»Du hast doch jetzt deine Schule beendet?« Sonderegger winkte Frau Mattli und bestellte zwei Kaffee, »arbeitest du jetzt immer hier im Gasthof?«

»Nur wenn viel los ist, ich arbeite zusätzlich noch bei der Post, aber auch nur, wenn die mich brauchen. Ich werde mir eine Stelle als Kellnerin in Altdorf suchen, dort verdiene ich dann regelmäßig Geld und ...«, sie brach ab und schaute ihn traurig an, »das wird wohl nie etwas mit einem Malstudium.«

»Mal sehen, Anna, du gehst jetzt nach Hause und stellst deine letzten Kunstwerke zusammen. Ich bleibe noch mindestens einen Tag hier, vielleicht auch noch etwas länger. Morgen könnte ich mit dir zusammen deine Eltern besuchen. Vielleicht erlauben sie es, wenn sie mich kennengelernt haben.«

»Meinen Sie?« Anna schaute ihn zweifelnd an. Sie kannte Mutter und ihre Abneigung gegen alles Fremde.

»Ganz sicher. Arbeitest du morgen wieder hier?«

»Ja, am Nachmittag, am Morgen bin ich auf der Post.«

»Gut, dann gehen wir zusammen nach der Arbeit zu deinen Eltern. Du kannst sie schon mal auf meinen Besuch vorbereiten.«

»Mach ich.« Anna stand auf und gab ihm die Hand, »vielen Dank, Herr Sonderegger, und noch einen schönen Abend.«

Tief in Gedanken versunken ging Anna langsam nach Hause. Weshalb soll ich nach Basel und diesen Galeristen treffen, und warum will der noch mehr Bilder von mir sehen? Will er sie gar ausstellen? Wohl kaum. Aber vielleicht doch! Und welche Bilder soll ich noch zeigen? Die sind alle nichts geworden. Meine Schönsten habe ich ja schon gezeigt! Das, was ich jetzt male, das ist so anders, so wild, das gefällt niemandem!

Als sie bei der Weggabelung angekommen war, die zu ihrem Haus führte, blieb sie stehen und schaute hinunter auf den Bauernhof, wo Anton wohnte. Wie ging es ihm? War er im Stall bei seinen Kühen? Wie gern hätte sie mit ihm gesprochen, so wie früher, als sie ihm alles erzählen konnte. Doch nach diesem Gespräch heute? Ab jetzt würde alles anders sein. Sie seufzte und stieg den steilen Weg hoch.

Die Mutter stand wie üblich am Herd und kochte. Es roch nach Sauerkraut. Sie hatte absolut keine Lust auf Sauerkraut, sie hatte überhaupt keinen Hunger.

Eben war sie im Begriff, die Küche zu verlassen, um in ihr Zimmer zu gehen, da drehte sich die Mutter um: »Anna, ich habe mit dir zu reden.« Sie holte die Mappe mit den Zeichnungen von der Buffetablage hervor. »Was soll das?« Ihr strenger Blick streifte Anna. »Du hast Vater und mir doch versprochen, mit dieser Malerei aufzuhören, und jetzt finde ich das beim Aufräumen in deinem Zimmer.«

»Du hast in meinem Zimmer herumgestöbert?«

»Nein, ich habe endlich mal Ordnung gemacht. So geht das nicht weiter. Mach gefälligst was Anständiges, diese Malerei bringt doch nix. Du sollst dir eine Arbeit suchen, einen Mann heiraten und ...«

»Ich such mir ja eine Arbeit, in Altdorf, wenn du es genau wissen willst, aber heiraten, das kannst du dir aus dem Kopf schlagen. Und wenn ich in meiner Freizeit malen will, dann mach ich das und du kannst mich nicht davon abhalten!« Anna stampfte auf und verließ wütend die Küche.

»Anna, Anna, versteh mich doch«, rief Mutter hinter ihr her, »ich, wir meinen es doch nur gut mit dir.«

Aber Anna hatte die Tür zu ihrem Zimmer bereits mit einem Knall ins Schloss geworfen. Sie ließ sich auf das Bett fallen und Tränen strömten aus ihren Augen. Niemand kann mich verstehen, niemand, niemand. Sie trommelte mit den Fäusten auf die Bettdecke. Eine ganze Weile lag sie so da, der Tränenfluss wurde weniger und sie beruhigte sich etwas. Nachdenklich setzte sie sich auf und starrte in das aufgeräumte Zimmer. Ihre Farbschachtel lag an ihrem Platz, die Farben waren fein säuberlich eingereiht worden. Ihre Malhefte lagen daneben, auch die fein säuberlich gestapelt. Ihre Kleider hingen wohlgeordnet im Schrank und ihre Schuhe standen auf der Schuhbank neben dem Schrank. Mutter hatte ganze Arbeit geleistet. Das Zimmer strahlte vor Aufgeräumtheit. Anna erhob sich, vielleicht hatte Mutter ja recht, vielleicht sollte sie die Malerei wirklich an den Nagel hängen. Was würde ihr das bringen, sie musste Geld verdienen und auf eigenen Beinen stehen. Aber heiraten? Anton? Nein, das konnte sie nicht. Sie wollte keine Bäuerin werden. Sie wollte die Welt kennenlernen, sie wollte hier nicht versauern. Und Morgen, was würde da sein, wenn dieser Sonderegger ihre Eltern bat, sie nach Basel reisen zu lassen, um mit einem Galeristen zu sprechen? Sie wischte den Gedanken schnell weg, holte sich ein Taschentuch aus dem Schrank, trocknete die feuchten

Wangen und lief die Treppe hinunter.

»Mama, es tut mir leid, das von vorhin. Ich werde mir eine Arbeit als Kellnerin in Altdorf suchen, aber heiraten, das tu ich nicht. Dafür bin ich noch zu jung.«

»Ich habe auch jung geheiratet, Anna, und ich bin immer noch glücklich mit deinem Vater. Der Anton, der wäre doch der Richtige für dich. Er ist arbeitsam, du hättest es gut bei ihm.«

Anna seufzte. »Ich will aber keine Bäuerin werden, ich will nicht mein ganzes Leben hier in Intschi bleiben, Kühe melken, Heu einbringen und fünf Kinder am Rockzipfel haben«, ihre Stimme wurde einige Oktaven höher. »Bitte versteh mich. Ich mag den Anton, aber ich müsste ihn ja auch lieben.«

»Die Liebe wird sich mit der Zeit einstellen, du wirst sehen, der Anton wäre nicht der Schlechteste und fünf Kinder müssen es nicht unbedingt sein.«

»Ach, Mama, lassen wir das Thema, was kann ich dir noch helfen?«

»Nichts, ist alles getan, auch der Tisch ist schon gedeckt.«

Das Abendessen verlief schweigsam.

Anna stocherte lustlos in ihrem Teller und stieß ihn nach einer Weile weg. »Ich geh jetzt nach oben, ich bin müde. Morgen früh muss ich in der Post aushelfen und am Nachmittag bei den Mattlis.«

»Anna, du bist so dünn, du musst essen.« Die Mutter schaute sie bekümmert an.

»Ich bin nicht dünn, und wenn ich keinen Hunger habe, dann muss ich auch nicht essen. Mama, lass mich bitte.«

Olga seufzte und sah ihr besorgt nach, bevor sie sich an ihren Mann wandte: »Die Anna macht mir Kummer, ihren Fimmel für die Malerei, ihre Rastlosigkeit, ach, einfach alles.«

»Nun lass mal gut sein. Das ist normal in dem Alter. Sie wird ihren Weg schon finden. Und das mit der Malerei«, er wischte sich den Mund mit der Serviette ab, »das wird sich legen, da bin ich mir ganz sicher.«

»Meinst du?« Olga räumte den Tisch ab, »da bin ich mir nicht so sicher. Schau, das habe ich heute beim Putzen in ihrem Zimmer gefunden«, und sie schob ihm die Mappe mit den Bildern hin. »Das sind doch keine Bilder, oder?«

Janosch nahm sie zur Hand. »Schon nicht das Übliche, nein«, sagte er und legte sie wieder in die Mappe zurück. »Aber ich finde sie gar nicht so schlecht. Man nennt so etwas moderne Kunst und es steckt eine große Ausdruckskraft drin.«

»Du musst sie nun auch noch in Schutz nehmen.« Sie trocknete sich die Hände an der Schürze ab und setzte sich an den Küchentisch.

»Ich nehme sie nicht in Schutz, aber ich weiß, dass diese Kunst irgendwann einmal gefragt sein wird.«

»Was du alles weißt?«

»Ja, ich gehe manchmal nach der Arbeit in die städtische Bibliothek in Altdorf und sehe mir Bücher an über Malerei, über die Kunst und so. Und da habe ich gelesen, dass es Kunstmaler gibt, die in dem Stil malen, wild und farbenfroh.«

»Und dann meinst du, dass deine Tochter auch einmal zu dieser Gilde gehören wird mit ihrem Gekritzel?«

»Nein, das nicht, aber es scheint in dieser Hinsicht einiges im Umbruch zu sein.«

»Janosch, ich habe ihr geraten, den Anton zu heiraten. Der mag sie, ich sehe es in seinen Augen, wenn er die Anna betrachtet, und sie hätte es gut bei ihm, da bin ich mir ganz sicher.«

»Du kannst doch unsere Tochter nicht verkuppeln. Sie muss es auch wollen, nicht nur der Anton, obwohl, ja, es wäre ein guter Mann für sie. Aber komm, lassen wir das. Kochst du uns noch einen Tee?«

Der restliche Abend verlief friedlich. Janosch erzählte von seiner Arbeit. »Ich bin froh, dass wir hier in der Schweiz sein können, du nicht auch, Olga?«

»Ja schon, aber ich fühle mich immer noch einsam hier.«

Anna verstaute die zusammengerollten Bilder in ihrem Rucksack. Sie wollte verhindern, dass Mutter sah, was sie mitnahm. Das hätte wieder zu unerquicklichen Diskussionen geführt.

Der Morgen verlief hektisch, sie schleppte Pakete in den Postwagen, sortierte Briefe und stempelte Formulare. Nach der Arbeit schlenderte sie zur Gaststätte. Sie hatte es nicht eilig, sie musste etwas Ruhe finden, sich überlegen, wie sie das Gespräch zwischen Sonderegger und ihren Eltern steuern könnte, denn sie hatte gestern Abend nichts von dem bevorstehenden Besuch erzählt.

In der Nähe des Friedhofs setzte sie sich auf eine Bank, nahm das Brot heraus, die Mutter für sie zubereitet hatte. Sie liebte diese Bank und die Stille des Friedhofs. Gedankenverloren schaute sie über die steinernen Kreuze. Wenn sie hierbliebe, würde sie in fünfzig Jahren auf diesem Platz ihren letzten Frieden finden. Aber sie konnte nicht hierbleiben, sie wollte die Welt erobern.

Als sie das Brot und den Apfel gegessen hatte, ging sie weiter in Richtung »Restaurant Alpenblick«.

»Schon wieder so viele Leute auf der Terrasse«, murmelte sie, als sie in die Gasstube trat. Frau Mattli empfing sie mit einem strafenden Blick und befahl ihr, sich sofort an die Arbeit zu machen.

Anna eilte in die Küche, um ihre Schürze zu holen, und anschließend auf die Terrasse zu den Gästen. Ihr Augen suchten nach

Sonderegger, sie konnte ihn aber nirgends entdecken. In einem ruhigen Moment erkundigte sie sich bei Frau Mattli nach seinem Verbleib.

»Er ist zum Arnisee hinaufgefahren, er wolle wandern, hat er gesagt. Er sei um siebzehn Uhr wieder zurück. Und nun los, das Mittaggeschirr steht noch in der Gaststube, das muss abgeräumt werden, wir erwarten für heute Abend eine größere Gesellschaft zum Essen.«

Anna nickte und dachte, hoffentlich muss ich nicht bleiben, sie getraute sich aber nicht, zu fragen. Frau Mattli schien sehr gestresst zu sein.

Punkt siebzehn Uhr erschien Markus Sonderegger auf der Terrasse. Er winkte Anna zu und setzte sich auf seinen Platz, hinten, an der Mauer. Als der größte Trubel vorbei war, trat Anna an seinen Tisch.

»Ich habe die Zeichnungen mitgebracht, ich hole sie und dann können Sie sie anschauen. Sie sind aber nicht besonders. Jetzt muss ich in die Küche zurück, abwaschen.«

»Ist gut, Anna, ich warte bis, du fertig bist.«

Sonderbarerweise liebte sie diese Arbeit. Sie konnte dabei ungestört nachdenken. Niemand hetzte sie von hier nach dort und umgekehrt. Während sie mit dem Lappen das Geschirr säuberte, stiegen Bilder in ihren Kopf, Berge, Seen, Bäume und Straßen. Sie speicherte sie in ihrem Kopf, um sie dann zu Hause zu zeichnen. Auch Frau Mattli hatte sie schon zu malen versucht, was ihr aber nicht so richtig gelungen war.

»Wo bleiben denn die Bilder?«

Erschrocken hob Anna den Kopf, Sonderegger stand in der Tür.

»Ach, Entschuldigung, das habe ich vergessen, in meinem Rucksack im Korridor.« Hastig streifte sie sich die seifig nassen

Hände an der Schürze ab, lief hinaus und überreichte sie ihm. «

»Danke, ich setze mich nach draußen und schau sie mir an. Wann bist du hier fertig?«

Anna zuckte mit den Schultern. »Ich weiß es nicht, es wird noch eine Gruppe zum Abendessen erwartet, ich habe nicht gefragt, ob ich helfen muss.«

»Ich werde das regeln, keine Sorge.« Sonderegger lächelte.

Anna versorgte soeben die letzten Gläser, als Frau Mattli die Küche betrat. »Du kannst jetzt gehen, ich brauche dich heute Abend nicht mehr. Bis Morgen, dann aber pünktlich, bitte!«

»Vielen Dank!« Erleichtert zog Anna die Schürze aus, schnappte sich den Rucksack und lief auf die Terrasse, wo Sonderegger schon zum Gehen bereitstand.

Eine Weile liefen sie schweigend nebeneinander her.

Plötzlich durchbrach Anna das Schweigen und zeigt auf die Landschaft: »Das male ich, aber ich male es nicht ab, sondern aus dem Kopf. Beim Franz habe ich das Abmalen gelernt, doch so wie ich es jetzt mache, gefällt es mir besser. Ich weiß aber nicht, ob das richtig ist. Es ist mein Gefühl und deshalb bin ich nicht sicher, ob meine Bilder, die ich Ihnen gezeigt habe, gut sind. Sie sind so anders.« Fragend schaute sie Sonderegger an.

»Sie sind gut, Anna.« Er legte den Arm um ihre Schulter. »Pass auf, Expressionismus nennt man das. Eine andere Richtung in der Malerei, in der nicht abgemalt wird, sondern das, was die Seele des Malers damit anfängt. Maler wie Van Gogh haben diesen Stil geprägt. Es war damals ein Aufbegehren gegen die bestehende Ordnung und gegen das Bürgertum.« Er blieb stehen und schaute sich um, als würde er nach den richtigen Worten suchen, bevor er fortfuhr: »Das sieht manchmal ganz schön wild aus und verkauft sich noch nicht so gut, aber eines Tages wird es das. Und ich denke, dass das die Zukunft in der Malerei ist und nicht diese scheußlichen, süßlichen Bergidylle mit Gamsbock, die das normale Volk sich in der Stube aufhängt.« Er nahm den Arm von ihrer Schulter.

Anna schaute ihn mit großen Augen an. Da war jemand, der sie zu verstehen schien. Sie ging schneller, selbstbewusster. Als sie das Haus erreicht hatten, trat die Mutter vor die Tür.

»Wer ist das, Anna«, fragte sie auf Ungarisch und schaute Sonderegger misstrauisch an.

»Das ist Herr Sonderegger aus Basel, er möchte mit dir und Vater etwas bereden.«

»So, und was denn?«

»Er möchte meine Bilder sehen, alle, die ich habe, und eben etwas mit euch besprechen«, sagte Anna. »Wann kommt Vater nach Hause?«

»Heute später.«

»Oh, schade. Dann kann er das mit dir besprechen und du sagst es Papa, wenn er kommt.«

Die Mutter bat Sonderegger ins Haus, schaute ihn aber immer noch misstrauisch an.

»Ich gehe jetzt meine Bilder holen.« Anna lief aufgeregt nach oben. Sie hatte noch viele Bilder zu zeigen, die nicht ›abgemalt‹ waren.

»Hier.« Mit hochrotem Kopf und voller Freude stellte sie die ganze Küche damit voll. Den Tisch, den Küchenschrank, die Stühle, ein einziger Aufruhr von düsteren Blaus, mit Schwarz und grellem Weiß, verzerrten und verdrehten Albtraumformen und geisterhaften Bäumen.

Sonderegger nahm jedes einzelne Bild in die Hand, interpretierte, kritisierte und lobte wie bei einer echten Ausstellung.

Die Mutter stand hilflos daneben und bemerkte auf Ungarisch:

»Was will denn der von dir, einem kleinen Dorfmädchen, der will dir doch nur unter den Rock.«

»Mama, das will der nicht«, erwiderte Anna auf Deutsch. Sie fand sie peinlich und rückständig und schämte sich für ihre Mutter.

Plötzlich wurde Sonderegger gewahr, wo er sich befand, in einer einfachen Bauernstube, vor ihm ein junges Mädchen, das ihm seine Worte von den Lippen trank wie ein Ertrinkende. Er stand auf. »Ich würde Ihre Tochter gerne einem Galeristen in Basel vorstellen, der ihre Bilder sehen möchte. Sie hat ein großes Talent zum Malen und er könnte ihr eventuell seine Hilfestellung für eine Ausbildung geben.«

»Das kommt auf keinen Fall infrage. Meine Tochter ist noch nicht volljährig und sie wird nicht nach Basel reisen. Meine Tochter soll etwas Anständiges lernen und nicht in der Welt herumreisen und Galeristen besuchen.« Mutters Ton war schneidend und ließ keine weiteren Worte mehr zu.

Sonderegger schaute ratlos von der Mutter zu Anna. »Besprechen Sie das mit Ihrem Mann, ich werde mich bei Ihnen melden und hoffe, dass Sie sich dazu entschließen können, Anna die Gelegenheit zu geben, sich mit dem Galeristen zu treffen. Anzumerken wäre noch, dass er auf dem Kunstmarkt sehr viel Einfluss hat.« Er verließ mit eiligen Schritten die Küche, nicht ohne vorher Anna noch zu ermuntern, fleißig weiter zu malen.

Nachdem die Eingangstür ins Schloss gefallen war, begann Anna selig ihre Bilder zusammenzuräumen.

Ihre Mutter beobachtete sie dabei mit traurigen Augen. »Anna, trau diesem Mann nicht. Er wird nicht zurückkommen, glaub mir, er wird sich nicht mehr melden.«

»Mama, ich lass mir von dir meinen Traum nicht nehmen und

bitte dich, begreif endlich, dass ich malen muss. Ich kann nicht anders. Sonderegger, der hat mich verstanden, und ich sage dir, er kommt zurück.« Sie legte die Bilder in ihre Mappe und verließ in aufrechter Haltung die Küche.

10. Kapitel

Zum ersten Mal seit vielen Jahren fuhr Anna in eine andere Welt, in eine Welt ohne Berge. Es nieselte und ein kühler Wind blies durch die enge Straße, als sie am Vormittag an der Haltestelle in Intschi in den Bus nach Altdorf stieg. Ihre Mutter begleitete sie und konnte es nicht lassen, ihr zum hundertsten Mal Ermahnungen mit auf den Weg zu geben. Anna nickte stumm, wie oft in den letzten Wochen hatte sie solche Predigten, wie sie es im Stillen nannte, schon anhören müssen?

Sie solle sich vor den Männern in acht nehmen, ganz besonders vor diesem Sonderegger und auch dem Galeristen. Solche Leute nähmen es mit der Korrektheit nicht so genau, und ganz besonders nützten sie junge Mädchen aus. Inwiefern Anna das widerfahren sollte, das hatte ihr die Mutter nicht erklärt.

Auf dem Bahnhof in Altdorf wartete Franz auf sie. Sie hatte ihm von ihrem großen Glück erzählt. »Dann treffe ich dich, wenn du umsteigst, und setze dich auch in den richtigen Zug«, hatte er lachend gesagt, »nicht, dass du noch abhandenkommst, das wäre schade.«

Der Zug fuhr langsam aus dem Bahnhof und Franz wurde immer kleiner, bis er ganz aus ihrem Blickfeld verschwunden war. Anna setzte sich entspannt zurück und blickte in die graue Landschaft, die vorbeiglitt. Was erwartete sie wohl in Basel? Was würde dieser Galerist, sie konnte sich nicht mehr genau an den Namen erinnern, zu ihren Bildern sagen, die sie in den letzten Monaten fleißig gemalt hatte? Monate, in denen sie sehnlichst auf den versprochenen Anruf von Markus Sonderegger gewartet hatte.

»Ich habe dir doch gesagt, der wird sich nicht mehr melden.« Mehr als einmal hatte ihre Mutter ihr zu verstehen gegeben, dass sie die Hoffnung auf ein Telefongespräch endlich begraben solle. Anna hatte nicht auf sie gehört, aber enttäuscht war sie schon gewesen. Wie oft hatte sie ihre Zeit neben dem Telefonapparat, der im Korridor an der Wand hing, verbracht und gewartet, um entmutigt in ihr Zimmer zurück zu schleichen, wenn er wieder einmal stumm geblieben war. Doch heute fuhr sie ihrem Glück entgegen.

Während der Zug am Vierwaldstättersee entlangfuhr, presste sie ihre Nase ans Fenster. Die Welt war nicht mehr so grau, eine zögerliche Sonne hatte die Wolkendecke durchbrochen und tauchte den See in schillerndes grünblau. Auf den sanften Wellen zogen Entenfamilien ihre Bahnen. Auch die Berge am Horizont leuchteten in verschiedenen Grüntönen, von hell bis dunkel und sie schienen im See zu versinken. Nach Luzern wurde die Landschaft ausladender. Links und rechts der Bahn entlang gab es imposante Bauernhöfe, Einfamilienhäuser oder Wohnblöcke zu sehen. Sie war aufgeregt, nun konnte es nicht mehr so lange dauern bis Basel. Schließlich war sie da.

Auf dem Bahnhof herrschte emsige Geschäftigkeit. Verloren stand Anna auf dem Bahnsteig und hielt ihre Reisetasche krampfhaft in der Hand. Von Sonderegger war nichts zu sehen, obwohl er doch versprochen hatte, sie abzuholen. Angst stieg in ihr auf, was, wenn er sie vergessen hatte?

»Anna, Anna!« Mit großen Schritten eilte er ihr schon entgegen. »Entschuldige tausendmal, meine Sitzung dauerte länger als geplant und die Parkplätze waren auch alle besetzt, jedenfalls die in der Nähe. Komm, gib mir deine Tasche.« Er nahm ihren Arm und führte sie durch die Leute vor die Bahnhofshalle. Auch hier hasteten die Menschen kreuz und quer an ihnen vorbei.

»Mein Auto.« Er blieb vor einem schwarzen Mercedes stehen, öffnete die Tür und ließ sie einsteigen. Schüchtern setzte sich Anna in den hellgrauen Ledersitz. Sie wagte kaum zu atmen. Eine solche Nobelkarosse kannte sie nur aus den Magazinen, die sie hin und wieder in einem der Cafés in Altdorf durchgeblättert hatte.

»Ich wohne etwas außerhalb von Basel«, bemerkte Sonderegger, als er sah, wie sie staunend die Herrschaftshäuser betrachtete, die links und rechts die Straße säumten.

Vor einem Patrizierhaus hielt er an, stieg aus und öffnete das eiserne Gartentor. Eine breite Steintreppe führte zur Eingangstür aus schwerem Eichenholz. Der Türklopfer war wie das Eisentor mit einem Löwenkopf geschmückt. Er schloss die Tür auf und ließ Anna eintreten. Einen so geräumigen und hellen Flur hatte sie noch nie gesehen. An den Wänden hingen zwei Bilder in den schillerndsten Farben.

»Das ist ein Picasso und das andere ein Kirchner, zwei Künstler, die ich über alles liebe. Natürlich nur Kopien, die Originale hängen in Paris und in Berlin in einem Kunstmuseum«, erklärte Sonderegger, als er Annas große Augen sah. »Doch komm, wir wollen Frau Keller, meine Haushälterin, begrüßen.« Kaum hatte er die Worte ausgesprochen, kam eine kleine, pummelige Dame aus der Küche.

»Willkommen in Basel!« Sie streckte Anna die Hand entgegen, »wie war die Reise?«

»Danke, gut«, antwortete Anna scheu.

»Sie sind das erste Mal in der Stadt?«

»Ja.« Sie lächelte, nun schon etwas zutraulicher.

»Ich werde der jungen Dame das Zimmer zeigen«, wandte sich

Frau Keller an Sonderegger. »In der Küche steht alles für das Abendessen bereit. Wenn Sie mich nicht mehr benötigen, gehe ich dann nach Hause.«

»Das ist in Ordnung, Anna und ich kommen zurecht.«

Sie machte einen leichten Knicks, nahm Annas Tasche und stieg ihr voran die Treppe ins obere Stockwerk hinauf.

»Das ist Ihr Zimmer.« Frau Keller öffnete eine der vielen Türen. »Machen Sie es sich bequem, und wenn Sie sich noch etwas erfrischen wollen, hier ist das Badezimmer. Ich hoffe, dass Sie sich wohlfühlen.«

Anna nickte überwältigt.

»Dann lass ich Sie jetzt allein, Herr Sonderegger erwartet Sie unten.« Mit leisen Schritten verließ sie den Raum.

Anna setzte sich auf die Bettkante. Das Bett war groß genug für drei Leute. Ein antiker Schreibtisch aus dunkel gebeiztem Eichenholz stand an der einen Wand, eine Vase mit einem bunten Blumenstrauß auf dem Tisch am Fenster; der einzige Farbklecks in dem in Weiß gehaltenen Zimmer.

Sie durchquerte das Zimmer und öffnete die Tür zum Badezimmer. Auch hier war alles edel. Die Badewanne mit goldenen Wasserhähnen, ein ausladendes Waschbecken mit den gleichen goldenen Armaturen und darüber ein großer runder Spiegel. Auf einer Ablage lagen flauschige weiße Badetücher und daneben an einem Haken hing ein ebensolcher Bademantel.

Anna wusch sich die Hände und fuhr sich durch ihre wuscheligen Haare, schlüpfte in einen leichten Pullover und schlich auf Zehenspitzen nach unten. Alles war still. Nur das Ticken einer Wanduhr war zu hören. Sie blieb stehen und überlegte, welche von den vielen Türen ins Wohnzimmer führten.

Doch da öffnete sich eine von ihnen und Sonderegger stand im

Türrahmen. »Da bist du ja, Anna. Komm herein und nimm Platz, dort in dem Sessel, ich hole gleich die Köstlichkeiten, die Frau Keller für uns vorbereitet hat.« Er verschwand in der Küche.

Anna setzte sich und schaute sich um. Auch hier die edle Ausstattung. Ein Eichentisch mit modernen Stühlen. Eine Anrichte und in der Ecke nahe am Kamin, Klubsessel aus schwarzem Leder.

»Frau Keller hat gute Arbeit geleistet.« Sonderegger kam herein, in den Händen balancierte er ein Tablett und stellte es auf den Klubtisch. »Wir essen hier, das ist gemütlicher als an dem großen Tisch.« Schüchtern nahm sie einen der Teller auf ihre Knie. So hatte sie noch nie gegessen, bei ihr zu Hause saß man zu den Mahlzeiten am Tisch. »Magst du Hühnersalat? Eine Spezialität von Frau Keller.«

Anna nickte, obwohl sie das noch nie gegessen hatte, doch der Salat in der Schüssel sah lecker aus. Huhn, frische Bohnen, Tomaten und noch irgendetwas schwarzes Rundes, das sie noch nie gesehen hatte.

»Das sind Oliven«, bemerkte er, als er ihre fragenden Augen sah. »Ein Kunde aus Italien bringt sie mir mit, wenn er hier in Basel geschäftlich zu tun hat. Sie schmecken schon speziell, du musst sie einfach mal probieren, sie ergänzen das Huhn ganz wundervoll.« Wieder nickte Anna, ihre Kehle war wie zugeschnürt und sie hielt ihm den Teller hin. »Ein Brötchen dazu?«

»Ja, gerne.« Endlich brachte sie einen Ton hervor. Die innere Spannung ließ langsam nach.

Sonderegger schenkte sich Rotwein in sein Glas. »Für dich habe ich einen Sirup vorbereitet, ich nehme an, dass du keinen Wein trinkst.«

»Was ist Sirup?« Denn auch dieses Getränk war Neuland für sie. Zuhause wurde entweder kalter Tee oder Wasser getrunken.

»Sirup wird aus Früchten und Zucker hergestellt, ist konzentriert und wird mit Wasser verdünnt. Probier, es schmeckt gut. Morgen Nachmittag werden wir den Galeristen, Herrn von Krantz, besuchen.« Sonderegger nahm einen Schluck von seinem Wein. »Er wird sich deine Bilder, die alten, die er schon gesehen hat, und die neuen, die du mitgebracht hast, anschauen und danach werden wir weitersehen.«

»Und wenn er meine Bilder nicht mag?«, fragte Anna ängstlich.

»Er wird sie mögen, ich mag sie auch. Ich muss morgen früh zur Arbeit«, sagte er, »aber Frau Keller wird hier sein und dir auch sagen, wie du mit der Straßenbahn die Stadt fahren kannst.« Als er in Annas erschrockenen Augen schaute, ergänzte er: »Es ist ganz einfach. Die Innenstadt ist nicht sehr groß, du kannst dich nicht verlaufen und die Straßenbahn fährt von hier direkt in die Stadt.«

Nachdem Anna ihren Teller leer gegessen hatte, ließ sie sich mit einem wohligen Seufzer in den Klubsessel zurückfallen.

»Hat es geschmeckt?«

»Es war sehr lecker, vor allem die, wie nennt man diese runden Dinger?«

»Du meinst die Oliven?«

Anna nickte.

»Ich mag sie auch gern.« Er stellte die Teller und Gläser auf das Tablett zurück.

»Kann ich Ihnen helfen?«

»Nein, bleib sitzen, Frau Keller wird das Geschirr morgen abwaschen. Ich muss jetzt noch etwas erledigen«, sagte er, »du wirst von der langen Reise müde sein. Ich habe ein paar Magazine für dich herausgesucht. Da steht einiges über die Malerei drin. Nimm sie mit auf dein Zimmer und schau sie dir an.« Er erhob sich und holte einen Stapel Hochglanzhefte und drückte sie Anna in die

Hand. »Nun wünsche ich dir eine gute Nacht, wir sehen uns morgen Nachmittag.«

Im Zimmer setzte sie sich in den Sessel und blätterte in den Heften. Sie begriff nicht alles, was da geschrieben stand, doch die Bilder gefielen ihr. Fast so, wie auch ich male, dachte sie erstaunt.

Berge, hohe übermächtige Berge schauten auf sie hinab, lachten höhnisch und flüsterten: »Wir sind nicht schwarz oder dunkelblau und wir sind auch nicht rund. Wir sind bunt mit Spitzen, die bis in den Himmel ragen, und wir regieren über die Menschen, merk dir das, Anna.«

Benommen öffnete Anna die Augen. Im ersten Moment wusste sie nicht, wo sie sich befand. Dann kam langsam die Erinnerung. Sie war in Basel und sollte heute einen Galeristen besuchen, der sich ihre Bilder anschauen wollte. Und sie hatte geträumt, von den Bergen, die böse auf sie sind, weil sie sie nicht abmalt, sondern so, wie sie sie sieht. Durch die Vorhänge fiel ein zitternder Lichtstrahl. Sie schwang sich aus dem Bett, tappte zum Fenster und zog den Vorhang zurück. Das fahle Grau wich bereits der Sonne, die sich langsam über die Dächer schob; es würde ein wunderbarer Herbsttag werden. Anna wusch sich, schlüpfte in ihre Kleider, bürstete sich die Haare und schlich nach unten. Aus der Küche ertönte ein leises Klappern. Neugierig öffnete sie die Küchentür.

»Kommen Sie nur herein, Anna.« Frau Keller schaute von ihrer Arbeit auf und lächelte sie an. »Haben Sie gut geschlafen?«

»Ja, danke.« Erstaunt sah sie sich um. Eine so blitzblanke Küche hatte sie noch nie gesehen. Da gab es keinen Holzherd, sondern ein Herd mit runden Platten darauf. Da gab es kein Gestell, in dem aufgereiht Teller und Tassen standen und keine Haken an den Wänden, an denen Töpfe und Bratpfanne hingen. Alles war verstaut in Hängekästen, die mit Türen verschlossen wurden. Auf der Anrichte stand eine elektrische Kaffeemaschine, durch die der Kaffee in die Glaskanne tropfte und die Küche mit einem herrlichen Kaffeeduft erfüllte.

»Anna, ich werde Ihnen das Frühstück auf der Terrasse servieren. Mögen Sie ein weiches Ei? Ich habe vom Bäcker frisches Brot mitgebracht, auch Schinken, Marmelade und Käse ist da.«

Anna nickte überwältigt. Ei, Schinken, Käse, Marmelade; sie fühlte sich wie eine Prinzessin. Ist das immer so bei reichen Leuten?

»Kann ich Ihnen behilflich sein, Frau Keller«, fragte sie artig.

»Nein, nein, ich werde alles hinausbringen.« Frau Keller stellte die angekündigten Köstlichkeiten auf ein Tablett und ging Anna voran auf die Terrasse. »Nun wünsche ich Ihnen einen guten Appetit.«

Anna setzte sich und ließ es sich schmecken. Noch nie in ihrem Leben hatte sie so fürstlich gefrühstückt. Als sie fertig war, brachte sie das Geschirr in die Küche zurück, stellte es auf den Tisch und blieb dann unsicher stehen.

»Herr Sonderegger hat mir gesagt, dass Sie gerne in die Stadt fahren möchten«, Frau Keller unterbrach den Abwasch, trocknete sich die Hände ab, »Sie kriegen eine Karte für die Straßenbahn. Die Haltestelle ist gleich um die Ecke. Sie gehen nur die Straße hoch. Es ist die Nummer sechzehn, sie fährt direkt bis in die Stadt. Beim Barfüsserplatz steigen Sie aus. Es gibt sehr schöne Geschäfte, auf dem Marktplatz ist der Gemüsemarkt, ach, Sie werden sich schon zurechtfinden.« Sie öffnete eine der Schubladen, holte einen Stadtplan und das Ticket heraus. »Im Plan sind alle Sehenswürdigkeiten eingezeichnet, Basel wird Ihnen gefallen, da bin ich mir sicher.«

»Gibt es auch Galerien mit Bildern?«

»Natürlich gibt es das.« Frau Keller schlug sich mit der Hand an die Stirn. »Das Kunstmuseum, das ist zwar keine Galerie«, sie zog den Plan Anna aus der Hand und öffnete ihn, »hier, schauen Sie. Es ist so groß, Sie könnten sich den ganzen Tag darin aufhalten und hätten immer noch nicht alles gesehen. Herr Sonderegger hat mir eine Eintrittskarte für Sie dagelassen.« Die zupfte Frau Keller aus ihrer Schürzentasche und drückte sie Anna in die Hand. »So, und nun packe ich Ihnen noch ein paar Sandwiches ein.«

Ausgestattet mit der Straßenbahnfahrkarte, dem Stadtplan, Museumsticket und einem Lunchpaket machte sich Anna auf, Basel zu entdecken. Etwas mulmig war ihr zwar zumute, doch sie freute sich auch darauf, Neues zu sehen. An der Haltestelle Barfüsserplatz stieg sie aus und fragte sich zum Kunstmuseum durch, denn da wollte sie unbedingt hin. Sie hatte bisher so ein Museum nie von innen gesehen, nur darüber gelesen. Es musste wunderbar sein, eine so geballte Bilderflut zu betrachten.

Bald erblickte sie das Museum, ein imposantes Gebäude. Ehrfürchtig trat sie in die Eingangshalle und zeigte ihre Eintrittskarte. Ob sie noch einen Plan wünsche, fragte sie die Dame am Schalter. Anna verneinte und spazierte in den ersten Raum. Und da hingen sie, Bild an Bild, und schmückten die Wände. Sie vergaß zu atmen. Voller Respekt trat sie näher an eines der Bilder heran. In der Mitte thronte trutzig ein Berg, in unterschiedlichen Blautönen gemalt. Der Himmel war nicht blau, sondern gelblichbraun und am Fuß wallte der Nebel. F. Hodler stand in kleinen Buchstaben unten rechts. Anna hatte keine Ahnung, wer dieser F. Hodler war, ob er noch lebte oder schon gestorben war. Der Berg sah auch nicht aus wie ihre Berge, der Pinselstrich war feiner und ruhiger. Was ihr aber außerordentlich gefiel, waren die verschiedenen Blautöne. Sie setzte sich auf die Bank in der Halle und betrachtete es lange. Sie sog die Bildaufteilung und die Farben in sich auf.

Anschließend führte sie ihren Rundgang durch die verschiedenen Räume fort. Die geballte Menge der Bilder, die auf sie einstürzten, ließ sie schwindelig werden. Im Innenhof des Museums verzehrte sie ihre belegten Brote und ging dann zum ersten Bild zurück. Sie schaute sich die Farbkomposition nochmals genau an und wusste, sie würde eine solche Farbzusammenstellung selbst ausprobieren.

Am späteren Nachmittag fuhr sie mit Sonderegger in die Galerie. »Kesselring/von Krantz«, stand mit schwarzen Buchstaben auf der Firmentafel neben dem Eingang.

Hubert von Krantz empfing sie mit überschwänglicher Freundlichkeit und führte sie in die Ausstellungsräume. Anna staunte. Weiße Wände mit Gemälden in den wildesten Farben und mit den skurrilsten Formen. Eine Frau ohne Kopf, ein Blumenbild, nur mit Tupfen gemalt, ein Haus, das schräg auf dem Boden stand, mit knorrigen dunklen Bäumen im Vordergrund. Die Bilder waren dezent beleuchtet, sodass nur die Motive ins Auge sprangen.

»So, nun wollen wir mal«, schreckten von Krantz' Worte sie aus ihren Betrachtungen. »Du hast deine Bilder dabei?«

Anna nickte und gab ihm die Mappe.

»Setzen wir uns dort an diesen Tisch am Fenster.« Er deutete mit dem Kopf in die Ecke.

Sie setzten sich und er begann, sich die Bilder anzuschauen. Er nahm eines nach dem anderen in die Hand und betrachtete es lange schweigend. Als er fertig damit war, begann er noch einmal von vorn, wieder ohne ein Wort zu sagen. Mutlos dachte Anna, sie gefallen ihm nicht, und schaute hilfesuchend zu Sonderegger. Der lächelte ihr aufmunternd zu.

Eben war von Krantz im Begriff, die Bilder in die Mappe zurücklegen, da betrat Ursula von Krantz mit energischen Schritten den Raum. Sie trug die Haare zurückgekämmt, im Nacken zu einem Knoten zusammengebunden, was ihrem Gesicht eine strenge Note verlieh. Das Kostüm war von edlem Schnitt, sogar Anna fiel auf, dass es sehr teuer gewesen sein musste.

Ursula begrüßte Markus Sonderegger mit überschwänglicher Freundlichkeit. »Darf ich auch mal schauen?« Mit spitzen Fingern nahm Annas Bilder hoch, betrachtete sie kurz, um sie dann stumm auf den Tisch zurückzulegen. Wortlos drehte sie sich um und verließ mit klackenden Absätzen den Raum.

Anna schaute ihr nach, sie mochte sie nicht.

»Jetzt sollten wir mal über deine Kunstwerke sprechen.« Von Krantz beugte sich vor und betrachtete Anna lange und eindringlich. »Sie sind gut, deine Bilder, sehr gut sogar, aber ...«, er machte eine kleine Pause, suchte nach Worten, »... doch sie sind noch nicht reif genug, verstehst du, was ich meine? Da fehlt noch einiges. Die Perspektiven zum Beispiel, das Licht, der Schatten, die Technik halt. Aber das kann man lernen und ich könnte dir vielleicht behilflich sein.«

»Sie?«, entfuhr es Anna erstaunt.

»Nein, nicht ich selber, aber ich habe einen Freund, der leitet eine Akademie in London, an der man so etwas studieren kann. Ich habe mal vorsondiert, er würde auch Ausländer an die Schule aufnehmen. Nur«, er zog eines der Bilder aus der Mappe, »er müsste deine Bilder sehen. Lässt du sie mir hier, damit ich sie ihm zeigen kann?«

»Ja, natürlich. Aber ... aber«, sie senkte den Blick, »wir haben kein Geld für ein solches Studium.«

»Wenn sie gefallen«, von Krantz zupfte an seinem Spitzbart, »bekommst du vielleicht ein Stipendium.«

»Ich könnte dort in London Malerei studieren?« Annas Augen strahlten.

»Wenn mein Freund überzeugt ist, dass du noch mehr kannst.«

»Meine Eltern werden das nicht erlauben.«

»Mit ihnen werde ich dann schon sprechen, wenn es so weit ist«, mischte sich Sonderegger in das Gespräch ein. »Ich denke mal, dass Herr von Krantz das Gespräch mit seinem Freund suchen wird und dann sehen wir weiter.« Markus stand auf, drängte zum Aufbruch. Er kannte Hubert sehr gut, ihm war nicht entgangen, wie er Anna gemustert hatte, genauso wenig wie das lüsterne Aufblinken in dessen Auge.

Anna nickte und schob von Krantz die Mappe hin. »Vielen Dank«, flüsterte sie. Sie fühlte sich plötzlich unbehaglich in seiner Nähe.

»Schon gut, wenn ich helfen kann, dann tue ich das gerne, sehr gerne sogar.« Ein gönnerhaftes Lächeln flog über sein Gesicht.

Als sich die Tür hinter den beiden geschlossen hatte, ging Hubert mit einem zufriedenen Lächeln zurück. Jetzt, genau in diesem Moment, da war er sich sicher, würde sich das Blatt zu seinen Gunsten ändern. Sie würde das Stipendium erhalten, als groß gefeierte Künstlerin in die Welt hinausgehen, und er wäre derjenige, der sie entdeckt und auch gefördert hatte. Er wäre es gewesen und nicht seine Frau. Seine Frau, die absolut kein Gefühl für das hatte, was sich in der Kunstwelt abzuzeichnen begann. Die jungen Wilden würden in Zukunft die Kunstszene beherrschen, und Anna war eine von ihnen.

Seine Frau? Weshalb hatte sie ihn damals geheiratet? Wohl nur, weil ein »von« vor seinem Namen stand, das ihr die Tür in die Kunstwelt geöffnet hatte. Obwohl er verdammt froh gewesen war, ihr zu begegnen, denn sie war es, die das Geld in die Ehe mitgebracht hatte. Er war arm gewesen, mausearm, verarmter Adel. So hatte eine Hand die andere gewaschen: sie mit dem Geld und er mit dem Adelstitel – eine gute Kombination.

Aber jetzt, jetzt hatte er einen echten Trumpf in der Hand. Er würde entscheiden, wo Anna ihre Bilder ausstellte, die Provisionen einstreichen, und die würden nicht mager ausfallen. Kurz entschlossen griff er zum Telefon und wählte die Nummer in London. Eine piepsige Stimme informierte ihn, dass sich Mister Samuel Morgan zur Zeit in Paris befinde. Sie gab ihm die Adresse des Hotels und die Telefonnummer, er möchte sich doch direkt dort melden, wenn es wichtig sei.

»Ja, es ist wichtig«, murmelte von Krantz und wählte erneut.

»Ich werde Sie mit Monsieur Morgan verbinden«, antwortete die freundliche Stimme, »ich glaube, Monsieur befindet sich in seinem Zimmer.«

»Hallo, alter Freund, womit kann ich dir behilflich sein?«

Von Krantz lehnte sich zurück, und zündete sich einen Zigarillo an. »Ich habe ein Talent, ein absolutes Talent entdeckt, mein Lieber«, flötete er in den Hörer, »und du wärst genau der Richtige, um dieses Talent zu fördern.« Er presste den Hörer an das Ohr, die Verbindung war mehr als schlecht.

»Ja, ich habe Bilder von ihr, ich könnte gleich nach Paris kommen, damit du sie dir anschauen kannst. Du bist interessiert? Gut, ich werde morgen den ersten Zug nehmen, du wirst nicht enttäuscht sein und glaube mir, der Ruhm, wenn wir sie in der Kunstwelt platziert haben, wird auf uns beide zurückfallen.« Von Krantz legte den Hörer auf die Gabel zurück und lächelte zufrieden.

Ursula würde dieses Mal keine Gelegenheit bekommen, ihm das Geschäft mit Anna zu versauen, und Sonderegger würde, falls es nicht klappen sollte mit Samuel Morgan, das Stipendium für Anna übernehmen. Er würde ihn unter Druck setzen, diese Schwuchtel, denn es war ihm klar, dass Sonderegger viel zu viel Angst hatte, dass seine abartige Neigung die Runde in der hochnoblen Gesellschaft machen würde. Er lachte leise in sich hinein. Ursula schien eifersüchtig auf Anna zu sein. Ursula und malen! Er stand auf und goss sich zur Feier des Tages einen Whisky ein, nahm zufrieden einen großen Schluck von der dunkelbraunen Flüssigkeit und streifte die goldene Rolex über das Handgelenk; ein Geschenk von Ursula.

Zur selben Zeit saß Ursula Kesselring-von Krantz in ihrem Büro und betrachtete ihre perfekt lackierten Fingernägel. Sie war wütend. Der Markus Sonderegger schleppte diese Landpomeranze an, und die soll in London Kunstgeschichte studieren? Mithilfe ihres Mannes, diesem Taugenichts und Schwächling? Weshalb sollte so ein Landei die Gelegenheit bekommen, in London eine Ausbildung zu machen? Eine Ausbildung, die sie früher auch angestrebt hatte, aber leider nie geschafft hatte. Kein Talent, war jeweils die Antwort gewesen. Auch Papas Geld konnte das nicht ändern. Die Bilder von Anna, das musste sie insgeheim zugeben, waren nicht schlecht, und mit einer entsprechenden Ausbildung ..., sie wollte nicht weiterdenken. Entschlossen stand sie auf. Sie musste unbedingt Huberts Freund in London anrufen, um zu verhindern, dass der die Bilder zu Gesicht bekam.

11. Kapitel

Es schien, als ob die Welt stillstehen würde. Anna zog die Decke bis unter das Kinn. Wenn sie ausatmete, bildete sich eine kleine weiße Wolke in der Luft. Sie wäre am liebsten im Bett geblieben.

In die Decke gewickelt schlich sie ans Fenster. Die Scheiben waren mit Eisblumen bedeckt. Vorsichtig wischte sie mit dem Zeigefinger eine Blume weg, um hinauszuschauen, eine dicke Schneedecke hatte sich über die Landschaft gelegt. Eilig suchte sie im Schrank nach den Wollsocken, kleidete sich hastig an mit einer warmen Cordhose und einem Pullover aus dicker Wolle und schlich in die Küche. Das Feuer im Ofen war über Nacht ausgegangen. Sie ging nach draußen und holte einige Scheite Holz, die neben dem Haus aufgestapelt waren. Es schneite noch immer.

Zurück in der Küche zündete sie das Feuer im Holzherd an, setzte Wasser auf, holte Brot, Butter und Marmelade aus dem Vorratsschrank und deckte den Tisch. Mutter und Vater sollten damit überrascht werden.

Anna hatte ihnen kein Wort davon erzählt, dass der Galerist einen Ausbildungsplatz für sie suchen würde. Sie wollte warten, bis sie eine Zusage in den Händen hatte. Beide, Sonderegger und von Krantz hatten versprochen, ihr Bescheid zu geben, sobald alles geregelt sei. Sie seufzte, während sie das heiße Wasser über die Kräuter goss, die sie von Antons Mutter bei ihrem letzten Besuch erhalten hatte.

Zwei Monate war sie nun schon wieder aus Basel zurück, die

Zeit schien zu schleichen und Geduld war nicht ihre große Stärke.

Anton! Seit sie wieder in Intschi war, hatte sie ihn kaum mehr gesehen. Er schien ihr auszuweichen. Als sie ihn irgendwann einmal darauf angesprochen hatte, murmelte er missmutig, dass er keine Zeit für nutzlose Dinge habe.

»Wahrscheinlich meinst du meine Malerei mit nutzlos«, hatte sie erwidert und war beleidigt davongelaufen.

»Du bist schon auf, Anna?« Mutter erschien in der Küche und schaute sich erfreut um. »Alles fürs Frühstück vorbereitet, wie schön!«

»Ja, ich muss heute früh in der Post helfen Pakete zu sortieren, und dann austragen. Am Nachmittag bin ich bei Frau Mattli, obwohl dort nicht viel Betrieb sein wird, aber sie hat mich gefragt, ob ich ihr beim Putzen helfen möchte.«

Die Mutter blickte Anna prüfend an. »Was ist mit der Stelle in Altdorf, bei der du dich gemeldet hast, bevor du nach Basel gefahren bist?«

»Die haben noch nichts von sich hören lassen.« Dass sie, als sie aus Basel zurückgekommen war, ihre Bewerbung storniert hatte, verschwieg sie.

»Komisch.« Die Mutter füllte einen Becher mit Tee und bestrich ein Stück Brot mit Butter und Marmelade. »Das kann ich gar nicht verstehen. Zumindest eine Absage hättest du erhalten sollen.«

»Kommt vielleicht noch«, sagte Anna kurz angebunden und nippte an ihrem Tee.

»Bitte sei leise«, bat Mutter, »Vater hat Spätschicht.«

Anna nickte, stand auf und holte ihre Schnürstiefel vom Korridor. Liebevoll fuhr sie mit einem Lappen über das glatte Leder bevor, sie hineinschlüpfte. Keine Holzschuhe mehr, sondern richtige Lederschuhe. Sie hatte sie noch vor ihrer Abreise nach Basel in

Altdorf gekauft. Endlich besaß auch sie warme Winterschuhe. Mit den deftigen Gummisohlen war sie gegen die rutschigen kleinen Straßen gewappnet, zudem sahen sie gut aus.

»Tschüss, Mama.« Sie küsste ihre Mutter.

Auf dem Weg ins Dorf wanderten ihre Gedanken nach Basel. Wann würde die heiß ersehnte Nachricht kommen? Hatte Herr von Krantz etwa vergessen zu fragen oder noch schlimmer, der Leiter der Kunstakademie in London fand ihre Bilder nicht gut genug, um sie in die Schule aufzunehmen. Möglicherweise, und davor fürchtete sie sich am meisten, wollten die keine Flüchtlinge ausbilden.

Die Hektik in der Post so kurz vor Weihnachten ließ ihr keine Zeit, ihren Gedanken nachzuhängen. Bei den Mattlis schaufelte sie ihr Mittagessen schweigsam in sich hinein. Es gab Kohlrouladen, die sie sehr liebte, dazu einen herrlichen selbst gemachten Kartoffelbrei und Karottengemüse.

»Du bist so still, Anna«, bemerkte Frau Mattli, »bedrückt dich etwas?«

»Nein, ich bin nur müde und habe schlecht geschlafen.«

»Ich habe den Eindruck, dass dich etwas bewegt.« Frau Mattli zog fragend die Augenbrauen hoch. »Seit du aus Basel zurückgekommen bist, verhältst du dich anders.«

Anna zerteilte eine Kohlroulade. »Ich erwarte eine Nachricht aus Basel, aber die kommt nicht und das macht mich nervös«, druckste sie herum und stocherte in mit der Gabel in der Roulade.

»Was für eine Nachricht?«

»Ach, ich möchte nicht darüber sprechen.«

»Gut, wenn das so ist, dann beginnen wir mit dem Putzen. Du nimmst dir die Küche vor, die Schränke, den Herd, den Backofen. Ich geh derweilen in den Keller, um dort etwas Ordnung hineinzubringen.« Frau Mattli erhob sich, schob Anna die Putzmittel über den Tisch und verließ die Küche.

Jetzt ist sie beleidigt, dachte Anna, während sie die Essensreste wegräumte und sich an die Putzarbeit machte. Soll sie doch! Sie begann, aus den Schränken das Geschirr auszuräumen und auf Schäden zu kontrollieren. Das Putzen tat ihr gut. Sie konnte ihre Wut mit dem Scheuerlappen mildern. Sie entfernte die beiden Herren aus Basel mit jedem Wisch mehr aus ihrem Gedächtnis.

Am Ende des Nachmittags fühlte sie sich leichter. Wenn die keine Zeit haben, wenn die mich immer wieder vergessen, dann finde ich auch einen anderen Weg, mir meinen Wunsch zu erfüllen.

»Du hast aber fleißig geputzt!« Frau Mattli kam schwer atmend und mit hochrotem Kopf aus dem Keller zurück.

»Ja«, erwiderte Anna, »die Teller mit den kleinen Schäden habe ich auf den Tisch gestellt.«

»Bist ein gutes Mädchen«, lobte Frau Mattli, »wenn wir wie im Sommer viele Gäste hätten, dann würde ich dich fest einstellen, aber so?« Sie zuckte bedauernd mit den Schultern.

»Das macht nichts, ich finde in Altdorf oder in Flüelen schon eine Arbeit, vielleicht sogar in Luzern.« Anna begann die Putzutensilien zusammenzuräumen. »Ich geh jetzt. Und wenn ich nächste Woche noch etwas helfen kann, dann sagen Sie mir Bescheid.«

»Mach ich. Pass auf, die Straße ist sehr rutschig, nicht dass du noch ein Bein brichst, und grüß die Eltern von mir.«

Es hatte zu schneien aufgehört, als Anna aus der Tür trat. Ein beißend kalter Wind wehte ihr ins Gesicht. Die Hände tief in den Manteltaschen und die Schultern hochgezogen, bewegte sie sich vorsichtig auf dem eisglatten Boden vorwärts.

»Anna ...« Eine Hand legte sich auf ihre Schulter. Erschrocken drehte sie sich um. Hinter ihr stand Anton. »Komm, gib mir deine Hand«, sagte er mit heiserer Stimme, »zu zweit fällt es sich leichter.«

Schweigend gingen sie eine Weile Hand in Hand die enge Straße entlang. Plötzlich blieb er stehen. »Was ist jetzt mit Basel, gehst du nun dorthin?«

»Ich warte noch auf eine Antwort.« Anna entzog ihm ihre Hand und steckte sie in die Manteltasche.

»Da kannst du wahrscheinlich lange warten, die haben dich doch vergessen. He, Anna, träum nicht, komm endlich auf die Welt. Zeichnen und malen kannst du auch ohne Ausbildung. Ist eh ein Hungerberuf. Alle berühmten Maler sind arm gestorben, das habe ich in einem Buch in der Bücherei von Altdorf gelesen.«

»Lass das, Anton, was willst du darüber wissen? Ich habe in Basel Bilder gesehen, Bilder, die verkauft werden.« Anna stampfte mit dem Fuß auf und wäre dabei fast hingefallen. »Und überhaupt, mir geht es gar nicht ums Geld, ich will einfach malen, damit kann ich mich ausdrücken, und wenn ich ein Bild gemalt habe, dann fühle ich mich innerlich zu Hause. Ich geh jetzt, mir ist kalt, ich möchte nicht mehr mit dir darüber diskutieren.«

»Anna, Anna, so warte doch«, Anton hielt sie am Arm fest, »so habe ich das nicht gemeint, ich möchte ...«, er stockte, »ich möchte nur, dass dir nichts passiert.«

»Was soll mir schon passieren!« Wütend schüttelte sie seine Hand ab und stapfte davon.

Als sie durch die Tür in die Küche trat, schlug ihr eine wohlige Wärme entgegen. Sie setzte sich, zog den Mantel und die Stiefel aus und trat an den Ofen, um die Hände zu wärmen. Auf dem Herd blubberte eine Graupensuppe. Sie roch herrlich und kitzelte ihre Magennerven. Aus dem Nebenzimmer drang die Stimme von

Vater, der die Mutter zu trösten schien, denn ein leises Schluchzen war zwischen den tröstenden Worten zu hören. Mal wieder, dachte Anna und lauschte, doch sie hörte nur Wortfetzen. Da war die Rede von einem Brief, von Arbeit und noch nicht volljährig. Sie erhob sich, holte einen Suppenteller und schöpfte sich eine Kelle voll in den Teller. Nachdenklich löffelte sie die Suppe und zerkrümelte dabei den Brotkanten.

Die Tür öffnete sich und Mutter erschien mit verweinten Augen, gefolgt von Vater.

»Du bist schon hier?« Vaters strafender Blick fiel auf den Teller mit der Suppe, »und du hast mit dem Essen begonnen?«

Verlegen zeichnete Anna mit dem Löffel kleine Rondelle in die Graupen, sie wusste, dass er großen Wert auf gemeinsame Mahlzeiten legte.

»Ich hatte Hunger.« Zerknirscht schaute Anna hoch.

Die Mutter hatte inzwischen stumm zwei weitere Teller auf den Tisch gestellt. Ihr Gesicht war ein einziger Vorwurf.

»Anna«, sagte Vater, nachdem er sich gesetzt hatte, »wir haben heute einen Brief von diesem Herrn Sonderegger erhalten.« Er zog den Brief aus der Hosentasche hervor, glättete ihn und legte in auf den Tisch. »Darin steht, dass du von einer Kunstschule in London ein Stipendium erhalten wirst und dort studieren kannst, vier ... oder«, er nahm den Brief in die Hand, »nein, fünf Jahre.« Er legte ihn wieder auf den Tisch zurück. »Weshalb hast du uns davon nichts erzählt?«

Anna senkte den Kopf und presste die Lippen zusammen.

»Ich höre?« In Vaters Stimme schwang ein wütender Unterton.

»Ich, ich habe mich nicht getraut, und ...«, sie stocherte mit dem Löffel im Teller, »ich wusste ja nicht, ob ich so ein Stipendium erhalten werde, deshalb wollte ich ...«, wieder stocherte sie im Teller.

»Lass das sein, Anna, und schau mich an. Du weißt, dass du mit uns über alles sprechen kannst. So sind wir vor vollendete Tatsachen gestellt worden und das ist nicht richtig. Du bist noch nicht volljährig.«

»Weiß ich, aber dieser Galerist meinte auch, dass ich viel Talent zum Malen hätte.«

»Mag ja sein, ich kann das nicht beurteilen. Was deine Mutter und ich meinen, ist, dass du einen anständigen Beruf erlernen sollst, einmal heiraten und Kinder haben. Das ist angebracht für ein Mädchen. Und nicht in der Welt umhersegeln und auf Kunst machen. Was werden die sich im Dorf die Mäuler zerreißen, wenn die das erfahren. Wir sind einfache Leute und zudem noch Flüchtlinge.«

Mutter saß schweigend am Tisch. Sie weinte nicht mehr, doch ihr Blick ließ keinen Zweifel offen, dass sie zutiefst erschüttert war. Nur das Ticken der Wanduhr war zu hören. Anna gab sich einen Ruck, stand auf, ging zu Vater und umarmte ihn.

»Papa, bitte, bitte, ich möchte das doch so gerne. Bitte sag ja!«

»Anna, wir möchten das aber nicht. Wir finden, dass du noch zu jung bist. Du kannst doch noch gar nicht entscheiden, welchen Weg du gehen wirst«, kam es schrill aus Mutters Mund. »Wir wollen, dass es dir einmal gut geht und als Malerin geht es dir ganz bestimmt nicht gut. Malen, das ist kein Beruf, basta.« Anna starrte die Mutter an, die Lippen zusammengepresst. Dann drehte sie sich um, verließ die Küche, knallte die Tür ins Schloss und stürmte in ihr Zimmer. Dort warf sie sich aufs Bett und bearbeitete die Decke mit den Fäusten, so, als wäre die an ihrem Kummer schuld.

In den kommenden Wochen herrschte eisiges Schweigen. Mit vorwurfsvollen Blicken schaute Anna ihre Mutter an und beantwortete ihre Fragen entweder mit einem knappen »Ja« oder »Nein«. Am Morgen half sie in der Post, arbeitete dort stumm bis zum Mittag. Dann ging sie nach Hause und vergrub sich in ihrem Zimmer. Sie mochte nicht malen, ihr Kopf war leer.

Der Tannenbaum stand wie jedes Jahr am vierundzwanzigsten Dezember in der Stube und war wie jedes Jahr mit Süßigkeiten geschmückt. Süßigkeiten, die Mutter eigenhändig liebevoll in buntes Papier einwickelte und an den Baum hängte. Unter dem Baum stand die Krippe mit den Figuren, die Vater aus alten Holzabschnitten geschnitzt und bemalt hatte. In den vergangenen Jahren war Anna mit leuchtenden Augen hineingerannt, sobald Mutter die Tür zum Weihnachtszimmer öffnete. Sie hatte sich zuerst neben der Krippe niedergekniet und die Figuren einzeln hochgehoben, so, als würde sie sie begrüßen. Danach durfte sie sich vom Baum ein Stück der bunten Süßigkeiten aussuchen und noch vor dem gemeinsamen Abendessen essen.

Dieses Jahr schlich sie bedrückt in das Zimmer, streifte nur kurz die Krippe und danach den Baum mit ihrem Blick. Sie setzte sich auf einen Stuhl und als Mutter und Vater die ungarischen Weihnachtslieder sangen, kullerten Tränen aus ihren Augen. Hastig wischte sie mit dem Ärmel über die Wangen, sie wollte den Eltern nicht den Abend verderben. Nach dem Singen stand Vater auf und drückte der Mutter sein Geschenk in die Hand.

»Etwas Kleines, Olga, ich hoffe, dass es dir gefällt.«

»Oh Janosch, vielen, vielen Dank«, Mutter hielt einen bestickten Schal in der Hand. Sie stand auf und küsste ihn. »Genau wie der, den ich in Ungarn hatte. Oh, wie ich mich freue.« Sie drapierte sich den Schal um den Kopf und strich mit der Hand über die Stickerein. »Janosch, er ist so schön, ein bisschen Heimat.«

»Ich habe ihn in Altdorf in einem kleinen Laden entdeckt, er soll in Ungarn hergestellt worden sein, hat mir die Verkäuferin versichert. Er steht dir gut, Olga.«

Danach zog er einen Briefumschlag aus der Hosentasche und ging zu Anna. »Das ist für dich, mein Kind.« Anna schaute ihn erstaunt an, öffnete ihn aber nicht. »Na, mach schon«, forderte der Vater sie auf, »er beißt nicht.« Zögernd zog Anna eine Karte aus dem Umschlag und drehte sie in den Händen. Eine Seite war bunt bemalt. Sie zeigte einen Weihnachtsmann mit einem langen weißen Bart, der einen Sack mit Geschenken auf der Schulter trug. Auf der anderen Seite stand *Anna, deine Eltern erlauben dir, die Ausbildung in London zu machen.*

Mit einem Aufschrei sprang sie hoch und lag in den Armen von Vater. »Papa, oh Papa, vielen, vielen Dank.« Danach lief sie auf die Mutter zu und herzte sie, bis diese schwer atmend keuchte: »Nicht so wild, du drückst mir die Luft ab.«

»Ihr seid so lieb, ich verspreche, dass ich euch keinen Kummer machen werde. Ich werde ganz fleißig sein und ...«, sie brach ab und betrachtete die Karte erneut.

»Das hoffen wir«, bemerkte der Vater und schaute seine Tochter liebevoll an. »Der Unterricht beginnt Anfang März, hat mir Herr Sonderegger gesagt. Er wird sich um ein Visum kümmern und auch den anderen Papierkram erledigen. Du wirst in der letzten Februarwoche nach Basel reisen und von dort mit dem Flugzeug nach London fliegen. Ja, mein Mädchen ...« Seine Augen wurden feucht, »noch zwei Monate, wir werden dich vermissen, nicht wahr Olga?«

Olga nickte und ergänzte: »Und du wirst in einem Mädchenheim wohnen, hat Herr Sonderegger geschrieben.«

Das Abendessen verlief schweigend. Jeder hing seinen Gedanken nach. Anna darüber, was alles auf sie zukommen würde, und die Eltern wehmütig, dass ihr Kind nun endgültig flügge geworden war.

»Du solltest in den nächsten zwei Monaten noch englische Wörter lernen, damit du nicht ganz verloren bist. Ich habe dir ein Wörterbuch gekauft.« Vater holte es aus der Küchenschublade und gab es Anna.

»Danke, Papa, das ist lieb.« Dass sie schon seit einiger Zeit fleißig Englisch lernte, verschwieg sie.

Die kommenden Wochen flogen nur so dahin. Auf der Post war es nach den Weihnachtsfeiertagen ruhiger geworden und Annas Hilfe wurde nicht mehr jeden Tag benötigt. Deshalb benutzte sie jede freie Minute zum Lernen. Sie fuhr mit der Mutter nach Altdorf, um neue Kleider und Schuhe zu kaufen. Cordhosen und Jeans, eine Regenjacke, zwei Blusen und einen passenden Rock.

»Wenn du mal auf eine Party gehst«, hatte Mutter gemeint. Zwei paar Schuhe, ein Rucksack und eine Umhängetasche, mit der sie ihre Malutensilien transportieren konnte, ein neuer Koffer wurden auch besorgt.

Sie besuchte Franz, dem sie freudestrahlend von ihrem großen Glück erzählte. »Mein Mädchen!« Er nahm sie in den Arm und drückte sie. »Du wirst mal eine große Künstlerin werden, ich weiß das, und ich hoffe, dass ich das noch erlebe.«

»Weshalb denn nicht, Franz?«, hatte sie gefragt und ihn mit großen Augen angeschaut.

»Ich bin nicht mehr der Jüngste. Von Zeit zu Zeit quält mich mein Rheuma, sodass ich kaum mehr den Pinsel halten kann.«

»Wegen Rheuma stirbt man nicht.«

»Schon, aber mich quälen hin und wieder starke Kopfschmerzen und das macht mir Kummer.«

»Dann geh zum Arzt, für das sind die da, um dich zu untersuchen.«

»Diese Wunderheiler, nein, nein, ich lass mich nicht mit Medikamenten vollpumpen.«

Anton sah sie selten. Wenn sie seine Eltern besuchte und nach ihm fragte, redete er sich heraus, dass er noch lernen müsse und keine Zeit für einen Schwatz habe.

Der Reisetag rückte näher und näher und Anna wurde immer aufgeregter. Sie schlief kaum noch und überbrückte die Stunden in der Nacht, indem sie fleißig Worte büffelte oder malte. Am anderen Tag stand sie mit rot geäderten Augen in der Küche, um sich einen Tee aufzugießen.

Mutter betrachtete sie mit Sorge. »Du wirst noch krank, wenn du so weitermachst«, bemerkte sie mehr als einmal.

Anna schüttelte den Kopf. »Lass nur, Mama, das wird schon wieder.«

Am letzten Tag vor der Abreise besuchte sie die Familie Mattli. Herr Mattli war in der Küche beschäftigt und seine Frau bediente ein Ehepaar, das im Winter den Weg nach Intschi gefunden hatte. Anna schaute sich um, und plötzlich beschlich sie eine leichte Wehmut. Hier hatte alles angefangen. Hier hatte sie Markus Sonderegger kennengelernt. Was würde jetzt kommen?

»Anna, komm lass dich anschauen.« Frau Mattli kam in die Küche zurück und stellte das Serviertablett auf den Tisch. »Morgen ist es also soweit, unsere Anna zieht in die weite Welt.« Sie umarmte sie und drückte sie an ihren üppigen Busen. »Pass auf dich auf und komm gesund wieder. Und vor allem, iss, du bist so dünn geworden, nur noch ein Strich in der Landschaft.« Sie musterte sie von oben bis unten. »In England soll das Essen ja nicht so fein sein, habe ich gehört. Das Gemüse im Wasser gekocht, ohne Salz, das Schaffleisch nicht gewürzt, nur im eigenen Fett gebraten, igitt«, sie schüttelte sich, »und Fisch und Chips, das servieren die im Zeitungspapier! Am Morgen soll es da nur fetten Speck und Würste geben, ach, Anna, versprich mir, dass du ...«, sie verstummte und drückte Anna erneut an ihren Busen.

»Ich werde schon nicht verhungern und bestimmt wird es auch noch anderes zum Essen geben.« Anna löste sich aus der Umarmung, ging auf Herrn Mattli zu, der gerade Gemüsestücke in der Pfanne umrührte, die einen herrlichen Duft in der Küche verbreiteten. »Anna, machs gut.« Er wischte sich die Hände an der Schürze ab. »Und wenn du wieder hier bist, du bist jederzeit willkommen in unserem Restaurant, auch als Gast.«

»Danke, vielen Dank für alles. Ich muss jetzt.« Sie drehte sich abrupt um und verließ die Küche. Ein Lebensabschnitt war beendet, ein neuer begann jetzt.

Am anderen Morgen, der Schnee lag noch auf den Straßen, doch eine strahlende Sonne begrüßte den Tag, standen Anna, Mutter, Vater und Anton an der Busstation.

»Hoffentlich kommt der pünktlich.« Vater schaute ungeduldig auf die Uhr. »Sonst verpasst du den Anschlusszug in Altdorf.«

»Der kommt schon«, beruhigte ihn Anna.

Heute war sie nicht mehr aufgeregt, heute war sie die Ruhe selbst. Ihre Mutter schluchzte, die Augen waren verschwollen, so als hätte sie die ganze Nacht geweint. Anton stand mit verschlossenem Blick daneben. Er sagte kein Wort, hatte die Hände tief in den Hosentaschen vergraben. Anna stupste ihn an, er reagierte nicht, sondern schaute sie mit traurigen Augen an.

Langsam fuhr der Bus die Straße hoch. Anna umarmte zuerst ihre Mutter und dann ihren Vater.

»Mädel, halt die Ohren steif«, flüsterte er in ihr Ohr. Danach ging sie zu Anton und gab ihm einen dicken Kuss auf die Backe. Mutter schluchzte nun lauter und presste dabei ihr Taschentuch auf die Augen. Anton stand wie versteinert daneben.

»Ich werde euch schreiben«, rief Anna, »ganz bestimmt, jede Woche werdet ihr einen Brief erhalten.«

Die Tür schloss sich und der Bus fuhr in dem üblichen Bogen auf die Hauptstraße in Richtung Altdorf.

Anna starrte aus dem Fenster, bis sie die drei nicht mehr sah. Nun liefen auch ihr ein paar Tränen über die Wangen. Rasch wischte sie sie mit dem Ärmel weg. Sie wollte stark sein und sich dem Leben, dem neuen Anfang stellen.

12. Kapitel

Eine Flugbegleiterin führte Anna zu ihrem Platz und half ihr, das Handgepäck zu verstauen. Erst jetzt fand sie eine Gelegenheit, sich umzusehen. Ein Gewusel an Leuten, die ihre Sitze suchten, und sich, kaum saßen sie, hinter einem Buch oder einer Zeitung versteckten. Ein schwer atmender Mann mittleren Alters und mit hochrotem Kopf war ihr Sitznachbar. Ein kurzes »hello« und auch er verbarg sein Gesicht sofort hinter einer Zeitung.

Anna schaute aus dem Fenster, wo die Lichter auf dem Rollfeld den abfliegenden Flugzeugen den Weg anzeigten. Ihr Magen krampfte sich zusammen und in ihrem Hals saß ein dicker Kloß. Nachdem die Flughöhe erreicht war, begannen die Flugbegleiterinnen mit der Verteilung der Mahlzeiten. Anna schüttelte den Kopf, als sie an die Reihe kam.

»Nicht mal den Nachtisch?«, fragte die Stewardess.

»Nein danke, ich mag nichts essen.«

Ihrem Nachbar hingegen schien es gut zu gehen. Er stopfte sein Essen mit einer unglaublichen Geschwindigkeit in sich hinein, sodass Anna beim Zusehen für einen Moment ihren Magen und den Kloß im Hals vergaß.

Die Tage in Basel hatte sie wie im Traum erlebt. Sie wohnte bei Markus Sonderegger und wurde von Frau Keller liebevoll umsorgt. Von Krantz, der ihr das Visum und die übrigen Papiere für ihren Aufenthalt in London besorgt hatte, überschüttete sie mit

Anweisungen. »Du wohnst in London in einem Mädchenheim. Eine Frau Smith, die Hausmutter, holt dich am Flughafen ab. Sie hat eine Tafel bei sich, auf der dein Name steht. Auch ein wöchentliches Taschengeld wirst du erhalten, damit du auch mal ausgehen kannst. Du willst ja nicht nur malen in London.« Er lachte und schaute sie von oben bis unten an.

Anna hatte sich unwohl gefühlt, erwiderte aber nichts, denn er war ja ihr Gönner, oder jedenfalls der, der ihr zu dem Ausbildungsplatz in England verholfen hatte.

Das Flugzeug begann mit dem Sinkflug und die Flugbegleiterin forderte die Passagiere auf, sich anzuschnallen. Es holperte, als würde es über tausend riesengroße Steine fahren. Mit schweißnassen Händen klammerte Anna sich an die Sitzlehnen. Ihr Magen fing an zu rebellieren. Der Nachbar, der seine Nase erneut hinter der Zeitung versteckt hatte, bemerkte es und reichte ihr in letzter Sekunde eine Papiertüte.

Endlich kam die Maschine zum Stillstand. Mit zitternden Beinen erhob Anna sich und schob sich zusammen mit den anderen Passagieren langsam dem Ausgang zu. Und nun kroch die Angst erneut hoch, die sie gerade verdrängt hatte. So viele Leute, würde sie Frau Smith wirklich finden? Eine unübersichtliche Schlange staute sich vor der Passkontrolle. Als sie schließlich an die Reihe kam und ihr der Pass, mit vier Stempeln versehen, wieder in die Hand gedrückt wurde, atmete sie auf. Sie hob den Koffer hoch und ging durch die Schwenktür in die Ankunftshalle.

London! Auch hier jede Menge Menschen. Menschen, die auf jemanden warteten. Menschen, die sich freudig um den Hals fielen und lachten. Anna stand verloren mitten drin und schaute sich ängstlich um. Sie konnte keine Frau sehen, die eine Tafel mit ihrem

Namen hochhielt. Was, wenn sie nicht da war? Sie fühlte sich wie ein kleines Mädchen, das zum ersten Mal ohne die schützende Hand der Mutter war.

Als sich die Menschenmenge etwas verflüchtigt hatte, entdeckte sie im hinteren Teil der Halle eine kleine Dame mit einem Schild, auf dem ihr Name stand. Eilig nahm Anna den Koffer und lief auf sie zu.

»Sind Sie Frau Smith?«, fragte sie schüchtern und streckte ihr die Hand entgegen.

Die Dame nickte. »Und du bist Anna? Komm, gib mir deinen Koffer, mein Auto steht draußen.«

Anna atmete erleichtert auf, zum Glück sprach Frau Smith etwas Deutsch. Sie schien sehr resolut zu sein. Ihr Schritt war energisch. Das mausgraue Kostüm umspannte ihre pummelige Figur und die Haare, in der gleichen Farbe wie ihr Kostüm, waren zu einem strengen Knoten zusammengebunden.

»So, hier sind wir.« Frau Smith drehte sich nach Anna um, öffnete die Tür und hieß sie auf dem hinteren Sitz Platz zu nehmen. Dann marschierte sie um den dunkelgrauen Chevrolet, setzte sich ans Steuer und startete den Motor. Mit einem Satz fuhr der Wagen an und fädelte sich in den Verkehr ein.

Anna schaute staunend aus dem Fenster. Die Autos fuhren auf der falschen Seite, rote zweistöckige Busse und unheimlich viele schwarze Großraumtaxis verstopften die Straßen und hupten ungeduldig.

»Hier ist es«, waren die ersten Worte von Frau Smith nach der einstündigen Fahrt quer durch die Stadt. Sie hielt vor einem wuchtigen Eisentor, stieg aus und öffnete es. Wie ein Gefängnis, dachte Anna und duckte sich in ihren Sitz. Eine lange Allee aus Platanen führte zum Eingang. Kein Licht erhellte die Fenster.

Anna kletterte aus dem Wagen und nahm stumm den Koffer in Empfang. Sie schritt hinter Frau Smith die Steinstufen hoch und betrat eine düstere Halle. Schüchtern wartete sie, bis sie das Licht eingeschaltet hatte, und folgte ihr dann durch den Korridor in das Büro.

»Nachher zeige ich dir dein Zimmer, das du mit einem anderen Mädchen, einer Französin, teilen wirst. Sie kommt morgen aus Paris.« Frau Smith bückte sich, zog aus einer Schublade ein eng beschriebenes Blatt hervor und legte es auf den Schreibtisch. »Das sind die Hausregeln, da sie aber nur in englischer Sprache vorliegen, werde ich sie für dich übersetzen.«

Anna nahm das Blatt und starrte auf die wie gestochen mit der Hand geschriebenen Buchstaben und erneut fuhr ihr das Wort Gefängnis durch den Kopf.

»Morgens um sechs Uhr wird aufgestanden«, begann Frau Smith, »danach eine Stunde Turnen und um sieben Uhr Frühstück im Gemeinschaftsraum. Nach dem Frühstück gibt es eine Stunde Englischunterricht.«

Anna schaute sie erstaunt an. »Wann darf ich denn in die Schule gehen?«

»Nach dem Unterricht. Am späten Nachmittag wird in der Küche mitgeholfen. Gemüse rüsten, Tische herrichten, Wäsche waschen. Wir sind hier kein Hotel«, ergänzte sie mit strenger Stimme. »Nach dem Abendessen, das gemeinsam um sieben Uhr eingenommen wird, ist noch eine Stunde zur freien Verfügung und um neun Uhr ist Lichterlöschen. Hast du alles verstanden?«

Anna nickte. »Darf ich dann in dieser freien Stunde in meinem Zimmer noch malen?«, fragte sie schüchtern.

»Es wäre besser, wenn du in dieser freien Stunde Englisch lernen würdest, malen kannst du zur Genüge in der Schule. Ich zeige dir jetzt dein Zimmer.«

Zusammen gingen sie durch die stillen Korridore. Frau Smith öffnete eine Tür und ließ Anna in ihr Zimmer eintreten. Es war sehr spartanisch eingerichtet. Die Betten, schmale Pritschen, standen an der einen Wand. Zwei einfache Schränke und ein winziges Waschbecken in der Ecke. Von der Decke hing eine Birne, die ein kaltes Licht verströmte. Anna fröstelte und zog ihre Jacke enger um sich.

»So, nun pack deinen Koffer aus, es ist Zeit zum Schlafen, gute Nacht.« Sie ließ eine verdatterte Anna zurück, die nur mit Mühe die Tränen unterdrücken konnte.

Sie ließ sich aufs Bett fallen, verschränkte die Arme unter dem Kopf und starrte in das kalte Licht der Birne. Nach einer Weile erhob sie sich und räumte wie in Trance ihre Kleider in den Schrank ein, den ihr Frau Smith zugewiesen hatte. Anschließend schlüpfte sie unter die kratzige Decke, rollte sich wie ein Igel zusammen und ließ ihren Tränen freien Lauf.

Am anderen Morgen weckte Anna ein schriller Ton. Erschrocken fuhr sie hoch. Im ersten Moment wusste sie nicht, wo sie sich befand, doch dann dämmerte es ihr. Der Flug, Frau Smith und das Mädchenheim. Der schrille Ton war natürlich die angekündigte Tagwache. Draußen war es noch dunkel. Rasch schälte sich Anna aus der Decke und tappte zum Waschbecken. Sie hielt die Hände unter den Hahn und spritzte sich das kalte Wasser ins Gesicht, schlüpfte in die Turnhose und trat auf den Korridor hinaus.

Eine Tür nach der anderen öffnete sich und ihre Mitbewohnerinnen kamen aus den Zimmern. Nur das Schlurfen der Schuhe über den gebohnerten Gang war zu hören.

Die Turnhalle lag im Untergeschoss des Hauses. Alle stellten sich in Reih und Glied an den Wänden auf. Anna tat es ihnen gleich und schaute sich erstaunt um. Es mussten neunzehn Mädchen sein, aber da immer noch kein Wort gesprochen wurde, konnte sie nicht ausmachen, von wo sie kamen. Von Krantz hatte sie informiert, dass es ein sehr gehobenes Heim sei und Mädchen aus ganz Europa dort wohnen würden.

Die Tür öffnete sich und eine junge Frau im grauen Trainingsanzug betrat die Halle. Sie klatschte in die Hände, sagte: »Bitte in Dreierreihen aufstellen.«

Murmeln erfüllte den Raum. Anna stellte sich in der hintersten Reihe neben ein dunkelhäutiges Mädchen.

Wieder klatschte die Trainerin in die Hände. »Wir beginnen mit zwanzig Kniebeugen, hopp, hopp.«

Anna konnte sie nicht verstehen, aber machte es den anderen nach. Nach den Kniebeugen mussten sie die Arme schwingen, danach Hüpfen und Laufen im Stand. Das Trampeln der Füße musste bis ins obere Stockwerk zu hören sein. Am Ende der Turnstunde ging jedes Mädchen einzeln nach vorne und gab der Trainerin die Hand.

»Du bist neu hier, ich sehe dich heute zum ersten Mal?«, fragte sie, als Anna vor ihr stand. »Mein Name ist Jenny und ich bin für euer körperliches Wohlbefinden verantwortlich.« Sie strich sich eine Haarsträhne aus dem verschwitzten Gesicht. »Wenn es das Wetter zulässt, verlegen wir unsere Turnstunde nach draußen, und wenn du möchtest, kannst du dich noch zusätzlich für Volleyball oder Tennis einschreiben. Oben im Korridor hängt der Plan mit den Trainingsstunden.«

»Ich glaube, ich habe dazu keine Zeit.«

»Schade, aber du kannst es dir ja noch überlegen.« Mit diesen Worten war Anna aus der Turnstunde entlassen. Eilig ging sie in ihr Zimmer zurück, um sich für das Frühstück umzuziehen. Frau Smith hatte ihr gestern Abend eingeschärft, dass sie sehr viel Wert auf gepflegte Kleidung lege. »Keine Turnhosen und Turnschuhe oder sonstige gammelige Kleidung im Essraum.«

Die anderen Mädchen warteten bereits an der Durchreiche, um ihr Essen in Empfang zu nehmen, als Anna den Speisesaal betrat. Sie stellte sich in die Reihe und wartete geduldig, bis ihr die Frau hinter der Anrichte den Teller mit einem dampfenden Haferbrei reichte, der dick mit braunem Zucker bestreut war. Er duftete köstlich und Anna sah sich hungrig nach einem freien Platz um. Das Mädchen, das in der Turnstunde neben ihr gestanden hatte, winkte ihr eifrig zu und zeigt dabei auf den Stuhl an ihrem Tisch. Erleichtert setzte sich Anna hin.

»Ich heiße Ellien und du?« Dunkle Augen schauten sie prüfend an.

»Anna.«

»Von wo kommst du?«

»Aus der Schweiz.« Anna schaute auf ihren Brei. Hätte sie jetzt sagen sollen, aus Ungarn? Sie wollte sich nicht als Flüchtling zu erkennen geben, deshalb fuhr sie fort: »Mein Englisch ist leider nicht so gut.« Sie rührte in ihrem Haferbrei.

»Das macht nichts. Nach dem Frühstück haben wir eine Stunde Sprachunterricht, das wirst du in kurzer Zeit lernen, denn wir dürfen uns hier nur in Englisch unterhalten.« Auch Ellien fing an, in ihrem Brei zu rühren. »Ich komme übrigens aus Indien, bin aber in England aufgewachsen, in Kensington. Ich besuche hier in London eine Theaterschule, im Moment muss ich Shakespeare büffeln.« Sie schaufelte einen Löffel Brei in den Mund und strich ihre langen Haare nach hinten. »Iss, sonst wird er kalt und dann schmeckt er noch grässlicher. Übrigens, der Brei heißt Porridge, den gibt es jeden Morgen. Nur am Sonntag gibt es Würstchen, Eier und Toast mit Marmelade.«

Anna schob sich einen Löffel voll in den Mund und hätte ihn beinahe wieder ausgespuckt. So, wie er geduftet hatte, schmeckte er leider nicht, auch der Zucker machte ihn nicht schmackhafter. Zudem klebte er wie Kleister an ihrem Gaumen.

»Du kannst dir noch mehr davon holen«, sagte Ellien und kicherte, als sie das Gesicht von Anna sah, »er schmeckt nur hier so, Porridge kann auch sehr gut zubereitet werden. Nun, jedenfalls sättigt er, du wirst den ganzen Morgen keinen Hunger mehr verspüren.« Sie stand auf und holte eine Teekanne, die am anderen Tischende stand, »hier ist Tee, spül das Zeug damit runter.«

»Vielen Dank, Ellien«, Anna nahm einen Schluck, der ihren Mund von der klebrigen Masse befreite.

Nachdem die sie ihre Teller leer gegessen und sie auf die Geschirrablage zurückgestellt hatten, schlenderten sie in das Unterrichtszimmer. Außer ihnen waren bereits fünf Mädchen anwesend, beugten ihre Köpfe über die Hefte und schrieben eifrig.

»Ja, ja, immer dieselben«, bemerkte Ellien, »die erledigen ihre Aufgaben meistens erst in der letzten Minute. Komm, lass uns hierher setzen, ganz vorn, damit du ja nichts verpasst. Es ist ganz wichtig, dass du ganz schnell die Sprache lernst, sonst bist du in England verloren. Kein Mensch spricht Deutsch, Französisch oder so.«

»Ellien, könntest du bitte etwas langsamer sprechen, ich versteh ja schon einiges, aber ...« Anna setzte sich und holte ein Heft und einen Bleistift aus der Mappe, »ich habe in der Schweiz Englisch gelernt, trotzdem habe ich noch Mühe damit.«

»Klar doch, entschuldige, sag mir einfach, wenn ich wieder zu schnell bin, ja?«

Langsam trudelten auch die anderen Schülerinnen ein. Der Raum füllte sich mit Geräuschen. Ein dürres Männchen mit stechendem Blick betrat das Zimmer. Mit einem Schlag erstarb das Gemurmel und alle erhoben sich von ihren Stühlen.

»Meine Damen, heute wollen wir sehen, was Sie in der letzten Stunde gelernt haben. Ich bitte Sie, Ihre Hefte hervorzuholen und Ihre Texte vorzulesen.« Er klopfte mit seinem Stock energisch auf das Pult. Seine Augen fielen auf Anna. »Sie sind die Neue?«

Anna nickte schüchtern.

»Dann brauchen Sie nicht vorzulesen, aber passen Sie gut auf. Nach der Unterrichtsstunde kommen Sie zu mir, damit ich mit Ihnen abklären kann, was Sie schon können und wo wir noch ansetzen müssen.«

In Annas Innerem tobte es. Sie war hier, um malen zu lernen, und nun wurde sie mit Englisch-Unterricht und sonst was bestraft. Die Stunde wollte nicht enden. Anna versuchte, eifrig mitzuschreiben, was der Lehrer an der Tafel vorgab, doch sie konnte seine Schrift nur schwer entziffern. Endlich, punkt neun Uhr verkündete die Hausglocke das Ende der Stunde. Anna ging mit gesenktem Kopf nach vorne.

»Und?«

»Ich habe nicht alles verstanden.«

»Dann müssen wir wohl noch etwas daran arbeiten. Die Freistunde nach dem Abendessen wäre eine Möglichkeit. Ich werde mich mit Frau Smith in Verbindung setzen und es mit ihr besprechen.«

Anna nickte. Nun war auch die freie Stunde nach dem Abendessen gestrichen. Sie war den Tränen nahe.

»Hier sind die Aufgaben von den letzten Stunden, damit können Sie heute Abend schon mal anfangen.«

»Danke.« Mutlos nahm sie die Blätter entgegen und ließ sie in ihrer Schulmappe verschwinden.

Der Schulbus stand im Hof vor dem Eingang, als Anna mit ihren Malutensilien vor die Tür trat. Es war immer noch kalt und die Nebelschwaden wollten sich nicht auflösen. Sie stieg ein und schaute sich einen Moment suchend um. Ellien hatte ihr gesagt, dass sie auch mit dem Bus in die Stadt fahren werde, doch sie war noch nicht hier. Der Fahrer hatte bereits den Motor gestartet, als sie die Treppe heruntergerannt kam und außer Atem einstieg.

»Immer kommst du zu spät«, schimpfte der Fahrer, »das nächste Mal warte ich nicht mehr auf dich, dann musst zusehen, wie du in die Stadt kommst.«

»Sei doch nicht so brummelig, George, du kennst mich doch.« Mit einem Seufzer ließ sie sich neben Anna auf den Sitz fallen. »Ich habe noch etwas gelesen und dabei komplett die Zeit vergessen.«

»Du hast Zeit zum Lesen?«, fragte Anna erstaunt.

»Oh ja, ich muss. Ich muss doch für das Theaterstück lernen, jede Minute, in der es möglich ist. Zuerst die blöde Turnstunde und nach dem Frühstück die noch blödere Englischstunde.« Sie klaubte eine Karamelle aus der Jackentasche. »Willst du eine?«

»Ja gerne, vielen Dank.« Anna wickelte sie aus dem Papier und schob sie in den Mund. »Hm, lecker. Aber sag, weshalb sind denn nicht alle Mädchen im Bus?«

»Der größte Teil bleibt im Heim, besucht dort den Unterricht oder bereitet sich auf einen Abschluss vor. Nur wir, du und ich und die fünf dort vorn, wir haben unseren Unterricht in der Stadt. Wir haben das Privileg, wenigstens für ein paar Stunden dem Gefängnis zu entrinnen.«

Anna nickte, wie recht sie hat. Doch jetzt wollte sie nicht mehr an das Gefängnis denken, jetzt wollte sie sich auf ihren ersten Malunterricht freuen.

Der Bus kämpfte sich durch den morgendlichen Verkehr. Anna wurde langsam hibbelig, alle anderen waren schon ausgestiegen. Hoffentlich kam sie nicht zu spät zum Unterricht.

Vor einem dunkelroten Backsteinhaus drehte sich der Fahrer nach Anna um. »Das ist deine Schule, ich werde dich um sechzehn Uhr hier abholen, have a good day.«

»Thank you.« Anna nahm die Tasche und kletterte aus dem Bus. Vor der Eingangstür atmete sie tief durch, bevor sie den Klingelknopf betätigte. Ein Summton, die Tür öffnete sich. Ihre Augen mussten sich zuerst an das diffuse Licht im Inneren gewöhnen. Etwas verloren blieb sie stehen.

Da entdeckte sie auf der rechten Seite ein Pult, an dem eine Person saß. Eine Tischlampe beleuchtete einen Stapel Papiere. Sie schlich heran.

Die Person hob den Kopf: »Sie wünschen?«

»Ich such einen Herrn Morgan, ich heiße Anna Horvath.«

»Der bin ich.« Er stand auf und kam hinter dem Pult hervor. »Willkommen bei uns, Sie sind etwas spät«, er schaute auf die Uhr. »Kommen Sie, wir gehen gleich in den Unterrichtsraum und auf dem Weg werde ich Sie über den Ablauf informieren.« Damit nahm er den Papierstapel unter den Arm und hastete Anna voran durch die langen Gänge. »Jeweils am Morgen ist Theorie angesagt«, erklärte er. »Sie werden alles über die verschiedenen Mal-Epochen erfahren, Sie werden die Stile kennenlernen, die Technik der Komposition, die Farbkomposition und so weiter und so fort. Der Nachmittag ist der Praxis gewidmet, üben am Objekt, so nenne ich das. Und am Ende des ersten Semesters werden wir dann auch draußen malen. Zufrieden?«

Anna nickte. Obwohl er sehr langsam und deutlich sprach, konnte sie nicht jedes Wort verstehen, doch im Großen und Ganzen wusste sie, was auf sie zukam.

»Hier ist es.« Herr Morgan stieß eine schwere eichene Tür auf und betrat den Unterrichtssaal. Sofort wurde es still, die Studenten standen auf und begrüßten den Meister mit einem einstimmigen »Good Morning«.

»Setzt euch. Das ist Anna, sie spricht noch nicht fließend Englisch, also redet bitte langsam mit ihr«, er blickte in die Runde. »Du, Peter, du kannst übersetzen, wenn es mal gar nicht klappt. Aber ich bin sicher, die Anna wird unsere Sprache sehr schnell lernen!«

Peter erhob sich und kam auf sie zu. »Hallo, ich bin aus Deutschland, herzlich willkommen in dieser illustren Runde. Ich helfe dir gerne. Nicht nur bei der Sprache, auch sonst, zum Beispiel bei der Malerei. Aber vielleicht kommst du ja bestens klar, denn unser Meister hat dich als Wunderkind angekündigt, nicht wahr, das ist sie doch, Mister Morgan?«

»Anna muss lernen wie ihr, von Wunderkind habe ich nichts gesagt nur, dass sie talentiert ist. Doch auch Talente müssen lernen, Peter.«

»Ist schon okay.« Er wandte sich an Anna, »weil heute Morgen trockene Theorie angesagt ist, darfst du neben mir sitzen.«

»Danke.« Sie setzte sich und begann ihre Tasche auszuräumen, ein Heft, Farbstifte, ein Zeichenblock.

»Das brauchen wir jetzt alles nicht«, flüsterte ihr Peter zu. »Zuerst wird uns der Meister ein Referat über die verschiedenen Epochen halten, danach Farbzusammenstellungen erläutern, also was gemacht werden darf und was nicht, und erst danach müssen wir schreiben oder zeichnen. Also, einfach gut aufpassen.«

»Danke, Peter«, flüsterte Anna zurück.

Die erste Hälfte des Morgens verstrich viel zu rasch. Anna sog jedes Wort von Mister Morgans Referat förmlich in sich ein. Von Zeit zu Zeit schob ihr Peter ein Zettel mit einer Übersetzung hin. Anschließend mussten die Studenten eine Zusammenfassung schreiben. Ein dumpfer Glockenschlag ließ sie erschrocken von ihrem Heft aufblicken.

Mister Morgan klatschte in die Hände, »danke meine Damen und Herren, am Nachmittag wird Herr Thommsen den Unterricht fortsetzen. Ich wünsche Ihnen einen guten Appetit.«

Schon Mittag, dachte Anna. Ihr Kopf brummte und ihre Gedanken wirbelten, so viel geballte Information über das Malen hatte sie noch nie erhalten.

»Wir gehen jetzt in die Mensa zum Mittagessen.« Peter packte seine Hefte weg. »Wenn wir uns beeilen, müssen wir nicht allzu lange in der Schlange stehen. Anschließend kann ich dir noch unsere Bibliothek zeigen und was sonst noch interessant für dich sein könnte. Komm!«

Die beiden gingen zusammen mit den anderen Studenten in den Speisesaal. Wieder lange Gänge, die sie durchquerten. Aus allen Klassenzimmern drängte sich eine bunte Schar junger Leute.

Anna staunte. »Haben die auch Malunterricht?«

Peter lachte. »Nein, das ist eine Kunstschule, neben Malen, Skulptieren ist auch Architektur und so was wie Gartenarchitektur dabei. Wir im Malunterricht sind nur etwa fünfzehn, also sehr übersichtlich.« Er schubste sie in den Saal, wo bereits einige Studenten mit ihrem Tablett an der Essensausgabe warteten. Die beiden stellten sich hinten an. »Du kannst wählen«, erklärte Peter, »hier die Fleischgerichte, meistens mit Kartoffeln und Gemüse. Eier oder Würstchen kannst du auch haben und die Süßspeisen, das machen sie super. Der Rest«, er zuckte mit den Schultern, »geht so, jedenfalls musst du nicht verhungern.

»Ich habe heute Morgen nur einen Porridge gegessen.« Anna verzog das Gesicht bei dem Gedanken an das morgendliche Frühstück.

»Porridge!« Peter schüttelte sich, »bin ich froh, dass ich meine eigene Bude habe, da kann ich zum Frühstück essen, was ich möchte, aber Porridge, sicher nie!«

»Du hast es gut.«

»Ja, ich bin ein Glückspilz. Komm jetzt, wir sind dran.«

Anna entschied sich für einen Teller mit Salat, garniert mit Eiern und Würstchen. Dazu erhielt sie ein Stück Brot, das man mit einer Hand mühelos zu einem Ball kneten konnte.

»Ich wette mir dir, dass du dich Morgen auch für das Fleischgericht entscheiden wirst.« Er grinste.

»Weshalb?«

»Das merkst du dann schon.«

Sie setzten sich und begannen zu essen. Bereits nach dem ersten Bissen wusste sie, dass sie sich morgen für das Fleischmenü entscheiden würde. Der Salat war bräunlich angelaufen, die Würstchen schmeckten wie Sägemehl, und das Gelbe von den Eiern schimmerte grünlich. Sie schauderte.

Inzwischen füllte sich der Saal mit lachenden und schwatzenden Menschen. Auch die Kollegen aus ihrem Unterricht fanden sich ein und setzten sich neben die beiden. Sie diskutierten über die Unterrichtsstunde, über angesagte Ausstellungen und Galerien. Anna hörte staunend zu, und obwohl sie nicht alles verstand, begriff sie sehr wohl.

Der Nachmittag verflog ebenso schnell wie der Morgen. Sie musste lernen, wie man eine Leinwand bespannte und grundierte.

Es war gar nicht so leicht, immer wieder wölbte sich der Leinenstoff oder es blieben Falten zurück. Geduldig erklärte ihr Mister Thommsen die Technik des Grundierens. Mit zusammengepressten Lippen pinselte sie über das Leinen, es sollte nicht zu stark getränkt sein, nur eine gleichmäßige Schicht mit Leim aufgetragen werden.

Die anderen Studenten standen derweilen an den Staffeleien und durften an ihren Bildern arbeiten. Anna beneidete sie.

»Wenn die Leinwand trocken ist, musst du sie noch schleifen und danach darfst du auch malen.« Peter stellte sich neben sie und betrachtete ihr Werk. »Gut gemacht«, lobte er, als Anna einen Schritt zurücktrat.

Der Nachmittag verging viel zu schnell. Betrübt packte Anna ihre Tasche, nun war wieder Gefängnis angesagt.

»Bringst du morgen deine Bilder mit?«, rief Peter ihr nach, als sie im Begriff war, das Klassenzimmer zu verlassen.

»Mach ich, bis morgen.« Sie war traurig, die anderen durften noch bleiben und weitermalen, auf sie aber wartete der Bus.

Nachdem alle Mädchen eingesammelt waren, ließ Anna den Tag Revue passieren. Erst jetzt wurde es ihr so richtig bewusst, dass sie an einer Kunstakademie studierte und damit die einmalige Gelegenheit hatte, das Handwerk von Grund auf zu lernen. Sie würde die Bibliothek, die ihr Peter gezeigt hatte, voll in Anspruch nehmen und sich die Bücher ausleihen. Bücher über Picasso, Van Gogh, Gauguin, sogar ein Buch über Hodler hatte sie entdeckt. Sie lechzte danach, alles über die genialen Maler zu erfahren. Doch wann sollte sie das alles lesen? Wenn sie ins Heim zurückkam, musste sie in der Küche oder beim Wäschewaschen helfen, dann war Abendessen, und in der Stunde bis zum Lichterlöschen ...? Sie seufzte.

»Du bist so still.« Ellien stupste sie in die Seite, »war es nicht gut heute?«

»Doch, doch, die Zeit ist viel zu schnell vorbeigegangen.«

»Na also.«

Anna lehnte sich in den Sitz zurück. »Wann soll ich denn malen?«, wandte sie sich an Ellien. »Wenn wir zurück sind, ist so viel zu tun. Bis ich die Staffelei aufgestellt und die Farben gemischt habe, ist die freie Stunde schon fast um.«

»Hm, da habe ich es einfacher. Mein Buch ist schnell zur Hand und ich kann zur Not auch noch unter der Decke mit einer Taschenlampe lesen. So kannst du wohl nicht malen?«

Anna kicherte. »Ich müsste es mal ausprobieren, aber ich glaube, es wird nicht funktionieren.«

Der Appell zur Nachmittagsarbeit fand im Speisesaal statt. Alle standen in Habacht-Stellung an den Wänden.

»Frau Smith duldet bei diesen Appellen weder schwatzen noch ein liederliches Stehen«, hatte Ellien Anna zugeflüstert, als sie den Saal betraten.

Anna musste in der Küche helfen, Ellien wurde in die Waschküche abkommandiert. Die Küche war für Anna nichts Neues, hatte sie doch in Intschi öfters beim Gemüserüsten mitgeholfen. Sie band sich die Schürze um, die ihr die behäbige Köchin aus dem Stapel frischer Küchenschürzen hervorgeholte hatte, und machte sich an die Arbeit. Die Köchin entpuppte sich als Ulknudel, die den Helferinnen während des Rüstens unterhaltsame Geschichten »aus dem Leben«, wie sie es nannte, erzählte, worüber sie jeweils selber einen Lachanfall bekam.

Beim Abendessen, es gab Rosenkohl mit Kartoffelbrei, bemerkte Ellien: »Heute kommt deine neue Zimmermitbewohnerin.«

»Oh ja, das hätte ich beinahe vergessen. Bin mal gespannt, wie die ist.«

»Du wirst es mir morgen erzählen.« Ellien stand auf und holte sich eine weitere Portion Gemüse.

Anna schaute der schmalen Gestalt mit den langen schwarzen Haaren nach. Ich glaube, ich habe eine Freundin gefunden. Jemanden, dem es egal ist, ob ich ein Flüchtling bin.

Zurück in ihrem Zimmer holte sie ein Schreibblock aus der Schublade des Nachttisches, setzte sich an den Schreibtisch und begann, einen Brief an ihre Eltern zu schreiben. Plötzlich klopfte es energisch an die Tür, und ohne ein »Herein« abzuwarten, öffnete sie sich und Frau Smith trat mit Annas neuer Zimmerkollegin ein.

»Anna, das ist Juliette. Sie spricht auch nicht viel Englisch, aber ihr werdet euch schon verstehen. Übrigens, eine gute Gelegenheit für euch beide, zusammen zu lernen. Ich habe ihr alles erklärt. Morgen früh zeigst du ihr, wie der Ablauf hier stattfindet. Gute Nacht«, und schon war sie wieder draußen.

Vor Anna stand eine bezaubernde Elfe. Die blonden Haare waren in zwei lange Zöpfe geflochten und ihre großen blauen Augen strahlten wie Sterne.

»Herzlich willkommen.« Anna ging auf Juliette zu und umarmte das zarte Wesen. In diesem Augenblick wusste sie, dass sie eine weitere Freundin gefunden hatte. Der angefangene Brief blieb vergessen auf dem Tisch liegen.

13. Kapitel

Weshalb hatte er nicht mehr gedrängt? Weshalb ließ er Anna einfach so gehen? Er würde vermutlich nie eine Antwort darauf finden. Anton ging mit hängenden Schultern den Weg ins Dorf hinunter.

Auf dem Hof stürzte er sich in die Arbeit. Er schuftete Tag für Tag, und am Abend las er in den Büchern, die er in der Bibliothek in Altdorf ausgeliehen hatte, und in den Unterrichtsaufgaben, die ihm ein Schulkamerad vorbeibrachte. Es gab ihm eine innere Befriedigung und das, was er lernte, konnte er auch ohne Abschlussprüfung der landwirtschaftlichen Weiterbildungsschule auf dem Hof einsetzen.

»Ich kann dich nicht entbehren auf dem Hof, Anton.« Das waren Vaters Worte gewesen, als er eines Abends am Tisch den Wunsch geäußert hatte, auf die Schule nach Altdorf zu gehen. »Mit meiner Arthrose in der Hüfte ist es mir unmöglich, die Arbeit alleine zu machen.«

Wie jeden Sonntag nach dem Gottesdienst machte sich Anton auf, um die Eltern von Anna zu besuchen.

Das war seit einigen Wochen sein Ritual. Drei Personen, die Anna vermissten. Drei Personen, die zusammensaßen und sich über Anna unterhielten. Drei Personen, die sich fragten, was Anna wohl in diesem Moment tat.

Mutter Olga hatte immer einen Kuchen bereit. Kuchen, denen

Anton immer noch nicht widerstehen konnte. Dazu tranken sie Tee oder hin und wieder, wenn Vater Janosch besonders gut gelaunt war, einen Schnaps.

Heute lief ihm Mutter Olga aufgeregt mit einem Brief in der Hand entgegen.

»Anna hat geschrieben«, rief sie froh, »endlich, es wurde aber auch Zeit, dass sie etwas von sich hören lässt. Schon fast zwei Monate ist sie nun in England, ohne ein Wort!«

»Darf ich mal sehen?« Anton nahm den Briefumschlag, »der ist ziemlich lange unterwegs gewesen«, er tippte mit dem Finger auf den Poststempel, »also nicht Annas Schuld, sie hat ihn schon vor fünf Wochen aufgegeben.«

»Mag ja sein, trotzdem«, sie nahm den Umschlag und ließ ihn zusammen mit dem Brief in die Schürzentasche gleiten. »Komm herein, der Blechkuchen wartet schon.«

Janosch saß in seinem Sessel am Fenster und las die Sonntagszeitung. »Anton, schön dich zu sehen. Wie geht es den Eltern?«

»Danke, Vater kann sich wieder besser bewegen, die neuen Medikamente scheinen zu helfen, und Mutter ist quicklebendig wie immer. Ich bin froh, dass sie mithelfen kann, ich so ganz allein mit dem Hof ...!«

»Hm, kann ich gut verstehen. Aber komm, setz dich doch. Und deine Schule in Altdorf?«

Anton zuckte mit den Schultern. »Ich lerne jeden Abend. Ich habe mir in Altdorf Bücher besorgt und ein Kollege bringt mir die Unterrichtsaufgaben vorbei. Doch ich habe die Hoffnung aufgegeben. Vater wird niemals mehr den Hof alleine führen können. Die schweren Arbeiten, das Mähen am Hang und das Heu einbringen, das kann er nicht mehr.«

»Es wird alles gut, glaub mir, es gibt für alles eine Lösung.«

In der Zwischenzeit hatte Olga den Blechkuchen aus dem Ofen gezogen und kalte Milch darüber gegossen. Sie stellte das Blech auf den Tisch, holte drei Teller und drei Kuchengabeln und teilte den Kuchen in Stücke.

»Janosch, hol den Schnaps und den Wein, heute ist ein ganz besonderer Tag, der muss gefeiert werden.«

Er nickte und erhob sich. »Schnaps oder Wein?«, fragte er. »Du, Anton?«

»Einen Schnaps, bitte.«

»Und ich ein Glas Wein.« Olga holte die Gläser aus dem Küchenschrank. »Die Sonntagsgläser«, lachte sie, während Janosch eingoss.

»Auf unsere Anna«, der helle Klang der Gläser erfüllte für einen Moment die Küche.

»Hier ist der Brief«, Olga zog ihn aus der Schürzentasche und legte ihn auf den Küchentisch. »Es scheint ihr zu gefallen.« Sie schob ihn zu Anton hinüber. »Darfst ihn natürlich auch lesen, du gehörst ja schon fast zur Familie.« Ein verschmitztes Lächeln flog dabei über ihr Gesicht.

Allerliebste Mama, liebster Papa, stand da in Annas gestochener Schrift.

Nun bin ich schon so lange in London, doch erst jetzt komme ich dazu, euch zu schreiben. Bitte verzeiht. Aber es gibt so viel zu tun hier. London ist eine riesengroße Stadt, viel, viel größer als Basel, und in den Häuserschluchten habe ich am Anfang Atemnot bekommen, jetzt habe ich mich daran gewöhnt.

Es gibt zweistöckige rote Busse und viele, viele Lieferwagen, sie fahren alle auf der falschen Seite, was natürlich nicht die falsche Seite ist, denn in England fährt man so, das hat mir meine Freundin Ellien erklärt. Wes-

halb das so ist, konnte sie mir auch nicht sagen. Ich bin sehr fleißig und die Unterrichtsstunden in der Schule vergehen immer viel zu schnell. Wir sind fünfzehn Studenten, die meisten sind Engländer, nur der Peter kommt aus Deutschland. Er hilft mir, wenn ich mal wieder nicht alles verstanden habe. Seine Bilder gefallen mir sehr gut. Er zeichnet Frauen ohne Kleider, sie schauen so echt aus, wie lebendig. Ich werde das auch lernen, hat er gesagt, Aktbilder gehören zum Malstudium.

Anton ließ den Brief sinken. Peter? Aktbilder? In seinem Inneren rumorte es. Dann nahm er ihn wieder zur Hand und las weiter.

Ich musste eine Leinwand auf den Rahmen spannen und grundieren, es war gar nicht so einfach. Immer wieder musste ich mit dem Leim nacharbeiten, bis die Leinwand ohne Falten war. Farben mischen lernen, das muss ich auch. Ich habe in meinem Leben noch nie so viele unterschiedliche Farben auf meiner Palette gehabt. Der Lehrer sagte, dass das den Blick für die Verschiedenartigkeit der Farben schärft. Am Ende des Tages erhalten wir Aufgaben, die wir am nächsten Tag gemeinsam in der Klasse besprechen. Im Heim habe ich nicht viel Zeit zum Malen und das macht mich traurig. Alle müssen nach der Schule mithelfen, entweder in der Küche oder sonst wo, was es halt so zu tun gibt. Wenn wir mit dem Abendessen fertig sind, muss ich zusammen mit Juliette, meiner Zimmergenossin, noch Englisch büffeln. Aber sonst gefällt es mir sehr. Ich habe zwei Freundinnen, Ellien und Juliette. Ellien studiert Theater. Sie ist Inderin, aber in England aufgewachsen. Ihre Haare sind wunderschön, schwarz und so lang, dass sie sich draufsetzen kann. Juliette kommt aus Paris und tanzt an der königlichen Ballettschule. Sie schaut wie eine Elfe aus, zart, mit blonden Haaren und wundervollen blauen Augen. Ich glaube, dass sie einmal eine berühmte Tänzerin sein wird. Am Sonntag müssen wir nicht arbeiten, da haben wir Ausgang. Meistens fahren wir mit dem Bus in die Stadt. Ach, ich möchte euch die Stadt so gerne zeigen. Den Piccadilly Circus, die Oxford Street, Covent Garden, den Hyde Park, es gibt so viel zu sehen hier. So, und jetzt muss ich Schluss machen. Es ist gleich neun Uhr und da muss das Licht gelöscht werden. Ich umarme euch, eure Anna.

Anton legte den Brief auf den Tisch zurück. Weshalb schrieb sie ihm keine Briefe? Hatte sie ihn schon vergessen?

»Das hat sie schön geschrieben, unsere Anna«, bemerkte Olga, »ich, wir sind ja so stolz auf sie, nicht wahr, Janosch?«

Der nickte, stand auf und schenkte nach.

»Mir nur noch wenig«, wehrte Olga ab, »sonst ...«

»Darf ich die Adresse haben, ich möchte Anna auch mal schreiben.«

»Ja natürlich, ich hole sie gleich.«

Anton nahm den Zettel, den Olga ihm mit der Adresse gab, stopfte ihn in die Hosentasche und schob sich ein Stück Kuchen in den Mund. Noch heute Abend schreibe ich ihr einen Brief, dachte er, während er mit dem Löffel die letzten Kuchenbrösel vom Teller kratzte.

»Noch ein Stück Kuchen?«

»Nein, ich muss gehen. Mutter hat bestimmt schon den Braten im Ofen, sie mag es nicht, wenn ich zu spät zum Essen komme.«

»Hast du denn noch Hunger?«

»Aber sicher, ich kann immer essen«, sagte Anton lachend.

Olga schmunzelte, sie kannte ihn, sein Appetit war erstaunlich.

»Nächsten Sonntag um die gleiche Zeit«, rief Janosch ihm nach, bevor die Tür ins Schloss fiel.

Liebe Anna, ich sitze hier und ...

Anton zerknüllte das Blatt und schmiss es auf den Boden zu den anderen. Er stützte den Kopf in die Hände. Was, um Gottes willen, sollte er Anna schreiben? Sie kannte den Hof, sie wusste, was er den ganzen Tag tat, es gab nichts, aber auch gar nichts Neues zu erzählen. Sie hingegen konnte aus dem Vollen schöpfen. Neue Freunde, dieser Peter, eine gigantische Stadt, ein aufregendes Leben.

Er stand auf und stierte in die Dunkelheit. Was sie wohl jetzt gerade tat? Er setzte sich wieder an den Tisch und plötzlich flossen die Worte wie von selbst auf den Briefbogen. Zwei Seiten, in denen er ihr erzählte, doch nicht von seiner Arbeit auf dem Hof, sondern von sich. Von seinem Traum, die Schule in Altdorf besuchen zu können, von seiner Angst, die er um sie hatte, und von seiner Liebe zu ihr, und dass er immer für sie da sein werde.

Mit einem tiefen Seufzer faltete er den Brief zusammen und steckte ihn in den Umschlag. Gleich morgen wollte er ihn zur Post bringen.

Unwillig schälte er sich aus der Decke. Er hatte schlecht geschlafen. Im Traum hatte er Anna gesehen. Er wollte auf sie zulaufen, doch er konnte seine Beine nicht bewegen.

Mit schweren Schritten ging er nach unten in die Küche. Die Stille war greifbar. Er holte Milch aus dem Kühlschrank, goss sie in die Pfanne und wärmte sie auf dem Holzherd, in dem die letzten Holzscheite vom Vorabend noch glimmten. Dann zog er die Arbeitskleider über, die im Korridor an dem Haken hingen. Am Fenster stehend schlürfte er die warme Milch. Die Berge waren schwarze Konturen am Himmel.

Leise ging er hinaus in den Stall, wo die Kühe schon ungeduldig muhten. Er verteilte frisches Stroh auf dem Boden und füllte die

Futtertröge mit Heu. Die Arbeit ließ seine Gedanken an Anna etwas in den Hintergrund treten. Der Brief an sie lag immer noch in seinem Zimmer auf dem Tisch.

Voller Erwartung stieg Anton in den Bus, der ihn nach Altdorf brachte. Sein Wunsch war doch noch in Erfüllung gegangen. Vater hatte endlich die Zustimmung zur Ausbildung in der Bauernschule gegeben.

Es war der ehemalige Lehrer gewesen, der die Eltern überredet hatte. »Ihr Sohn hat das Zeug dazu, Sie sollten ihm diesen Weg nicht verbauen.«

Anton hatte an der Tür gelauscht.

»Er könnte mit dieser Ausbildung nicht nur den Hof modernisieren, sondern sein Wissen auch an die anderen Bauern weitergeben«, hatte der Lehrer weiter argumentiert.

»Und wer macht hier die schwere Arbeit«, fragte der Vater, »die ich beim besten Willen nicht mehr schaffe?«

»Es findet sich immer eine Lösung. Für die Arbeit gibt es junge Leute im Dorf, die mithelfen können, und im Sommer, wenn das Heu eingebracht werden muss, da ist der Anton ja dann zu Hause und kann mithelfen. Es wäre jammerschade um ihn.«

Beim Abendessen hatte Vater dann mit feierlicher Stimme verkündet: »Anton, Mutter und ich haben beschlossen, dass du diese Schule in Altdorf besuchen darfst. Eine Auflage haben wir allerdings, deine Ferien wirst du hier verbringen.«

Die Schule lag etwas außerhalb der Stadt. Es gab zwei mittlere Gebäudekomplexe, eines für die jungen angehenden Bauern, das andere für zukünftige Bäuerinnen. Die Ausbildung war anspruchsvoll. Theorie wechselte sich mit praktischem Lernen ab. Tierhaltung, Modernisierung der Stallhaltung, neue Futtermethoden und Betriebswirtschaft. Jede Woche musste ein Test über das Gelernte geschrieben werden. Letzteres war für Anton die schwierigste Aufgabe, Schreiben hatte er noch nie gemocht, doch er stürzte sich mit Tatendrang in die Ausbildung und ganz langsam verschwand Anna aus seinen Gedanken.

Es war kurz vor den Semesterferien. Anton hatte die erste Hauptprüfung mit Erfolg bestanden und gönnte sich einen freien Nachmittag. In der Stadt besuchte er die Buchhandlung, um einige Fachbücher zu kaufen, denn er wollte auch in den Ferien nicht aufs Lernen verzichten. Als er an der Kasse bezahlte, stürmten zwei junge Frauen lachend in den Laden.

»Ich werde gewinnen, Ursina«, rief die eine, »das Buch heißt ...«, den Rest verstand er nicht mehr, die beiden waren an ihm vorbei in den hinteren Teil der Buchhandlung verschwunden.

Nachdem er sein Buch in Empfang genommen hatte, äugte er in ihre Richtung, doch er konnte sie im Schatten nicht recht erkennen. Alles, was er sah, war, dass die eine groß, etwas stämmig war, und die andere kleiner, mit langen Haaren, die sie zu einem Zopf zusammengebunden hatte.

Endlich Ferien! Zwölf Wochen! Anton stieg in den Bus nach Intschi. Er freute sich auf seine Berge, obwohl in diesen Wochen auch Arbeit angesagt war. Trotzdem, einmal zum Arnisee hinauffahren, das wollte er. Der Fahrer hatte die Türen bereits geschlossen, da sah Anton eine junge Frau heftig winkend auf den Bus zu rennen.

»Da will noch jemand mit«, rief er durch den Bus.

Die junge Frau stürmte hinein. »Vielen Dank, Alois, fürs Warten«, sagte sie atemlos.

»Ursina, wie immer zu spät«, brummte der, doch er klang freundlich.

Ursina, war das nicht die, welche kürzlich mit einer Freundin in den Buchladen gekommen war? Anton schaute sie aus den Augenwinkeln an. Er war sich nicht sicher, doch irgendwie kam sie ihm bekannt vor. Sie bemerkte seinen Blick und lachte ihn an. Verlegen schaute er auf seine Hände. Ihr Grübchen am Kinn gefiel ihm und die kurz geschnittenen aschblonden Haare, die sie aus dem Gesicht gekämmt hatte, ließen sie so gar nicht nach einer Bauerntochter, eher wie eine junge Lehrerin aussehen.

»Ich kenn dich. Bist du nicht in Gurtnellen zur Schule gegangen?«, fragte sie und ließ sich auf den Sitz neben ihm fallen.

Anton nickte. Jetzt wusste er, sie war das in der Buchhandlung gewesen und er sie schon vorher in Gurtnellen vom Sehen kannte. Seine großen Hände störten ihn gewaltig, aber er konnte sie nicht in den Hosentaschen verstecken, wie er das immer tat, wenn er verlegen war.

»Eben, ich habe dich gleich wieder erkannt. Du bist immer mit diesem Flüchtlingsmädchen zusammen zur Schule gekommen, ich habe ihren Namen vergessen.« Ihre weißen Zähne blitzten, »und jetzt bist du in der Bauernschule, ich übrigens auch, die für die Bäuerinnen, nebenan. Ursina heiß ich.« Sie streckte ihm die Hand entgegen. »Wir könnten uns nach den Ferien mal treffen, wenn wir wieder in Altdorf sind, und zusammen etwas unternehmen.«

»Ja, könnten wir, aber«, druckste Anton herum, »ich muss viel lernen, hab nicht so viel Zeit.«

»Ach komm, das ist doch nur eine Ausrede. Wenn man will, hat man immer Zeit. Ich wohne in Gurtnellen. Meine Eltern meinten, dass mir eine Weiterbildung nicht schaden würde, alles zu lernen, was eine zukünftige Bäuerin mal wissen muss. Ich hätte es auch ohne diese Schule gelernt, aber«, sie zuckte mit den Schultern, »ist auch okay so. Und du, bist du nicht der Anton aus Intschi?«

»Ja«, grummelte er. »Woher weißt du das überhaupt?«

Sie lachte. »Vielleicht, weil du mir damals schon aufgefallen bist?«

Anton kratzte sich im Nacken, so was aber auch, er lächelte und spürte, wie seine Ohren heiß wurden.

Inzwischen war der Bus an der Haltestelle beim Bahnhof in Intschi angekommen. Anton drängte sich an Ursinas Knien vorbei, hob die Tasche aus dem Gepäckgestell, stand auf und machte sich zum Aussteigen bereit.

»Machs gut, Anton«, rief Ursina ihm nach, »wir sehen uns nach den Ferien in Altdorf.«

Anton winkte, der Fahrer schloss die Tür und bog in die Straße ein, die in Richtung Gurtnellen führte.

Das Mähen an den steilen Hängen war schweißtreibend. Das geschnittene Gras musste in große Ballen zusammengebunden und mit dem Sessellift ins Tal hinunter gebracht werden. Anton hatte nicht viel Zeit für sich. Nur einmal, es hatte in der Nacht kräftig geregnet, und Mähen war nicht möglich, packte er seinen Rucksack und fuhr zum Arnisee hinauf. Die Wiesen unter ihm glänzten im Morgenlicht, doch die Nebelschwaden im Tal blieben hartnäckig liegen. Anton atmete tief durch. Seine Berge, sie waren immer noch da, schöner denn je.

Oben angekommen kletterte er aus dem Sessellift und wanderte um den See herum, der ihm dunkelgrün entgegen leuchtete. Auf einer Tau benetzten Bank rastete Anton und fischte eine Klappstulle aus dem Rucksack. Wie herrlich die schmeckte, auch das hatte er in Altdorf vermisst. Nach einem Schluck heißen Kaffee aus der

Thermoskanne stand er auf und ging weiter. Er wollte zu »seinen« Steinen, hinaufklettern und von oben ins Tal schauen. So wie er es schon oft getan hatte. Das Gefühl der Freiheit spüren. Die Steine glänzten noch vom Regen in der Nacht. Prüfend schaute er hinauf. Das wird eine glitschige Kletterei. Er schob den Rucksack unter einen Felsvorsprung, prüfte die Einstiegstelle und setzte seinen Fuß in die erste Kerbe. Dann suchte er mit den Händen nach den Felsgriffen, zog den zweiten Fuß nach und hievte sich langsam nach oben. Immer wieder rutschte er aus, aber er gab nicht auf. Als er endlich oben angekommen war, stieß er einen befreienden Jauchzer aus. Das war Freiheit!

Nach der ersten Euphorie setzte er sich. Er dachte an Ursina. Sie wirkte völlig anders als Anna. Anna, die verbissen hinter der Malerei her war, und trotzdem nach irgendetwas auf der Suche. Ursina hingegen war offen und schien sehr unkompliziert zu sein. Entschlossen stand er auf. Weshalb musste er immer noch an Anna denken? Sie war in London und lebte dort ihr Leben. Vermutlich hatte sie recht, als sie damals sagte, dass sie nicht hierhergehöre.

Der Abstieg vom Felsen ging um einiges leichter. Unten angekommen schaute er auf seine Hose, die von den spitzen Steinen allerhand abbekommen hatte. Mutter würde keine Freude daran haben.

Die Eltern waren inzwischen in das Nebenhaus gezogen und Anton bewirtschaftete den Hof selbstständig, so wie er es ihnen versprochen hatte. Er war nun ein diplomierter Bauer und das erfüllte ihn mit Stolz. Mit Hingabe kniete er sich in seine neue Aufgabe. Er modernisierte den Stall und ersetzte die alten Maschinen durch moderne, und es gefiel ihm, dass er alles selber bestimmen konnte. Der Vater beobachtete sein Tun mit Argusaugen, doch er schwieg und ließ ihm freie Hand.

Jeden Freitagabend traf sich Anton mit einigen ehemaligen Schulkameraden in der Gaststätte. Man tauschte sich über die allgemeine politische Lage in der Schweiz aus, diskutierte über moderne Methoden im Stall, meistens aber wurde über die Zukunft ihres Dorfes gesprochen. Die Lage war nicht rosig. Die Regierung in Bern schien die abgelegenen Orte in den Tälern vergessen zu haben. Der Tourismus florierte nicht mehr so wie in früheren Jahren.

»Bei den kommenden Gemeinderatswahlen muss sich jemand von uns zur Wahl stellen«, rief Joseph in die Runde, »die Jungen müssen ans Ruder, denn nur dann kann ein Umdenken stattfinden.«

»Wer hat denn dazu noch Zeit neben all den anderen Arbeiten?«, kam es zurück.

»Weiß ich nicht.« Joseph hatte sich erhoben, »aber eins ist sicher, wenn niemand von uns diesen Alt-Herren-Klub im Gemeinderat aufrüttelt, dann Gnade uns Gott. Dann können wir unser Dorf vergessen. Dann wird es duster.« Er setzte sich wieder und bestellte ein weiteres Bier. Für einen kurzen Moment herrschte betretenes Schweigen.

»Unser Anton«, der Sepp aus dem Schächetäli stand auf, »der wäre der rechte Mann für diese Aufgabe, der hat in Altdorf studiert.«

»Klar, der Anton«, tönte es einstimmig.

Er winkte ab. »Ich hab auch viel zu tun. Kann meine Zeit nicht im Gemeinderat verplempern, und nur weil ich in Altdorf die Schule besucht habe, bin ich noch lange nicht der Mann, der etwas verändern kann.«

»Komm, Anton, zier dich nicht. Du kannst das.« Joseph war erneut aufgestanden und ging um Tisch. »Mensch, Anton«, er klopfte ihm auf die Schulter, »du bist wirklich der Einzige, der das kann. Wir werden dich bei der Wahl unterstützen.« Fragend blickte er in die Runde.

»Aber sicher tun wir das, lass dich nicht hundertmal bitten«, riefen alle durcheinander.

Anton nahm einen tiefen Schluck aus seinem Bierglas und wischte sich mit dem Ärmel den Schaum von den Lippen. »Ich weiß nicht«, er betrachtete seine Hände, »aber wenn ihr meint, versuchen kann ich es mal. Ich bin ja dann noch lange nicht gewählt.«

»Bravo, bravo, Anton!« Die Runde klatschte Beifall.

»Das muss gefeiert werden.« Joseph winkte der Bedienung zu, »eine Flasche Weißwein vom Guten und Brot und Käse, wir haben Hunger. Diese Runde geht an mich.«

Es war weit nach Mitternacht, als sich Anton mit beduseltem Kopf auf den Heimweg begab.

Die Blumen in Antons Hand ließen schon leicht die Köpfe hängen, als er in den Bus nach Gurtnellen stieg. Er hatte sich heute Morgen besonders sorgfältig gekleidet. Die beste Hose, ein hellblaues Hemd und ein dunkelblaues Sakko. Seine polierten Schuhe glänzten mit der Sonne um die Wette. Im Kopf wirbelten ihm die Gedanken herum. Was würde Ursina zu seinem Überraschungsbesuch sagen? Würde sie ihn wiedererkennen? Seit der letzten Fahrt von Altdorf nach Intschi hatte er sie nicht mehr gesehen. Mit einem Quietschen hielt der Bus an der Haltestelle. Anton trocknete sich die schweißnassen Hände an der Hose ab, nahm die Blumen aus der Ablage und stieg aus.

Das Haus von Ursinas Eltern lag nur einen kurzen Fußmarsch entfernt von der Bushaltestelle inmitten von sattgrünen Wiesen.

Mit klopfendem Herzen ging er den schmalen Weg entlang zum Haus. Auf der einen Seite plätscherte ein Bach, auf der anderen war ein Gemüsegarten angelegt. Kohlköpfe, Rübenkraut und Stangenbohnen standen wie Soldaten in Reih und Glied. Ob das wohl Ursinas Werk war?

Kein Ton war zu hören, als er vor der Eingangstür stand, nur eine lästige Fliege, die um seinen Kopf brummte, störte die Ruhe. Schüchtern betätigte er den Türklopfer. Nichts rührte sich. Hoffentlich sind sie zu Hause? Er trat einen Schritt zurück und schaute ins obere Stockwerk, wo ein Fenster offen stand und der Wind mit dem Vorhang spielte. Erneut klopfte er, dieses Mal etwas energischer. Schritte waren zu hören, die Tür öffnete sich einen Spalt und Ursina streckte ihren Kopf heraus.

»Sie wünschen?«

»Ich ....«, stammelte er und hielt ihr den Blumenstrauß entgegen.

»Anton!«, rief sie überrascht, »ich habe dich im ersten Augenblick gar nicht erkannt, du siehst so anders aus.« Sie betrachtete ihn von oben bis unten. »Mensch, du kommst mich besuchen! Sind die Blumen für mich?«

Anton nickte. »Ich wollte dir eine kleine Freude bereiten.«

»Wie schön. Komm herein. Meine Eltern machen ihre Mittagspause, doch ich werde sie gleich holen.«

»Nein, nein, ich will nicht stören, ich kann gerne ein anderes Mal wieder kommen, nur ... unter der Woche habe ich fast keine Zeit.«

»Du störst nicht, komm rein.« Sie zog ihn energisch am Ärmel in den Korridor. »Ich werde jetzt die Eltern holen.« Sie verschwand über die Treppe in den oberen Stock.

Anton blieb verloren stehen, der leichte Geruch von Bohnen und Speck vom Mittagessen lag noch in der Luft.

»Sie werden gleich kommen.« Ursina lief die Treppe herunter, »und dann werden wir zusammen Kaffee trinken. Du kannst mir dabei helfen.« Sie schubste ihn in die Küche hinein, wo er unbeholfen stehen blieb und ihrem Treiben zusah.

»Hier sind die Tassen, trag sie bitte in die Stube nebenan, ich komm dann mit dem Kaffee nach.«

Anton stellte die Tassen auf den Tisch und schaute sich interessiert um. Eine Eckbank in der Nähe von dem Kachelofen lud zum gemütlichen Sitzen ein. Derbe Holzstühle standen um den Tisch, auf dem eine Häkeldecke lag. An einer Wand hing ein Bild mit einem röhrenden Hirsch. Auf dem Buffet entdeckte er kleine gerahmte Bildchen. Er trat näher, eine komplette Ahnengalerie schien hier vertreten zu sein.

»Der Kaffee.« Ursina war hereingekommen und stellte eine geblümte Kaffeekanne auf den Tisch.

Ertappt blickte Anton auf, er hatte sie nicht kommen hören.

»Ich hol gleich noch etwas zum Knabbern, setz dich hin, ich bin gleich zurück.«

Mit ihr traten die Eltern ein.

Ursina sagte: »Das ist der Anton, ich habe euch von ihm erzählt, und das sind meine Eltern. Wir kennen uns aus der Schulzeit, dann sind wir uns einmal im Bus begegnet und danach nie mehr«, sie zwinkerte ihm zu. »Er hat nie Zeit gehabt, etwas mit mir zu unternehmen.«

»So, so, ein fleißiger junger Mann, sehr erfreut, Sie kennenzulernen.« Der Vater, ein stämmiger Bauer mit schlohweißem Haar, begrüßte Anton mit einem kräftigen Händedruck.

»Sind die Blumen da auf dem Tisch von Ihnen?«, fragte die Mutter, der Ursina wie aus dem Gesicht geschnitten war.

»Ich wollte sie damit überraschen«, stammelte Anton. »Ich hoffe, dass ich nicht ungelegen komme, so am Sonntag.«

»Aber nein, das tust du nicht«, mischte sich Ursina ein, »und jetzt wird Kaffee getrunken.«

Der Nachmittag verlief harmonisch. Die Eltern zeigten sich interessiert an Antons Modernisierung im Stall und nickten zustimmend, als er ihnen erzählte, dass er sich für die kommenden Gemeinderatswahlen aufstellen lassen wolle.

»Ja, ja, auch wir könnten junge Leute im Gemeinderat gebrauchen. Hier haben wir das gleiche Problem, frisches Blut hat noch nie geschadet.« Ursinas Vater stand auf und lief im Wohnzimmer auf und ab. »Aber die alten Sesselkleber geben nicht so leicht auf. So, und jetzt trinken wir noch einen Schnaps, Ursina, bist du so freundlich und holst den Besten aus dem Vorratsschrank?«

Es dämmerte bereits, als sich Anton verabschiedete. Der Vater wünschte ihm viel Glück für die Wahl, und er musste versprechen, sie bald wieder zu besuchen.

»Wir sind sehr interessiert, wie es mit Intschi weitergeht, nicht wahr Mutter? Vielleicht können wir dann bei unseren Wahlen auf Ihre Erfahrung zurückgreifen.«

Auf dem Nachhauseweg war sich Anton sicher, dass Ursina die richtige Frau für ihn und seinen Hof war.

14. Kapitel

Anna hastete die Treppe zur U-Bahn hinauf. Die Rolltreppe war außer Betrieb, wie so oft. Zusammen mit Peter hatte sie nach dem Unterricht an ihrer ersten Aktstudie weitergearbeitet und dabei die Zeit vergessen. Die Rundungen des Frauenkörpers wollten ihr einfach nicht gelingen, sie waren immer noch hölzern. Die beiden letzten Stufen nahm sie mit einem Schritt, stolperte, rutschte aus, und die Papiertüte mit den Lebensmitteln fiel auf den Boden. Äpfel, eine Milchtüte, Kartoffeln, Thunfischdosen und ein Paket Nudeln lagen auf dem Gehsteig.

»Mist, Mist«, schimpfte sie leise vor sich hin. Bückte sich dann, um sie einzusammeln. Dabei platzte der Verschluss der vollbepackten Tasche, die über ihrer linken Schulter baumelte, die Malerpinsel und einige der losen Bleistiftskizzen fielen auf den Boden. Hektisch stopfte sie alles in die Tasche zurück.

»Darf ich Ihnen helfen?«

Überrascht hob Anna den Kopf und blickte direkt in ein paar dunkle Augen.

»Oh ja, gerne«, stammelte sie und fuhr mit dem Einsammeln fort.

»Dann wollen wir mal.« Der junge Mann bückte sich. »Hier«, er überreichte ihr die volle Tüte mit einem Lächeln. »Entschuldigung, ich habe mich noch gar nicht vorgestellt, Nagy Lazio, und wenn Sie wieder mal Hilfe beim Zusammenklauben von Esswaren benötigen, ich arbeite dort drüben in dem Pub.«

»Vielen Dank, ich muss mich beeilen, damit ich den Bus erwische«, stammelte Anna. Sie nahm die Tasche entgegen, klemmte sich die Papiertüte unter den Arm und rannte über die Straße, wo der Bus bereits wartete.

»Nicht so hektisch«, rief ihr Lazio nach, »nicht dass die Tüte wieder auf den Boden fällt!«

Anna lachte, drehte sich um, winkte zurück und ließ sich schnaufend auf den Sitz fallen.

Seit acht Wochen wohnte sie nicht mehr in dem Mädchenpensionat, sondern in einem winzigen Studio im Norden von London. Sie hatte ihr Glück kaum fassen können, als sie von Hubert von Krantz die Nachricht erhielt, dass er eine Unterkunft für sie gefunden hatte. Auch eine wöchentliche Geldsumme würde ihr auf ein Konto überwiesen, sodass sie damit ihren Lebensunterhalt bestreiten könne. Sie mutmaßte, dass der Ausschlag dazu ein Brief gewesen war, den sie an Sonderegger geschickt hatte. Darin hatte sie sich beklagt, dass sie nicht genügend Zeit bekam, um für die Schule zu lernen.

Mister Morgan hatte dies erst kürzlich bemängelt. »Anna, Sie müssen einen Weg finden, um sich besser in die Aufgaben einzubringen. Ihre Tests sind sehr gut, aber ich vermisse den letzten Kick. Sie können das.«

Mit gesenktem Haupt hatte Anna an dem Tag den Unterricht verlassen.

Selbst Peter konnte sie nicht aufrichten. »Du musst an deinen Mäzen oder wer das auch immer ist, schreiben«, hatte er gesagt, »und ihm erklären, dass dieses Mädchenheim dich daran hindert, deine Aufgaben zu erledigen. Also Mädchen, nu mach mal. 'Nen Brief zu schreiben ist doch nicht so schwer.«

»Meinst du?«

»Ja, meine ich, heute Abend noch, verstanden?«

Sie hatte genickt und war mit schwerem Herzen in den Bus gestiegen, der sie ins Pensionat zurückbrachte.

Nach dem Abendessen hatte sie sich hingesetzt, um den Brief an Sonderegger zu verfassen.

Das Studio lag direkt unter dem Dach. Ein Zimmer mit einer Kochstelle, einer Dusche und einem kleinen Abstellraum. Es gab ein Klappbett, das am Tag den Raum etwas größer erscheinen ließ, ein Fenster, das auf die Straße ging und zum Glück so groß war, dass es reichlich Licht für die Malerei gab, wenn die Sonne schien. Der Vormieter schien ein starker Raucher gewesen zu sein, denn die Wände waren überzogen mit Nikotinflecken. Das störte sie nicht sehr, denn bald würde im Studio eh der Geruch von Ölfarben und Terpentin vorherrschen. Anna war glücklich. Ihr eigenes Reich, hier konnte sie endlich lernen und malen.

Eilig stieg sie die fünf Stockwerke hoch. Heute Abend kamen Juliette und Ellien zu Besuch. Das erste Mal, seit sie vom Mädchenheim ausgezogen war.

Juliette war schon nach einem Jahr in das Pensionat für die Schülerinnen und Schüler des Royal Balletts umgezogen und auch Ellien hatte ein Studio gemietet. Sie war inzwischen ein festes Mitglied des Theaters geworden. Anna freute sich, die beiden wieder zu sehen.

Eilig klappte sie das Bett hoch – sie hatte früh am Morgen keine Zeit dafür gefunden – und räumte die herumliegenden Kleidungsstücke weg. Die Staffelei stellte sie in die freie Ecke nahe beim Fenster, die Malfarben und die bespannten Leinwände verbannte sie in die Abstellkammer. Prüfend blickte sie sich um. So kann ich meine Freundinnen empfangen, dachte sie, packte die Lebensmittel aus und setzte eine Pfanne mit Wasser für die Nudeln auf den Herd.

Die Küchenutensilien waren ebenso spärlich wie die ganze Einrichtung des Studios. Zwei Pfannen, ein paar bunt zusammengewürfelte Teller, Besteck, Gläser und Tassen. Auch damit war Anna zufrieden. Das Mittagessen nahm sie in der Mensa ein und am Wochenende, wenn keine Schule war, gab es in der Umgebung genug Buden, um sich zu verpflegen. Fish und Chips hatten es ihr ganz besonders angetan, das war an jeder Ecke zu finden und kostete nicht die Welt. Sie wollte das Geld, das sie erhielt, lieber für andere, für sie wichtigere Dinge ausgeben, zum Beispiel für Bücher, Malutensilien, Pinsel und Skizzierblöcke. Bis jetzt war sie damit ganz gut zurechtgekommen, doch heute hatte sie sich in Unkosten gestürzt, denn sie wollte die Freundinnen auf ihre Art fürstlich bewirten.

Als das Kochwasser simmerte, streute sie Salz hinein und wartete, bis es ordentlich sprudelte, gab die Nudeln dazu und begann den Nachtisch vorzubereiten. Es sollte etwas mit Äpfeln werden. Sie schälte und schnippelte sie in Schnitze, legte sie in kaltes Wasser, schmolz ein Stück Butter in der Pfanne, rührte Zucker hinein, und gab die Apfelschnitze dazu. Ein Karamellduft stieg aus der Pfanne. Sie kostete, es schmeckte lecker. Im Heim gab es das hin und wieder als Nachtisch, allerdings mit einer dicken Vanillesoße dazu. Anna hatte auf die Soße verzichtet, denn sie hatte keine Ahnung, wie sie die zubereiten musste, und die fertige im Laden war zu teuer. Sie hatte gerade die Nudeln abgegossen, da klopfte es an der Tür. Das werden sie sein, und der Tisch ist noch nicht gedeckt, flog es durch ihren Kopf.

»Kommt herein, ach wie schön, euch wiederzusehen.« Anna streckte die Hände aus und zog die beiden ins Zimmer.

»Anna, du schaust gut aus!«, rief Ellien, »aber schmal bist du geworden. Hast du nicht genug zu essen?«

»Doch, doch, ich arbeite im Moment viel, ich muss bis zur Prüfung noch einiges nachholen und da vergesse ich das Essen manchmal.«

Ellien hob strafend den Finger und nahm Anna danach in den Arm. »Pass auf dich auf, nur in einem gesunden Körper wohnt auch ein gesunder Geist.«

»Ja, ja, ich weiß.« Anna lachte, »du sprichst wie meine Mutter.«

Juliette stand hinter Ellien und hob einen Blumenstrauß hoch. »Von uns.«

»Die sind wunderschön, vielen Dank. Woher wisst ihr, dass ich Tulpen mag?«

»Das wissen wir einfach.« Juliette lachte. »Sie sind wie du. Sie lassen sich nicht zähmen, wachsen wild in die Höhe, deshalb.«

»Ich muss eine Vase suchen, ich weiß nicht, ob es hier so etwas gibt.« Anna nahm den Strauß und schaute in den Küchenschrank. »Leider nur das hier.« Sie hielt eine Wasserflasche in Höhe. Nachdem sie den Strauß versorgt hatte, stellte sie den Topf mit den Nudeln auf den Tisch.

»Nun setzt euch hin und bedient euch. Ach, ich freue mich so, dass ihr herkommen konntet. Nun erzählt mal, wie es euch geht?«

»Ich durfte letzte Woche im gleichen Trainingssaal zusammen mit der Fonteyn und dem Nurejew trainieren«, sprudelte es aus Juliette heraus. »War supertoll.«

»Du?«, kam es wie aus einem Mund zurück.

»Ja, ich darf im nächsten Jahr beim Schwanensee mittanzen. Ein klitzekleines Schwänchen werde ich sein, ein bisschen im Hintergrund auf den Zehenspitzen trippeln«, sie kicherte, »mehr nicht, aber ein Anfang. Die beiden sind ganz große Klasse. Der Nurejew hat einen Körper, da bist du hin und weg, und sie, eine Lady, feingliedrig und zart, mit einer Ausstrahlung, das könnt ihr euch nicht vorstellen«, schwärmte sie, »ich bin schon jetzt aufgeregt. Mein erster Auftritt. Aber das Training ist hart, sehr hart. Meine Zehen sind blutig, da schaut mal.« Juliette schlüpfte aus ihrem Pumps und hob den Fuß hoch.

»Och, das tut doch weh!«, rief Ellien, »hast du eine Salbe, damit das schnell heilt?«

»Hab ich, aber irgendwann spürt man es nicht mehr. Tänzerglück.« Sie zog den Schuh wieder an.

»Meinst du, dass wir Eintrittskarten erhalten können, verbilligte, natürlich?«, fragte Ellien, »wir möchte dich zu gerne sehen, zusammen mit der Fonteyn und dem Nurejew.«

»Ich schau, was ich tun kann, und geb euch Bescheid. Für die ›Heubühne‹ werde ich schon Eintrittskarten kriegen, aber ihr werdet mich unten auf der Bühne wahrscheinlich kaum sehen.« Sie füllte sich noch einmal ihren Teller mit Nudeln. »Die schmecken wunderbar, Anna, ich habe einen Bärenhunger.«

»Musst auch essen bei deinem Training. Und du, Ellien, wie läuft es mit deiner Karriere am Theater?«

»Wir üben mal wieder ein Shakespeare Stück ein, Macbeth ist es diesmal und ich habe auch eine kleine Sprecherrolle. Das Schöne dabei, ich bekomme keine blutigen Zehen bei den Proben.« Sie grinste mit einem vielsagenden Blick auf Juliettes Schuhe. »Nein, ich kann nicht klagen. Aber irgendwann möchte ich schon gerne ein Engagement an einem größeren Theater erhalten. Braucht halt Zeit.« Sie wischte sich eine Nudel aus dem Mundwinkel.

»Toll für euch. Möchtet ihr noch mehr?«

»Nein, nein.«

»Dann hole ich jetzt den Nachtisch. Ihr werdet staunen, was ich gezaubert habe.« Anna stand auf, stellte den Nudeltopf und den Käse auf die Ablage neben der Spüle.

»Oh, das ist ja unser Dessert vom Heim? Du hast das selber gemacht, Anna?«, fragte Juliette mit großen Augen.

»Ja, ich hoffe, es schmeckt. Nur die Vanillesoße fehlt.«

»Das macht doch nichts. Hm, wie das riecht. Du kannst richtig gut kochen.« Ellien schaute Anna bewundernd an.

»Geht so, ich habe in der Schweiz hin und wieder in einer Gaststube in der Küche ausgeholfen, als ich als Kellnerin gearbeitet habe.«

»Du hast als Kellnerin gearbeitet?«, riefen beide.

»Als Aushilfe, um mir Geld für die Ausbildung zu verdienen.« Anna begann die Schalen mit dem Nachtisch zu füllen, »hat natürlich nicht viel gebracht, Geld meine ich.«

»Und?«, kam es wie aus einem Mund.

»Dann habe ich ein Stipendium erhalten.« Einen flüchtigen Augenblick sah sie die Frau von Hubert von Krantz vor sich, die mit allen Mitteln versucht hatte, das Stipendium zu verhindern.

»Wer hat dich denn entdeckt?«, fragte Ellien und schob mit dem Finger ein Apfelstück auf den Löffel.

»Jemand, der sehr viel mit Kunst zu tun hat und eine Menge Leute in der Kunstszene kennt. Das ist eine lange Geschichte, die erzähl ich euch ein anderes Mal.«

»Schmeckt wunderbar, Anna.« Juliette schob den Teller von sich, »jetzt kann ich nix mehr essen, sonst kann ich morgen nicht mehr tanzen. Aber sag mal, die Skizze dort auf der Staffelei, hast du das gezeichnet?«

Anna nickte, »ist nicht besonders gut. Akt skizzieren ist nicht so meins.«

»Doch, ich finde es gut, mal nicht so ne dicke Frau, wie man sie immer in Aktzeichnungen findet.«

»Wir mussten sie abzeichnen, das Modell war sehr rundlich, ich habs einfach nicht hingebracht. Ich werde übers Wochenende nochmals daran arbeiten, Peter hat mir ein paar Tipps gegeben, wie ich es verbessern könnte.«

»Peter?«, fragten die Freundinnen im Duett.

»Ein Studienkollege. Und er zeichnet großartige Aktbilder. Ich werde später sicher keine mehr malen, aber ich muss es halt lernen, gehört mit zur Ausbildung.« Anna hob die Schultern.

Juliette stand auf und betrachtete sich die Skizze aus der der Nähe. »Ich finde, nur der Bauch und die Brüste müssten noch etwas runder sein, den Rest würde ich so lassen. Oder muss der ganze Frauenkörper à la Rubens gezeichnet sein?«

»Leider ja.« Anna drehte sich um, »wir sind im Moment in der Rubens-Phase, deshalb. So, und jetzt reden wir nicht mehr über diese Skizze, möchtet ihr noch einen Tee?«

Ellien schaute auf die Uhr. »Nein, für mich nicht, vielen Dank. Ich muss morgen früh raus.«

»Ich schließe mich an, ich habe zwar erst am Nachmittag Probe, trotzdem.«

Sie holten ihre Jacken aus der Abstellkammer, die gleichzeitig als Garderobe diente, und verabschiedeten sich.

»War ein super Abend.« Ellien drückte Anna einen Kuss auf die Wange. »So was sollten wir öfters machen. Ja?«

Anna nickte.

»Das Nächste mal aber in meiner Bude, versprochen?«, rief Ellien, bevor sie sich umdrehte und Juliette hinterher eilte.

Sachte schloss Anna die Tür und blieb einen Moment stehen. Ihre Bude! Sie konnte Besuch empfangen, wann und so oft sie wollte. Sie konnte jetzt abwaschen oder das Geschirr einfach stehen lassen.

Sie konnte malen, wann immer sie Lust dazu hatte, und wenn es mitten in der Nacht war. Sie konnte tun und lassen, was sie wollte. Und gerade jetzt hatte sie Lust zum Malen und nicht zum Abwaschen.

Sie stellte das schmutzige Geschirr in das Abwaschbecken, wischte die Krümel vom Tisch, holte ihren Skizzenblock und die Stifte aus der Schublade, setzte sich, und begann zu malen. Die Rubensfigur, die verflixte, die wollte sie jetzt neu skizzieren. Mit schnellen Strichen begann sie mit den Umrissen des Körpers, den Kopf würde sie später ausarbeiten, das war eh kompliziert.

Tief über das Papier gebeugt arbeitete sie konzentriert an dem Körper. Immer wieder radierte sie das Gezeichnete aus und begann von Neuem. Endlich war sie einigermaßen zufrieden. Sie seufzte vor Erleichterung. Und nun noch der Kopf.

Sie sah das Modell vor sich, wie es ihn leicht schräg nach hinten neigte und die langen Haare über die Schultern nach vorn fielen. Anna zeichnete das Gesicht zuerst nur ansatzweise, um dann die Haare mit Strichlinien zu skizzieren.

Als sie fertig war, verglich sie die neue Skizze mit der auf der Staffelei. Noch etwas Schatten, ein paar Striche. Sie legte das Werk zufrieden auf den Tisch. Genug für heute. Sie streckte sich, ging ans Fenster und schaute auf die menschenleere Straße hinunter. Nur ein paar Betrunkene, die aus der Bar auf der anderen Straßenseite torkelten, störten die Stille. London konnte so hektisch sein und doch wie ein Dorf, besonders nachts und in der Gegend, in der sie wohnte. Gähnend klappte sie das Bett herunter, holte die Wolldecke aus der Schublade, streifte den Schlafanzug über und schlüpfte unter die Decke. Das dämmerige Licht der Leselampe ließ das Zimmer größer erscheinen. Die Arme hinter dem Kopf verschränkt, ließ sie den Tag vor ihren Augen Revue passieren.

Sie ärgerte sich über das verpatzte Bild. Sie hätte es beim ersten Mal schon hinkriegen sollen und dann ihre Ungeschicklichkeit mit der Papiertüte! Sie hasste es, linkisch zu sein. Wenn sie sich nicht vergessen hätte beim Malen, wäre ihr das nicht passiert. Doch die Augen von diesem Nagy Lazio hatten ihr gefallen.

Plötzlich stockte ihr Gedankenfluss. Nagy Lazio? Das tönte doch ungarisch? Obwohl er ein fast akzentfreies Englisch gesprochen hatte! Und er arbeitete in einem Pub? Vielleicht sollte sie mal hingehen? Aber ein solcher Besuch kostet Geld, sie konnte ja nicht nur dort sitzen und nichts konsumieren. Und Geld für Drinks in Pubs wollte sie nicht ausgeben.

Dann schweiften ihre Gedanken nach Intschi. Was Mum und Dad wohl gerade taten? Ich müsste mal wieder schreiben. Ein Hauch von schlechtem Gewissen stieg in ihr hoch.

Anna drehte sich auf die Seite und versuchte, das Gedankenkarussell zu stoppen. Morgen würde sie mit Peter die Tate Gallery besuchen.

15. Kapitel

»Ich liebe sie alle!«

Peter, der sich vor Anna durch die Menschenmenge in der Oxford Street schlängelte, blieb stehen und drehte sich um: »Wen liebst du?«

»Van Gogh, Macke, Picasso, einfach alle. Die Farben, die Pinselführung, herrlich.«

»Du? Wenn ich mich an deine Bergbilder erinnere, die du mir einmal gezeigt hast, da bist du gar nicht so farbenfreudig gewesen.«

»Mensch, das war doch vor langer Zeit gewesen, jetzt sehe ich das anders, das musst du doch auch zugeben. Ich habe mich entwickelt«, sie klopfte sich auf die Brust, »und ich liebe es, mit den Farben zu spielen.«

»Ja, ja, schon gut. Komm, gehen wir Fish und Chips essen, das magst du doch, ich lad dich ein.«

»Aber immer. Wo?«

»Wir nehmen die U-Bahn und fahren bis zur Charring Cross Station, dort kenne ich einen Stand mit hervorragenden Fischen, und die Portionen sind auch nicht zu verachten. Also los.«

Anna zog den langen Riemen ihrer Tasche über den Kopf und platzierte ihn auf der Schulter, sodass er schräg über ihre Brust lag.

»Weshalb schleppst du dein Malzeug auch immer mit dir rum?«, fragte Peter, als er sah, wie Anna mit der Tasche kämpfte, die ihr während des Laufens ans Knie schlug und sie behinderte.

»Ich will heute Abend an diesem Aktfoto arbeiten, ich bin noch nicht zufrieden.«

»Mister Morgan war es aber. Mädchen, entspann dich, du kannst es doch.«

»Nein.« Sie schüttelte energisch den Kopf.

»Gib mir deine Tasche, sonst stolperst du noch auf der Treppe.«

Mit einem dankbaren Lächeln gab sie ihm die Tasche. Auf der Rolltreppe zur U-Bahn überlegte Anna, weshalb Peter sich ihrer so annahm. Englisch konnte kein Grund mehr dafür sein, denn mittlerweile beherrschte sie die Sprache. Trotzdem war er immer für sie da. Er schleppte sie zu Vernissagen mit, ging mit ihr in Galerien, lud sie, so wie jetzt, zu Fish and Chips ein, half ihr oder tröstete sie, wenn sie manchmal an ihren Aufgaben verzweifelte. Sie betrachtete ihn von der Seite. Seine schlaksige Figur, die ihn jungenhaft aussehen ließ. Die halblangen blonden Haare, die blauen Augen und die lange Nase. Ihr Blick glitt zu seiner Hand, die sich am Geländer festhielt. Eine ausdrucksstarke Hand, fand sie. Schmal, mit langen Fingern. Es hätte auch eine Hand von einer Frau sein können.

»Warte hier, ich gehe die Tickets holen«, sagte er, als sie unten ankamen. »So, jetzt da lang!« Im Eilschritt liefen sie den Gang entlang zur Plattform, wo die Bahn zur Abfahrt bereitstand. Im letzten Moment konnten sie sich in den Zug hineinschieben. Peter hatte schützend seinen Arm um sie gelegt, obwohl das nicht notwendig gewesen wäre, sie wäre ohnehin nicht umgefallen. Ihr Kopf lag eng an seiner Brust und sein nach Zedernholz riechendes Eau de Toilette stieg ihr in die Nase.

»Schnell, lass uns nach oben gehen, ich glaubte vorhin, ersticken zu müssen«, schnaufte Anna, als sie ausgestiegen waren.

»Ja, schlimm und ganz besonders in den Stoßzeiten«, Peter atmete durch. »Doch komm, jetzt gibt es was zu futtern.«

»So, und wo ist jetzt die famose Fischbude?«, fragte Anna, als sie aus dem Bahnhof traten. Alles, was sie entdecken konnte, waren hastige Menschen, die sich entweder in Richtung Bahnhof drängten oder die Strand hinuntereilten.

»Gleich um die Ecke, in der Nebenstraße, nun sei doch nicht so ungeduldig.«

Anna folgte ihm, und als sie um die Ecke bogen, entdeckte sie die Fischbude, wo sich bereits eine Menschentraube angesammelt hatte, die alle dasselbe wollten: Fish and Chips.

»Habe ich dir zu viel versprochen?«, fragte Peter, als sie endlich den Fisch und die Fritten, eingewickelt in Zeitungspapier, in der Hand hielt.

»Nein«, murmelte Anna und klaubte mit den Fingern eine Fritte aus der Tüte, »schmeckt ganz wunderbar.«

»Anna, sag mal, deine Nachname Horvath, der tönt so gar nicht schweizerisch. Ich habe mich ich schon öfters gefragt, wo du denn herkommst. Aus der Schweiz oder ...?«

»Aus der Schweiz«, sagte sie schnell. Eine leichte Röte der Verlegenheit huschte über ihr Gesicht, »dort bin ich aufgewachsen. Die Schweiz ist ein multikulti Land, deshalb gibt es auch viele fremdländische Namen, und jetzt möchte ich nicht mehr darüber sprechen.«

»Ist ja schon gut«, meinte Peter beruhigend, »ich habe halt nur mal darüber nachgedacht. Ist auch egal, wo du herkommst, du bist eine begnadete Malerin, eine, die nie zufrieden ist mit ihren Arbeiten, aber eine, die es mal sehr, sehr weit bringen wird.«

»Peter, nun hör auf. Ich bin weder begnadet noch sonst was. Ich male gerne und das, was ich mache, das möchte ich perfekt machen.«

»Wenn ich was sage, dann meine ich das auch so. Dein Pinselstrich hat was, deine Farbmischungen auch und deine Motive«, er schob sich ein Stück Fisch in den Mund, »sagen mir, dass du mit dem Herzen malst.«

»Ich male mit den Händen, Peter, so wie du, so wie alle.«

»Das finde ich nicht. Ich weiß nicht, was es ist, aber du hast da was in deinem Inneren, das raus muss.«

Anna schaute ihn mit ihren dunklen Augen erstaunt an: »Was meinst du damit?«

»Dass du etwas mit dir herumträgst und es mit dem Malen zu verarbeiten suchst.«

»Möglich, ich habe noch nie darüber nachgedacht.«

Peter fischte die letzte Fritte aus der Tüte, zerknüllte das Papier und warf es in den Abfalleimer. »Gehen wir noch irgendwo etwas trinken?«

»Nein, ich möchte nach Hause, ich will noch arbeiten.«

Peter seufzte. »Du und deine Arbeit. Ich habe schon einmal gesagt, lass los, mach mal auch was anderes, aber wahrscheinlich sagt dein Dickschädel jetzt, dass du arbeiten musst. Schade.«

»Ach komm, Peter, ich bin halt so. Darf ich jetzt meine Tasche wieder haben, weil, da sind alle meine Skizzen drin.«

»Natürlich, hier.« Er nahm sie am Arm. »Ich bringe dich auf die Bahn, nicht dass du mir noch verloren gehst, weil du immer nur an deine Skizzen denkst.«

Sie gingen schweigend zur U-Bahn Station und fuhren ebenso schweigend mit der Rolltreppe nach unten. Auf dem Bahnsteig streifte sein Mund kurz ihre Wange, »war schön heute, arbeite nicht mehr zu lange, wir sehen uns.«

»Bis morgen.« Anna stieg in den Zug und warf ihm eine Kusshand zu, bevor sie sich auf einen der verschlissenen Sitze niederließ. Sie streckte die Beine aus und hielt die Tasche an ihre Brust gedrückt.

Was Peter wohl damit gemeint hatte, als er sagte, dass sie mit dem Herzen male? Überhaupt, er war irgendwie komisch gewesen heute! Er musste vermögende Eltern haben, denn er war besser gekleidet als die anderen Studenten und seine Leinwände und die übrigen Malutensilien sahen teuer aus. Auch schien er viele einflussreiche Leute zu kennen, doch er prahlte nie damit. Einmal entdeckte sie bei einer der Vernissagen, zu der er sie eingeladen hatte, eine Aktstudie von ihm, »Das Mädchen«, war der Bildtitel. Eine junge Frau, die sich lasziv auf einem Stuhl rekelte. Die langen Haare verhüllten ihr Gesicht und Teile ihrer Brüste, die Beine waren leicht gespreizt, die Scham wie zufällig mit ihrer Hand bedeckt. Sie hatte ihn darauf angesprochen, aber er winkte ab, »es hat sich einfach so ergeben«, und damit war das Thema für ihn erledigt gewesen.

Als die Bahn mit einem Ruck stoppte, fuhr sie hoch. Sie schaute zum Fenster hinaus, Hutch End stand auf der Tafel. Hastig erhob sie sich und stolperte aus dem Wagen. Es waren nicht mehr viele Leute unterwegs. Zwei Penner, die es sich mit ihren löchrigen Schlafsäcken in einer Ecke gemütlich gemacht hatten, starrten sie mit ausdruckslosen Blicken an. Der Hot Dog Laden war ebenfalls schon geschlossen. Anna hastete die Treppe hoch. Sie fühlte sich noch immer nicht sicher in den einsamen U-Bahn-Schächten.

Die Straßenlaternen verströmten ein schummeriges Licht. Als sie zur Station hetzte, sah sie gerade noch die Schlusslichter des Busses um die Ecke verschwinden.

»Mist«, schimpfte sie, »eine geschlagene Stunde muss ich jetzt warten.« Seufzend setzte sie sich auf die Holzbank in der Busstation, zog ein Buch aus der Tasche und versuchte zu lesen. Doch das

Licht war ebenso schummrig wie die Straßenlaternen. Es war mittlerweile recht kühl geworden und sie fröstelte in ihrem leichten Shirt. Da fiel ihr Blick auf den Pub, vor dem die Leute ihr Feierabendbier auf dem Gehsteig genossen. Sie zögerte kurz, marschierte dann entschlossen darauf zu und schob sich an der Gruppe vorbei in die Bar hinein.

Einen Moment blieb sie stehen. Trauben von Leuten drängten sich an der Theke, auch die Tische waren alle besetzt.

Eben wollte sie wieder gehen, als sich eine Hand auf ihre Schulter legte. Überrascht drehte sie sich um und schaute direkt in die dunklen Augen von ihrem Helfer, Lazio.

»Hallo, schön, dass Sie mich besuchen.«

»Ich besuche Sie nicht, aber der Bus kommt erst in einer Stunde und es ist ziemlich kühl geworden«, erwiderte Anna schnippisch.

»Dort hinten in der Ecke gibt es noch einen freien Platz. Was darf ich Ihnen denn bringen?«

Erst jetzt bemerkte sie seine Kellnerkleidung, er hatte so gar nicht nach Kellner ausgesehen, als sie ihm das erste Mal begegnet war. »Einen Becher Kaffee, aber nicht zu stark, bitte.«

»Kein Bier?« In seiner Stimme schwang ein leicht spöttischer Ton.

»Nur Kaffee.«

Nach ein paar Minuten kam er wieder. »Ihr Kaffee.« Er stellte den Becher vor Anna hin. »Noch was Süßes?«, fragte er ironisch.

»Nein, danke. Kaffee ist gut. Kann ich gleich bezahlen?« Sie klaubte ihren Geldbeutel aus der Umhängetasche und suchte nach Kleingeld.

»Geht aufs Haus.«

»Weshalb?«

»Weil Sie mir gefallen.«

Anna errötete. »Danke.« Sie steckte den Geldbeutel in die Tasche zurück.

»Was schleppen Sie denn alles so mit sich herum?«, fragte Lazio, als er die vollgestopfte Tasche sah.

»Mein Schulzeug.«

»Schulzeug?« Erstaunt hob er die Brauen, »Sie gehen noch zur Schule?«

»Ja, weshalb denn nicht?«

»Nur so. Manche Leute gehen ihr Leben lang zur Schule, Lebensschule nennt man das, glaube ich.«

»Kann man so sagen.« Anna nippte an ihrem Kaffee.

»Entschuldigen Sie, wenn ich zu aufdringlich wurde, soll nicht wieder vorkommen. Darf ich fragen, wie Sie heißen? Meinen Namen kennen Sie ja schon.«

»Horvath Anna«, sie schaute ihn abwartend an.

»Freut mich sehr.« Lazio deutete eine leichte Verbeugung an und fuhr fort:« Ich hoffe, dass Sie den Weg bald wieder einmal hierherfinden, damit wir uns etwas näher kennenlernen können. Es ist nicht immer so hektisch wie heute.«

»Mal sehen, kann ich aber nicht versprechen, denn ich muss viel lernen, für meine Lebensschule.« Sie lächelte.

»Wäre schön. Doch jetzt muss ich Sie allein lassen, viel Arbeit hier, wie Sie sehen.« Er schaute auf die Uhr, »eine halbe Stunde haben Sie noch Zeit, bis der Bus kommt.«

Komischer Kerl! Anna starrte ihm nach. Der ist kein echter Kellner und einen leichten Akzent hat er auch. Sie war sich ziemlich sicher, dass ihre Annahme stimmte; er war Ungar. Nachdenklich nippte sie an ihrem Kaffee und beobachtete dabei Lazio, wie er hinter der Theke geschäftig hin und her eilte. Seine nonchalante Art gefiel ihr. Sie wünschte, auch so zu sein, etwas legerer. Aber das ließ ihr Leben nicht zu. Seufzend nahm sie den letzten Schluck und stand auf, um zu gehen.

»Auf Wiedersehen«, rief ihr Lazio auf Ungarisch nach.

Sie drehte sich um, und wieder begegneten ihr seine dunklen Augen.

»Vielleicht«, murmelte Anna und lächelte, weil sie recht gehabt hatte.

Zuhause angekommen zog sie ihre Skizzen aus der Tasche, setzte sich an den Tisch und starrte auf ihr Werk. Sie war so müde, trotzdem schwirrten tausend Gedanken durch ihren Kopf. Peter hatte recht, die Skizze war nicht schlecht, aber auch nicht gut, nicht gut genug für sie, obwohl sie später einmal keine solchen Bilder malen würde. Sie wollte so malen wie Van Gogh oder Macke und all die anderen Expressionisten. Bunt, mit wilden Strichen. War es das, was Peter mit »aus dem Herzen malen« meinte?

Ihre Vernunft sagte ihr, sie musste alle Stilrichtungen beherrschen, wollte sie einen guten Abschluss haben. Und den wollte sie, das war sie ihren Gönnern Sonderegger und von Krantz schuldig. Müde legte sie den Kopf in die Hand, das Gedankenkarussell drehte sich weiter.

Markus Sonderegger. Weshalb wohnt er so allein in diesem großen Haus? Wieso hat er keine Frau und keine Kinder? Einmal war sie in seinem Arbeitszimmer gewesen und hatte dort ein Aktbild hängen sehen. Es war kein Frauenakt.

Von Krantz, ein spezielles Thema. Sie brauchte ihn, obwohl sie ihn nicht ausstehen konnte. Sie sah immer noch seinen lüsternen Blick über ihren Körper wandern, als er ihr die Anweisungen für den Aufenthalt in London gegeben hatte. Aber sie wollte nach oben, ganz nach oben, und seine Galerie war ihr Sprungbrett.

Anna hob den Kopf, nahm den Bleistift in die Hand und nagte an seinem Ende.

»Schluss mit der Grübelei, Anna, hopp, mach!«, schimpfte sie und konzentrierte sich auf ihre Skizze, radierte an den Rundungen, strichelte, radierte und strichelte wieder, mehrere Male. »So ist es, glaub ich gut«, murmelte sie, stand auf, holte sich einen Becher Milch aus dem Kühlschrank und trank ihn in einem Zug leer.

Anschließend riss sie ein Blatt aus ihrem Skizzenblock, befestigte es mit Klebeband auf die Staffelei und begann zu malen. Berge, ihre Berge von Intschi, mit spitzen Gipfeln, die von der Sonne beschienen wurden und nach unten hin im Dunkeln endeten. Das waren ihre Bilder, so wollte sie malen. Sie seufzte, säuberte die Pinsel im Terpentinöl, legte sie zum Trocknen auf ein altes Tuch und trat von der Leinwand zurück. »Das ist es, genau das«, murmelte sie zufrieden.

16. Kapitel

Anna war aufgeregt, heute begannen die ersten Vorprüfungen. Pinselführung, Farbmischen und Perspektiven standen auf dem Programm. Hastig schlüpfte sie in ihre braune Cordhose, zog einen blauen Pullover über und bändigte das Haar, das ihr mittlerweile bis auf die Schultern fiel, mit einem Gummiband.

Sie durfte auf keinen Fall den Bus verpassen, sonst würde sie hoffnungslos zu spät kommen und das wäre mehr als peinlich. Ein Blick auf die Uhr, sie hatte noch genau fünf Minuten Zeit.

Drei Minuten später stand sie an der Haltestelle und spähte in die Richtung, aus der der Bus kommen sollte. Nichts, kein Bus!

»Wo bleibt er denn, verdammt!«, wetterte sie halb laut vor sich hin.

»Es gab einen Unfall, ich hatte es im Radio gehört.« Eine ältere Dame, die auf der Bank in der Haltestelle saß, lächelte sie milde an. »Nur Geduld, der kommt schon.« Sie schnäuzte sich in ein schmuddeliges Taschentuch.

»Dann werde ich zu spät sein, Mist aber auch!« Anna stampfte auf.

»Wo müssen Sie denn so dringend hin?«

»Ich habe Prüfungen, Vorprüfungen, und die sind wichtig ...«

»Setzen Sie sich zu mir, Sie können mit Ihrem Herumgerenne auch nichts ändern, nehmen Sie ein Fisherman's Friend, das hilft, meistens jedenfalls.« Sie klaubte aus ihrer abgeschabten Handtasche eine zusammengeknüllte Packung hervor und hielt sie Anna hin, »hier, danach können Sie gut singen.«

»Singen?« Anna setzte sich auf die Bank neben die Dame. »Nein, ich singe nicht, ich male.«

»Oh, dann habe ich Sie mit jemandem verwechselt, eine junge Dame, die auch in der Gegend wohnt, die singt in einem ziemlich bekannten Chor, der auch schon in meiner Kirche aufgetreten ist. Sie schaut aus wie Sie.«

»Ach«, nun war es an Anna ihr Erstaunen auszudrücken, »ich habe eine Doppelgängerin?«

»Scheint so. Ist aber nicht schlimm, oder?«

»Überhaupt nicht. Nur habe ich sie noch nie getroffen.«

»Nun ja, aber schauen Sie, dort kommt unser Bus.«

Es befanden sich nicht viele Leute darin. Ein junger Mann mit langem Haar und in bunter Hose. Eine pummelige Hausfrau in einer geblümten Kleiderschürze, die ihren Einkaufskorb auf den Knien balancierte und ein Pärchen, das einander an den Händen hielt und tuschelte.

Kribbelig hypnotisierte Anna die Uhr. Endlich startete der Fahrer und fuhr los.

In letzter Minute erreichte Anna das Schulgebäude. Sie stürmte in das Prüfungszimmer, ließ sich atemlos auf den Stuhl nieder, suchte nach ihren Stiften und dem Block in der Tasche und studierte die Aufgaben, die auf einem Blatt vor ihr lagen. Peter saß eine Bank direkt hinter ihr, sie spürte seine Blicke auf ihrem Rücken.

Die Prüfungsstunde näherte sich dem Ende. Anna war zufrieden mit ihrer Arbeit. Nachdem sie ihre Aufgaben abgegeben hatte, drehte sie sich nach Peter um, der immer noch eifrig Farben mischte. Sie deutete auf die Tür und verließ den Raum. Im Korridor setzte sie sich auf eine Bank.

Komisch, dachte sie, weshalb hat er so viel Mühe mit dem Farbmischen? Er der so viel mehr vom Malen verstand als sie?

Endlich, nach einer Stunde kam er heraus, ließ sich seufzend neben Anna auf die Bank fallen und verschränkte die Arme über der Brust.

»Weshalb hast du so lange gebraucht?«

»Ich bin einfach nicht weitergekommen, es hat heute nichts gestimmt. Die Perspektive, die ging noch, aber die Farben!«

»Ausgerechnet du hast mir doch immer Anweisungen gegeben, verstehe ich jetzt nicht.«

»Anweisungen und selber machen sind nicht dasselbe.« Er stand auf und zog sie von der Bank hoch. »Komm, wir gehen etwas Essen, ich lad dich ein. Ich will jetzt nicht in die Mensa. Ich muss meinen Kopf für die Prüfungen am Nachmittag lüften.«

Anna nickte und folgte ihm durch den Gang zur Ausgangstür. Als sie ins Freie traten, atmete Peter tief durch.

»In der Nähe gibt es einen gemütlichen kleinen Pub mit passablen Angeboten. Willst du?« Ohne auf ihre Antwort zu warten, marschierte er los. Der Pub lag etwas abseits in einer Nebenstraße. Kein Schild deutete darauf hin, dass man hier essen und trinken konnte. Bräunlich-gelbe Lampenschirme beleuchteten den Raum, an der Bar standen ein paar Männer in Arbeitskleidung, die ihr Bier tranken. Sie drehten sich neugierig nach den beiden um.

»Auch ein Bier?«, fragte Peter Anna, als der Kellner an ihren Tisch kam, um die Bestellung aufzunehmen.

»Nein, für mich nur ein Wasser.«

»Und zum Essen?«

Anna nahm die Karte, die Auswahl war bescheiden. »Überbackene Kartoffeln mit Frikadellen und Gurken, bitte.«

»Zweimal das Gleiche.« Peter gab die Karten zurück. »Heute

Nachmittag, das freie Malen, das wird mir mehr Spaß machen, aber diese öde Theorie, ich weiß echt nicht, ob man das alles wissen muss?«

»Doch!« Anna nahm den Teller vom Kellner entgegen. Sie fischte eine Gurke aus der Schale. »Die Theorie ist total wichtig, eine Grundlage, die dir Sicherheit gibt. Deine Kreativität kannst du danach ausleben. Das habe ich bei Franz gelernt.«

»Franz?«

»Ein Kunstmaler in der Schweiz, der mir bei meinen ersten Malversuchen geholfen hatte.«

»Hm ...« Peter stocherte in seinen Kartoffeln herum. Plötzlich legte er die Gabel hin, stützte seine Ellbogen auf den Tisch und sagte: »Anna, willst du mit mir nach Deutschland gehen, wenn wir die Prüfungen durchhaben?«

Anna starrte ihn an, »warum?«

»Weil ich dir dort alles bieten kann, was du brauchst, damit du eine berühmte Malerin werden kannst.«

»Spinnst du?«

»Nein, ich meine es todernst.«

Er ließ sie nicht aus den Augen, nun legte auch sie das Besteck beiseite. »Peter, was soll das, ich meine, weshalb soll ich mit dir nach Deutschland gehen?«

»Weil ich stinkreich bin, nein, eigentlich meine Eltern«, verbesserte er sich, »und weil ich finde, du hast es verdient, dass dir jemand unter die Arme greift, damit du dich verwirklichen kannst.« Er nahm ihre Hand und schaute sie prüfend an, »du willst doch eine berühmte Malerin werden?«

Sie entzog ihm die Hand und griff zur Gabel, zerdrückte die Frikadelle und schob einen Bissen in den Mund. »Ja, das möchte ich«, sagte sie kauend, als ob sie Zeit für ihre Formulierung finden wollte. Sie schluckte hinunter. »Malen ist meine Glückseligkeit. Es brennt wie ein Feuer in mir und ich werde kribbelig, wenn ich nicht malen kann.« Sie schaute an Peter vorbei ins Leere. »Es ist ... ach, ich weiß nicht, es ist einfach da.«

»Ich hab schon einmal gesagt, dass du mit dem Herzen malst.« Er beugte sich nach vorne und berührte zärtlich ihre Finger, »doch wenn du kein Geld hast, kannst du nicht malen, dann musst du nämlich Geld verdienen, um zu überleben.« Wieder nahm er ihre Hand und küsste die Fingerspitzen, »und ich könnte dir dieses Überleben bieten. Anna, komm mit mir nach Deutschland!«

»Ich kann mich nicht binden, Peter, noch nicht. Ich möchte frei sein.«

Für einen Moment tauchte Anton in ihrem Kopf auf und sie sah ihn vor sich, wie er ihr seine Liebe gestanden hatte. Rasch schob sie das Bild beiseite.

»Du wärst vollkommen frei bei mir, Anna.«

»Peter, lass uns ein andermal weiterreden, wir müssen langsam zurückgehen.«

»Hast recht, die Nachmittagsprüfungen.« Er erhob sich und ging an die Kasse, um zu bezahlen. Anna folgte ihm nachdenklich.

Sie konnte sich nur schwer auf die Aufgabe konzentrieren und nach zwei Stunden – so lange dauerte die Prüfung – gab sie ein, für ihre Begriffe, sehr mangelhaftes Bild ab. Das Haus im Wald, so der vorgegebene Titel, stand schief, die Bäume hatten keinen Schwung und die Farben waren viel zu dunkel geraten. Leise schlich sie nach draußen, um auf Peter zu warten, der noch immer malte. Auch er schien Mühe zu haben.

Die Bank, auf der sie am Morgen gesessen hatte, war bereits besetzt. So tigerte sie den Korridor auf und ab, ließ die Tür, durch die

Peter kommen sollte, nicht aus den Augen. Endlich kam er. Sein Gesichtsausdruck sprach Bände, Anna wusste auch ohne Worte, dass es nicht gut gelaufen war.

»Komm, wir trinken irgendwo was und dann erzählst du mir mal, was dich nach London verschlagen hat«, sagte Anna mit einem Ton in der Stimme, der keinen Widerspruch zuließ.

Peter nickte.

»Gehen wir ein Stück?«, fragte sie und ging an ihm vorbei in Richtung St. James Park. »Es gibt dort ein kleines Café, sehr ruhig und angenehm, da können wir reden.«

Als sie sich an einen der wackeligen Tische gesetzt hatten, jeder mit dem Becher Kaffee vor sich, schaute Anna Peter fragend an.

»Nun ja«, begann er, »ich wollte von zu Hause weg, einfach weg, kannst du das verstehen?« Ohne ihre Antwort abzuwarten, fuhr er fort, »ich wollte meinem herrschsüchtigen Vater einfach mal eine Weile nicht mehr über den Weg laufen.«

»Und?«

»Nichts und.«

»Ich meinte, weshalb gerade diese Schule?«

»Ach, ich wollte zuerst in London wohnen und schauen, wie es weitergeht. Aber der Alte hätte so was nie finanziert. ›Was tun, mein Sohn‹, das war seine Antwort gewesen, als ich den Wunsch vorgebracht hatte. Nun ja«, Peter hob die Schultern, »da ich mich gerne in der Kunstwelt aufhalte, habe ich diesen Weg gewählt und mir gedacht, ein bisschen Pinseln kann nie schaden.«

»Du kannst doch mehr als Pinseln, die Skizze, die in der Galerie ausgestellt war, die war doch fantastisch!«

»Ach die! Ja, ich skizziere gerne nackte Frauen, das macht mich an, ich hab zwar nichts mit denen, aber meine Fantasie ... na, du weißt schon.«

Anna rührte mit dem Plastiklöffel in ihrem Becher. »Und sonst?«

»Sonst! Ich liebe die Kunst, ich liebe es, Museen zu besuchen, ich liebe es, mich auf Vernissagen in Galerien blicken zu lassen. Ich bewundere die Künstler, doch malen, so wie du, nein, das könnte ich nie. Hast du denn noch nie bemerkt, wie stümperhaft meine Bilder sind?«

»Nein, eigentlich habe ich nicht so darauf geachtet, weil du ...« Sie schaute ihn nachdenklich an, »mir so viel geholfen hast. Die Sache mit dem Bespannen der Leinwand, mit all den anderen Dingen.«

»Mensch, Anna, wo hast du denn deine Augen? Es hätte dir doch auffallen müssen, dass ich nicht malen kann! Na ja, im Schauspielern war ich schon immer gut.«

»Und weshalb sollte ich mit dir nach Deutschland kommen? Nur dass du mir ein sorgenfreies Leben bieten kannst, das ...? Einfach so?«

»Ich mag dich, Anna. Nein, ich liebe dich. Deine Art, deine Ausstrahlung, dein ... ach, alles an dir. Und du bist begnadet. Ich möchte nicht, dass du untergehst in dem großen Fischteich der Kunst. Ohne Rückendeckung und ohne Geld wirst du das.«

Anna senkte den Kopf und wieder sah sie Anton vor sich. Er hatte ihre Leidenschaft zum Malen nicht verstehen können, bei Peter wäre das anders, er würde sie unterstützen. Trotzdem! Sie war nicht bereit, sich zu binden, und liebte sie Peter überhaupt? Sie hatte noch nie darüber nachgedacht. Er war ein guter Freund für sie. Einer, der ihr beistand, wenn sie mal nicht weiterwusste. Sie blickte auf.

»Peter, ich mag dich auch, ich mag dich sogar sehr ... aber«, Anna zeichnete mit dem Finger kleine Herzen auf den Tisch, »nein, das kann ich nicht.« Sie schüttelte den Kopf, »nein, das würde nicht funktionieren.«

»Bei mir schon.« Peter fasste nach ihrer Hand, »aber wenn du nicht willst«, seine Stimme klang traurig. »Komm, lass uns gehen.« Er stand auf, legte das Geld auf den Tisch und ging langsam auf den Ausgang zu.

Anna fühlte sich plötzlich unsäglich müde. Die Prüfungen, das Gespräch mit Peter. Als wenn er ihre Gedanken gelesen hätte, drehte er sich um und fasste sie bei den Schultern. »Anna, vielleicht änderst du deine Meinung noch. Und vergiss das nie, du kannst immer auf mich zählen«, er hauchte einen Kuss auf ihre Wange. »Bis Morgen.«

»Anna blieb für einen Augenblick stehen und sah ihm nach, wie er mit hängenden Schultern im Menschenstrom verschwand.

Nachdenklich ging sie zur nächsten U-Bahn Station.

17. Kapitel

Nagy Lazio? Anna zeichnete Strichmännchen in das Skizzenheft. Er war wirklich ein Landsmann. Musste er auch vor den russischen Panzer fliehen, so wie sie? Sie kritzelte weitere Männchen. Als die Seite voll war, lachte sie laut auf. Was sprach dagegen, ihn im Pub zu besuchen?

Lazio kam erfreut auf sie zu. »Wie schön, dass Sie den Weg hierher gefunden haben, Anna.« Er nahm ihren Arm und führte sie an einen Tisch. »Hier können wir plaudern, es ist nicht viel los heute.«

»Ich wollte nur einen Kaffee trinken, ich hab vergessen, welchen zu kaufen, deshalb bin ich hier«, log sie.

Lazio grinste. »Gut, dann hol ich Ihnen einen. So wie das letzte Mal, nicht zu stark?«

»Gerne.« Anna sah ihm nach und beobachtete, wie er mit geschickten Händen den Kaffeeautomaten bediente, die Milch mit einem Handquirl aufschäumte, sich ein Bier einschenkte und einige Plätzchen auf einen Teller legte.

»Lassen Sie es sich schmecken.« Sein Lächeln war ironisch, aus seinem Blick leuchtete der Schalk. Er setzte sich. »Nun erzählen Sie mal, weshalb eine junge Frau wie Sie immer noch zur Schule geht? Mussten Sie die Klassen wiederholen?«

Ihre dunklen Augen blitzten ihn an. »Eigentlich geht es Sie nichts an«, zischte sie, »doch ich kläre Sie gerne auf. Schon mal was davon gehört, dass es nach dem Schulabschluss die Möglichkeit zu studieren gibt?« Sie nahm einen Schluck Kaffee. »Und manche Leute sich nicht damit zufriedengeben, nach der Grundschule als Kellner zu arbeiten?« Sie wischte den Milchschaum von den Lippen, »einige wollen mehr aus ihrem Leben machen.« Herausfordernd schaute sie ihn an.

»Entschuldigung, ich wollte Sie nicht beleidigen, ist mir einfach so rausgerutscht.«

Anna lächelte schmallippig.

»Friede?«, Lazio streckte ihr die Hand entgegen, die sie zögernd nahm. »Mädchen für alles«, sagte er ernst, »ist auch nicht meine Leidenschaft, doch wenn es ums nackte Überleben geht, dann macht man jede Arbeit, und das hier ist nicht mal die Schlechteste.«

»Tut mir leid«, murmelte Anna, »ich wollte nicht so ... ich wollte Sie nicht beleidigen.«

»Haben Sie nicht. Mögen Sie mir trotzdem erzählen, was Sie denn in London studieren? Das tun Sie doch, oder nicht?«

»Malen.«

»Sie studieren Malerei?«

Anna nickte.

»Sie sind Ungarin?«

»Ja.«

»Hier in London aufgewachsen?«

»Nein«, eine leichte Röte flog über ihr Gesicht, »in der Schweiz.«

»Ich bin auch nicht in London aufgewachsen, sondern in Budapest.« Lazio leerte sein noch halb volles Bierglas in einem Zug. »Neunzehnhundertsechsundfünfzig musste ich fliehen, vor den Russen, und irgendwann bin ich hier gelandet, ohne Geld, ohne alles, und ich war allein.« Er spielte mit dem Bierglas, zeichnete Figuren in die Wassertröpfchen darauf. »Ich hab mich durchgeschlagen, mehr schlecht als recht und dann diesen Job hier gefunden. Und nun bin ich Kellner.«

»Und in Budapest? Was haben Sie denn dort gemacht?«

»Meine Eltern hatten ein Restaurant und ich habe mit Vater zusammen gekocht, ich bin gelernter Koch.«

»Ihre Eltern, wo sind die jetzt?«

»Sie sind gestorben, sie wollten nicht weggehen, damals. Ein Onkel hat es mir geschrieben.«

»Oh!« Anna drehte gedankenverloren ihre Kaffeetasse in den Händen, bevor sie den letzten Schluck austrank. »Wie alt waren Sie, als Sie geflohen sind?«

»Neunzehn.«

»Werden Sie in London bleiben?«

Lazio zuckte mit den Schultern. »Sehr wahrscheinlich nicht, ich möchte wieder in meine Heimat zurück.«

»Geht das denn?«

Er nickte. »Es ist vielleicht nicht so einfach, dort wieder Fuß zu fassen. Mal sehen. Und Sie? Bleiben Sie in London?«

»Keine Ahnung, zuerst muss ich meinen Abschluss in der Tasche haben, dann sehe ich weiter. Auf jeden Fall werde ich malen.«

»Malen ist ein Hungerberuf«, bemerkte Lazio, während er aufstand, um sich ein frisches Bier zu holen.

»Das sagen alle, aber ich will es trotzdem versuchen«, erwiderte Anna, als er mit dem vollen Glas zurückkam.

»Erzählen Sie mir nun etwas über Ihr Leben?«

»Heute nicht.« Anna schaute auf die Uhr, »ich muss noch arbeiten.«

»Schade.« Lazio schaute sie nachdenklich an. »Doch Sie kommen wieder?«

»Ja, weshalb denn nicht, wenn ich Zeit habe, gerne.«

»Ich freue mich.« Lazio half ihr in die Jacke und streifte dabei wie zufällig ihre Wange. Ein leichtes Kribbeln durchfuhr sie.

Das Gespräch mit Peter, sein Angebot, mit ihm nach Deutschland zu gehen, und der Besuch im Pub ließen Anna nicht zur Ruhe kommen. In der Schule konnte sie sich nicht konzentrieren und nachts lag sie lange wach.

Die gemeinsamen Mittagessen in der Mensa mit Peter fanden immer noch statt, ebenso die Besuche von angesagten Kunstausstellungen. Doch etwas hatte sich zwischen sie geschoben. Anna wägte jedes Wort ab, bevor sie es aussprach und auch Peter übte sich in Zurückhaltung. Keine zufällige Berührung mehr, kein Aufblitzen in seinen Augen, wenn sie den Unterrichtssaal betrat. Es war wie eine unausgesprochene Abmachung, sich dem anderen nicht mehr so zu öffnen wie zuvor.

Eines Nachmittags wartete Anna vor dem Nebeneingang des Theaters auf Ellien. Sie musste mit jemandem sprechen. Ellien war die Einzige, der sie ihre Nöte anvertrauen konnte. Sie stand mit beiden Beinen auf der Erde, war resolut und konnte zuhören. Juliette kam eher nicht in Frage. Sie war mit ihren Proben zum Schwanensee, der in Kürze aufgeführt werden sollte, so beschäftigt, dass man mit ihr kein vernünftiges Wort mehr sprechen konnte. Anna und Ellien hatten sie kürzlich getroffen. Sie war noch durchsichtiger geworden und ihr Blick hatte gezeigt, dass sie derzeit in einer anderen Sphäre schwebte.

Die Tür öffnete sich und eine schnatternde Gruppe kam heraus, Ellien mittendrin. Als sie Anna entdeckte, stürmte sie auf sie zu.

»Anna, du hier? Das ist aber schön, dass du mich abholst. Ach, bin ich kaputt, ich muss jetzt unbedingt ein Bier haben und den ganzen Proben-Scheiß hinunterspülen. Kannst froh sein, dass du so was nicht hast. Du kannst malen und niemand sagt dir: Wiederholen, wiederholen, wiederholen, du hast es gut. Komm, gehen wir um die Ecke in den Pub dort, der hat anständiges Bier und anständige Preise.« Sie hakte sich unter und zog Anna mit sich.

Erst als sie im Pub Platz genommen hatten, schaute Ellien sie erstaunt an. »Anna, was ist mir dir? Du bist noch dünner geworden. Mensch, sag jetzt nicht ... dir geht es doch gut, oder?«

»Ja, ja, schon. Ach, Ellien, ich bin so durcheinander.«

Ellien winkte für ein Bier und ein Wasser. »Und nu?«, fragte sie, als die Getränke vor den beiden standen. »Unglücklich verliebt, Prüfung nicht bestanden, kein Geld zum Leben, Heimweh nach der Schweiz, was denn jetzt?«

»Alles nicht ... oder vielleicht ... ich weiß es einfach nicht«, Anna nippte an dem lauwarmen Wasser, »und Geld habe ich eh nie genug, aber ich schlage mich durch.«

»Was ist es dann?«

Und plötzlich sprudelten die Worte aus Anna heraus. Sie erzählte von Peter, seinem Angebot, mit ihm nach Deutschland zu kommen. Sie erzählte von ihren Ängsten, was nach dem Studium wohl sein könnte. Sie, ein Nobody, unbekannt in der Kunstszene, und Peter, der ihr diesen Weg ebnen könnte, es mindestens angedeutet hatte. Sie erzählte von ihrem Besuch bei Lazio, einem Landsmann, der so etwas wie Heimat für sie bedeutet. Sie erzählte und erzählte, und als sie endete, fielen tausend Steine von ihrer Brust herunter.

Ellien hatte sie nicht einmal unterbrochen, sie nur angeschaut, immer wieder genickt, ihr zwischendurch über die Finger strich.

»Hm, was jetzt?«, sie zwirbelte an ihren langen Haare. »Nicht leicht. Peter könnte dir vielleicht was bieten, doch ich weiß nicht. Und dieser Lazio. Was ist denn mit dem?«

»Ich habe ihn in einem Pub kennengelernt, wir haben uns gut

unterhalten, er ... er will, ach, keine Ahnung, Ellien. Ich bin so durcheinander.«

»Weißt du was, Süße, du beendest jetzt einmal erst schön brav dein Studium. Wann ist es denn fertig?« Ellien nahm einen tiefen Schluck, »ah, herrlich! Dann siehst du weiter. Bis dahin kennst du diesen Lazio besser und Peter, hm, bis dahin siehst du auch da etwas klarer, meine Empfehlung. So, und jetzt gehen wir zusammen essen, mein Hunger ist riesig und du brauchst auch etwas auf die Rippen.«

Anna besuchte den Pub immer öfters. Meistens am Abend nach der Schule. Wenn nicht allzu viele Gäste anwesend waren, erzählte Lazio mit leuchtenden Augen von seiner Heimat. Er wurde mehr und mehr zum Anker für sie, und sie freute sich schon am Morgen auf das Wiedersehen.

Mit kraftlosen Schritten stieg Anna die Stufen von der U-Bahn-Station hoch ins Freie. Es war einer von diesen Tagen gewesen, den sie sofort in ihrem Kalender streichen würde. Nichts hatte geklappt. Die Farben an ihrem Bildprojekt waren zu grell geraten, die Pinselstriche zu zaghaft, an die Bilddetails wollte sie gar nicht denken. Und je verbissener sie versuchte, Charakter hineinzubringen, desto weniger gelang es ihr. Am Ende des Unterrichts hatte sie das Bild wütend mit einem Leinentuch abgedeckt, ebenso wütend die Pinsel gereinigt, ihre Malutensilien versorgt und war nach draußen gestürmt.

Peter hatte ihr nachgerufen, sie solle auf ihn warten, sie hatte nur heftig den Kopf geschüttelt und war weitergelaufen.

Anna haderte mit sich. Ihre Stimmung war auf dem absoluten Nullpunkt. Als sie an der Haltestelle auf den Bus wartete, überlegte sie, bei Lazio einen Kaffee zu trinken, entschied dann aber, es nicht zu tun. Lazio, sie wusste immer noch nicht so recht, wo sie ihn einordnen sollte. Sein Charme und seine Leichtigkeit faszinierten sie. Er schien sein Leben locker zu nehmen. Über ihren Fimmel zur Malerei spottete er zwar ab und zu auch und nannte sie eine Träumerin, doch seine Worte hatten einen ganz anderen Klang als die von Anton. Bei ihm hörte sie eine gewisse Zärtlichkeit heraus, sie fühlte sich verstanden.

Der Bus rollte auf die Haltestelle zu. Anna stieg ein und ließ sich müde auf den Sitz fallen. Heute wollte sie nicht mehr übers Malen nachdenken, heute wollte sie nur noch schlafen und den Tag vergessen. Als sie die Tür zum Studio öffnete, schrillte das Telefon. Sie erschrak, ließ die Tasche fallen und eilte ans Telefon. War etwas mit ihren Eltern?

Elliens Stimme drang aufgeregt an ihr Ohr. »Wir haben Karten!«

»Karten für was?«

»Für die Galavorstellung zum Schwanensee, in der Juliette tanzt.«

»Oh«, Anna hielt kurz den Atem an, »daran habe ich gar nicht mehr gedacht. Wann ist denn die Vorstellung?«

»In einer Woche.«

»Schon! Ui, wie ich mich freue! Aber was soll ich anziehen?«, jammerte Anna, »mein Kleiderschrank hat nicht viel zu bieten.«

»Ich komm bei dir vorbei. Bist du zu Hause, heute Abend?«

»Ja, das wäre super, vielen Dank, Ellien.« Anna atmete erleichtert auf. Die Müdigkeit war mit einem Schlag vergangen. Vor sich hinsummend räumte sie das Zimmer auf. In den letzten Wochen hatte sie in dieser Hinsicht sehr geschlampt. Als sie die Wollmäuse weggewischt und die schmutzigen Teller und Tassen abgewaschen hatte, nahm sie das Buch hervor, das sie vor ein paar Tagen bei einem Antiquariat gefunden hatte, und begann darin zu blättern.

Sie gab viel Geld für Bücher aus, zu viel. Bereits vor Monatsende herrschte Ebbe in ihrer Kasse und wenn Lazio nicht gewesen wäre, der ihr öfters Esswaren, die in der Küche zurückblieben, eingepackt hatte, die gleiche Ebbe hätte auch in ihrer Vorratskammer geherrscht.

Wenn sie an ihn dachte, fühlte sie ein leichtes Kribbeln in ihrem Bauch. Sie seufzte und legte das Buch beiseite.

Ein kurzes Klopfen und Ellien stürmte ins Zimmer. »Ich habe ein paar Kleider von mir mitgebracht, dann musst du nichts Neues kaufen.« Sie öffnete die Tasche und zog ein rotes Kleid hervor. »Hm«, sie hielt es an Annas Körper, »passt nicht zu deinem blassen Teint. Vielleicht das hier? Nein, das Grün steht dir überhaupt nicht. Ich hab noch eines, das könnte es sein.«

Es war ein königsblaues Chiffonkleid mit glockigem Rock und anliegendem Oberteil.

»Das ist es, zieh es mal an«, befahl sie.

Gehorsam schlüpfte Anna in das Gebilde.

»In der Taille sitzt es zu locker, aber das kann ich ändern«, Ellien strahlte, »ansonsten ist es perfekt. Das Blau unterstreicht deinen Teint und deine braunen Augen. Super. Jetzt nur noch passende Schuhe. Hast du was Anständiges in deinem Schuhschrank?«

Anna holte einen Karton aus dem Schrank. »Diese hier«, sie hielt ein paar dunkelblaue Ballerinen hoch, »was meinst du?«

»Pumps hätten besser gepasst, aber die gehen auch.«

Ellien versorgte die beiden Kleider wieder in der Tasche. »So, und jetzt lass uns das Kleid anpassen, ich habe Nadeln mit.« Schon steckte sie die Taillennähte ab. »Ich werde es mit nach Hause nehmen und abändern. Doch jetzt genehmigen wir uns einen Drink und freuen uns auf den Schwanensee.«

»Ich habe nichts hier«, sagte Anna.

»Aber ich.« Kichernd zog Ellien eine Flasche Weißwein aus der Tasche, »hol zwei Gläser, damit wir auf Juliettes ersten Auftritt anstoßen können.«

18. Kapitel

Eines Tages überraschte Anna Lazio in seinem Zimmer, das über dem Pub lag. Es war das erste Mal, dass sie ihn zu Hause aufsuchte.

»Anna, du kommst mich besuchen, wie schön!« Perplex sprang er auf. »Setz dich, ich habe eine tolle Neuigkeit, und möchte dich fragen, ob du mit mir nach Budapest gehst?«

»Budapest, weshalb?« Jetzt war sie verdattert.

»Weil ich ein Restaurant gefunden habe.«

»Ein Restaurant?«

»Hm, nicht wirklich ein Restaurant, etwas ähnliches. Der Staat hat es mir zur Verfügung gestellt. Ich darf es ausbauen, ich kann mir dort etwas aufbauen, meine Zukunft, verstehst du?«

Anna setzte sich auf die Bettkante, »und weshalb soll ich mitkommen? Du weißt, ich stehe kurz vor der Abschlussprüfung. Ich kann nicht einfach alles stehen und liegen lassen.« Sie betrachtete ihre Hände, auf denen noch Farbreste klebten.

»Deine Prüfungen! So schnell geht es mit den Bewilligungen nicht, das wird dauern. Bis ich alles zusammenhabe, bist du auch mit deinen Prüfungen fertig. In Budapest kannst du malen und zusammen mit mir ...«

»Malen kann ich überall, Lazio«, fiel sie ihm ins Wort.

»Anna, komm mit mir, wir gehören doch zusammen«, drängte er.

Erstaunt sah sie ihn an. »Ich weiß nicht, Lazio. Ich möchte mich nicht binden, noch nicht. Meine Freiheit bedeutet mir viel. Doch ...«

»Deine Freiheit hättest du auch in Budapest, und du würdest endlich deine Heimat kennenlernen. Ich weiß doch, dass das dein größter Wunsch ist.«

Lazio setzte sich neben sie und legte den Arm um ihre Schultern. »Anna, ich kenne dich besser, als du denkst. Du sehnst dich doch danach. Schau mich an«, er drehte ihren Kopf zu sich, »ich sehe es in deinen Augen.«

»Ich weiß nicht, Lazio, wirklich nicht. Lass mir Zeit und vor allem dräng mich nicht.«

»Ich biete dir an, mit mir zu kommen! Deine Heimat kennenzulernen«, schrie er, »aber du zierst dich, weißt nicht, was du willst. Ich kann auch alleine gehen.« Lazio war aufgestanden und schaute auf sie hinab. »Sag mal, weshalb bist du eigentlich hergekommen, wenn du dann so abblockst?«, herrschte er sie an.

»Ich habe eine Freistunde«, stotterte Anna, »und wollte dich fragen, ob ich dich malen darf. Ich brauche ein männliches Modell.« Sie nagte an ihrer Lippe und schaute zu ihm auf. »Da kamst du mir in den Sinn. Aber ich müsste .... dich nackt malen.« Eine leichte Röte flog über ihr Gesicht.

»Auf einem Bärenfell vor dem Kamin?« Nun verschwanden die Zornesfalten aus Lazios Gesicht. Er lachte. »Weshalb denn nicht, ich bin für alle Schandtaten bereit. Wo soll das denn stattfinden? Hier in diesem Loch ganz bestimmt nicht.«

»Bei mir zu Hause«, sagte Anna erleichtert, weil er wieder freundlich war. »Das wäre eine Möglichkeit, aber auch in der Schule gibt es einen Raum für solche Sitzungen, dort wäre natürlich das Licht viel vorteilhafter als bei mir.«

»Nun, bei dir wäre mir lieber, doch sag mal, weshalb nimmst du kein offizielles Modell?«

»Weil die kosten und so viel Geld habe ich nicht.«

»Verstehe. Und wann soll das sein?«

»An einem von deinen freien Tagen, doch ich kann nicht mehr allzu lange warten, ich brauche das Bild für die Prüfung, ich muss es vorher zur Begutachtung einreichen.«

»Ich schau, dass ich nächste Woche ein paar Freistunden nehmen kann. Wenn es klappt, komme ich am Donnerstag um sechs Uhr zu dir. Ist das gut so?«

Anna nickte und Lazio erzählte ihr begeistert von seinen Plänen und schwärmte von den Weiten der Puszta und den Möglichkeiten für sie als Malerin.

Sie lauschte mit geschlossenen Augen und sah die Landschaft vor sich, die Weite, die wilden Pferde.

Der Tag rückte näher, an dem Anna Lazio malen sollte. Prüfend schaute sie sich um. Über das Bett hatte sie ein weißes Laken gelegt. Die Falten fielen bis auf den Boden und verdeckten die hässlichen braunen Fußpfosten. Zwei dunkelblaue Kissen gaben einen farbigen Hintergrund zu der gelblichen Wand ab. Das Bier lag im Kühlschrank und Knabbereien waren in einer Schale angerichtet. Die Staffelei stand in der Mitte des Zimmers bereit, den Tisch hatte sie ans Fenster gerückt. Ihr Herz klopfte bis zum Hals, mindestens dreimal hatte sie sich die Haare gebürstet und die Lippen nachgezogen. Wo blieb er nur?

Ein kurzes Klopfen, die Tür öffnete sich einen Spalt und ein bunter Blumenstrauß war das Erste, was sie sah. »Hallo, mein Schatz, etwas Farbe für den Nachmittag.« Lazio stand in voller Größe im Türrahmen.

»Danke, sind die schön!«

»Dachte ich auch, als sie mich im Blumengeschäft anlachten.

Hast du so etwas wie eine Vase?«

»Ja«, stotterte sie.

Lazio drückte ihr den Strauß in die Hand und blickte sich um. »Wo soll es stattfinden, hier auf dem Bett?«

Anna nickte. »Dort kannst du deine Kleidung ablegen«, sie deutete mit dem Kopf auf einen Stuhl in der Ecke.

Lazio zog sich aus, während Anna die Blumen arrangierte und auf den Tisch stellte. »Leg dich auf die Seite und stütz den Kopf mit der linken Hand, ja so«, nun war sie wieder ganz die Malerin, »und ganz locker bleiben. Du darfst dich auch bewegen, ich melde mich, wenn die Pose nicht mehr stimmt.«

Anna stellte sich hinter die Staffelei. Einen Augenblick schweiften ihre Augen über seinen Körper. Ein muskulöser Körper mit einem leichten Bauchansatz. Die gebräunte Haut, die Haare, die sich von der Scham ausgehend über seinen Oberkörper ausbreiteten, sie waren schwarz wie seine Kopfhaare. Sein Gesicht, kantig und doch weich. Die gebogene Nase, die braunen Augen, die sie auch jetzt spöttisch anschauten. Seine halb langen Haare, leicht gewellt, nach hinten gekämmt. Seine Lippen, geschwungen und voll.

Sie nahm den Stift zur Hand und begann, diesen Körper zu skizzieren. Immer wieder trat sie von der Staffelei zurück, betrachtete ihr Werk mit prüfenden Augen und dann Lazio. Lasziv lag er da, sich seiner Männlichkeit durchaus bewusst. Hin und wieder bewegte er die Beine oder schüttelte den Arm, auf den er den Kopf aufstützte. Nach zwei Stunden legte Anna erschöpft den Bleistift nieder.

»Genug für heute, doch ich bin noch nicht fertig, kannst du noch einmal kommen?«

Lazio setzte sich auf. »Darf ich es sehen?«

»Nein, erst wenn es fertig ist«, antwortete sie, »möchtest du ein Bier?«

»Später.« Er zog sie aufs Bett und öffnete die Knöpfe ihrer Bluse.

Anna blieb mit geschlossenen Augen regungslos liegen. Seine Hände erforschten die Rundungen ihrer Brüste, bevor er den Rock hochschob und ihr den Slip auszog. Noch immer lag sie still da. Erst als seine Hand ihre Scham liebkoste, durchlief ein Zittern ihren Körper.

»Du musst keine Angst haben, Anna.« Er küsste ihr Gesicht, während er sie sanft weiter streichelte.

»Ich hab keine Angst«, murmelte sie und öffnete ihren Mund.

Einen Moment lagen sie regungslos eng umschlungen auf dem Bett. Nach einer Weile suchte Lazios Hand erneut ihren Venushügel, »ich tu dir nicht weh.« Schwer atmend bedeckte er ihr Gesicht wieder mit seinen Küssen. »Meine kleine Künstlerin«, flüsterte er. Behutsam drang er in sie ein, ein kurzer Schmerz, dann bewegte er sich langsam und sanft auf ihr, Anna genoss sein Gewicht auf ihrem Körper und allmählich wuchs ihre Lust. Schließlich entlud Lazio sich mit einem Stöhnen, während ihr Begehren noch nicht zur Erfüllung gelangt war.

Lazio rollte sich zur Seite, nahm Anna in den Arm. »Das braucht Zeit, Süße, beim nächsten Mal wird es besser, immer besser von Mal zu Mal.«

Anna lag still an seiner Brust. Ihre Augen füllten sich mit Tränen. So ist das also, dachte sie. Dann setzte sie sich auf und betrachtete ihren Körper, »du hast mir nicht wehgetan, Lazio.«

Eine Woche später, an einem strahlenden Sonntagnachmittag, kam Lazio zu der nächsten Sitzung. Wieder hatte er Blumen in der Hand. Dieses Mal waren es dunkelrote Rosen, gemischt mit weißen

Freesien. Er holte ein leeres Marmeladenglas aus dem Regal, arrangierte den Strauß und stellte ihn auf die Ablage oberhalb des Bettes, zog sich aus und posierte auf dem Bettlaken. Anna hatte die Staffelei abgedeckt, stellte sich davor und betrachtete die Skizze und dann Lazio. Eine weiche Welle durchfloss sie und für einen Augenblick spürte sie seine Umarmung von letzter Woche. Sie straffte die Schultern und begann zu malen. Dieses Mal ging es ihr leichter von der Hand, jetzt da sie den Körper von Lazio kannte. Auch er schien entspannter zu sein. Seine Augen blitzten von Zeit zu Zeit auf, wenn er sie betrachtete. Eine erwartungsvolle Stimmung erfüllte den Raum. Als Anna die Stifte versorgt und das Bild zugedeckt hatte, ging sie auf Lazio zu, nahm seine Hände und küsste sie zärtlich, bevor sie sich über ihn beugte.

Die dritte Sitzung war sehr kurz. »Nur noch ein paar Schattierungen«, murmelte Anna, und dann ...«, sie blickte auf Lazio, lächelte ihm zu und vertiefte sich wieder in ihre Arbeit.

»So, nun kannst du es anschauen, komm.«

Lazio erhob sich, stellte sich neben Anna und betrachtete sein Ebenbild. »Gyönyörü«, er legte den Arm um sie und küsste sie zärtlich. »Meine kleine Zauberin.«

Die Nacht hatte sich schon längst über London gesenkt, als Lazio die Tür von Annas Studio hinter sich zuzog.

Die kommenden Tage verbrachte Anna wie in Trance. Einmal war sie himmelhochjauchzend, dann wieder wie am Boden zerstört. Sie sehnte sich nach Lazio, zugleich ergriff sie Furcht, ein Schuldgefühl, ihre Malerei mit dem Mann zu betrügen. Wollte sie das? Die Liebe über die Kunst stellen? Konnte sie beides haben, würde eines neben dem anderen bestehen können? War ihr Herz so groß, beide Leidenschaften vereinen zu können? So viele Fragen! Als sie es nicht mehr aushielt, fuhr sie in die Leander Road. Am Morgen war Ellien meist zu Hause anzutreffen. Verschlafen öffnete sie die Tür, doch als sie Annas Gesichtsausdruck sah, war die Müdigkeit wie weggewischt.

»Komm herein«, sie zog sie am Ärmel ins Zimmer, drückte sie auf den Sessel und machte sich an ihrem Teekessel zu schaffen. »So, und nun erzähl.«

Ohne Umschweife begann Anna zu erzählen. Über die Aktmalerei, über ihre Liebesstunden danach, und dass sie mit Lazio nach Budapest mitgehen würde, sobald sie die Prüfung absolviert und er seine Papiere für die Übernahme des Restaurants zusammen hätte. Sie sprach auch über sein aufbrausendes Wesen, aus heiterem Himmel, eines Satzes von Anna wegen konnte er zornig werden.

Ellien hörte ihr schweigend zu, stand nur auf, um Tee in die Becher zu gießen, setzte sich wieder hin und betrachtete Annas Gesicht.

Als sie geendet hatte, strich Ellien ihr beruhigend über die Hand. »Er ist eben ein leidenschaftlicher Ungar, Paprika im Blut.« Sie lachte. »Nun, du musst das tun, was dein Herz sagt und nicht dein Kopf. Und dein Herz sagt dir doch, dass du mitgehen sollst. Erstens wegen deiner Heimat und zweitens ... liebst du ihn?«

Anna hob die Schultern. »Ich, ja ... ich sehne mich unentwegt nach ihm, ob das aber Liebe ist ...«, sie nippte an ihrem Tee, »und wie frei werde ich sein?«

»Du wirst immer frei sein, Anna, glaub mir. Ich kenne dich gut genug, um das zu beurteilen.«

»Ich wollte mich nie binden, weißt du, ich glaube, dass man als Künstlerin frei sein muss, und nun kommt Lazio, und ich werfe alle Vorsätze über den Haufen.«

»Na und? Vorsätze sind dazu da, um über den Haufen geworfen zu werden. Nun mach du mal deine Prüfung, in dieser Zeit wirst du dir noch etwas klarer darüber, was du willst.« Sie strich sich die Haare aus dem Gesicht, stand auf und goss Tee nach. »Was macht eigentlich dieser Peter?«

»Er musste nach Deutschland zurückkehren. Seine Mutter ist überraschend gestorben.«

»Ach so! Dann begraben wir das. Du konzentrierst dich auf deine Prüfungen, alles Weitere wird sich zeigen.« Ellien stand auf, strich ihren rostroten Morgenrock zurecht und stellte die Teebecher in das Waschbecken.

»Ich danke dir fürs Zuhören, Ellien, ich muss jetzt gehen.«

»Du darfst immer zu mir kommen, wir sind doch Freunde, oder nicht?«

»Von Anfang an.« Anna lächelte, umarmte Ellien, sie nahm ihre Tasche und strich sich über die Augen. »Ich melde mich wieder, machs gut, Ellien.«

Der Tag der Prüfungsresultate war gekommen. Anna zog ihr bestes Kleid über, bürstete ihre dunklen Locken, bis sie nicht mehr störrisch vom Kopf abstanden.

Das Auditorium war bis auf den letzten Platz gefüllt. Eltern, Freunde und natürlich die Prüflinge, alle waren gekommen und warteten gespannt auf den großen Moment.

Ellien und Juliette hatten in der ersten Reihe Platz genommen. »Wir müssen dich doch moralisch unterstützen, so als Ersatzeltern«, flüsterte Ellien ihr zu, als Anna sich neben die beiden setzte.

Anna seufzte, zu gerne hätte sie ihre Eltern dabei gehabt. Doch ihr Wunsch war nicht in Erfüllung gegangen. Wir habe kein Geld für eine solche Reise, hatte Vater geschrieben, aber wir werden in

Gedanken bei dir sein.

Die Laudatio war lang und die Prüflinge fingen an, ungeduldig auf ihren Sitzen hin und her zu rutschen. Als Mister Morgan schließlich aufstand und Bild um Bild an die Wand zu projizieren, wirbelten die Gedanken in Annas Kopf und in ihren Ohren rauschte es. Sie war nicht gut gewesen, sie hatte die wesentlichen Aufgaben verpatzt. Ihre Farbmischungen waren nicht gelungen, ganz zu Schweigen von den Perspektiven, die sie hatte zeichnen müssen. Wie durch Watte hörte sie ihren Namen.

Ellien stupste sie, »geh nach vorn.«

Anna stolperte auf die Bühne. Mister Morgan reichte ihr die Hand, »Anna, Sie sind mit Abstand unsere beste Schülerin, ich gratuliere zu Ihrem hervorragenden Abschluss und wünsche Ihnen alles Gute für Ihre weitere Laufbahn.«

Wie in Trance nahm sie das Diplom entgegen.

Der Zug fuhr langsam aus der Bahnhofshalle. Müde lehnt Anna den Kopf an die hölzerne Kopfstütze der Bank. Zwei Tage war sie nun unterwegs. Die Reise von London über Antwerpen, Köln nach Wien, war es Wirklichkeit oder doch nur ein Traum? Noch vier Stunden und dann würde sie in Budapest sein. Anna streckte sich, ihr Rücken schmerzte. Sie schaute zum Fenster hinaus, doch alles, was sie sah, waren Wald, Wiesen und vereinzelte Häuser. Sie erhob sich und nahm eine Flasche Wasser aus dem Rucksack. Das Wasser schmeckte schal. Lazio saß mit geschlossenen Augen neben ihr, den Kopf zurückgelehnt. Ob er schlief? Um ihre Unruhe zu bekämpfen, zeichnet sie Strichmännchen in den Skizzenblock.

»Was malst du da?« Lazio hatte sich aufgerichtet und starrte auf die Zeichnung.

Sie hob die Schultern, »irgendwas, einfach so.«

»Einfach so geht nicht«, mürrisch nahm er ihr den Block aus der Hand. »Zeichne was über unsere Reise, das könnten wir dann verkaufen, an Zeitungen.«

»Meine Skizzen, die will doch kein Mensch.«

»Aber natürlich, du als beste Abschlussschülerin von einer renommierten Kunstschule, so was ist gefragt, wir brauchen dieses Geld.«

Anna senkte den Kopf. War es das, weshalb er sie nach Ungarn mitnehmen wollte? Ihrer Kunst, ihres Namens wegen, den sie noch nicht hatte?

Sie klappte den Skizzenblock zu. »Ich werde mich schon als Künstlerin etablieren, doch ich brauche Zeit, ich bin jetzt auf mich angewiesen. Keine Lehrer, die mir zeigen, wo es fehlt, wo ich mich noch verbessern könnte. Also, was soll deine Bemerkung?«

»Ja, ja, schon gut«, erwiderte er etwas freundlicher.

Der Zug ratterte über die Gleise und das eintönige Geräusch ließ auch Annas Augen zufallen.

»Budapest, Budapest, alles aussteigen«, schepperte eine blecherne Stimme aus dem Lautsprecher. Anna und Lazio fuhren aus ihren Sitzen hoch.

»Schnell, pack dein Zeug zusammen und vergiss ja nichts.« Ungeduldig schob er sie zum Ausgang hin. Der Koffer verfing sich in den Schlaufen der Staffelei, und fast wäre sie die hohen Trittbretter auf den Bahnsteig hinuntergestürzt. In letzter Minute konnte sie sich fangen.

An der Zollkontrolle mussten sie lange warten. Die Zollbeamten standen lässig hinter der Abschrankung und ließen sich Zeit, die Reisenden zu kontrollieren. Als sie an der Reihe waren, befragte sie der Beamte zwar auch über das Woher und Wohin, doch da sie ungarische Pässe hatten und in der Landessprache antworteten, winkte er sie schnell durch. Lazio atmete merklich auf, als sie aus der Halle traten.

Anna schaute ihn verstohlen von der Seite an. Sein Gesicht war nicht mehr so verkniffen wie eben. Doch seit sie englischen Boden verlassen hatten, war er öfter aufbrausend und unhöflich als davor in London. Weshalb, das konnte sie sich nicht erklären, tat es aber ab und sagte sich, dass es wahrscheinlich die Anspannung wegen seines Restaurants war.

Gegenüber der Bahnhofshalle winkte ein bärtiger Mann und deutete mit heftigen Gebärden auf eine Seitenstraße.

Lazio stieß Anna an. »Komm, beeil dich.«

Sie mühte sich allein mit ihrem Gepäck ab, während er auf den Mann zustrebte.

»Willkommen zu Hause, Lazio!« Der Freund begrüßte ihn mit kräftigem Handschlag, »und wer ist die?«

»Sie ist auch Ungarin. Ich habe sie in London kennengelernt, sie wird mir im Restaurant helfen.«

»Dann mal los, mein Auto ist dort drüben.« Mit ausholenden Schritten stapfte er zu seinem Auto. Rostfraß bedeckte die Karosserie, von der ursprünglichen Farbe war nicht mehr viel zu sehen.

»Steig ein«, Lazio öffnete die hintere Tür für Anna.

Einen Moment wich sie zurück. Die Sitze waren verschlissen und übersät mit alten Zeitungen.

»Mach schon, wir haben nicht ewig Zeit.«

Lazio nahm neben dem Fahrer Platz, der versuchte, den Motor in Gang zu bringen. Erst beim dritten Versuch sprang er an.

Die beiden Männer unterhielten sich leise, so leise, dass Anna nichts verstehen konnte. Sie starrte hinaus. Die Straßen waren schlecht beleuchtet und aus den Fernstern der Häuser drang nur spärliches Licht. War sie in einer Geisterstadt gelandet? Sie seufzte.

Morgen bei Tageslicht würde alles anders aussehen.

Vor einem imposanten Eisentor hielt der Fahrer an. Lazio drehte sich nach Anna um, »wir sind da.«

Bedrückt stieg sie aus und blieb verloren auf dem Gehsteig stehen.

»Machs gut«, sagte der Mann und zählte die Geldscheine, die Lazio ihm in die Hand gedrückt hatte. »Ich komm dich mal besuchen, wenn deine Bude läuft. Mit der da«, er schaute auf Anna, »wirst du sie in kurzer Zeit zum Laufen gebracht haben.«

Lazio musste alle Kraft aufwenden, um das Tor zu öffnen. Die beiden betraten einen geräumigen Innenhof, vollgestopft mit Unrat. Anna erschauerte. Auch die Haustür ließ sich nur schwer öffnen. Die Farbe blätterte ab und die Holzbretter waren morsch. Es kam ihr vor, als ob dieses Haus schon lange unbewohnt war. Im Korridor roch es muffig und auf den Wänden hatte sich Schimmel ausgebreitet.

»Unsere Zimmer sind im ersten Stock«, Lazio stieg die Treppe hinauf. Sie knarrte, und an einigen Stellen war sie durchgebrochen.

»Dein Zimmer.« Er öffnete eine Tür, knipste das Licht an. Ein Eisenbett, ein Schrank und ein Holzstuhl, das war alles. Auch hier wucherte an den Wänden Schimmel und der Putz blätterte ab. Lazio stellte die Staffelei und den Koffer auf den Fußboden. »Ich schlafe nebenan und die Toilette ist im Erdgeschoss. Morgen geht es los.«

»Was geht los?«

»Die Bruchbude auf Vordermann bringen. Um acht Uhr gibt es Kaffee.«

»Und wann kann ich malen?«

»Fürs Malen bleibt dir noch genügend Zeit, zuerst kommt die

Arbeit.« Er drehte sich auf dem Absatz um, die Tür fiel ins Schloss und Anna war allein.

Sie ließ sich aufs Eisenbett fallen und stützte den Kopf in die Hände. Eine Weile saß sie reglos da, doch in ihrem Inneren tobte es. Ohne die Kleider auszuziehen, legte sie sich aufs Bett und fiel in einen unruhigen Schlaf. Sie träumte von hohen Bergen, die so weit weg und doch so nahe waren.

19. Kapitel

Anton schlich die Treppe hinunter, er wollte Ursina nicht aufwecken, sie sollte sich noch etwas ausruhen. Es war eine unruhige Nacht gewesen. Die ersten Zähne machten Theresa-Anna zu schaffen. Immer wieder hatte Ursina sie in den Schlaf wiegen müssen. Theresa-Anna, Anton lächelte, sein kleines Mädchen.

In der Küche goss er den Kaffee von gestern in eine Pfanne, wärmte ihn auf. Dann setzte er sich und zog den zerknitterten Brief aus der Hosentasche, glättete ihn und las ihn erneut. Die gestochene Schrift, sie hatte sich nicht verändert, immer noch kindlich, wie gemalt. Er sah Anna vor sich, den Kopf über das Blatt gebeugt, die Feder in der Hand, die auf dem Papier kratzende Geräusche erzeugte. Mit einem Seufzer legte er den Brief auf den Tisch und starrte auf die Buchstaben, bis sie vor seinen Augen verschwammen. Er musste unbedingt Annas Eltern aufsuchen, er konnte nicht glauben, was er da gelesen hatte.

Nach dem zweiten Becher Kaffee und einem Kanten Brot, mit Butter bestrichen, ging er in den Stall. Dort konnte er seine Gedanken ordnen. Die Wärme der Kühe und der Duft des Heus gaben ihm Ruhe.

Ursina stand in der Küche und knöpfte ihre Kittelschürze zu, dann bereitete sie das Frühstück vor. »Theresa-Anna schläft, komm setz dich und iss noch etwas, bevor du nach Altdorf fährst.«

Anton ließ sich auf den Stuhl nieder, nahm ein Stück Brot, belegte es mit Wurst und beobachtete, wie Ursina geschäftig in der

Küche hin und her eilte. Sie war ihm eine gute Frau, unterstützte seine Arbeit auf dem Hof, sodass er genügend Zeit fand, den Aufgaben als Gemeinderatsmitglied nachzugehen.

»Ich mach mich noch etwas frisch, mein Bus fährt erst in dreißig Minuten.« Er erhob sich und stieg die Treppe hinauf. Leise, um Theresa-Anna nicht zu wecken, öffnete er die Tür und ging auf Zehenspitzen auf die Wiege zu. Da lag sie, friedlich schlafend, mit einem rosigen Schimmer auf dem Gesicht, die Händchen zu Fäusten geballt. Er beugte sich über das Kind und strich mit der Hand leicht über seine Wange. Dann ging er zum Schrank, nahm eine Hose, ein Hemd, sein dunkelbraunes Sakko heraus und zog sich um. Der Brief von Anna knisterte in seiner Hosentasche. Er nahm ihn und steckte ihn in die Jackentasche des Sakkos. Ursina sollte den Brief nicht finden.

»Ich geh dann jetzt. Am Abend werde ich noch bei Annas Eltern vorbeischauen, es wird etwas später werden. Wenn du müde bist, leg dich hin.« Die Tür fiel leise ins Schloss.

Ursina trocknete die Hände ab und schaute ihm durch das Fenster nach, wie er gemächlich davon stapfte. Als er die Weggabelung erreicht hatte, drehte er sich um und winkte. Ursina ging an den Herd zurück. Immer wenn Anton seine Sitzungen hatte, lag die Arbeit vom Hof in ihren Händen. Heute wollte sie einige Hühner schlachten und einwecken. Dann den Gemüsegarten vom Unkraut befreien und die Kuchen für den Gemeindeabend am Samstag backen.

Theresa-Anna meldete sich mit zornigen Schreien zu Wort. Ursina eilte nach oben, hob sie aus der Wiege und drückte ihre Nase auf die flaumigen Haare.

Theresa-Anna! Wie hatte Anton um den zweiten Namen gekämpft.

»Weshalb Anna?«, hatte sie gefragt.

»Weil er mir gefällt«, hatte er trocken geantwortet.

Anna! Sie erinnerte sich nur flüchtig an das Mädchen mit den dunklen Augen, in denen ein Feuer zu brennen schien. Er hatte sich in der Schule mächtig um sie gekümmert. Wenigstens hatte Ursina es so wahrgenommen damals in Gurtnellen. Plötzlich munkelte man im Dorf, Anna sei nach England gegangen, um Malen zu studieren, und damit war sie aus ihrem Gedächtnis verschwunden. Erst als Anton sich so vehement für den zweiten Namen einsetzte, erinnerte sie sich daran. Sie hatte sich sehr darüber gewundert, schließlich aber zugestimmt.

Sie nahm Theresa-Anna mit in die Küche, legte sie in die Wiege, die Anton gezimmert hatte und räumte den Tisch ab.

Ihre Gedanken waren bei ihm. Wird er heute bei der Sitzung zustimmen, Mitglied in einer parlamentarischen Arbeitsgruppe in Bern zu werden? Sie hatte ihm zugeredet, als er ihr von dem Wunsch der Gemeindemitglieder erzählt hatte.

»Du bist der geeignete Mann dafür, dein Durchsetzungsvermögen, deine Kenntnisse, du solltest dieses Amt annehmen, wenn sie für dich stimmen.«

Er hatte nachdenklich genickt. »Aber dann musst du noch mehr Arbeiten auf dem Hof übernehmen, ich wäre oft weg. Traust du dir das zu?«

»Aber ja, das ist für mich kein Problem.« Sie straffte die Schultern, warf einen Blick auf das schlafende Kind und ging in den Hof. Die Hühner mussten gefüttert werden, und danach würde sie sich drei der prächtigsten Exemplare aussuchen.

Als Anton in Altdorf aus dem Bus stieg und an der Bibliothek vorbeiging, durchzuckte ihn für einen kurzen Moment der Wunsch, hineinzugehen, um in den Kunstbüchern zu stöbern. Vielleicht würde er Anna besser verstehen, ihren Drang zu malen, diese wilden Bilder, manchmal farbenfroh, manchmal in den dunkelsten Farben. Dieser van Gogh und all die anderen Künstler, denen sie nacheiferte. Doch er ging weiter, weshalb sollte er sie verstehen, sie hatte ihren Weg gewählt und er den seinen.

Die Sitzungsmitglieder klatschten, als er den Raum betrat. »Wir dachten schon, dass du kneifen willst«, rief der Müller Ueli ihm zu.

»Entschuldigung, mein Bus«, murmelte Anton, setzte sich und holte die Unterlagen aus der Mappe.

Die Sitzung zog sich hin. Antons Gedanken schweiften immer wieder ab. Wie es Anna wohl ging? Erschrocken fuhr er hoch, als der Vorsitzende sein Name nannte. »Anton, bist du bereit, uns in Bern zu vertreten?«

»Ich ... ist das wirklich eure Meinung, dass ich der beste Mann dazu bin?«

»Aber ja«, tönte es einstimmig zurück. »Du bist versiert, du kannst unsere Anliegen bestens vertreten, und falls du Hilfe brauchst, wir stehen hinter dir.«

»Wir wollen der Ordnung halber abstimmen«, unterbrach der Vorsitzende den allgemeinen Trubel. »Also, wer ist dafür, dass Anton nach Bern geht?«

Alle Hände, bis auf eine, die vom Sepp vom Hugentobelhof, schnellten in die Höhe. »Dann ist es klar, der Anton wird uns in Bern vertreten.« Der Vorsitzende wandte sich an den Sepp, »darf ich fragen, weshalb du nicht dafür gestimmt hast?«

»Er ist mir zu modern eingestellt, er lässt sich zu schnell mit all dem neuen Zeugs ein, das finde ich nicht gut. Wir sollten die Modernisierung ganz langsam angehen lassen, deshalb.« Sepp schaute die anderen herausfordernd an.

Das Durcheinander, das nach Sepps Worten ausbrach, ließ sich nicht stoppen.

»Ohne Modernisierung geht heute gar nichts ... schau doch deinen heruntergekommenen Hof an! Der Anton muss eh zuerst Rücksprache mit uns nehmen ...«, tönte es durch den Raum.

Der Vorsitzende hob die Hand. »Leute, wir haben abgestimmt, der Anton wird unsere Anliegen in Bern vertreten. Ich wollte nur wissen, weshalb der Sepp nicht dafür gestimmt hat, und es ist sein gutes Recht, seine Meinung dazu zu äußern.« Er wandte sich an Anton, »ich danke dir, wir alle danken dir, dass du dieses Amt übernimmst. Ich werde die Arbeitsgruppe in Bern informieren.«

Gemächlich versorgte Anton die Papiere in seiner Mappe.

Auf dem Weg zurück nach Intschi überlegte er, wie er die Neuigkeit von Anna ihren Eltern überbringen sollte. Doch insgeheim hoffte er, dass auch sie einen Brief von ihr erhalten hatten. Vor dem »Restaurant Alpenblick« blieb er stehen. Noch schnell ein Bier, dachte er. Die Gaststube war so gut wie leer. Normalerweise trafen sich hier um diese Jahreszeit die Ausflugsgäste zum Essen, oder die Bauern aus der Umgebung genehmigten sich ihr Feierabendbier.

Frau Mattli begrüßte ihn freudig. »Anton, wie schön, dich zu sehen. Wie geht es dir?«

»Ich komme soeben von einer Sitzung aus Altdorf zurück. Ich soll in Bern in einer Arbeitsgruppe die Bergbauern vertreten.«

»Oh, das ist gut. Du bist der rechte Mann dazu, ich bring dir gleich ein Bier«, sie klopfte ihm auf die Schulter. »Möchtest du noch etwas essen?«

»Nein, ich gehe noch zu den Eltern von Anna. Ich habe ihnen etwas mitzuteilen.«

»Anna? Weißt du etwas Näheres von ihr?«

»Ich habe heute einen Brief von ihr erhalten.«

»Und?«

»Es geht ihr gut«, antwortete Anton ausweichend.

»Da drüben sitzt noch einer«, Frau Mattli deutete mit dem Kopf in die hintere Ecke der Gaststube. »Er hat auch schon nach Anna gefragt. Sie sollte doch jetzt wieder zurück sein. Die Abschlussprüfungen hat sie mit Bravour bestanden, hat er gesagt.«

Er drehte sich um und sah Markus Sonderegger, der genussvoll sein Abendessen zu sich nahm. Schwerfällig erhob Anton sich, nahm sein Bier und ging zu ihm. »Guten Abend, Herr Sonderegger, auf der Durchreise ins Tessin?«

»Ja, wie immer, wenn Sie mich hier sitzen sehen, aber nehmen Sie doch Platz, Anton, damit wir etwas plaudern können. Wissen Sie etwas von Anna?« Markus Sonderegger brach ein Stück Brot entzwei und tunkte es in die Soße.

»Ich habe gestern einen Brief von ihr erhalten. Sie schrieb mir, dass sie alle Prüfungen bestanden hat und nun nach Budapest geht, um ihre Heimat kennenzulernen. Sie schrieb auch, dass sie jemanden gefunden hat, der sie versteht.«

»Dass sie die Abschlussprüfungen bestanden hat, das habe ich von der Schule in London erfahren. Von Budapest, darüber weiß ich nichts«, Sonderegger wischte sich mit der Serviette über den Mund. »Nun, Anna ist erwachsen, und Künstler müssen reisen, denn sonst entwickeln sie sich nicht. Sie wird schon wissen, was sie tut.«

Anton nickte nachdenklich und nippte an seinem Bier. »Trotzdem, Ungarn ist nicht die Schweiz und nicht England und sie ist eine Frau und Frauen reisen nicht allein, schon gar nicht in ein kommunistisches Land. Ich mache mir Sorgen um sie, weil ... sie ist so vertrauensselig.«

»Anna reist ja nicht allein. Ich würde da nicht nervös werden. Allerdings war abgesprochen, dass sie für die Galerie Krantz Bilder malen sollte. Es war eine Ausstellung geplant«, fuhr Sonderegger fort. »Komisch! Und auch, dass sie mir gegenüber nichts davon erwähnt hat? Sieht irgendwie, ich weiß nicht, nach Flucht aus, oder der Begleiter ... lassen wir uns mal überraschen, sie wird sich schon melden.«

»Sie haben recht, Anna ist erwachsen, sie kann tun, was sie will. Nur das kommunistische Ungarn ...«, gedankenverloren blickte er aus dem Fenster, »ich mach mir halt Sorgen.«

»Die Anna kann sich behaupten«, antwortete Sonderegger, »und wenn sie ihre Heimat kennenlernen will, dann finde ich das nicht schlecht. Wie gesagt, sie wird in Ungarn neue Ideen für ihre Malerei finden.« Er lehnte sich zurück und nahm einen Schluck Wein. »Wie geht es Ihrer Frau, Anton? Ich habe von Frau Mattli erfahren, dass Sie geheiratet haben und inzwischen Nachwuchs bei Ihnen Einzug gehalten hat. Meinen nachträglichen Glückwunsch.«

»Danke, gut.« Anton schaute auf die Uhr und stand auf. »Ich muss jetzt gehen, sonst wird es zu spät, ich schau noch einen Sprung zu Annas Eltern.«

Sonderegger nickte. »Alles Gute«, er streckte ihm die Hand hin, »und unbekannterweise einen schönen Gruß an Ihre Frau.«

Ein heftiger Wind war aufgekommen und blies Anton ins Gesicht, als er den schmalen Weg zu Annas Eltern hinauf stapfte. Weshalb war sie nicht in die Schweiz zurückgekommen? Dass sie nicht nach Intschi wollte, das konnte er noch verstehen. Aber Basel? Eine Ausstellung in einer angesehenen Galerie einfach sausen zu lassen? Und was war das für ein Kerl? Bestimmt war es ein Mann, mit dem sie nach Ungarn gereist war. Peter, der nackte Frauen malte?

Er wischte sich über die Augen, die vom Wind tränten, und schritt schneller aus. Die Eltern wissen vielleicht mehr, hoffte er insgeheim. Aus dem Küchenfenster drang ein schwaches Licht. Anton klopfte und trat ein.

»Anton, du?« Olga kam ihm entgegen. »Wie gut, dass du gekommen bist. Weißt du etwas von Anna?« Sie zog ihn in die Küche, wo Janosch am Tisch saß und ihm bekümmert entgegen schaute.

»Ich, nein. Ich habe gestern einen kurzen Brief erhalten, in dem Anna schreibt, dass sie sich entschlossen hat, nach Budapest zu fahren. Sie will ihre Heimat kennenlernen. Mehr weiß ich nicht.«

»Nicht mal einen Brief an uns«, sagte Annas Vater. »Sie hat nur kurz telefoniert, ins Geschäft zu meinem Vorgesetzten. Der hat mich geholt und sie hat mir gesagt, dass sie für einige Zeit nach Ungarn fahren will. Malen will sie dort. Erfahrungen sammeln, und dass wir uns keine Sorgen zu machen brauchen, sie wird sich wieder melden. Das war letzte Woche. Bis jetzt haben wir nichts mehr von ihr gehört.«

Anton ließ sich auf den Stuhl nieder, den ihm Mutter Olga hingeschoben hatte.

»Das ist seltsam.« Er legte die Mappe auf den Tisch und holte den Brief von Anna hervor. »Hier, das ist er.« Er schob ihn zu Janosch hin.

»Von einem Begleiter hat sie mir nichts gesagt.« Janosch legte den Brief auf den Tisch zurück.

»Anna ist schon immer sehr eigensinnig gewesen«, stieß Olga mit tränenerstickter Stimme hervor, »schon immer. Was machen wir jetzt?«

»Warten, Olga, mehr können wir nicht tun.« Janosch strich ihr über den Arm. »Sie wird sich schon zu behaupten wissen. Sie spricht die Sprache. Die Begleitung hat sie sich wohl selber ausgesucht. Vergiss nicht, sie ist erwachsen.«

»Und sehr undankbar, Janosch. Sie hat ein Stipendium bekommen, durfte studieren, was wir ihr nie hätten ermöglichen können, und nun haut sie einfach ab. Was werden dieser Galerist in Basel und Herr Sonderegger von ihr denken? So wurde sie nicht erzogen von uns!« Olga wischte die Tränen weg.

Anton saß den beiden hilflos gegenüber. Was sollte er auch sagen. Tröstende Worte? Es gab keine. Er erhob sich. »Ursina wartet auf mich. Falls ich irgendetwas höre, gebe ich euch sofort Bescheid.« Doch im Stillen glaubte er nicht daran. Weshalb auch? Anna hatte wieder einmal entschieden, ohne Rücksicht auf ihre Eltern.

»Schon gut, Anton«, sagte Janosch. »Grüß die Ursina und besuch uns bald wieder einmal.«

»Werde ich.« Er gab ihm die Hand und wandte sich an Olga, »sie wird bestimmt von sich hören lassen, sobald sie sich in Budapest eingerichtet hat.« Eine leere Floskel, fuhr es ihm durch den Kopf, aber was sollte er sonst sagen?

Der Wind zerrte an seiner Jacke und dazu hatte es auch noch zu regnen begonnen. Anton hielt schützend die Mappe über den Kopf und eilte den Weg hinunter. Innerhalb kürzerster Zeit war er durchnässt. Zu Hause zog er die nasse Jacke und die Schuhe aus, bevor er in den Flur trat. Aus der Küche roch es nach Hühnersuppe. Erst jetzt spürte er, wie hungrig er war. Mit einem Teller Suppe setzte er sich an den Tisch. Sie schmeckte herrlich und vertrieb für einen Moment die Gedanken an Anna.

Seine Frau, die ihn in allen Belangen unterstützte, seine kleine Tochter, ein Sonnenschein, das war die Welt, die zu ihm gehörte.

Er stellte den Teller in den Abwaschtrog und schlich nach oben in die Schlafkammer. Ursina schlief. Er wollte sie nicht aufwecken. Leise schlüpfte er unter die Decke und lauschte dem Wind, der um das Haus heulte.

20. Kapitel

Annas Kopf drohte zu zerspringen, als sie die Lider öffnete. Die Zunge klebte ihr am Gaumen und ihre Glieder schmerzten. Wo war sie? Ihre Augen wanderten im Zimmer umher und blieben an einem fahlen Lichtstrahl hängen, der auf die schmutzig graue Wand fiel. Sie blinzelte, setzte sich auf und langsam kamen die Erinnerungen an den gestrigen Tag zurück.

Die Bahnfahrt nach Budapest. Die Fahrt in dem klapperigen Auto, das Haus, der zugemüllte Hof, Lazio, erschreckend mürrisch und abweisend! Sie ließ sich ins Kissen zurückfallen und schloss die Augen. Was sollte sie jetzt tun? Eine Weile lag sie regungslos im Bett. Sie sollte aufstehen. Hatte Lazio nicht etwas von »Bruchbude auf Vordermann bringen« gesagt? Und dass er sie um acht Uhr erwarte? Wie spät war es eigentlich?

Deprimiert schälte sie sich aus der kratzigen Decke und stand auf. Der Boden war kalt. Mit nackten Füßen schlich sie ans Fenster und schaute hinaus. Viel gab es nicht zu sehen. Eine Wand, grau und fensterlos. Anna drehte sich um, ging zur Tür und öffnete sie leise. Nichts, kein Ton. Sie schloss sie, holte ihren Skizzenblock und einen Bleistift aus der Tasche und begann zu malen. Sie malte die Wand vor ihrem Fenster. Doch im Gegensatz zur echten Wand hatte diese ein Fenster, in denen sich weiße Gardinen im Wind bewegten.

Die Tür öffnete sich und Lazio stand im Türrahmen. »Ich habe doch gesagt, dass ich dich um acht Uhr unten haben will«, er schaute auf die Uhr, »es ist jetzt schon viertel nach acht.«

»Ich habe keine Uhr, ich hatte keine Ahnung, wie spät es ist.« Anna legte den Skizzenblock aufs Bett.

»Komm jetzt bitte.« Lazios Gesicht war nicht mehr so mürrisch wie gestern Abend und auch sein Ton war freundlicher. »Ich habe Kaffee gemacht, es gibt viel zu tun. Ich will, dass das Restaurant so rasch wie möglich eröffnet wird, schließlich muss ich davon leben.«

In der Küche sah es ebenso chaotisch aus wie auf dem Hof. Töpfe, Teller, Schüsseln lagen und standen durcheinandergewürfelt auf den Gestellen und auf dem Tisch. Es stank nach verfaulten Essensresten und moderigen Wänden. Anna setzte sich auf einen Stuhl, ihr grauste.

»Hier ist ein Becher und dort drüben in der Pfanne gibt es Kaffee. Zucker habe ich irgendwo gesehen, musst halt suchen. Milch gibt es keine, ich muss erst einkaufen. Wo, weiß ich nicht, muss sehen, welcher Laden in der Nähe geöffnet hat.«

»Haben denn nicht immer alle geöffnet?«, fragte Anna mit großen Augen.

»Oh nein, wir sind in Ungarn und nicht mehr in England. Hier ist alles ein bisschen anders, Schätzchen. Aber du wirst dich schon daran gewöhnen.«

Sein »Schätzchen« klang nicht so liebevoll wie damals in London.

Anna sagte nichts, stand auf und schenkte Kaffee in den Becher ein. Sie trank einen Schluck und verzog das Gesicht. Am liebsten hätte sie ihn sofort wieder ausgespuckt. Mit dem Becher in der Hand beobachtete sie Lazio, der das Geschirr sichtete.

Er fluchte. »Eine Katastrophe, was der alles hinterlassen hat. Ich geh jetzt einkaufen, du machst hier weiter. Sortiere das angeschlagene Geschirr aus, die heilen Teller und Tassen stellst du auf die Gestelle. Auch das Besteck schaust du durch und versorgst es in die Holzkästen dort.«

Sie nickte stumm und Lazio verließ, immer noch leise fluchend, die Küche. Die Eingangstür schlug zu, sie war allein, allein inmitten von einem unbeschreiblichen Chaos. So hatte sie sich Budapest nicht vorgestellt. Lazio hatte ihr vorgeschwärmt, wie sie hier malen könne, ihre Kenntnisse verbessern und ihre Bilder verkaufen. »Weil«, so hatte er gesagt, »die Welt sehr wenig über Ungarn weiß. Eine große Chance für dich als Künstlerin.«

Sie seufzte und sah zuerst die Teller, dann die Tassen und Schalen durch. Es blieben nicht viele übrig. Er wird wütend sein, wenn er die Ausbeute sieht, dachte sie, und sortierte das Besteck. Wie oft hatte sie diese Arbeit bei Frau Mattli getan? Nur, dass dort die Küche, die ganze Umgebung um ein Vielfaches appetitlicher ausgesehen hatte. Eine Ewigkeit war das her. Als sie damit fertig war, begann sie den Herd mit einem Scheuerlappen zu reinigen, den sie in einer Kiste gefunden hatte. Sie schrubbte und schrubbte, doch die eingebrannten Speisereste wollten sich nicht entfernen lassen. Entmutigt gab sie auf. Wo Lazio so lange blieb? Hilflos stand sie in der Küche und schaute sich um. Würde diese Küche je wieder einmal funktionsfähig sein? Sie zweifelte. Weshalb hatte Lazio sich auf das eingelassen? Nur damit er wieder in seine Heimat zurückkehren konnte? Er kam ihr nie sehr heimatbesessen vor. Klar, er hatte ihr von Ungarn vorgeschwärmt, von der Weite der Puszta, von den Sonnenuntergängen, auch von Budapest, der Stadt an der Donau. Von den ... ach, sie wollte nicht mehr daran denken. Warum war er noch nicht zurück?

Sie ging in den Korridor, öffnete die Eingangstür und schaute in den Hof. Zwei streunende Katzen fauchten sie an, um sogleich im

Unrat zu verschwinden, der sich im Hof türmte. Es stank gottserbärmlich.

Hastig schloss sie die Tür und ging in die Küche zurück. Neben einem der Gestelle mit Schüsseln und Platten entdeckte sie eine Tür. Sie hatte keinen Türgriff und das dunkelbraune Holz zeigte Spuren der Verwitterung. Sie stieß sie mit dem Ellbogen leicht an. Quietschend öffnete sie sich und gab den Blick in einen Raum frei. Tische und samtbezogene Stühle standen auch hier im wilden Durcheinander. Der Boden war mit einem gemusterten dunkelbraunen Teppich bedeckt, an einigen Stellen ruiniert von Brandlöchern, die von Zigaretten herrührten. An den Fenstern hingen schwere Vorhänge. Der Raum musste der Speiseraum gewesen sein. In einem eichenen Buffet waren Gläser, Teller, Schüsseln gestapelt. Neugierig öffnete sie die Glastür und nahm eine Schüssel in die Hand. Sie sowie das übrige Geschirr waren aus feinstem Porzellan, bemalt mit zarten Blumen. Sie inspizierte die Gläser. Die Weinkelche schienen aus Kristall zu sein, ebenso die Wassergläser und Gläser, die sie nicht zuordnen konnte. Behutsam stellte sie sie in den Schrank zurück. So feines Geschirr hatte sie bei Sonderegger gesehen. Das war gewiss einmal ein nobles Restaurant. Weshalb war es denn jetzt so heruntergekommen?

Es polterte, die Eingangstür wurde aufgestoßen, Lazio war zurück. Fluchend betrat er die Küche. »Nichts haben die in diesem miesen Laden. Keine Milch, keine Butter, nur ein paar vertrocknete Kartoffeln und verschrumpelte Äpfel. Ich musste bis in die Stadt laufen, um das hier zu finden.« Er stellte seinen Rucksack auf den Boden.

Anna öffnete ihn, es war tatsächlich nicht viel drin. Butterfett, Eier, Brot und Mehl. »Weshalb hast du diese Bruchbude gemietet? Nur, um wieder in deiner Heimat zu sein?«

»Das geht dich nichts an.« Eine Alkoholwolke traf sie und ließ sie zurückweichen. »Aber du wirst mir dabei helfen, die Bruchbude auf Vordermann zu bringen. Weswegen meinst du, habe ich dich mitgenommen?«

»Ich könnte malen, so wie du in London gesagt hast. Ich könnte die Bilder verkaufen und damit etwas zu deinem Restaurant, wie du es nennst, beisteuern. Du hast mich betrogen, du wolltest nur eine billige Hilfskraft«, erwiderte sie wutentbrannt.

»Malen kannst du in deiner Freizeit. Ich habe dir schon in London gesagt, dass Kunstmalerei eine brotlose Kunst ist. Wer hat dir eigentlich diesen Floh ins Ohr gesetzt? Muss ein komischer Mensch gewesen sein. Ich muss jetzt nochmals weg.« Er verschwand durch die Tür und ließ eine verdatterte Anna zurück.

Es dauerte eine Weile, bis sie das Gesagte begriffen hatte. Eine billige Kraft wollte er. Da war nichts mit Liebe, alles nur gespielt. Tränen der Wut stiegen in ihre Augen. Was konnte sie tun? Nichts, rein gar nichts. Zornig fuhr sie mit dem Aufräumen fort. Teller, Pfannen, Tassen, alles, was sich entweder noch in den schmutzigen Kartons befand oder auf dem Boden herumstand, sortierte sie in die Gestelle ein. Danach räumte sie den übrigen Dreck weg. Alte Lappen, verfaulte Kartoffeln, schimmelnde Äpfel, die Tränen liefen ihr dabei über das Gesicht. Sie wischte sie mit dem Ärmel weg. Der Rücken schmerzte sie und die Hände wurden rot und rissig vom kalten Wasser. Nach drei Stunden war die Küche aufgeräumt.

Anna nahm das Brot und das Butterfett aus dem Rucksack, setzte sich an den Tisch, schnitt ein Stück ab und bestrich es mit dem butterähnlichen Fett. Es schmeckte ebenso scheußlich wie der Kaffee vom Morgen.

Als sie fertig gegessen hatte, versorgte sie das Brot in einer Büchse, die Butter legte sie auf einen Teller und deckte ihn mit einer Schale zu. So hatten die Mäuse keine Chance, und die gab es hier sicher. Dann verstaute sie die übrigen Esswaren in einer Holzschachtel, verließ die Küche, ging in ihr Zimmer und verriegelte die Tür hinter sich.

Sie konnte immer noch nicht glauben, was sie gerade erlebte. Die Reise, dieses Haus, Lazio! Sie war müde. Eigentlich wollte sie sich nur noch aufs Bett legen und schlafen, den schmerzenden Rücken in Ruhestellung bringen, alles vergessen. Doch dann gab sie sich einen Ruck, stand auf und holte ihren Skizzenblock hervor. Das Malen und Eintauchen in eine andere Welt hatten ihr schon immer geholfen. Sie legte den Block auf die Staffelei und begann zu zeichnen. Dunkle Berge mit scharfen Kanten und schwarzen Flüssen. Als ihre Augen nicht mehr wollten und sie sich vor Rückenschmerzen kaum mehr aufrecht halten konnte, sank sie erschöpft ins Bett. Wie aus weiter Ferne hörte sie Lazio, der polternd die Tür aufstieß und nach ihr rief.

Die Wochen vergingen. Anna hatte jegliches Zeitgefühl verloren. Aufstehen, den abscheulichen Kaffee trinken, dazu einen Kanten Brot mit Butterfett, Aufräumen und Renovieren. Zimmer für Zimmer, und jedes war in dem gleichen katastrophalen Zustand wie die Küche.

Am Abend war sie so erschöpft und ausgelaugt, dass sie gleich ins Bett fiel. Den Skizzenblock und den Bleistift nahm sie schon lange nicht mehr zur Hand, in ihrem Kopf herrschte Leere.

Einmal hatte Lazio ihr einen Kessel mit Farbe und einen Pinsel in die Hand gedrückt. »Du bist doch Malerin, die Wände des Speisesaals müssen gestrichen werden.«

Sie war so perplex gewesen, dass ihr im ersten Moment keine Antwort darauf einfiel. Dann riss sie ihm so wütend den Kessel aus der Hand, dass die Farbe auf den Boden spritzte.

»Das wischst du jetzt auf«, schrie Lazio, »und dann streichst du die Wände. Wenn ich am Abend zurück bin, dann sind sie fertig. Verstanden!«

Die großen Arbeiten gingen dem Ende entgegen. Das Speisezimmer erstrahlte in seiner plüschigen Vergangenheit. Hier hatte sich Anna besonders eingesetzt. Die österreichisch-ungarische Monarchie entstand dabei vor ihren Augen.

Eines Tages kam Lazio von einer seiner »Werbetouren«, wie er seine Abwesenheit begründete, nach Haus und legte ein Bündel Blätter vor Anna hin. »Hier, so schaut Werbung aus. Hat ein Freund für mich gezeichnet. Ich werde diese Flugblätter in den nächsten Tagen verteilen.«

Fast hätte sie laut aufgelacht, als sie die Zeichnung sah. »Und das willst du verteilen?«

»Ja, weshalb denn nicht, ist doch gut?«

Anna schüttelte den Kopf, »auf dem Bild stimmt überhaupt nichts. Die Perspektive, das Haus, die Farben, und dann die Schrift. Und damit willst du Leute anlocken? Siebenjährige können besser zeichnen!«

Wütend riss Lazio ihr das Blatt aus der Hand. »Dann mach du es doch, weshalb hab ich mich so abgemüht, jemanden zu finden, wenn du es besser kannst?«

»Du hast mich nicht gefragt, mir nur die ganze Drecksarbeit hier überlassen, während du den großen ›Herrn‹ spielst!« Ihre Stimme überschlug sich und sie stampfte mit dem Fuß auf. Noch nie, während ihrer Zeit in Budapest, hatte sie sich so gegen seine Unflätigkeit gewehrt.

»Na, dann mach«, brummte Lazio »am Ende entscheide ich. Geh schon, ich bin dann mal gespannt.«

Das ließ sich Anna nicht zweimal sagen. Sie rannte hoch und wäre in der Hast, endlich wieder einen Stift in die Finger zu kriegen, beinahe auf der letzten Stufe gestolpert. Sie durfte malen, etwas entwerfen, zeigen, wofür sie gut war. Im Zimmer setzte sie sich hin und reflektierte. Was sollte den Reiz des Restaurants ausmachen? Natürlich der plüschige Esssaal!

Anna zog die Tasche unter dem Bett hervor, in der sie ihre Pastellfarben versorgt hatte, und begann zu malen. Strich für Strich. Zuerst die Stühle mit den bunten Plüschpolstern, die Tische, das Buffet, die Fenster mit den schweren Vorhängen, den Teppich, alles, was sich im Raum befand, zeichnete sie mit Hingabe, verwischte die Konturen mit den Händen, besserte aus, wischte wieder, bis sie zufrieden war. Als sie fertig war, legte das Blatt auf die Staffelei, trat einen Schritt zurück und betrachtete es mit zusammengekniffenen Augen. Ja, so musste es sein! Die Stuhllehnen waren leicht nach hinten gebogen und nicht so gerade. Der dicke Plüschteppich plusterte sich auf wie ein Hahn und das Buffet besaß die runden Formen einer attraktiven Frau. Sorgfältig glättete sie das Bild und legte es aufs Bett. Anschließend holte sie ihre Mappe mit den Bildern, die sie in London gemalt hatte, hervor. Es waren nicht alle, nur ein paar hatte sie mit nach Budapest genommen. Die anderen hatte sie Ellien gegeben, »zum Aufbewahren«, hatte sie gesagt. »Ich kann sie nicht alle mitnehmen, ich komme bestimmt nach London zurück.«

Sie öffnete sie und als Erstes rutschte ihr die Skizze von Lazio entgegen. Er war so zärtlich gewesen. Und heute? Ein Macho, der sie herumkommandierte, der das Malen als sinnlose Zeitverschwendung abtat. Hätte ich gewusst, dass ... sie dachte den Gedanken nicht zu Ende, legte das Bild zurück und schob die Mappe wieder unter das Bett.

Am nächsten Morgen zeigte sie Lazio ihren Entwurf.

»Das soll Werbung für mein Restaurant sein?«, höhnte er. »Das schaut sich kein Mensch an. Diese verbogenen Stühle, die Tische, wo keiner gerade steht, die Gläser, das Buffet? Das meinst du doch nicht im Ernst!« Er zerfetzte die Zeichnung vor ihren Augen. Anna schnappte nach Luft, riss ihm die Papierschnitzel aus der Hand und rannte nach oben. Das hatte noch kein Mensch gewagt, eine Zeichnung von ihr zu zerreißen. Heulend ließ sie sich auf das Bett fallen.

Die Eröffnung fand mit großem Tamtam statt. Lazio hatte eine Musikgruppe organisiert und es gab Freibier für jeden. Anna hetzte zwischen den Tischen hin und her und kam kaum nach mit dem Servieren. Die Gäste bestanden größtenteils aus Freunden von Lazio. Zweifelhafte Gestalten, Frauen mit aufreizendem Gebaren.

Als die letzten Gäste gegangen waren, war es schon weit nach Mitternacht. Anna konnte nur mit Mühe die Tränen zurückhalten. Sollte das jetzt immer so weitergehen?

Sie räumte die Tische ab und begann mit dem Abwasch. Lazio hatte es sich in seinem Salon, einem kleinen Zimmer neben dem Speisesaal, bequem gemacht und rauchte. Die Tür ließ er offen. Als das Geschirr gewaschen und versorgt, die Küche aufgeräumt war, stolzierte sie mit hocherhobenem Haupt am Salon vorbei.

»Anna!«, rief er und stand auf, »das nächste Mal wirst du etwas freundlicher zu meinen Gästen sein. Dein griesgrämiges Gesicht hat einige abgestoßen. Freundlichkeit ist das oberste Gebot im Service. Du kannst hier umsonst wohnen und essen, also, nimm dich zusammen.« Er zündete sich eine neue Zigarette an. »Geh jetzt schlafen, gute Nacht. Morgen früh fahren wir auf den Markt.«

Die Monate verstrichen, ohne dass eine Änderung in Annas Leben eintrat. Sie wurde immer blasser und stiller, doch das Feuer in ihren dunklen Augen brannte wie eh und je.

Von Budapest hatte sie noch nicht viel gesehen. Der Markt, den sie ab und zu mit Lazio besuchte, ein paar Einkaufsläden, das war alles. Trotzdem, was sie sah, speicherte sie in ihrem Kopf und am Abend, wenn sie nicht zu müde war, zog sie den Skizzenblock hervor und zeichnete. Die Marktstände, die Bauersfrauen, die ihre Ware feilboten und die Bauern mit ihren Handkarren.

Lazio war ein guter Koch, das musste sie zugeben. Aus dem Wenigen, das manchmal zu finden war, zauberte er köstliche Mahlzeiten. Besonders seine Suppen wurden bald über die Nachbarschaft hinaus berühmt. Wenn er Bananen ergattern konnte, dann ließ er seiner Kochkreativität freien Lauf. Apfel- und Bananenstücke auf einem blätterteigähnlichen Boden, lauwarm mit einem Schuss Milch; der Blechkuchen von Annas Mutter konnte da nicht mithalten.

Eines Tages drückte er ihr Geld in die Hand. »Taschengeld für dich. Mach dir einen schönen Nachmittag.«

»Ich hab frei?«, stotterte sie verdutzt.

»Ja«, meinte er gönnerhaft, »fahr mit der Straßenbahn in die Budapester Altstadt, du wolltest ja deine Heimat kennenlernen.«

Das ließ sie sich nicht zweimal sagen, drehte sich um und rannte die Treppe hoch in ihr Zimmer. Rasch zog sie sich um. Eine schwarze Tuchhose, eine hellblaue Bluse und eine dunkelgraue Strickjacke.

Hastig zerrte sie den Skizzenblock und einen Bleistift unter dem Bett hervor und versorgte beides in ihre Schultertasche.

»Pass auf, Anna«, rief ihr Lazio nach, als sie durch die Küche kam, »es gibt nicht nur gute Menschen in der Stadt.«

Sie nickte und verschwand, so schnell sie konnte, nach draußen.

Weshalb hatte sie Geld erhalten, weshalb durfte sie in die Stadt, einfach so, ohne irgendetwas für ihn zu erledigen? War das ein Ablenkungsmanöver, um sie danach noch mehr an die Kandare zu nehmen? Sie noch mehr einzuspannen? Sie schüttelte den Kopf, wollte jetzt nicht darüber nachdenken, sondern den ersten freien Tag einfach genießen.

Eilig lief sie zur Straßenbahnstation, die sich nicht weit entfernt von dem Restaurant befand. An der Haltestelle warteten schon einige Leute. Anna stellte sich dazu und betrachtete die Wartenden. Es waren meistens einfach gekleidete Frauen, die ihre Einkaufstaschen am Arm trugen, sowie ein paar junge Männer, Zigaretten rauchend und lachend. Die Einzigen, die fröhlich zu sein schienen. Der Rest schwieg und starrte vor sich hin. Die Straßenbahn trödelte langsam auf die Haltestelle zu. Nachdem sie die Fahrkarte gelöst und sich auf die hintere Plattform gestellt hatte, konnte sie zum ersten Mal in Ruhe die Umgebung betrachten. Die Häuserfronten waren grau, unterbrochen von Fensterschreiben, die wie tote Augen auf die Straße hinunterblickten. An einigen Stellen sah man noch die Einschusslöcher der russischen Panzer. Werkstätten und Haushaltswarenläden lockerten die Eintönigkeit etwas auf.

Anna schüttelte sich und dachte an London. Dort gab es auch Häuserfronten, doch die waren aus dunkelroten Backsteinen, die eine gewisse Fröhlichkeit ausstrahlten, auch wenn das Wetter grau war.

Die Donau? Wie oft hatte sie sich gewünscht, diesen Fluss zu sehen. Träge floss er dahin und schien dem Lied »an der schönen blauen Donau« so gar nicht Rechnung zu tragen. Das Wasser grünlich-grau, schmutzig.

An einem imposanten Torbogen stieg Anna aus. Etwas verloren stand sie auf dem Bürgersteig und schaute sich um. In welche Richtung sollte sie gehen? Sie entschloss sich, den jungen Männern zu folgen, und unverhofft fand sie sich in den Gassen der Altstadt. Klein, verwinkelt, die Häuserfronten nicht mehr so grau wie auf der anderen Seite der Donau, doch auch hier konnte man noch vereinzelt Einschusslöcher sehen. Die Auslagen in den Läden zeigten etwas besseres als das, was sie bis jetzt gesehen hatte. Jetzt wurde ihr auch klar, weshalb dieser Teil der Stadt »Buda« und der andere »Pest« genannt wurde.

Die Zeit schien in der Stadt aber stehengeblieben zu sein.

In einem Schaufenster von einem Friseurladen prangte in der Mitte eine Flasche Shampoo der Marke »Guhl«. Einsam stand sie da mit ihrem gelben Inhalt. London kam ihr in den Sinn. Die Friseurgeschäfte, in denen jede Menge Haarpflegemittel angeboten wurden. Zum Färben der Haare, zur Pflege der Locken, Haarspangen und Haarreifen mit Glitzersteinen besetzt und hier? Eine einzige Shampoo Flasche!

Nachdenklich ging sie weiter. Der Kommunismus, war er wirklich das Nonplusultra für die Menschen? Recht auf Arbeit für alle, das wurde in den entsprechenden Zeitungen immer wieder hervorgehoben. Sie hatte die Bücher von Karl Marx nicht gelesen, aber in Studentengruppen wurde das Thema heiß diskutiert. Sie hatte sich nie eingemischt, sondern nur aufmerksam zugehört. Sie war in der Schweiz aufgewachsen, einem demokratischen Land, und sie konnte sich die politischen Verhältnisse weder in Ungarn noch in anderen kommunistischen Ländern vorstellen. Doch jetzt stürmte diese Erkenntnis mit großer Macht auf sie ein.

In derselben Straße entdeckte sie einen winzigen Laden, dessen Auslage mit allerlei Krimskrams vollgestopft war, wie es ihr auf den ersten Blick schien. Bei näherem Hinsehen war es aber kein Trödel, sondern gemalte Bilder, die von einem Künstler zu stammen schienen, wundervolles antikes Geschirr, geschliffene Weingläser, Türklopfer und bunte Tücher.

Nach kurzem Zögern trat Anna in den Laden. Auch im Inneren waren viele Dinge auf kleinstem Raum angeordnet, sodass ein Überblick kaum möglich war.

»Sie wünschen?«

Eine kleine, gut gekleidete Dame kam aus dem hinteren Zimmer in den Verkaufsraum.

»Ich möchte mich nur etwas umsehen.«

»Dann tun Sie das, wenn ich helfen kann, gerne.«

»Die Bilder, die in der Auslage stehen, die mag ich. Von wem wurden die gemalt?«

»Von einem hier ansässigen Künstler, sie sind schön, nicht?«

Anna nickte. »Ist das die Altstadt von Buda?«

»Ja.«

»Die Farben, der Aufbau, die Perspektiven sind etwas ungewöhnlich, aber sie sind sehr schön.«

»Verstehen Sie etwas von der Malerei?«

»Ja, ich male selber.«

»Oh, was denn?«

»Verschiedenes, aber meistens Landschaften. Architektur ist nicht so meins, obwohl ich es in der Schule auch lernen musste.«

Die Dame betrachtete sie neugierig. »Sind Sie Ungarin? Ihre Sprache ... Und in welcher Schule, wenn ich fragen darf?«

»In London. Ja, ich bin Ungarin, aber ich bin in der Schweiz aufgewachsen und hier ... Ich möchte meine Heimat kennenlernen.«

»Aha.«

Beide schwiegen für eine Weile.

»Ich heiße Helga. Wollen wir zusammen Tee trinken, in meinem Büro?«

»Gerne, ich heiße Anna.«

»Dann kommen Sie.« Helga ging in den hinteren Teil, wo ein Vorhang das Büro, wie sie es nannte, vom Laden trennte. Sie nahm den Teekessel, füllte ihn mit Wasser und setzte ihn auf eine Herdplatte. »Sind Sie schon lange in Budapest?«

»Acht Monate, aber ich wohne auf der Pest-Seite. Anna lächelte. Leider habe ich nicht so viel Zeit zum Bummeln.«

Helga nickte und goss das heiße Wasser in eine Teekanne. »Malen?«

Anna schüttelte den Kopf. »Ich helfe in einem Restaurant, servieren, putzen und so«, sie senkte den Kopf, »und da bleibt nicht viel Zeit zum Malen.«

»Hier Ihr Tee.« Helga stellte einen bunt bemalten Becher vor Anna hin, »Milch, Zucker?«

»Nein, schwarz, danke.«

»Ich komme aus Deutschland, aus Magdeburg, um genau zu sein. Ich wohne aber schon etliche Jahre in Budapest. Mein Mann war Ungar.«

»War?« Anna schaute sie an.

»Er ist vor zwei Jahren gestorben. Er hatte hier ein Antiquitätengeschäft. Alte Möbel restauriert und verkauft, ich führe sein Geschäft in gewissem Sinn weiter. Zwar keine Möbel mehr, das heißt, wenn mir Möbel zum Kauf angeboten werden, dann mache ich das noch, doch restaurieren, das kann ich nicht.« Helga nippte an ihrem Tee. »Die Werkstatt habe ich verkauft, und ... nun, es ist so, wie es ist.«

»Wollten Sie nicht wieder nach Deutschland zurück?«

»Oh nein. Hier habe ich meine Freunde, ich fühle mich wohl in

Ungarn.«

Der helle Glockenton der Eingangstür kündigte einen Kunden an. Helga stand auf und bedeutete Anna sitzen zu bleiben. Sie lehnte sich im Korbsessel zurück und betrachtete die kleine Ecke, die Helga ihr »Büro« nannte. Auch hier konnte man sich kaum umdrehen. Drei Bistrotische aufeinandergestapelt, Vasen und Bilderrahmen auf dem Boden, ausladende Kerzenleuchter, Kisten mit Porzellan und Gläser und weitere Bilder, vom selben Künstler wie die, die im Schaufenster standen.

»So, hier bin ich wieder. Noch einen Tee?«

Anna schüttelte den Kopf. »Ich muss mich auf den Weg machen, wir erwarten Gäste heute Abend. Vielen Dank für den Tee.«

»Nichts zu danken, Anna. Wenn Sie wieder einmal in die Stadt kommen, schauen Sie vorbei, und bringen Sie doch ein paar von Ihren Bildern mit. Wenn Sie mögen, stelle ich sie gerne in meiner Auslage aus.«

»Würden Sie das tun, Helga?« Annas Augen strahlten.

»Wenn sie passen, weshalb nicht?«

Zum ersten Mal seit langer Zeit fühlte Anna die verloren geglaubte Leichtigkeit wieder in sich. Sie durfte ihre Bilder ausstellen, sie würde etwas Geld verdienen. Vielleicht sogar so viel, dass sie Ungarn verlassen konnte?

21. Kapitel

Markus lehnte sich im Sessel zurück und starrte auf das Bild an der Wand. Lange war es her, seit er es erstanden hatte, sehr, sehr lange. »Junger Mann«, so der Titel einer Bleistiftzeichnung, hatte ihm auf den ersten Blick gefallen. Der geschmeidige Körper, das fein geschnittene Gesicht mit der adlerähnlichen Nase und die halblangen Haare. Er hatte das Bild in einer Galerie in Mailand entdeckt und sofort gekauft, ohne über den Preis zu verhandeln.

Er erhob sich, ging an den Schrank und zog eine Schublade heraus. Da lag sie noch, die Packung »Mercedes«. Er nahm sie und setzte sich wieder in den Sessel. Wie lange hatte er jetzt nicht mehr geraucht? Mindestens zwei Jahre. Ungeduldig riss er das Zellophanpapier auf, öffnete die Schachtel, zog eine der ovalen Zigaretten mit dem goldenen Mundstück heraus und roch daran. Ja, er war noch da, der feine Tabakgeruch. Er steckte sie zwischen die Lippen und zündete sie mit seinem goldenen Feuerzeug an. Herrlich, dieser Geschmack auf der Zunge, wie hatte er ihn vermisst! Zwei lange Jahre hatte er sich das Rauchen verboten. Kein Arzt hatte ihm dazu geraten, denn er litt weder unter chronischem Husten noch unter anderen Folgen, die das Rauchen mit sich brachten, nein, er wollte seine Willenskraft testen, was ihm auch gelungen war. Doch heute war ihm nach einer Zigarette zumute.

Seine Gedanken schweiften zu Anna. Wo war sie nur? Immer noch in Budapest? Weshalb ließ sie nichts von sich hören? Weder bei ihm noch bei von Krantz?

Er hatte soeben ein längeres Telefongespräch mit Hubert geführt. Der hatte wieder einmal mächtig über die entgangene Ausstellung getobt, die er für Anna organisieren wollte. Dankbarkeit sei wohl für sie ein Fremdwort, hatte er in den Hörer gebrüllt.

Was wollte er eigentlich? Sich einen Namen in der Kunstwelt mit Annas Bildern machen? Sich damit aufplustern wie ein Pfau? Ob die Bilder von Anna gleich auf Anhieb den Erfolg erzielen würden, den sich von Krantz versprach, das war noch lange nicht gesagt. Markus machte sich ganz andere Sorgen um Anna. Sie war in einem kommunistischen Land, und als Ungarin mit einem ebensolchen Pass würde sie dieses Land nicht mehr so ohne Weiteres verlassen können.

Er stand auf und schenkte Rotwein aus der Kristallkaraffe in ein Glas ein. Prüfend hielt er es gegen die Lampe. Der Wein schimmerte purpurrot.

Was konnte er tun? Er nahm einen tiefen Zug aus der Zigarette. In Gedanken ging er seinen Bekanntekreis durch. Gab es Leute, die in irgendeiner Weise Verbindungen zu Ungarn hatten? Im Moment fiel ihm niemand ein. Aber er würde sich in den nächsten Tagen einmal umhören. Bekannte von Bekannten und wiederum deren Bekannte, es musste doch möglich sein, auf diesem Weg zu einer Lösung zu kommen.

Doch wollte Anna überhaupt wieder zurückkommen? Sie war in ihrer Heimat und möglicherweise gefiel es ihr dort? Und vielleicht war sie mit diesem jungen Mann, mit dem sie nach Budapest gefahren war, bereits verheiratet. Obwohl, das konnte er nicht glauben. Er drückte die Zigarette aus und trank das Glas leer. Morgen hatte er einen hektischen Tag. Er musste nach Rom fliegen. Eine Galerie hatte ihm ein Bild angeboten, das der Schilderung nach genau dem Wunsch eines seiner Kunden entsprach.

»Expressionismus vom Feinsten, von einem noch unbekannten Künstler, der den Weg nach oben schaffen wird«, hatte der Galerist am Telefon erklärt.

22. Kapitel

An den freien Nachmittagen, die ihr Lazio mit großzügiger Geste zweimal im Monat erlaubte, zog Anna mit Skizzenblock und Bleistift los, um zu malen. Da lebte sie auf. Sie gaben ihr Kraft für die übrigen Tage, an denen sie nach wie vor von früh bis spät schuftete. Das Restaurant lief überraschend gut. Lazio rieb sich nach der Sperrstunde jedes Mal die Hände, wenn er die Einnahmen zählte.

Heute wollte Anna in die Altstadt fahren, um Helga ihre Bilder zu zeigen. Sie hatte sie schon eine ganze Weile nicht mehr besucht. Helga. Ihr wurde warm ums Herz, wenn sie an sie dachte. Sie hatte ihr die Geschichte mit Lazio erzählt. Helga hatte ihr stumm zugehört, ihr hin und wieder über die Hand gestrichen, genickt, den Kopf geschüttelt, und als Anna fertig war, sie in den Arm genommen.

»Anna, alles was einem im Leben widerfährt, ist für etwas gut. Im Moment haderst du zwar mit deinem Schicksal, doch irgendwann wirst du erkennen, dass dich das stark gemacht hat. Das Leben ist keine Gerade, du wirst immer wieder einmal an einem Punkt ankommen, der dich aus der Bahn wirft. Und vergiss nicht, du wolltest deine Heimat kennenlernen. Das hast du ja auch, nur nicht so, wie du es dir vorgestellt hast.«

»Weshalb hat sich Lazio denn so plötzlich verändert, in London war er der zärtlichste Mann gewesen und hier in Ungarn?« Anna verstummte einen Moment, dann sagte sie: »Nur ein, zwei Mal, da ist er entgleist, aber ich tat es ab mit Gereiztheit, Ungeduld vielleicht, weil er so gern nach Ungarn wollte.« Sie lachte schmerzlich. »Ich hatte die rosarote Brille auf, du weißt schon ...«

»Dass er sich so entpuppt hat, könnte etwas mit seiner Jugend zu tun haben. Vielleicht mit seinem Vater oder seiner Familie. Solche Erlebnisse können plötzlich wieder aufbrechen, irgendwann. Ich kenne ihn nicht und bin auch kein Psychologe, aber was ich machen kann, ist, dir zu helfen, Ungarn zu verlassen.«

Die Mappe unter dem Arm, stieg Anna in die Straßenbahn, die sie über die Donau in die Altstadt fuhr. Es war ein herrlicher Herbsttag. Die Blätter färbten sich von Grün zu Gelb und Rot. Das weiche Licht tauchte das schmutzige Grau der Häuserfronten in ein zartes Rosa. Am Ufer des Flusses genossen die Menschen die letzte Sonne. Auch Anna freute sich über den wunderschönen Tag. Sie freute sich, endlich wieder einmal mit Helga zu plaudern, und war sehr gespannt, was sie zu ihren Bildern sagen würde.

Gemütlich schlenderte sie über das Kopfsteinpflaster zum Laden. Die Tür stand weit offen. Anna trat ein. Ihre Augen mussten sich erst an das dämmerige Licht gewöhnen.

»Hallo, Helga, bist du da?«, rief sie in die Dunkelheit.

Helga kam vom hinteren Teil nach vorn. Sie trug einen weiten Kittel, mit Farbflecken übersät. In der einen Hand hielt sie einen Bilderrahmen, in der anderen einen Topf mit einem Pinsel. »Ich bin am Restaurieren von alten Bilderrahmen, die ich gestern auf dem Flohmarkt gefunden habe. Wenn ich sie geklebt und mit Lack überpinselt habe, sind sie wirklich noch zu gebrauchen und zu verkaufen«, sagte sie und lachte. »Und du, was hast du mir mitgebracht?« Sie deutete mit dem Kinn auf die Mappe, die Anna unter dem Arm hielt.

»Meine Bilder.« Anna legte sie auf einen freien Stuhl, »ich hoffe, dass sie dir gefallen.«

»Na, dann lass mal sehen.« Helga stellte den Bilderrahmen sorgfältig auf den Boden und den Topf mit dem Lack daneben, wischte sich die Hände am Kittel ab, nahm die Mappe in die Hand und zog ein Bild nach dem anderen heraus. »Hm, sehr schön und ungewöhnlich«, murmelte sie. Nachdem sie alle Bilder angeschaut hatte, sah sie auf. »Anna, du solltest nicht kellnern, sondern malen. Deine Bilder sind beeindruckend, besonders dieses hier.« Helga legte ein Bild, das die Donau zeigte, auf den Tisch. Schwarz mit einem Hauch Grau schlängelte sich der Fluss unter der Brücke hindurch. Die Brückenpfeiler waren rund, nicht so, wie in Wirklichkeit, und die Menschen am Ufer nur in flüchtigen Strichen hingemalt.

»Du bist eine begnadete Künstlerin.«

Anna seufzte, »ja und eine Kellnerin. Helga, ich möchte unbedingt zurück in den Westen. Hier sehe ich keine Zukunft für mich. Was soll ich tun? Kannst du mir helfen, aus diesem Land auszureisen? Ich habe kein Geld, ich habe nichts.«

»Das wird nicht so einfach sein. Lass mir etwas Zeit. Ich kenne einige Leute, die dir helfen könnten, aber ...«, sie brach ab und nahm die Bilder erneut in die Hand. »Als Erstes werde ich deine Bilder oder einige davon in meinem Schaufenster präsentieren. Vielleicht finden sich Käufer dafür. Das Geld, das ich einnehme, steht dir ohne Abzug zur Verfügung. Das wird wahrscheinlich nicht reichen, um eine Ausreise zu organisieren, denn die kostet meistens viel Geld. Ach, Anna, gib den Mut nicht auf. Bis es so weit ist, male einfach weiter, und ich werde deine Bilder überall anbieten. Mädchen, lass dich nicht unterkriegen.«

Anna nickte dankbar. Doch so recht wollte sie nicht an die aufmunternden Worte von Helga glauben.

»So komm.« Helga hob den Bilderrahmen vom Boden hoch, »wir wollen doch gleich mal schauen, ob ich einige Rahmen für deine Bilder finde. Es macht gleich mehr her, wenn sie gerahmt sind.« Sie zog Anna in den hinteren Raum.

»So viele Rahmen«, staunte Anna mit großen Augen, »und die hast du alle auf dem Flohmarkt gefunden?«

Helga nickte. »Es war ein richtiges Schnäppchen und ich war zur richtigen Zeit am richtigen Ort.« Sie nahm eines von Annas Bilder aus der Mappe, legte es auf den Tisch und hielt ein verschnörkelter Rahmen darüber. »Hm, passt nicht so recht dazu, oder was meinst du?«

»Es wirkt vielleicht besser ohne«, erwiderte Anna, »es ist doch ziemlich modern.«

»Ja, besser ohne.« Helga legte ihn beiseite. Die beiden gingen Bild für Bild mit und ohne Rahmen durch, und kamen einstimmig überein, dass »ohne« vorteilhafter für alle Bilder waren.

»Ich werde jetzt gleich mein Schaufenster umgestalten. Hilfst du mir, Anna?«

»Gerne, ich bin selber gespannt, wie sie zur Geltung kommen.«

Helga räumte das kleine, vollgestopfte Fenster aus, legte eine weiße Decke auf den Boden und drapierte eine Spitzendecke über einen Schemel. Anna beobachtete gespannt ihr Tun vom Gehsteig aus.

»Anna, du kannst jetzt die Bilder aussuchen, die du ausstellen willst.« Sie erhob sich aus der gebückten Stellung und streckte sich.

Während Anna mit der Auswahl beschäftigt war, holte Helga eine Vase mit getrockneten Hortensien und stellte sie ins Fenster. Die zerbrechlichen Blütenblätter zeigten immer noch Farben von blassem Lila über Blau und Braun.

»Hier, die Schönsten.« Anna legte fünf Bilder auf den Hocker neben der Tür.

»Ja, die sind wunderbar«, bestätigte Helga und begann sie ins Fenster zu stellen. »Das mit der Donau und der Brücke, das kommt in die Mitte«, entschied sie. »Hast du überhaupt eine Preisvorstellung?« Anna zuckte mit den Schultern und schüttelte den Kopf. »Müssest du aber. Wenn ein Kunde kommt, muss ich ihm einen Preis sagen können. Denk mal darüber nach, ja?«

»Das kannst du doch für mich machen, ich male und du bist meine Vermittlerin, die haben meistens mehr Ahnung davon.« Anna lachte.

»Wenn du meinst, dann werde ich die Bilder, besonders das da in der Mitte, im Preis hoch ansetzen. Dann habe ich eine gute Grundlage für Verhandlungen.«

»Mach du nur, wie du es für richtig hältst.« Anna lächelte, »jetzt muss ich zurückgehen, aber ich werde an meinem nächsten freien Nachmittag bei dir vorbeischauen. Ach, bin ich aufgeregt. Drück mir die Daumen, Helga, dass meine Bilder gefallen und sie auch jemand kauft.«

»Wird schon, ich werde alle meine Freunde und meine Bekannten auf dich aufmerksam machen, und ich habe viel Laufkundschaft, die hier vorbeikommt.«

Anna nahm die Tasche, steckte die leere Mappe hinein und verabschiedete sich von Helga. Zögernd ging sie zur Straßenbahnstation, sie hatte so gar keine Lust zurückzufahren, doch Lazio würde ihr keine freien Nachmittage mehr gewähren, wenn sie nicht rechtzeitig da wäre.

»Wir haben Gäste heute Abend, schau zu, dass du nicht zu spät bist, so wie das letzte Mal«, hatte er zuletzt mit einem scharfen Unterton in der Stimme gesagt.

Leise öffnete Anna die Eingangstür und trat in den dunklen Korridor. Aus der Küche, wo Lazio sonst um diese Zeit mit den Vorbereitungen beschäftigt war, war kein Ton zu hören. Komisch, dachte sie und lief in die Küche. Auf dem Herd blubberte es in einer großen Pfanne. Sie hob den Deckel hoch und schnupperte, der Duft von Sauerkrautsuppe stieg ihr in die Nase. Behutsam legte sie den Deckel wieder zurück, verließ die Küche und schlich nach oben in ihr Zimmer.

Mit einem Mal vernahm sie durch die dünne Wand ein Gekicher. Eine hohe Frauenstimme und dazwischen der dunkle Bariton von Lazio.

Anna lauschte, doch es kam nichts mehr. Sie war eben im Begriff, den Skizzenblock hervorzuholen, da begann das Gekicher erneut, unterbrochen vom rhythmischen Knarren des Eisenbettes und dem Stöhnen einer Frau. Ein schriller Schrei und ein erlösendes Seufzen, das Knarren des Eisenbettes war nicht mehr zu hören.

Kurze Zeit danach bewegte sich etwas im Nebenzimmer. Anna huschte zur Tür, öffnete sie einen Spalt breit und spähte hinaus. Die Frau erschien auf dem Korridor. Schemenhaft konnte sie die ausladenden Hüften erkennen, über denen sich ein enger schwarzer Rock spannte. Die Haarmähne reichte bis zur Taille und die Stöckelschuhe klapperten auf dem Bretterboden.

Etwas später verließ Lazio pfeifend das Zimmer und ging nach unten. Anna schloss die Tür und setzte sich aufs Bett.

»Anna, bist du hier? Die Gäste werden gleich kommen. Tische eindecken, marsch, marsch«, rief er ungeduldig.

Langsam stieg sie die Treppe hinunter. Noch nie hatte sie sich so erniedrigt und ausgenutzt gefühlt. Sie biss sich auf die Lippen, ihr war schlecht.

»Weshalb muss ich dir immer alles sagen«, herrschte er sie an, als sie die Küche betrat. »Du weißt doch, dass wir heute Abend Gäste haben.«

Anna blieb stumm und deckte mechanisch die Tische ein. Teller, Suppenteller, Löffel, Gabeln und Messer. Dann die Servietten und die Gläser. Mit leerem Blick kontrollierte sie, ob sie nichts vergessen hatte. Ja, es war alles so, wie Lazio es wünschte. Dann nahm sie ein Küchentuch in die Hand, und begann das Geschirr abzutrocknen, das auf der Ablage des Spülbeckens lag.

Lazio rührte emsig in der Suppe, und nachdem er sie zu seiner Zufriedenheit abgeschmeckt hatte, schnitt er Wurst in feine Rädchen und arrangierte sie auf den Servierplatten.

»Geh dich jetzt umziehen, damit du bereit bist, wenn die Gäste kommen.«

Anna verschwand nach oben. Wie sie dieses Kellnerröckchen hasste. Kurz und schwarz, mit einem weißen Kragen. Darüber eine weiße Schürze. Sie kam sich so albern darin vor, doch er wollte es so. »Das macht Eindruck, das sieht gut aus«, hatte er gesagt, als er das aus der Tüte ausgepackt hatte, »und deine abgetragene Cordhose, die passt nun wirklich nicht in das Restaurant. Die kannst du anziehen, wenn du malen gehst«, fügte er mit abfälligem Lachen hinzu.

Der Abend verlief wie üblich. Anna rannte hin und her, servierte, nahm die schmutzigen Teller weg, spülte, stellte frische Teller auf den Tisch, schenkte Wein und Bier in die Gläser. Als die Gäste gegangen waren, ließ sie sich erschöpft auf einen Stuhl fallen. Lazio hingegen schaute zufrieden in die Welt und zählte das Geld.

»Ich habe noch eine Verabredung, du räumst auf, und wenn ich wiederkomme, ist die Küche blitzsauber, verstanden?«

»Nein, das mach ich nicht!« Wutentbrannt starrte sie ihn an. »Ich bin nicht dein Putzmädchen, das du herumkommandieren kannst«, ihre Stimme überschlug sich. »Ich gehe jetzt in mein Zimmer, die Küche kannst du selber aufräumen, du oder deine ...«, sie brach ab, drehte sich um, rannte die Treppe hoch und schlug die Tür hinter sich zu. Heftig atmend lauschte sie nach unten, doch es war kein Laut zu hören.

Nach einer Woche zog Lazios Freundin ein.

»Maruschka wird hier wohnen«, sagte Lazio kurz angebunden zu Anna. »Sie wird sich um die Gäste kümmern, denn deine Trauermiene kann ich ihnen nicht länger zumuten.«

Maruschka nickte ihr kurz zu. »Ich werde deine Gäste bestens unterhalten, Lazio. Komm, lass uns in deinem Zimmer einen Schluck trinken.« Mit einem aufreizenden Blick zog sie ihn an der Hand die Treppe hoch.

Nur mit Mühe konnte Anna die aufsteigenden Tränen zurückhalten.

Mit Maruschkas Einzug begann für Anna erst recht die Hölle. Sie kommandierte sie den ganzen Tag herum. Nichts war gut genug. Sie selber rührte keinen Finger. Am Abend schäkerte sie mit den Gästen und machte den Männern schöne Augen. Lazio schien das alles nicht zu bemerken. Er war ihr vollkommen hörig.

Der einzige Lichtblick waren die Besuche bei Helga an ihren freien Nachmittagen. Bei ihr konnte sie sich ausweinen und neue Hoffnung schöpfen.

23. Kapitel

»Anna, Anna«, Helga stürmte nach vorn in den Laden, »ich hab die Lösung, wie du aus Ungarn ausreisen kannst. Nun, vielleicht nicht ganz, aber die Idee, wie man es anpacken könnte.« Sie setzte sich auf einen Stuhl, von dem sie zuerst einige Bücher wegschob und wedelte mit einem Formular vor Annas Augen hin und her.

»Wie, was?« Anna nahm Helga das Blatt aus der Hand und begann zu lesen. Die Buchstaben flimmerten vor ihren Augen, das was da stand, das konnte sie nicht glauben.

»Ein Freund von einem meiner Freunde kennt jemanden in der Ausländerbehörde, oder so ähnlich, und der hat bei einem hohen Tier in der Verwaltung nachgefragt. Der hat gesagt, wenn deine Eltern nicht mehr in Ungarn wohnen, dann würdest du die Chance haben, mit einer Spezialbewilligung auszureisen. Du müssest einen Antrag stellen, eine Kopie deines Passes dazulegen und die Namen deiner Eltern und ihren aktuellen Wohnort angeben. Das würde dann geprüft, auch mit der ungarischen Botschaft in der Schweiz abgeklärt, und damit sollte es möglich sein, dass du ausreisen kannst.«

»Meinst du wirklich«, Anna gab ihr das Formular zurück, »dass das so einfach ist?«

»Das hat man mir so erklärt und dann muss ich das glauben, nicht?«

Anna nickte, doch in ihren Augen lag Zweifel.

»Wenn du das nächste Mal kommst«, sagte Helga, »bringst du

deinen Pass und all die anderen Angaben mit, die auf dem Formular aufgeführt sind. Wir gehen dann zur Post und lassen Kopien anfertigen. So, und jetzt zu deinen Bildern, ich konnte vier verkaufen, nicht schlecht finde ich.« Sie nestelte in der Schürzentasche und zog ein Bündel Forint heraus, »hier, für dich. Ich werde noch mehr von deinen Bildern verkaufen, da bin ich mir ganz sicher. Der eine Käufer war sehr interessiert, er würde wiederkommen, hat er gesagt.«

Anna nahm die Geldscheine entgegen. Ihre Augen blitzten auf, das erste Geld für ihre Bilder. »Vielen, vielen Dank, Helga!« Sie fiel ihr um den Hals, »wenn ich dich nicht hätte.«

»Schon gut, ich freue mich mit dir. Doch komm, ich habe Kuchen für uns gekauft, den essen wir jetzt«, sie schaute Anna prüfend an, »du bist so dünn, ich mach mir Sorgen.«

»Musst du dir nicht machen, ich bin noch nie dick gewesen, mein Temperament lässt das gar nicht zu.«

Die beiden gingen nach hinten, wo der Kuchen bereits ausgepackt auf einem Teller lag. Während Helga genüsslich den heißen Tee schlürfte und herzhaft dem Kuchen zusprach, erzählte ihr Anna, dass die Freundin von Lazio, Maruschka, mittlerweile bei ihm eingezogen sei.

»Sie führt sich auf wie eine ... wie eine Herrscherin. Sie sitzt den ganzen Tag herum und befiehlt, was zu tun ist. Sie selber rührt keinen Finger.«

»Das wird sich bald ändern.« Helga strich über ihre Hand. »Komm, nimm noch ein Stück Kuchen. Süßes hilft immer gegen Kummer, schau mich an«, lächelte sie und legte ein zweites Stück auf Annas Teller.

»Ich habe keinen Hunger mehr und ich muss jetzt auch schon wieder los.« Anna schob den Teller zurück.

»Ich packe es dir ein, dann kannst du es heute Abend essen«, sagte Helga energisch.

Die Tage wollten nicht vorbeigehen. Anna verrichtete mechanisch ihre Arbeit. Sie überhörte die hämischen Bemerkungen von Lazio und schluckte die Beschimpfungen von Maruschka hinunter. Ihr Sehnen galt dem nächsten Besuch bei Helga. Der Pass lag verstaut in ihrer Malmappe neben der Adresse ihrer Eltern und der von Markus Sonderegger. Obwohl er nichts mit ihrer Familie zu hatte, könnte er als Mentor für die Ausreisebewilligung nicht unwichtig sein.

Es war ein kalter und windiger Nachmittag, als Anna sich zu Helga aufmachte. Die Wollmütze tief in die Stirn gezogen, den Mantel bis unters Kinn verschlossen und die Tasche mit den Dokumenten unter dem Arm, verließ sie das Restaurant. Maruschka wollte zwar durchsetzen, dass auch diese freien Tage gestrichen werden sollten, doch Lazio hatte abgewunken, »diese kleinen Freiheiten, die lassen wir ihr. Sie malt und wer weiß, vielleicht können wir ihre Bilder mal in gutes Geld umsetzen.«

Der kleine Holzofen in Helgas Laden bullerte und strahlte eine angenehme Wärme aus, als Anna eintrat. Helga war damit beschäftigt, etwas Ordnung in das Chaos zu bringen. Mit hochrotem Kopf versuchte sie, die Ausstellungskommode von einer Wand an die andere Wand zu schieben.

»Komm, ich helf dir!«

Hastig zog Anna den Mantel und die Mütze aus, stellte ihre Tasche in eine freie Ecke, und gemeinsam schafften sie es, das schwere Ding zu bewegen. Keuchend aber zufrieden betrachtete Helga die Veränderung.

»Schätzchen, vielen Dank, und jetzt noch die Bücher, die Rahmen und deine Bilder. Die stellen wir hierher.« Sie zeigte auf einen Tisch, der in der Mitte des Ladens stand, »dann sieht sie sofort jeder Besucher, der den Laden betritt.«

Nachdem alles mehr um- als aufgeräumt war, setzten sich die beiden Frauen ins Büro und Helga begann die Formulare für die Behörde auszufüllen.

»Eine ganze Menge Fragen«, murmelte sie, während sie mit steiler Schrift die Kennziffern, Zahlen und Adressen eintrug.

»Markus Sonderegger?«, wandte sie sich fragend an Anna, die ihr dabei zusah. »Wer ist denn das?«

»Der hat mich entdeckt, er ist eine einflussreiche Persönlichkeit in der Kunstszene. Ich habe gedacht, vielleicht hilft es, wenn seine Adresse auch angegeben wird.«

»Hm, ja, weshalb denn nicht. Man muss alles probieren.« Helga schrieb weiter.

Nachdem die Formulare ausgefüllt und der Briefumschlag adressiert waren, machten sie sich auf den Weg zur Post, um die notwendigen Kopien anfertigen zu lassen. Es hatte leicht zu schneien begonnen und sie stützten sich gegenseitig, um nicht auf den nassen Pflastersteinen auszurutschen.

»Ich habe deine Adresse angegeben«, bemerkte Helga, »weil meine Rückadresse zu auffällig ist. Kannst du die Briefe abfangen?«

»Ja, der Postbote kommt immer etwa zur gleichen Stunde. Allerdings, mit dieser Maruschka, die überwacht jeden Schritt, den ich mache.«

»Wird schon, Herzchen!«

Nachdem sie den Umschlag in das Postfach gelegt hatten, seufzte Anna tief auf. Der erste Schritt für den Weg zurück in den Westen war getan. Nun musste sie sich nur noch in Geduld üben. Denn dass das Prozedere dauern würde, das war ihr vollkommen bewusst.

Weihnachten war längst vorbei und immer noch hatte Anna keine Antwort auf ihre Anfrage zur Ausreise erhalten. Der Postbote kam in der Regel zwischen elf Uhr und zwölf Uhr. Zum Glück war während dieser Zeit Lazio meist zusammen mit Maruschka beim Einkaufen. So konnte sie ohne große Schwierigkeiten zum Briefkasten laufen und kontrollieren, ob ein Schreiben für sie dabei war.

Lazio hatte sich zwar kürzlich darüber gewundert. »Das hast du doch vorher nicht gemacht, Anna, den Briefkasten geleert, weshalb denn jetzt?«

Sie hatte nur mit den Schultern gezuckt, und er hatte nicht weiter nachgefragt.

An ihren freien Nachmittagen, an denen sie Helga besuchte, packte sie einige Kleider und Schuhe in eine leinene Einkaufstasche, um sie bei ihr zu deponieren. »Nicht zu viel auf einmal, sonst könnte es auffallen«, hatte ihre Freundin empfohlen.

Wenn das mit dem Antwortschreiben weiterhin dauert, dann habe ich bald nichts mehr zum Anziehen. Nachdenklich stand Anna vor ihrem Kleiderschrank. Es muss jetzt bald geschehen. Entnervt nahm sie die braune Cordhose aus dem Schrank, die übersät mit Farbflecken war. Konnte sie so zum Bummeln gehen? Denn heute wollte sie Helga nicht besuchen, sondern einfach mal sie selber sein, ohne Skizzenblock und Bleistift. Sie bürstete die Haare, die sich trotz der kräftigen Bürstenstriche immer wieder störrisch kringelten. Kritisch betrachtete sie sich in der Spiegelscherbe, und streckte sich die Zunge raus.

»Anna, du bist ein dummes Huhn«, murmelte sie, »wenn du

wieder im Westen bist, dann soll dir so was nie, nie mehr passieren.« Entschlossen nahm sie ihre Tasche und marschierte mit erhobenem Kopf an Maruschka vorbei, die ihre Fingernägel lackierte.

Aufatmend trat sie durch die Eingangstür in den Vorhof. Sie öffnete das Eisentor, zog es mit einem lauten Knall ins Schloss. Es quietschte immer noch wie am ersten Tag. Sie bummelte die breite Straße entlang zum jüdischen Viertel, dorthin, wo sich viel Leben abspielte. Essbuden, Teestuben und offene Suppenküchen. Anna zog ihren Geldbeutel aus der Tasche, ja, sie konnte sich ein Stück Kuchen leisten. Bei diesem Gedanken meldeten sich ihre Magennerven. Sie blieb vor einer Teestube stehen und versuchte durch das Fenster einen Blick ins Innere zu erhaschen. Viel war durch das dämmerige Licht nicht zu sehen. Kurzentschlossen trat sie ein.

Ein abgeschabter Teppich mit Brandlöcher, Stühle bunt zusammengewürfelt und Tische, auf denen die Farbe abblätterte. Es roch muffig. Die Erinnerung an das Speisezimmer im Restaurant stieg in Anna auf.

Die Kellnerin führte sie an einen freien Tisch. »Was darf ich Ihnen bringen?«

»Ein Stück Apfelkuchen und eine Tasse Tee, bitte. Wenn Sie das haben?«

»Haben wir, Fräulein«, antwortete die Kellnerin und verschwand in Richtung Küche.

»Das ist ja ein Riesenstück«, bemerkte Anna mit großen Augen, als die Bedienung zurückkam. »Das schaff ich nie.«

»Er ist hausgemacht, mein Mann ist Bäcker, der beste weit und breit. Sie können auch noch mehr Tee haben«, fuhr sie fort, »einfach winken«, und schon war sie wieder in Richtung Küche verschwunden.

Gedankenverloren schob Anna Stück für Stück in den Mund. Er

schmeckte wirklich ausgezeichnet, fast so gut wie der von zu Hause.

Zu Hause? Wie lange war das jetzt her? Eine Ewigkeit. So viel war passiert, seit sie Intschi verlassen hatte. Sie wollte ihre Heimat kennenlernen, doch hatte sie das? Außer Budapest hatte sie nichts gesehen. Hatte sie Leute kennengelernt? Sich mit ihnen unterhalten? Abgesehen von Helga hatte sie keine Gelegenheit gehabt, Kontakte zu knüpfen. Wenn sie sich heute entscheiden müsste, wo ihre Heimat wirklich war, sie könnte es nicht beantworten. Alles, was sie sagen könnte, war, dass sie so schnell wie möglich Ungarn verlassen wollte. Und plötzlich sehnte sie sich nach den hohen Bergen. Anna erhob sich und ging an die Theke, um zu bezahlen. »Der Kuchen war wirklich köstlich, ein Kompliment an Ihren Mann.«

»Das freut mich, ich werde es ihm gerne ausrichten. Dann wünsche ich Ihnen noch einen schönen Nachmittag.« Sie lächelte, während sie das Geld in der Kasse versorgte.

Langsam schlenderte Anna der Donau entlang zu den Markthallen. Die meisten Händler hatten ihre Stände bereits geschlossen und auch die schreienden Marktweiber waren nicht mehr da. Nur vereinzelt wurde noch Ware angeboten. Salatköpfe, die an Frische eingebüßt hatten, Zwiebeln und Kohl. Es roch nach fauligem Gemüse und tranigen Fischabfällen. Ein Mann war damit beschäftigt, den Unrat mit einem Besen wegzuräumen.

Sie durchquerte die Halle und blieb fasziniert stehen. Die berühmten Barockhäuser erhoben sich majestätisch am hintern Ausgang der Markhallen. Die Verzierungen an Fenstern, Balkonen und Türen waren wie aus einer anderen Welt. So, als wären niemals die Russen da gewesen. Es war eine heile Welt. Eine Welt, die keine Armut und keinen Mief kannte.

»Die werde ich malen, aber ganz, ganz anders, irgendwann

einmal«, murmelte Anna. »Aus dem Herzen« flog es durch ihren Kopf und sie musste an Peter denken. Was er jetzt wohl gerade tat? Wäre sie mit ihm nach Deutschland gegangen, dann wäre alles anders gekommen! »Dumme Kuh«, schimpfte sie sich, »du wolltest es ja so, also hör auf mit dem Selbstmitleid.« Sie straffte die Schultern und ging weiter. Erst als es dunkelte, kehrte sie ins Restaurant zurück.

Das Antwortschreiben ließ weiterhin auf sich warten. Annas Hoffnung verwandelte sich in Verzweiflung.

Helga tröstete sie, »solche Anträge haben einen ganz besonders langen Weg, bis sie behandelt werden. Die müssen so viele Instanzen durchlaufen und auf jedem Pult bleiben sie erst einmal eine Weile liegen. Also Anna, du malst weiter, bringst mir deine Bilder und ich verkaufe sie für dich, und wenn ich dich dann in den Zug nach Wien setze, hast du ein hübsches Geldpolster.«

Anna war so beschäftigt mit dem Putzen vom Silberbesteck, dass sie beinahe den Postboten verpasst hätte. Es durchfuhr sie siedendheiß, als die Standuhr schlug. Hastig wischte sie sich die Hände an der Hose ab und eilte zum Briefkasten. Mit zitternden Fingern steckte sie den Schlüssel ins Schloss. Der Kasten ließ sich erst nach mehrmaligem Zerren öffnen. Ein mittelgroßer Umschlag mit einem amtlichen Briefstempel ließ ihr Herz höherschlagen. Der Brief war an sie adressiert. Ein kurzer Moment flimmerte es vor ihren Augen. Sie nahm die restlichen Briefe heraus und war eben dabei, den Briefkasten wieder zu schließen, da hörte sie das Auto von Lazio ankommen. Erschrocken klemmte sie den Brief in den Hosenbund und streckte ihm die Post hin.

»Nicht viel heute«, stammelte sie.

»Macht nichts, ich brauche nicht noch weitere Rechnungen«, brummte er und ging durch den Hof ins Haus. Anna folgte ihm. Wie sollte sie jetzt dieses Schreiben unbemerkt in ihr Zimmer bringen? Zuerst musste sie das Silber fertig putzen und danach war ihre Hilfe in der Küche angesagt. Steif, damit ja niemand das Knistern des Papiers in ihrem Hosenbund hören konnte, setzte sie die Arbeit fort und polierte das Besteck mit einer solchen Intensität, dass Lazio erstaunt die Augenbrauen hob. Der Nachmittag wollte und wollte nicht vorübergehen.

Schließlich war es Zeit, dass sie in ihr Zimmer gehen konnte, um sich umzuziehen. Erleichtert holte sie den schon etwas zerknitterten Brief heraus und schob ihn ungelesen unter die Matratze.

Nachdem die letzten Gäste gegangen waren, die Küche aufgeräumt und Lazio ihr mit einem kurzen Kopfnicken bedeutete, dass sie entlassen war, stürmte sie die Treppe hoch. Sie verspürte keine Müdigkeit, so wie sonst nach einem solchen Abend. Mit flatternden Fingern und einem schalen Gefühl im Magen zog sie den Brief unter der Matratze hervor, öffnete ihn und begann zu lesen.

Ein amtliches Dokument, mit fünf Stempeln versehen, bescheinigte, dass ihr Antrag auf eine Ausreise bewilligt sei. Einzige Auflage, die Ausreise müsse innerhalb einer Woche erfolgen, ansonsten würde die Bewilligung hinfällig.

Anna ließ das Dokument auf das Bett fallen. Sie durfte das Land verlassen! Sie konnte jetzt nicht ans Schlafen denken, zu aufgewühlt war sie. Mit zitternden Händen holte sie ihren Skizzenblock hervor und fing an zu zeichnen. Alles, wild durcheinander. Berge vermischten sich mit barocken Häuser, aus denen grinsende Gesichter schauten. Nachdem sie sich etwas beruhigt hatte, überlegte sie, wie sie unbemerkt fliehen konnte. Die Flucht kam nur in Frage, wenn die Gäste gegangen und die Küche aufgeräumt war. Dann aber würde keine Straßenbahn mehr fahren und sie müsste zu Fuß bis zur Wohnung von Helga laufen und es müsste noch in dieser Woche geschehen!

Die letzten Gäste hatten das Restaurant verlassen und die Küche war aufgeräumt. Anna ging nach oben, schlüpfte in ihre Hose, zog einen dicken Pulli über den Kopf, und nahm die Regenjacke vom Haken. Trotz des nahenden Frühlings war es immer noch recht kühl. Die Tasche mit den Dokumenten lag unter dem Bett. Sie zog sie hervor und kontrollierte nochmals, ob auch wirklich alles vorhanden war.

Lazio und Maruschka saßen noch unten. Sie hörte ihr leises Schäkern, Lazios dunkle Stimme, unterbrochen von Maruschkas aufreizendem Kichern. Endlich kamen die beiden die Treppe hoch und verschwanden im Zimmer nebenan. Anna lauschte eine Weile. Sie musste warten, bis das rhythmische Quietschen des Eisenbettes zu hören war. Nichts durfte sie riskieren. Endlich, nebenan begann sich etwas zu regen. Zuerst langsam und dann schneller und schneller. Vorsichtig öffnete Anna die Tür. Das Quietschen verlor an Geschwindigkeit, um sich dann wieder zu steigern, gefolgt von Maruschkas Stöhnen und den Zurufen von Lazio: »Komm schon, komm schon!«

Auf den Zehenspitzen schlich sie die Treppe hinunter, die Tasche unter dem Arm geklemmt. Hoffentlich knarren diese blöden Holzstufen nicht, fuhr es durch ihren Kopf. Die Eingangstür war zum Glück nicht verschlossen und auch das Eisentor ließ sich mühelos öffnen. Auf dem Gehsteig atmete sie erst einmal auf, bevor sie loslief. Der Regen war stärker geworden. Die Wasserpfützen, die sie in der Dunkelheit nicht sah, weichten ihre Schuhe in kürzester Zeit auf. Doch das war ihr egal. Nur weg, so schnell wie möglich weg, von Lazio, Maruschka und dem Haus, in dem sie wie eine Gefangene gehalten worden war. Einmal glaubte sie, Schritte hinter sich zu hören, doch sie sah niemand, als sie sich kurz umdrehte.

Nachdem sie die Freiheitsbrücke überquert hatte, blieb sie keuchend stehen und lauschte in die Nacht. Hoffentlich ist Helga zu Hause! Doch sie hatte keine Zeit, sich solchen Gedanken hinzugeben, sie musste weiter.

Aus dem Fenster des Wohnhauses, in dem Helga wohnte, war kein Licht zu sehen. Anna betätigte die Klingel. Nichts rührte sich. Erschöpft setzte sie sich auf die steinerne Stufe und legte den Kopf auf die Knie. Vielleicht ist sie ja gerade heute nicht zu Hause, obwohl Helga ihr einmal erklärt hatte, dass sie vom nächtlichen Ausgehen nicht viel hielt. Nach einer Weile hörte sie Schritte. Sie hob den Kopf und erkannte im Dunkel, die Umrisse eines Mannes. Erschrocken stand sie auf und presste die Tasche an die Brust.

»Wo wollen Sie den hin?« Die Stimme des Mannes war freundlich.

»Zu Helga« stammelte Anna, »aber sie scheint nicht zu Hause zu sein.«

»Sie schläft wahrscheinlich, kommen Sie doch herein, Sie sind ja ganz durchnässt.« Er steckte den Schlüssel ins Türschloss und ließ Anna eintreten.

»Sie wohnt ganz oben im vierten Stock«, bemerkte er und schaute sie dabei prüfend an. »Sind Sie eine Freundin?«

Anna nickte.

»Dann gehen Sie doch hinauf und versuchen es noch einmal.«

Anna schlich die Treppe hinauf. Als sie vor der Tür stand zögerte sie einen Moment, bevor sie die Klingel betätigte. Nichts. Sie war den Tränen nahe. Endlich hörte sie schlurfende Schritte und die

Tür öffnete sich einen Spalt.

»Wer ist da? Du, Anna? Mensch komm herein.« Hastig zog Helga sie in den Korridor. »Anna, was tust du zu so später Stunde hier?« Sie hielt sie eine Armlänge entfernt und betrachtete sie, als sähe sie ein Ufo.

»Ich, ich ...«, Anna fiel Helga um den Hals, »ich hab die Ausreisepapiere erhalten.« Sie schluchzte auf, »doch ich muss innerhalb einer Woche ausgereist sein, sonst ist die Bewilligung hinfällig ...«, und wieder durchschüttelte ein Schluchzen ihren Körper, »und da ich dich nicht kontaktieren konnte ... heute war der beste Tag, um abzuhauen.«

»Ach, Schätzchen«, Helga strich durch Annas nassem Haar, »wie wunderbar ist das denn! Komm, ich koch dir einen heißen Tee, und dann beziehe ich die Schlafcouch, und morgen früh besprechen wir alles Weitere.«

Anna nickte dankbar. Jetzt wurde alles gut.

24. Kapitel

Mit einem Ruck kam der Zug zum Stehen. Anna fuhr hoch. Jetzt war sie doch tatsächlich eingeschlafen und hatte nichts von der traumhaften Landschaft rund um den Vierwaldstättersee gesehen!

»Altdorf, Altdorf«, rief der Schaffner durch die Wagen. Sie stand auf und schaute verschlafen hinaus.

»Der Zug fährt in fünf Minuten weiter«, wieder ertönte die Stimme des Schaffners, doch dieses Mal stand er auf dem Bahnsteig und untermalte seine Worte mit dem schrillen Ton aus seiner Trillerpfeife. Verzweifelt versuchte Anna, die Tasche aus der Gepäckablage herunterzuholen; die Schlaufe des Trageriemens hatte sich in einer Stange verheddert. Suchend blickte sie sich nach jemandem um, der ihr helfen könnte, aber die meisten Fahrgäste waren bereits ausgestiegen, nur im hinteren Teil des Wagens saß ein junger Soldat und schlief. Anna ging auf ihn zu und tippte leicht seine Schulter an. Erschrocken blinzelte er sie an und schaute aus dem Fenster.

»Mist, wir sind ja schon in Altdorf«, sagte er in gebrochenem Deutsch.

»Könnten Sie mir behilflich sein?«, fragte Anna schüchtern, »ich kann meine Tasche nicht herunterholen, der Trageriemen hat sich verknotet.«

»Aber natürlich.« Der Soldat ging zu ihrem Sitzplatz. »Hier bitte«, er überreichte die Tasche und betrachtete Anna prüfend, »ist Ihnen nicht gut?«

»Nein, nein, ich bin nur etwas müde.«

»Sie sehen aus, als ob Sie etwas zu essen und einen starken Kaffee brauchen könnten. Darf ich Sie dazu einladen?«

Anna blickte zu ihm auf. Sein Gesicht sah vertrauenserweckend aus, ebenso seine blauen Augen. »Danke, gerne.«

Als sie das Bahnhofscafé betraten, schaute sie sich erstaunt um, die Welt hatte sich weitergedreht, während sie weggewesen war. Neue Stühle und Tische. Die Wände weiß gestrichen und mit alten Fotos von Altdorf dekoriert.

»Ein Schinkenbrot und einen Kaffee?«, fragte der Soldat und ohne ihre Antwort abzuwarten, winkte er dem Kellner und gab die Bestellung auf. Kurze Zeit darauf stand ein Teller mit einer Scheibe herrlich duftendem Brot und zwei Scheiben rosaglänzendem Schinken vor ihr. Hastig riss sie ein Stück vom Brot ab und schob es in den Mund.

Der Soldat betrachtete sie lächelnd. »Sie müssen wirklich mächtigen Hunger haben, von wo kommen Sie denn?«, fragte er und wischte sich mit der Hand den Bierschaum von den Lippen.

»Von Wien, nein, eigentlich von Budapest«, antwortete Anna mit vollem Mund.

»Budapest?«

»Ja.«

»Was haben Sie denn dort gemacht?«

»Gemalt«, antwortete Anna zurückhaltend. Obwohl er nett war, aushorchen ließ sie sich nicht gerne. Sie tupfte mit dem Finger die letzten Bröseln vom Teller, nahm ihre Jacke und die Tasche. »Danke für die Einladung, ich muss jetzt gehen. Es ist schon spät und ich weiß nicht, wann der letzte Bus nach Intschi fährt.«

»Entschuldigung, ich wollte nicht neugierig sein, aber Budapest, das ist sehr weit weg von Altdorf.«

»Ja«, Anna lächelte höflich, »ich muss jetzt wirklich gehen.«

Der Soldat nickte. »Klar, kann ich verstehen. Haben Sie Geld für die Busfahrt?«

»Nur Forint, aber vielleicht geht das ja auch.«

»Glaub ich nicht. Hier«, er steckte ihr ein Fünffrankenstück zu, »für die Busfahrt.«

Verlegen nahm Anna das Geldstück. Mit einem Mal wurde ihr bewusst, dass sie mit der abgeschabten Cordhose, den derben Schuhen und der Jacke, deren ursprüngliche Farbe verblasst war, sehr ärmlich aussehen musste.

»Danke«, stammelte sie, »das ist sehr nett. Vielen Dank.«

»Schon in Ordnung, kommen Sie gut nach Intschi.« Er nahm seinen Tornister, hievte ihn auf den Rücken und marschierte davon, ohne sich umzudrehen.

Anna schaute ihm nach, bis er um die Ecke verschwunden war. Dann hob sie ihre Tasche vom Boden auf und ging langsam aus dem Bahnhof in Richtung Busstation.

Gott sei Dank, die Haltestelle war noch da, so, wie sie sie in Erinnerung hatte. Mit der verwitterten Holzwand und dem Glasdach mit dem Loch, durch das der Regen tropfte.

Mit dem Kopf an die Wand gelehnt und geschlossenen Augen ließ sie den letzten Tag in Budapest an sich vorüberziehen.

War das wirklich erst gestern gewesen?

Nachdem Helga die Wohnzimmercouch in ein Bett umgewandelt hatte, war Anna todmüde in einen unruhigen Schlaf gefallen. Sie sah das hämische Grinsen von Lazio, der hinter ihr herrannte. Sie fiel hin, er kam immer näher und näher. Im letzten Moment konnte sie sich aufrappeln. Sie rannte weiter, über die Freiheitsbrücke, unter der das Wasser tiefschwarz mit mächtigen Wellen dahinzog.

Unverhofft stand Maruschka vor ihr und zeigte mit ihren spitzen Fingernägel auf sie. Plötzlich waren beide verschwunden. Helga kam, in weiße Tücher gekleidet, auf sie zu und nahm sie in den Arm. Mit einem Schrei erwachte sie.

Helga stand mit einer Tasse heißem Tee vor ihrem Bett. »Du hast geträumt Anna, komm trink das, das wird dich beruhigen.«

»Was ist das?«

»Ein Tee aus Kräutern, der wird dir zu einem ruhigen Schlaf verhelfen.«

Am nächsten Morgen befahl Helga, die Wohnung nicht zu verlassen. »Ich werde zum Bahnhof gehen und die Bahnkarte besorgen. Gib mir deinen Pass und die Ausreisepapiere. Ich werde einfach sagen, dass du dich nicht wohlfühlst, falls sie fragen, weshalb du nicht selber kommst.«

Ein paar Stunden später erschien Helga freudestrahlend und schwenkte die Reisedokumente in der Hand.

»Morgen früh kann es losgehen. Ach, Anna, wie freue ich mich für dich. Allerdings ... ich werde dich vermissen.« Sie schloss sie in die Arme, »du bist ein gutes Mädchen, ich wünsche dir viel Glück.«

Der Zug stand bereits abfahrtbereit, als die beiden Frauen auf den Bahnsteig hetzten.

»Ich kann ja nicht sagen, komm wieder«, Helga hatte Tränen in den Augen, »doch du wirst immer in meinem Herzen bleiben und deine Bilder werden mich an dich erinnern.«

»Ich werde dir schreiben«, erwiderte Anna mit tränenerstickter Stimme, riss sich los und stieg ein. An der Tür drehte sie sich um und sah zu ihrer Freundin hinunter. Sie wusste, dass sie sie nie mehr sehen würde. Der Zug fuhr langsam aus dem Bahnhof. Anna lehnte sich zurück und schloss die Augen.

Budapest, von dessen Besuch sie sich so viel versprochen hatte!

Plötzlich hielt der Zug auf offener Strecke und die Waggontür wurde aufgerissen. Drei Milizpolizisten verlangten die Fahrausweise und die Ausreisedokumente. Annas Hände waren schweißnass, als sie zitternd ihre Ausweise zeigte. Nur mit Mühe konnte sie ihre Aufregung verbergen und es schien ihr, dass der Polizist ihre Papiere ganz besonders lange studierte.

»Alles in Ordnung«, er gab ihr die Papiere zurück. »Wie viel Geld führen Sie mit?«

»Nicht viel, ich kann im Moment nicht sagen, um welchen Betrag es sich handelt«, flüsterte sie und begann in der Tasche nach ihrem Geldbeutel zu suchen.

»Dann füllen Sie dieses Formular aus«, er drückte ihr ein Blatt mit einem amtlichen Stempel und einer amtlichen Adresse in die Hand und wandte sich an den nächsten Fahrgast.

Als der Zug in Wien eingefahren war, die Grenzpolizisten waren nicht mehr zurückgekommen, um das Formular zu kontrollieren, da fiel eine große Last von ihr ab. Sie hatte es geschafft, sie war wieder im Westen, sie war in der Freiheit angekommen!

Der Bus nach Intschi kam mit einer halben Stunde Verspätung. Außer ihr war nur noch eine ältere Dame zugestiegen. Annas Stimme zitterte, als sie das Geld auf die Ablage beim Fahrer hinlegte und »Intschi einfach« verlangte. Der Fahrer musterte sie mit einem prüfenden Blick. Sah sie so exotisch aus?

Sie nahm den Fahrschein entgegen und setzte sich auf die letzte Bank, döste ein.

»Fräulein, wollten Sie nicht aussteigen, wir sind in Intschi?«

Anna schreckte hoch.

»Doch, doch«, hastig nahm sie die Tasche und stieg aus.

Eine Weile blieb sie regungslos stehen. Erst als die Schlusslichter hinter der Straßenbiegung verschwunden waren, machte sie sich auf den Weg zum Haus ihrer Eltern. Ein heftiger Wind zerrte an ihrer Jacke. Sie blieb immer wieder stehen und schaute zum Himmel. Dicke Wolken verdeckten den Mond. Die letzte Steigung, sie war angekommen.

Vorsichtig öffnete sie die Tür und trat ein. Ein leichter Kohlgeruch lag noch in der Luft. Die Küchentür war nur angelehnt, auf Zehenspitzen schlich sie hinein. Der hölzerne Fußboden knarrte. Sie blieb mit angehobenem Fuß einen Augenblick stehen, horchte in die Dunkelheit. Nichts! Die Eltern schienen zu schlafen. Nachdem sie die Deckenlampe angeknipst hatte, schaute sie sich um. Anna schossen Tränen in die Augen und ihr Herz zog sich zusammen. Auf dem Küchentisch lag Vaters Lesebrille neben einer aufgeschlagenen Zeitung, daneben Mutters Nähzeug. Im Abwaschbecken stapelte sich das Geschirr vom Abendessen und auf der Fensterbank stand ein Korb mit Äpfeln. Nichts hatte sich hier in all den Jahren verändert. So lange war sie fort gewesen!

»Anna, du?«

Vaters Gestalt erschien im Türrahmen. Sein Gesicht spiegelte Freude und Erstaunen zugleich wieder. »Was ... Warum?«, stammelte er.

»Vater!«

Sie lag in seinen Armen und nun rannen die Tränen der Erleichterung richtig los und nässten ihre Wangen.

»Komm, setz dich«, flüsterte er und zog die Schlafzimmertür zu, »wir wollen Mutter nicht wecken.«

Anna fiel auf den Stuhl, den Vater ihr hinschob, und schlang die Arme um sich. »Ich bin abgehauen«, flüsterte sie, »buchstäblich abgehauen aus Budapest.«

Der Vater strich ihr übers Haar. »Wir haben von der ungarischen Botschaft ein Schreiben erhalten, sie wollten so vieles wissen, auch, weshalb du nach Ungarn gegangen bist. Darüber konnten wir ihnen leider keine Auskunft geben, weil wir es ja nicht wussten. Warum, Anna? Wir konnten es einfach nicht verstehen. Du hast deine Prüfungen in der Londoner Schule bestanden, du ... ach, lassen wir das. Es ist zu spät, um heute darüber zu diskutieren. Du bist wohlbehalten hier. Ich bin so froh! Hast du noch Hunger? Es ist noch etwas Suppe da.«

Anna schüttelte den Kopf. »Ich bin nur müde, ich möchte schlafen.«

»Na, dann komm, dein Zimmer ist gerichtet. Mutter war sehr bedacht darauf«, er zwinkerte fröhlich, »wie Mütter eben so sind.«

Anna lächelte ihn dankbar an.

Die Bettwäsche war klamm und es roch moderig, doch das störte sie nicht. Im Schrank fand sie die Wollsocken, die Mutter für sie gestrickt hatte, und auch die warmen Hemden lagen akkurat gefaltet in der Schublade. Eilig streifte sie Schuhe, Hose und Pullover ab, schlüpfte in ein Hemd und zog die Socken über ihre kalten Füße.

Am nächsten Morgen fand sie nur schwer in den Tag hinein. Sie hatte so tief und traumlos geschlafen wie lange nicht mehr. Langsam kamen die Erinnerungen zurück. Die Fahrt von Budapest über Wien in die Schweiz, der kurze Aufenthalt mit dem netten Soldaten in Altdorf, Intschi, die Bushaltestelle und Vater. Sie setzte sich auf und lauschte, so wie sie es früher oft getan hatte. Stille. Kein Geschirrklappern, kein leises Gemurmel ihrer Eltern.

Sie schälte sich aus der Decke und tappte zum Fenster. Ein

grauer Tag begrüßte sie und die Bergspitzen waren in Nebelschwaden gehüllt.

Verschlafen kramte sie in der Tasche nach frischen Kleidern. Ein paar abgewetzte Jeans, ein rot-blau gestreifter Pullover, ein Geschenk von ihrer Freundin Ellien. Als sie sich angezogen hatte, schlich sie die Treppe hinunter. Komisch, dass Vater und Mutter noch immer schliefen, das war sie nicht gewohnt. Jedenfalls war Mutter immer die Erste in der Küche gewesen, um das Frühstück zuzubereiten, bevor Anna wegzog.

Hastig nahm sie die Jacke vom Haken und trat vor die Tür. Sehen konnte sie allerdings nicht viel, der Nebel war zu dicht und zudem wehte ihr der Wind einen feinen Sprühregen ins Gesicht. Rasch ging sie wieder ins Haus zurück. Irgendetwas stimmte nicht. Ein ungutes Gefühl machte sich breit.

»Anna, Anna, meine Anna!« Mutter stand in der Tür.

»Mama«, ein erstickter Schrei drang aus ihrer Kehle und schon lag sie ihren Armen. »Wo bist du, seid ihr gewesen? Ich habe mich geängstigt.«

»Ich musste Mutter zur Gemeindeschwester begleiten«, rief Vater vom Korridor, wo er sich die regennasse Jacke und die Schuhe auszog. »Sie hatte letzte Woche einen Unfall und der Verband musste gewechselt werden.« Er kam in die Küche und strich sich über das nasse Haar. »Ich wollte sie bei diesem Wetter nicht allein den Weg hinuntergehen lassen.«

»Was ist denn passiert?«, fragte Anna und betrachtete Mutters dick verbundene Hand.

»Ach, sie wollte mal wieder etwas husch, husch machen, du weißt schon«, Vater schmunzelte, »und dabei hat sie es beinahe geschafft, sich mit dem Küchenmesser den Finger abzuschneiden. Wir mussten ins Spital nach Altdorf fahren, die haben die Wunde genäht und heute wurde der Verband gewechselt.«

»Oh, Mama, das tut mir leid.« Anna strich ihr sanft über die Wange.

»Ach, es geht schon. Ich bin mit nur einer Hand jetzt etwas hilflos.«

»Ich habe sie unterwegs schonend aufgeklärt, dass du gestern Nacht zurückgekommen bist«, fiel der Vater ihr ins Wort.

»Anna, du bist so dünn geworden und so blass!« Das besorgte Gesicht der Mutter sprach Bände. »Janosch, würdest du bitte das Wasser für einen Kaffee aufsetzen, und dann hol den Kuchen aus der Kammer, wir wollen die Rückkehr der verlorenen Tochter feiern.«

»Siehst du, Anna«, wandte sich der Vater grinsend an seine Tochter, »was jetzt alles an mir hängen bleibt.« Er setzte den Wasserkessel auf den Herd, holte den Kuchen und stellte ihn auf den Tisch.

Als sie am Küchentisch saßen, ihren Kaffee schlürften und sich den Apfelkuchen schmecken ließen, richtete sich die Mutter auf. »Anna«, ihre Stimme war nicht mehr so zärtlich wie vorhin, »nun erzähl bitte! Wir haben große Angst um dich gehabt. Wir sind manchmal kaum zum Schlafen gekommen aus lauter Sorge. Dein Verschwinden hat uns ...«, sie stockte, »... hat uns alt gemacht.«

Anna hielt mit dem Essen inne und schaute schuldbewusst auf. »Ich ... ich wollte endlich meine wirkliche Heimat kennenlernen, Ungarn. Ich wollte wissen, ob ich dort leben möchte. Ich wollte ... ach, ich wollte einfach ...«

»Das konnten wir ja noch verstehen«, Vater mischte sich besänftigend ein, »doch, dein letztes Telefonat ins Geschäft ... und danach kamen keine Informationen mehr von dir!«

»Keine Briefe, einfach nichts«, schimpfte die Mutter. »Von deinem Abschluss haben wir von diesem Sonderegger erfahren und nicht von dir.«

»Ich habe aus Budapest Briefe geschrieben, mehrere sogar«, verteidigte sich Anna.

»Die sind hier nie angekommen«, erwiderte Mutter, »und dann vor einigen Wochen, da hat uns die ungarische Botschaft kontaktiert und nachgefragt, ob du unsere Tochter bist. Sie wollten alles wissen«, sie kaute auf einem Stück Apfelkuchen, schluckte, »über unsere Flucht, damals und weshalb du nach Budapest gegangen bist, einfach alles. Und wir haben uns so geschämt, weil ...«, sie wischte sich mit der gesunden Hand über die Augen, »weil wir ihnen absolut keine Auskunft darüber geben konnten. Wir kamen uns so ...«, sie brach ab, und ihr Gesicht spiegelte die Scham wider, die sie empfunden haben musste.

»Ich bin inzwischen erwachsen geworden«, erwiderte Anna trotzig, »und ich brauche nicht mehr über jeden Schritt Auskunft zu geben, den ich mache. Ich wollte einfach, ach, das sagte ich schon, herausfinden, wo meine wirkliche Heimat ist.«

Vater kam um den Tisch zu Anna und nahm sie in den Arm. »Ist ja schon gut, mein Mädel, aber willst du uns nicht alles erzählen, einfach alles?«

Und dann brach es aus Anna hervor. Ihre Odyssee nach Budapest, ihre Enttäuschung, ihr verzweifelter Versuch, so etwas wie eine Heimat zu finden und ihre Zerrissenheit.

»Und nun, Anna«, fragte der Vater, »wie geht es weiter?«

Sie zuckte mit den Schultern. »Ich werde mich jetzt ganz neu orientieren müssen, Papa. Ich habe zwar ein Diplom, aber was ich damit anfangen soll, keine Ahnung.«

»Du wirst deinen Weg finden, da bin ich mir ganz sicher. Jetzt komm einfach mal zur Ruhe. Hier wirst du sie finden.«

Anna nickte. »Ich kann im Haushalt helfen, denn Mama ist im Moment ja nur eine halbe Person.«

»Kannst du, Anna, Vater ist absolut keine Hilfe, eher ein Hindernis.« Mutter lächelte ihn an, »ich, wir sind ja so froh, dass du wieder hier bist, nicht wahr, Janosch?«

»Natürlich, und wenn ich eh ein Hindernis bin, dann fahr ich jetzt mal auf die Baustelle, die erwarten mich nämlich dort.«

In den kommenden Tagen machte Anna lange Spaziergänge. Sie musste nachdenken, ihr Leben neu sortieren. Im Dorf hatte sie sich noch nicht sehen lassen, obwohl ihr klar war, dass mittlerweile alle wussten, dass sie wieder hier war.

Wenn sie von ihren Spaziergängen zurückkam, verzog sie sich in ihrem Zimmer und versuchte mit dem Malen die Budapestzeit aufzuarbeiten. Doch sie war nicht zufrieden mit ihren Skizzen und schmiss sie zuunterst in die Truhe, wo schon andere Bilder lagerten, Bilder, von denen sie enttäuscht war.

Zeitweise dachte sie an Ellien. War sie immer noch in London und spielte Shakespeare an dem kleinen und schäbigen Theater oder hatte sie inzwischen eine Anstellung an einer bekannten Bühne gefunden? Oft hatte Anna Sehnsucht nach London, nach den Imbissbuden, die eine Aura von Fett umgab, nach der Hektik, nach den Parks, in denen Leute auf Apfelkisten standen und den Zuhörern ihre Weltanschauung kundtaten.

Und Anton? Sie hatte den Namen, seit sie zu Hause war, noch nie ausgesprochen, und auch Mutter, die sonst alles erzählte, hatte geschwiegen.

Eines Abends, das Abendessen war in gewohnter Weise abgelaufen, Suppe, Brot, etwas Käse, holte Anna in ihrem Zimmer Papier, Tinte und den Federhalter hervor und verfasste einen Brief an

Markus Sonderegger. Als sie damit fertig war, lagen zwei eng beschriebene Briefbögen vor ihr. Gleich morgen früh wollte sie ihn zur Post bringen. Sorgfältig faltete sie ihn zusammen und steckte ihn in einen Umschlag.

Nach dem Frühstück erledigte Anna die Hausarbeit, putzte das Gemüse und schälte die Kartoffeln für das Mittagessen. Als sie fertig war, holte sie den Brief aus ihrem Zimmer, zog die Jacke über und betrachtete sich prüfend im Spiegel, der im Eingang hing. Sie war nicht mehr so blass, die Spaziergänge an der frischen Luft hatten ihrem Teint eine frische Note gegeben.

Mutter saß in der Küche im Korbstuhl und blätterte in einer Zeitschrift.

»Kann ich dich alleine lassen? Ich geh kurz ins Dorf.«

»Geh nur, Anna, ich komme gut zurecht.«

Es war ein sonniger aber kühler Frühlingstag. Die Natur war noch nicht aus dem Winterschlaf erwacht, doch es konnte nicht mehr lange dauern, bald blühten überall auf den Wiesen die Gänseblümchen, der wilde Storchenschnabel und die kleinen Alpenveilchen. Beschwingt lief sie den Weg hinunter. Auch für sie würde es einen neuen Frühling geben.

Und dann ... dann an der Weggabelung, die zur Kirche hinunterführte, Anton! Sie sah ihn von hinten, er schob einen Kinderwagen, neben ihm spazierte eine Frau.

Anna stockte der Atem. Sollte sie weitergehen oder umkehren? Sie entschied sich für das Weitergehen. Irgendwann einmal musste sie ihm ja begegnen. Fürsorglich beugte er sich über den Kinderwagen. Anna war nun knapp hinter ihm. »Hallo, Anton.« Die Stimme drohte ihr zu versagen, sie hustete.

Er fuhr herum, unter der gesunden Bräune erblasste er. »Du,

Anna?« In seinen Augen blitzte es auf, »du bist wieder hier?«

Sie fand ihre Stimme wieder. »Ja, schon seit ein paar Wochen, da Mutter einen kleinen Unfall hatte, habe ich sie im Haushalt unterstützt und erst heute Gelegenheit gefunden, ins Dorf zu gehen.« Sie spürte, wie Röte über ihr Gesicht flog.

Anton fuhr sich über seine blonden Haare, die ihm immer noch wild um den Kopf standen. Er löste den Blick von Anna, schien sich zu sammeln und zeigte auf die Frau neben sich. »Darf ich vorstellen, Ursina, meine Frau, und das hier, das ist Theresa-Anna, unser kleiner Sonnenschein.«

Ursina schaute Anna misstrauisch an und nahm nur zögernd die Hand. »Wir kennen uns von früher, Schule, Gurtnellen.«

»Ja, ich bin sehr lange weggewesen«, Anna zwang sich ein Lächeln ab, »und ... ich werde auch nicht bleiben.«

»Anna ist Malerin«, mischte sich Anton ein, »ich habe dir doch einmal davon erzählt.«

»Ah, ja, jetzt erinnere ich mich. »Dann wünsche ich dir einen schönen Aufenthalt hier in unserem Dorf.« Ursina wandte sich ab und betrachtete intensiv das Kirchentor. »Und das ist die kleine Theresa-Anna?« Anna beugte sich über den Kinderwagen. Das Kind lächelte sie aus Antons blauen Augen an. »Ich muss weiter, der Brief, der muss zur Post.« Anna fühlte sich unwohl in der Situation.

»Klar, wie lange bleibst du denn, Anna?«

»Keine Ahnung, mal sehen, was sich so ergibt.« Sie spürte Ungeduld, ertrug die Ablehnung von Antons Frau kaum mehr, die immer noch in die andere Richtung starrte.

Ein leiser Ton der Enttäuschung schwang in Antons Stimme, als er sagte: »Dann alles Gute für dich, ich, wir werden dich sicher noch einmal sehen, bevor du dich wieder auf eine weitere Reise begibst.«

»Aber sicher, ich bleibe ja noch eine Weile. Ich möchte hier auch malen.« Anna winkte und lief nachdenklich weiter.

Er hat eine Frau, eine kleine Tochter und er scheint glücklich zu sein. Warum auch nicht! Sie wollte ja nicht. Sie wollte fortgehen. Sie hatte ihn zurückgestoßen. Weshalb hätte er auf sie warten sollen?

Der Brief an Sonderegger knisterte in ihrer Jackentasche. Seine Antwort würde ihr einen neuen Weg zeigen.

25. Kapitel

Der Schnee hatte sich endgültig in die höchsten Regionen der Berge zurückgezogen, die Sesselbahn hatte den Betrieb wieder aufgenommen und auf den Wiesen blühten endlich die Frühlingsblumen. Weiß, gelb, purpur und blau leuchteten sie um die Wette.

Der Morgen kündigte einen prächtigen Tag an. Anna beschloss, auf den Arnisee hinaufzufahren. Heute wollte sie dort malen, denn die Begegnung mit Anton hatte sie zutiefst aufgewühlt. »Ich werde erst am Abend zurück sein. Ihr müsst nicht mit dem Abendessen auf mich warten«, hatte sie Mutter zugerufen und machte sich mit der Staffelei, einem Skizzenblock und ihren Pastellfarben im Rucksack auf den Weg zur Sesselbahn. Sie wollte zu Antons Felsbrocken gehen. Die Aussicht auf die Berge und das Tal, das wollte sie malen. In ihrer Wahrnehmung sah sie das Bild bereits schemenhaft vor sich. Doch beim Malen entstand ein Fantasiebild, das mit der Realität nichts mehr zu tun hatte.

Auf dem Weg zur Sesselliftstation summte sie leise die Melodie von »Alle Vögel sind schon da, alle Vögel, alle«, vor sich hin und fühlte sich dabei wie ein Vogel, leicht und frei.

Mit einem fröhlichen »Gruezi« begrüßte sie der Stationswart und half ihr galant in den Sessellift. Anna schloss die Augen und umklammerte die Armlehne, als sich der Lift schwankend nach oben bewegte. Keinen festen Boden unter den Füßen zu haben, jagte ihr immer noch Angst ein.

Sattgrüne Wiesen, auf denen große und kleine Findlinge lagen, empfingen sie oben. Sie schulterte ihren Rucksack und stapfte den Trampelpfad zu Antons Lieblingsfelsen hinauf.

Überwältigt blieb sie stehen, als sie den Brocken erreicht hatte. Ihr zu Füßen lag lang gestreckt das Tal. Ein leichter Dunstschleier hatte sich darüber gelegt. Die Berge aber waren zum Greifen nah und schauten erhaben auf sie herab. Der kleine See, phosphatgrün, mit vom Wind gekräuselter Oberfläche und braungelbem Schilf am Rand, es schien, als hieße er sie willkommen. Sie setzte sich an das Ufer und ließ die Bilder eine Weile auf sich wirken, bevor sie mit dem Malen begann.

Die Berge, nicht eckig, sondern rund, der untere Teil fast schwarz, nach ob zu den Gipfeln hin immer heller, lichtdurchflutet. Der See mit wilden Wellen und weißen Schaumkronen, Sie malte und malte, pinselte dort einen hellen Fleck, da etwas Grün. Sie wurde erst wieder sie selbst, als die Sonne hinter den Bergen verschwand und es kühl wurde.

Rasch packte sie ihre Utensilien zusammen und ging zur Station zurück. Hoffentlich habe ich die letzte Abfahrt nicht verpasst, dachte sie, atmete aber erleichtert auf, denn sie entdeckte von Weitem ein paar Wanderer, die wie sie ins Tal hinunterfahren wollten.

Holpernd fuhr der Sessellift in die Talstation. Der freundliche Mann, der ihr am Morgen so galant in den Sitz geholfen hatte, war nicht mehr da.

Anna nahm den Rucksack, stieg aus und blieb stehen. Nach Hause gehen oder den Mattlis einen Besuch abstatten? Sie hatte das Wirtspaar noch nicht besucht, seit sie aus Ungarn zurück war. Entschlossen ging sie in Richtung des Gasthauses.

Der Duft von gebratenem Huhn wehte ihr entgegen, als sie die Tür zur Gaststube öffnete. Sie schnupperte, der Hunger meldete sich mit Macht, denn die Brote, die sie am Morgen zubereitet hatte, lagen immer noch im Rucksack. Sie hatte wieder einmal vollkommen vergessen, etwas zu essen.

»Anna!« Frau Mattli kam aus der Küche und balancierte das Servierbrett mit dem gebratenen Huhn, »wie schön dich zu sehen. Ich werde die Herren dort hinten in der Ecke bedienen und habe gleich Zeit für dich.«

»Ich wollte nur schnell hallo sagen und danach nach Hause gehen«, sagte Anna.

»Kommt nicht in Frage, setz dich, ich bin gleich bei dir.«

Anna setzte sich an einen Tisch und erstarrte. Anton saß da, zusammen mit ein paar Leuten.

Frau Mattli eilte zu den Herren, bediente sie lachend und zeigte auf Anna, dann kam sie zu ihr.

»So, hier bin ich. Und nun erzähl mal, ich habe so viele Geschichten über dich gehört, unglaublich, was die Leute so alles wissen.« Sie schüttelte den Kopf.

»Ach, so viel gibt es gar nicht zu sagen, ich bin eine Weile in Ungarn gewesen und jetzt wieder hier.« Anna fühlte sich leicht genervt von der Neugier.

»Aha, was hast du denn in Ungarn gemacht?«

»Gemalt.«

»Aha.« Frau Mattli schaute sie zweifelnd an und Anna betrachtete ihre Hände.

»Ich hole dir etwas von dem Huhn, du hast sicher Hunger.« Ohne eine Antwort abzuwarten, verschwand sie in der Küche, kehrte mit einem vollen Teller zurück. »Mit einen schönen Gruß von meinem Mann, Hühnerfrikassee im Reisring, er ist im Moment in der Küche beschäftigt, kommt aber nachher noch vorbei.«

»Schmeckt köstlich«, sagte Anna nach der ersten Gabel.

Frau Mattli schaute ihr befriedigt zu und lehnte sich zurück. In ihren Augen spiegelte unverhohlen die Neugier, alles über Annas Aufenthalt in Ungarn zu erfahren.

»Ah, das war gut!« Anna wischte sich mit der Serviette über den Mund.

»Und was war noch in Budapest? Der Kommunismus, die Armut, hast du was davon gesehen, oder bist du ... ?«, sie brach ab.

»Ja, ich habe die Armut gesehen, Frau Mattli, und es ...«, sie spürte eine Hand auf ihrer Schulter.

»Komm, Anna, ich begleite dich nach Hause. Es ist schon dunkel.«

Anna drehte sich um, hinter ihr stand Anton und schaute auf sie herab.

»Ich kann schon alleine gehen«, stammelte sie. »Frau Mattli ...«, aber die war schon aufgestanden und in der Küche verschwunden.

»Ich bringe dich jetzt nach Hause, keine Widerrede«, antwortete Anton, nahm ihren Rucksack und half ihr in die Jacke. Seine Hände blieben dabei etwas länger auf ihren Schultern liegen.

»Wir gehen jetzt, Frau Mattli«, rief er in Richtung Küche.

»Kommt gut nach Hause«, tönte es zurück.

Anton nahm den Arm von Anna.

Sie sprachen kein Wort. Als sie an der Weggabelung, die zum Haus von Anna führte, blieb er stehen. »Anna«, flüsterte er mit rauer Stimme, »weshalb, weshalb nur?«

Anna schwieg.

»Ach, Anna«, sein Ton war flehend und plötzlich spürte sie seinen Atem auf der Haut und sein Mund suchte ihre Lippen. »Anna, können wir uns morgen sehen, in der Hütte am Waldrand? Bitte sag ja. Ich möchte mit dir sprechen, ich möchte dir erklären, das mit Ursina ...«, er brach ab und küsste sie erneut. Dieses Mal nicht sanft, sondern fordernd.

»Anton, das dürfen wir nicht!« Anna befreite sich aus der Umarmung. »Das will ich nicht.«

»Ich möchte nur mit dir sprechen, ich muss ... bitte komm. Morgen Nachmittag um fünf Uhr?«

Sie nickte und flüsterte überwältigt, »ja«, drehte sich um und lief den Weg zum Haus hinauf.

Mutter und Vater saßen bereits beim Abendbrot, als sie die Küche betrat. Erstaunt sahen sie auf.

»Wo bist du so lange geblieben, wir haben uns Sorgen um dich gemacht?« Mutter holte einen Teller und ein Glas aus dem Schrank, »setz dich und iss was.«

»Ich habe keinen Hunger, ich bin bei den Mattlis gewesen und habe dort etwas gegessen. Ich gehe gleich nach oben, ich möchte noch malen.« Rasch drehte Anna sich weg. Mutter sollte ihr Gesicht nicht sehen.

Am nächsten Tag fand sie keine Ruhe. Immer wieder schaute sie auf die Uhr. Die Zeit schlich. Was wollte Anton ihr sagen?

»Ich geh dann jetzt.« Anna stand unter der Küchentür.

»Wohin denn?« Mutters Blick war fragend, so wie gestern, als sie nach Hause gekommen war.

»Spazieren.«

»So spät noch?«

»Ich brauche frische Luft, um den Kopf freizubekommen. In einer Stunde oder so bin ich wieder zurück.« Die Tür schnappte hinter ihr ins Schloss. Hatte Mutter etwas bemerkt? Doch was sollte sie bemerkt haben!

Anna schritt zögernd in Richtung Waldrand, wo die verlotterte Holzhütte stand. Als sie in Sichtweite kam, blieb sie stehen. Nichts regte sich. Vielleicht hatte es Anton sich anders überlegt und war nicht gekommen. Sie wäre nicht unglücklich darüber gewesen. Langsam ging sie weiter. Vor der Tür blieb sie noch einmal stehen und atmete tief durch, bevor sie die Verriegelung öffnete. Sie klemmte. Anna stieß mit der Schulter dagegen und wäre beinahe in Antons Arme hineingefallen.

»Wie schön, dass du gekommen bist. Ich hatte Zweifel gestern, du warst so plötzlich verschwunden. Komm«, er führte sie zu einem Sofa.

»Das ist neu«, stammelte sie, »das war früher noch nicht hier.«

Anton nickte. »Ein ausrangiertes Teil von meinen Eltern. Nach der Jagd komme ich gerne hierher, um von alten Zeiten zu träumen. Aber setz dich doch, ich habe eine Flasche Wein mitgebracht und eine Öllampe, dabei lässt es sich gemütlicher plaudern.«

»Plaudern?« Anna hob fragend die Augenbrauen.

»Ja, Anna.« Er drückte sie sanft auf das Sofa, stand auf und zündete die Öllampe an. Dann holte er aus seinem Rucksack zwei Gläser, eine Flasche Wein und einen Korkenzieher heraus und füllte die Gläser.

»Hier, es ist ein Französischer, ich habe ihn letzte Woche gekauft, als ich in Bern war.«

Anna nahm das Glas entgegen und nippte daran. »Du bist ab und zu in Bern?«

»Ja, ich vertrete dort in einer Arbeitsgruppe die Anliegen der Bergbauern.«

Das Licht der Lampe flackerte. Anton hatte sich auf eine Holzkiste gesetzt, »ich mache das gerne. Erstens braucht unser Dorf einen touristischen Aufschwung, und zweitens«, er nahm einen Schluck Wein, »zweitens kann ich mich mit anderen Leuten über die Modernisierung im Bauernbereich austauschen. Ohne Ursina könnte ich das alles nicht machen. Sie ist mir eine enorme Hilfe und hält Haus und Hof zusammen, wenn ich weg bin.«

»Dann ist für dich ja alles in Ordnung.« Anna stellte das Weinglas auf den Tisch neben dem Sofa. »Wolltest du mir das sagen?«

»Auch.« Anton setzte sich neben Anna und legte den Arm um ihre Schultern. »Ich wollte dir auch sagen, dass ich nur dich liebe, immer noch, mit jeder Faser meines Herzens. Ach, Anna«, er zog sie näher an sich und strich ihr zärtlich über die dunklen Locken. »Weshalb ...?«, er brach ab.

»Weil ich malen wollte, Anton, und immer noch will.« Sie legte den Kopf an seine Schultern. »Ich fühle mich so einsam.«

»Du musst dich nicht einsam fühlen, Anna.« Er streichelte ihr Gesicht. Dann tastete sich seine Hand langsam unter den Pullover, über den Nacken hinab zur Taille.

Anna wehrte sich nicht. Sie wehrte sich auch nicht, als er sie sanft auf das Sofa legte und ihre Jacke auszog. Sie schloss die Augen und gab sich seinen Händen hin.

Wie von selbst öffnete sie die Schenkel. Eine Welle von Glück durchströmte sie, als er in sie eindrang.

Schwer atmend ließen sie danach voneinander ab und liebkosten sich.

»Anna, meine Anna«, flüsterte Anton mit heiserer Stimme. Seine Finger fuhren über ihre Brüste, spielten mit den Brustwarzen und wanderten über ihren Bauch hinunter zwischen ihre Beine. Voller Begierde bäumte sich Anna ihm entgegen und nahm ihn erneut in sich auf. Mit einem lustvollen Schrei entlud sich seine Anspannung und wie in Zeitlupe sank er auf ihren Körper.

Die Öllampe war ausgegangen und Dunkelheit umfing sie. Langsam löste sich Anton aus der Umarmung, stützte sich auf und begann Annas Körper mit seinen Küssen zu liebkosen. Zuerst langsam, fast bedächtig, dann immer wilder, fordernder. Keine Stelle ließ er aus. Seine Zunge fuhr zärtlich über ihren Bauch bis hinunter zu ihrem Venushügel. Und wieder öffnete Anna ihre Schenkel, damit er sie nehmen konnte.

»Das dürfen wir nie mehr tun«, flüsterte Anna, als sie schweißgebadet voneinander abließen.

Zitternd stand sie auf und tastete nach ihren Kleidern, die verstreut auf dem Boden herumlagen. Hastig zog sie sich an.

Er hatte die Lampe wieder in Gang gebracht und schaute sie liebevoll an.

»Anna, du hast mir heute ein großes Geschenk gemacht, etwas, das ich nie in meinem Leben vergessen werde. Komm, lass dich in die Arme nehmen, ich möchte deinen Körper nochmals spüren.«

Eine Weile blieben sie eng umschlungen stehen.

»Ich muss jetzt gehen.« Anna löste sich aus der Umarmung. Er nickte traurig, nahm ihre Hände und küsste ihre Finger.

Der Weg hinunter zum Haus war lang. Annas Atem ging stoßweise. Was hatte sie getan! Wie sollte es jetzt weitergehen? Sie durfte Anton nicht mehr treffen, sie musste Intschi verlassen.

Mutter und Vater waren schon im Bett, als sie in die Küche trat. Auf dem Tisch stand das Abendbrot für sie bereit, und daneben lag ein Zettel »iss was, Anna, und schlaf gut« stand mit zierlicher Schrift darauf geschrieben. Sie lächelte, die fürsorgliche Mutter, doch sie hatte keinen Hunger und ging leise in ihr Zimmer.

Als sie im Bett lag, spürte sie noch immer die Hände von Anton auf ihrem Körper und mit einem Lächeln auf den Lippen schlief sie ein.

In den kommenden Tagen versuchte Anna mit allen Mitteln zu verhindern, Anton zu begegnen. Innerlich zerrissen fragte sie sich in schlaflosen Nächten: Liebt sie ihn? Rasch wischt sie diesen Gedanken weg. Er darf sich nicht einnisten. Es darf keine Liebe daraus werden und es wird ihr klar, dass sie Intschi so schnell wie möglich verlassen muss.

Einmal war sie nach Altdorf gefahren, um Franz zu besuchen.

Lachend begrüßte er sie. »Die berühmte Malerin kommt mich besuchen. Komm herein, Anna.« Franz zog sie in den Eingang. »Ich hab gehört, dass du deine Prüfungen mit Bestnoten bestanden hast. Erzähl, wie geht es jetzt weiter?«

»Das weiß ich nicht, ich bin noch auf der Suche, Franz«, sie zog ihre Jacke aus, »irgendetwas wird sich schon zeigen.«

»Du wirst das ›Irgendetwas‹ schon finden, hast du Bilder dabei?«

»Nur ein paar, meine Prüfungsaufgaben sind noch in London, bei einer Freundin, ich konnte sie nicht alle mitnehmen.«

»Macht nichts, lass schauen, was du bei dir hast.« Franz betrachtete Annas Bilder mit Interesse und mit seinem kritischen Künstlerauge. Bedächtig nahm er Bild für Bild hervor, legte es dann schweigend zur Seite, um sich das nächste anzusehen. Als er beim Letzten angekommen war, schaute er auf. »Anna, du bist wahrhaftig eine Künstlerin, ich neige mein Haupt vor dir.« Er nahm ihre Hand und küsste sie.

»Ach, Franz, womit soll ich Geld verdienen? Mit diesen Bildern? Die will doch kein Mensch!«

»Geduld, Geduld, die Menschheit muss dich doch erst einmal entdecken und das braucht Zeit. Du solltest versuchen, als Lehrkraft bei einer Schule, einer Kunst- oder Gewerbeschule unterzukommen. Du hast damit eine bezahlte Arbeit, kannst dein Wissen weitergeben, und dir bleibt genügend Zeit zum Malen. Irgendwann einmal werden deine Bilder in einer Galerie ausgestellt und gekauft werden.« Franz tätschelte ihr aufmunternd den Arm.

»Vielleicht.« Anna betrachtete ihre Hände, an denen noch Farbreste zu sehen waren.

»Dieser Galerist in Basel, könnte nicht der dir helfen?«

»Der ist sehr wahrscheinlich wütend auf mich.« Anna rubbelte über die Farbflecken. »Er wollte eine Ausstellung für mich organisieren, nach meinen Prüfungen.«

»Und, warum hat er nicht?«

»Ich bin doch nach Budapest gegangen, und jetzt«, sie hob die Schultern, »will er nicht mehr, denke ich.«

»Das war nicht geschickt von dir, Anna.« Franz stand auf und schenkte Kaffee nach, »diese Gelegenheit hättest du wahrnehmen sollen, weil die kriegt man selten.«

»Ich wollte meine Heimat, meine wirkliche Heimat kennenlernen und hatte die Möglichkeit bekommen, dorthin zu reisen«, in ihrer Stimme schwang ein trotziger Unterton mit.

»Und«, Franz betrachtete sie mit zusammengekniffenen Augen, »hast du?«

»Ja.« Anna stand auf und legte die Zeichnungen in die Mappe zurück, »ich habe, aber nicht so, wie ich es mir gewünscht hätte. Doch ich bin dort gewesen und hätte ich es nicht getan, würde ich mir mein ganzes Leben lang Vorwürfe machen, die Chance versäumt zu haben. Franz, so bin ich, ich muss Dinge ausprobieren«, sie setzte sich wieder hin und trank ihren Kaffee fertig. »Ich glaub, ich sollte jetzt gehen. Ich möchte noch in der Buchhandlung vorbeischauen, ich bin auf der Suche nach einem Buch über den Expressionismus, respektive, was der Auslöser zu dieser Malrichtung war. Wir haben das zwar in London behandelt, doch da muss noch mehr gewesen sein.«

»Ob die hier so etwas in ihrem Sortiment haben?« Franz war ebenfalls aufgestanden und holte Annas Jacke von Garderobe, »da wirst du eher in Zürich fündig.«

»Mag sein«, Anna schlüpfte in ihre Jacke, die Franz ihr hinhielt, »ich gehe aber trotzdem hin.«

Franz hat schon recht, dachte sie, während sie am Flussufer entlang in die Stadt zurückging. Ich muss unbedingt eine Anstellung finden. Ich kann den Eltern nicht ewig auf der Tasche sitzen und ich muss aus Intschi weg, und zwar bald.

In der Buchhandlung fand sie zwar nicht das Buch, nach dem sie gesucht hatte, aber zwei andere interessante über die Malerei im Allgemeinen und über den Surrealismus, eine Stilrichtung, die sie noch nicht so richtig erfasst hatte. Befriedigt steckte sie die Bücher in die Tasche und lief zur Bushaltestelle.

»Es ist ein Brief für dich gekommen«, empfing sie die Mutter, als sie in die Küche trat. »Dort auf der Ablage, es steht kein Absender drauf.« Anna nahm den Brief und drehte ihn neugierig um. Die Handschrift von Sonderegger war es nicht, wer aber könnte ihr sonst einen Brief schreiben? Sie nahm ein Küchenmesser, öffnete ihn und zog einen maschinenbeschriebenen Bogen heraus.

Sehr geehrte Frau Horvath, Herr Sonderegger hat Sie uns als Lehrkraft für unsere Kunstschule in Basel empfohlen. Wir würden uns freuen, wenn Sie möglichst rasch mit uns Kontakt aufnehmen könnten, um die weiteren Konditionen mit Ihnen abzusprechen. Mit vorzüglicher Hochachtung, die Direktion.

Anna ließ den Brief sinken und drehte sich um. »Mama, schau«, doch an Mutters Gesicht konnte sie ablesen, dass diese mitgelesen hatte. »Ich habe eine Arbeit gefunden, ich kann wieder etwas tun,

Geld verdienen und malen!« Sie strahlte, doch in Mutters Augen war keine Freude zu sehen.

»Kind, du willst doch nicht schon wieder weggehen? Du bist ja erst zurückgekommen.« Sie trocknete sich die Hände an der Schürze ab, »darf ich mal?«

Anna nickte und gab ihr den Brief.

»Dieser Sonderegger, der bringt nur Unglück über unsere Familie. Was muss der sich auch immer einmischen«, schimpfte sie und gab Anna den Brief zurück. »Du wirst doch wohl nicht zusagen, hier hast du alles, was du brauchst.«

»Ich muss auf eigenen Beinen stehen. Ich werde mit den Leuten Kontakt aufnehmen, auch mit Herr Sonderegger, und danach schaue ich weiter. Mama«, sie nahm sie in die Arme, »ich bin kein kleines Mädchen mehr und Basel liegt nicht am Ende der Welt. Du und Vater könnt mich besuchen, ich werde euch die Stadt zeigen, ach, Mama.«

»Aber du bist wieder fort!« Mutter schluchzte auf, »und ich bin den ganzen Tag allein.« Darauf wusste Anna nichts zu erwidern.

Mutter ist immer noch nicht angekommen, dachte sie, und drückte ihr einen Kuss auf die Wange.

Vier Wochen später stieg Anna in den Bus, der sie nach Altdorf brachte. Zum zweiten Mal verließ sie Intschi, die Berge und auch Anton, den sie seit dem Abend in der Hütte am Waldrand nicht mehr gesehen hatte.

26. Kapitel

Anton schloss die Tür hinter Anna und setzte sich auf das Sofa. Die Wärme der letzten Umarmung und Annas Küsse waren immer noch gegenwärtig. Eine geraume Weile saß er da und starrte in das flackernde Licht der Öllampe. Schweren Herzens löste er seine Gedanken von ihr, er musste nach Hause, seinen Pflichten nachkommen. Ursina wartete sicher bereits auf ihn. Er hatte keine Ahnung, wie lange er mit Anna zusammen gewesen war, die Zeit war stehengeblieben.

Bedächtig packte er die Weinflasche und die Gläser in den Rucksack, drehte den Docht der Lampe zurück und verschloss die Tür mit dem Vorlegeschloss. Den Schlüssel steckte er tief in seine Hosentasche. Vielleicht würde ... er schob den Gedanken schnell beiseite und stapfte den Weg hinunter. Ein schwaches Licht war zu sehen, als er in den Hof trat. Er blieb kurz stehen, bevor er die Tür aufstieß und ein »Hallo« in den Korridor rief. Ursina kam aus der Küche. Ihr Blick war fragend, doch sie sagte nichts. Anton zog die Schuhe aus, schlüpfte in die Holzpatinen und legte den Rucksack auf die Ablage. Dann ging er auf Ursina zu und gab ihr einen Kuss. Es war ein freundschaftlicher Kuss und hatte nichts mit den Küssen zu tun, die er kurz vorher mit Anna ausgetauscht hatte.

»Abendessen steht bereit«, bemerkte Ursina, »du hast sicher Hunger nach deiner Sitzung.«

»Sitzung, ach ja! Nein, ich habe keinen Hunger, wir haben bei Frau Mattli eine Kleinigkeit gegessen.«

»Frau Mattli? Ich dachte, dass du nach Altdorf gefahren bist?« Ursina hob fragend die Augenbrauen.

»Das wurde kurzfristig umorganisiert«, erwiderte er, und hoffte, dass er bei der Lüge nicht rot wurde, »aber ich war froh, dass ich nicht nach Altdorf fahren musste.«

»Ach, dann ist ja gut.« Sie biss sich auf die Lippen und ihre Augen wurden schmal.

»Ich muss noch einige Akten studieren, wenn du müde bist, geh nur schlafen.« Anton steckte seine Hände in die Hosentaschen, wo er den Schlüssel spürte, mit dem er vor einer halben Stunde die Tür geschlossen hatte. Die Tür, hinter der ihm großes Glück widerfahren war. Ursina nickte und schaute ihn lange an, bis er ihrem Blick nicht mehr standhalten konnte.

»Ich geh dann jetzt.« Anton drehte sich um und verschwand in seinem Arbeitszimmer, das neben der Küche lag. Es war eine ehemalige Rumpelkammer, die er als Rückzugsort eingerichtet hatte. Ein Tisch, ein Gestell, auf dem Bücher und Akten Platz gefunden hatten. Meistens erledigte er seine Büroarbeit in den Räumlichkeiten der Gemeinde, doch hin und wieder musste er auch zu Hause noch Zeit für das Lesen von Akten aufbringen. Er ließ sich auf den Stuhl sinken und stützte den Kopf in die Hände. Anna war immer noch nahe, leise stöhnte er auf. In der Küche nebenan hörte er Ursina, die mit dem Abwasch beschäftigt war. Dann wurde es ruhig, sie hatte die Küchentür ins Schloss gezogen, Anton war allein mit sich und seinen Gedanken.

Der nächste Morgen begann hektisch. Eine Kuh war über Nacht erkrankt, ihr Euter war geschwollen und entzündet. Anton telefonierte mit dem Tierarzt in Altdorf, der versprach, sobald wie möglich zu kommen. Ursina fühlte sich nicht wohl und er selber hatte eine Besprechung im Gemeinderat.

»Kann ich dich alleine lassen?«, fragte er und zog seine Jacke über, »ich muss zu dieser Besprechung.«

Ursina nickte. »Ich schaff das schon.« Kreideweiß im Gesicht stand sie auf und zog eine Strickjacke an. »Ich habe wohl etwas Schlechtes gegessen, ich gieß mir jetzt einen Kräutertee auf.«

Anton schaute sie besorgt an. »Bist du sicher? Der Tierarzt wird wegen der Kuh kommen, schaffst du das? Ich könnte Vater fragen, ob er dir hilft.«

»Ich komm schon klar.«

Mit schlechtem Gewissen machte sich Anton auf den Weg. Manchmal würde er diese Gemeindearbeit am liebsten hinschmeißen und sich wieder ganz der Arbeit auf dem Hof widmen. Doch er hatte damals zugesagt, auch, weil Ursina gedrängt hatte, dass er sich der Gemeinde zur Verfügung stellen solle.

Die Sitzung wollte und wollte kein Ende nehmen. Anton begann unruhig auf die Uhr zu schauen. Endlich! Alle Fragen waren geklärt und protokolliert. Hastig stand er auf und schob die Unterlagen in seine Mappe.

»Trinken wir noch etwas zusammen bei Frau Mattli?«, fragte der Sepp vom Hugentobelhof.

»Muss nach Hause«, brummte Anton. »Eine Kuh ist krank und auch der Ursina geht es nicht gut. Das nächste Mal.«

Als er die Haustür aufstieß, hörte er Ursinas Stimme aus der Küche, die leise ein Kinderlied sang.

»Geht es dir besser?«

Ursina nickte und sang leise weiter. Theresa-Anna lag schlafend in ihrem Arm, den Daumen im Mund.

»Das ist schön. Und ist der Tierarzt hier gewesen?«

»Pst, ich bringe die Kleine ins Bett und dann können wir reden.« Sie stand auf und verließ mit dem schlafenden Kind die Küche.

Hoffentlich nichts Schlimmes mit der Kuh. Anton ließ sich auf einen Stuhl fallen, nahm einen Apfel aus dem Korb auf dem Tisch und biss hinein. Er konnte sich keinen Ausfall von einer Kuh leisten, er hatte sich beim Milchverband in Gurtnellen verpflichtet, eine gewisse Menge abzuliefern. Hielte er das nicht ein, dann geriete er in einen finanziellen Engpass.

»Hallo«, Ursinas Arme umschlangen ihn von hinten. Er hatte nicht gehört, dass sie zurückgekommen war.

»Was ist mit der Kuh?« Er drehte sich um.

»Kein Problem, sie hat Antibiotika bekommen und die Euterentzündung sollte bald behoben sein.«

Sie setzte sich auf einen Stuhl und blickte ihn liebevoll an. »Ich habe dir auch etwas zu sagen. Wir bekommen ein Kind.«

»Du bist schwanger?«, stammelte er und schaute sie zweifelnd an. »Wann ...«, er brach ab und betrachtete intensiv seine Hände.

»Ach, Anton.« Sie fuhr mit ihrem Zeigefinger zärtlich über seine Lippen, »unsere Theresa-Anna wird ein Geschwisterchen bekommen. Deshalb ging es mir heute Morgen nicht so gut. Ich wollte dir nichts sagen, bevor ich mir nicht ganz sicher war.«

»Jetzt bist du dir sicher?«

»Ja.«

»Warst du denn beim Arzt?« Anton war aufgestanden und ging in der Küche auf und ab.

»Nein, es ist ja nicht meine erste Schwangerschaft und als Frau merkt man schon, wenn sich etwas im Körper verändert. Freust du dich denn gar nicht?«

»Doch, doch, nur es kommt so überraschend.« Er trat auf sie zu und strich leicht über ihren Arm. Wenn es Anna gewesen wäre, die ihm diese freudige Nachricht überbracht hätte? Er setzte sich wieder. »Dann musst du dich jetzt schonen, nicht mehr schwer tragen, am Morgen lange liegen bleiben, auch die Arbeit im Stall wirst du nicht mehr machen.«

Ursina lachte auf. »Anton, du hast kein Stadtpüppchen geheiratet, sondern eine Bauersfrau, also, das Leben wird weitergehen wie bisher«, sie stand auf, »gehen wir schlafen, Anton, wir haben beide einen strengen Tag hinter uns.«

»Geh du mal schon vor, ich muss noch was erledigen.« Der Gedanke, sich jetzt neben Ursina zu legen, erfüllte ihn mit Unwillen.

»Dann wünsche ich dir eine gute Nacht.« Sie küsste ihn auf die Stirn.

Anton blieb am Küchentisch sitzen und stützte die Hände in den Kopf. Einerseits freute er sich, andererseits ...? Er stand auf und ging in sein Arbeitszimmer. Die Vorbereitungen für die nächste Sitzung in Bern mussten gemacht werden, bis er damit fertig war, würde Ursina schon schlafen.

27. Kapitel

Der erste Schultag war geschafft. Anna hatte große Bange davor gehabt, doch die hatte sich als unnötig erwiesen. Ihre Studenten waren brav gewesen. Keiner hatte Sprüche geklopft, alle hatten ihr andächtig zugehört. Sie hatte ihnen von ihrem Studium in London erzählt, ihnen ans Herz gelegt, dass sie nur mit aktivem Malen etwas erreichen würden, und ihnen klargemacht, dass sie mit Besuchen von Museen und Galerien viel lernen können.

»Schauen, anschauen, in sich aufnehmen, meine Damen und Herren, auch das gehört zur Weiterbildung. Wir werden lernen, wie man eine Leinwand aufspannt und grundiert. Wir werden alles über das Mischen der Farben lernen. Wir werden Skizzen anfertigen. Wir werden hinausgehen und in der freien Natur malen.« Die Studenten hatten eifrig genickt und Anna bekam ein gutes Gefühl für ihre Klasse. Zusammen würden sie das erste Semester meistern.

Die Wohnung, die Sonderegger ihr vermittelt hatte, lag direkt hinter dem Bahnhof, in einem etwas älteren Wohnblock. Zwei Zimmer, eine winzige Küche und ein Balkon, der auf den Hinterhof hinausging. Die Gegend war nicht die Beste, doch die Straßenbahn hielt vor der Haustür. In der Umgebung gab es kleine Essbuden und auch Einkaufsmöglichkeiten waren nicht weit weg.

Anna zog ihre Schuhe aus, holte sich einen Joghurt aus dem Kühlschrank und ging auf den Balkon.

Im Hof spielten die Kinder der Nachbarn mit einem Ball. Vertrocknete Pflanzen in Blumenkübeln ließen ihre Köpfe hängen und auf den Balkonen war Wäsche zum Trocknen aufgehängt. Sie schloss die Balkontür, ging ins Zimmer zurück und schaute sich um. Von ihrem ersten Gehalt würde sie noch einiges in dieser möblierten Wohnung ergänzen. Ein runder Tisch, vier Stühle und eine Anrichte, das war alles. Im Schlafzimmer sah es nicht besser aus. Bett, Nachttisch und Kleiderschrank. Das Ganze nicht sehr wohnlich, doch sie war zufrieden. Ein Neuanfang, der Rest wird sich ergeben. Sie setzte sich an den Tisch, holte die Namensliste ihrer Studenten aus der Tasche und studierte sie. Die Liste war nicht sehr lang.

»Wir machen einen strengen Aufnahmetest«, hatte ihr der Rektor erklärt. »Nur die, in denen wir ein Potenzial sehen, finden Zugang zum Studium.«

Sie versuchte, zu den verschiedenen Namen ein Gesicht zu finden, denn sie wollte morgen jeden Einzelnen persönlich begrüßen. Das war nicht so einfach. Doch ein Name und das dazugehörende Gesicht waren ihr sofort wieder präsent. Eine junge Frau, zierlich, mit kurz geschnittenen aschblonden Haaren und wachen blauen Augen. Als sie sich vorgestellt hatte, konnte Anna sie im ersten Augenblick nicht verstehen und musste zweimal nachfragen.

»Agnèse Bonnamy«, wiederholte die junge Frau, »ich bin Französin und wohne in Mulhouse, im Elsass.«

»Dann fahren Sie jeden Morgen nach Basel?« Anna schaute sie erstaunt an.

»Oui, Madame«, hatte Agnèse in breitem Elsässerdialekt geantwortet.

»Dann müssen Sie mir helfen, wenn ich Sie nicht auf Anhieb verstehe«, hatte sie erwidert, »ich spreche nämlich kein Französisch.«

»Elsässisch ist kein Französisch, nur ein Mischmasch zwischen Deutsch und Französisch«, rief ein Student, »hier in Basel gibt es viele Elsässer, fast so viele wie Einheimische. Aber das werden Sie dann schon noch sehen.« Er grinste.

Sie würde diese Agnèse und ihre Fortschritte aufmerksam beobachten.

Anna knabberte an ihrem Bleistift, ging die Liste weiter durch und schrieb zu jedem Namen einige Notizen. Sie freute sich bereits auf den Unterrichtstag morgen. Müde versorgte sie die Liste zusammen mit einigen Büchern in die Mappe.

Die Straßenbahn, die unter ihrem Schlafzimmer im Fünfzehn-Minuten-Takt anhielt, ließ sie lange nicht einschlafen. An den Geräuschpegel würde sie sich erst noch gewöhnen müssen.

Die ersten Wochen in Basel vergingen wie im Flug. Anna hatte sich schnell eingelebt. Die Unterrichtsstunden bereiteten ihr großen Spaß. Es war eine homogene Klasse, die Studenten waren wissbegierig und wollten nur eines, so wie sie damals, sich mit der Materie Malen auseinandersetzen.

In ihrer Freizeit durchstreifte sie die Gassen in der Altstadt. Ganz besonders hatte es ihr die Kathedrale angetan, die erhaben über dem Rhein thronte. Wenn es das Wetter erlaubte, saß sie stundenlang auf einer Bank auf der Pfalz und sah auf den Strom hinunter. Sie dachte dabei an Anton, an den Abend in der Hütte und an seine großen Hände, die so zärtlich gewesen waren. Doch sie wusste, dass diese Liebe nicht sein durfte, niemals hätte sein können, denn er hätte ihr die Freiheit, die sie zum Malen brauchte, nie gegeben.

Auch im Kunstmuseum war sie ein regelmäßiger Gast, ebenso

wie in den zahlreichen Galerien. Nur in einer Galerie hatte sie sich noch nicht sehen lassen, die von Hubert von Krantz. Eine innere Stimme hielt sie davon ab. Weshalb, das konnte sie sich nicht erklären. War es das schlechte Gewissen, weil sie sich damals nicht gemeldet hatte, oder war es die Antipathie?

Ihr Bildmaterial wuchs. Sie hatte sich mit Farben, neuen Pinseln, Leinwänden und zwei weiteren Staffeleien eingedeckt und wenn sie am Abend die Wohnungstür aufschloss, empfing sie der vertraute Geruch von Ölfarben und Terpentin. Die Bilder waren für sie wie Kinder, jedes einzelne hatte sie mit dem Herzen gemalt.

Sonderegger drängte, sie solle sich bei den Galerien melden und ihre Werke anbieten. »Du musst dich zeigen, Anna, deine Bilder sollen gesehen und auch verkauft werden. Und das musst du in die Hand nehmen.« Er hatte sie dabei streng angeschaut. »Keine Galerie träumt von dir, also gib dir einen Ruck.«

»Ich kann das nicht«, hatte sie geantwortet, »es liegt mir einfach nicht. Es ist wie Klinkenputzen oder Hausieren.«

»Du musst. Wenn du einmal berühmt bist, machen das deine Agenten für dich. Was ich dir anbieten kann, dir die Namen der Galerien geben, die Bilder wie deine in Kommission nehmen. Hingehen musst du allerdings selber.«

Ein langes Wochenende kündigte sich an. Die Schweizer feierten ihren Nationalfeiertag, der auf den Freitag fiel. Anna nahm sich vor, die Liste mit den Galerien, die ihr Sonderegger zusammengestellt hatte, zu studieren. Mit einem Stück Brot in der Hand setzte sie sich an den Tisch und zog die Liste aus der Mappe. Es gab nicht viele Galerien, die ihre Art Bilder im Programm hatten. Die meisten konzentrierten sich auf Blumenbilder, Aktstudien oder Porträts. Seufzend legte sie die Liste weg. Nächste Woche wollte sie ein paar davon aufsuchen.

Nachdenklich betrachtete sie ihre Werke, die auf dem Boden lagen oder an den Wänden standen. Sie begann die Bilder zusammenzustellen, die sie für gut genug befand. Innerlich zog sich schon jetzt ihr Magen zusammen, wenn sie daran dachte, wie sie sich verkaufen sollte. In London war sie in dieser Beziehung ein Küken gewesen und wohl aufgehoben in der Schule. In Budapest hatte es Helga für sie getan, aber jetzt war sie an der Reihe, selbst dafür zu sorgen.

Der Besuch der Galerien erwies sich als Ochsentour. Die Besitzer waren alle sehr freundlich, betrachteten ihre Bilder mit gebührender Aufmerksamkeit und voll des Lobes. Doch dann schüttelten sie bedauernd den Kopf. Entweder waren sie schon auf Jahre ausgebucht oder sie sahen sich nicht in der Lage, neuen, noch unbekannten Künstlern eine Plattform zu geben. Oder aber ihr Malstil passte nicht in das Konzept. Nach jedem Gespräch ging Anna mutloser nach Hause und begann an ihrer Arbeit zu zweifeln.

Beim nächsten Gespräch mit Sonderegger redete er ihr gut zu. Mut und Durchhaltevermögen seien das Wichtigste. »Anna, das ist normal, das geht vielen so, da musst du jetzt durch. Hast du denn deine Prüfungsarbeiten von London schon von deiner Freundin zurückerhalten? Die würde ich gerne mal sehen.«

Anna schüttelte den Kopf. »Ich habe ihr geschrieben und sie hat mir versprochen, sie zu schicken. Doch mit der Post ist das ein teures Unterfangen. Ich werde sie nochmals kontaktieren.«

»Vielleicht kann ich dir dabei helfen.« Sonderegger zog ein nachdenkliches Gesicht. »Ich habe einen Freund, der fliegt ab und zu nach London, den könnte ich bitten, deine Bilder mitzubringen, wenn er wieder einmal dort ist. Sind es viele, auch große?«

»Vorwiegend vierzig mal sechzig Zentimeter und etliche lose Blätter.«

»Ich werde mich nachher mit ihm in Verbindung setzen. Mal schauen, was er machen kann. Bist du auch bei Hubert gewesen?«

»Ich hab mich nicht getraut, der ist doch bestimmt nicht mehr gut auf mich zu sprechen, nach alldem ...«, sie stockte.

»Hm, vielleicht solltest du es trotzdem probieren. Übrigens«, Markus holte eine Karte aus seiner Brieftasche, »nächste Woche findet eine Vernissage in einer der führenden Galerien statt. Ich habe eine Einladung für dich besorgt, hier.« Er legte sie auf den Tisch. »Du solltest dich zeigen, Anna, und nicht nur hinter deiner Staffelei sitzen. Ich werde auch dort sein, wenn ich Zeit finde.«

Anna nahm die Einladung und drehte sie neugierig um. Auf edlem Büttenpapier stand mit geprägten Goldbuchstaben geschrieben, dass die »Galerie zum goldenen Hahn« sich freuen würde, Anna Horvath bei der Vernissage begrüßen zu dürfen.

»Vielen Dank, Herr Sonderegger«, stotterte sie verlegen und betrachtete die Einladung erneut.

Wie er das nur fertigbrachte, sie immer wieder irgendwo zu empfehlen? Sie sahen sich nicht oft. Ab und zu lud er sie in ein schickes Restaurant zum Essen ein, so wie heute, doch er war immer für sie da, das fühlte sie, auch wenn er es nicht aussprach. Und dennoch bestand eine gewisse Distanz zwischen ihnen, das »Du« hatte er ihr nie angeboten.

Schüchtern betrat Anna die Galerie und gab ihre Karte ab. Es waren schon viele Besucher anwesend. Sie schaute sich um und wähnte sich in einer Glitterwelt, die sie so nicht kannte.

Schöne Menschen in eleganten Kleidern, die mit einem Glas Champagner in der Hand entspannt plauderten. Sie hatte ihren besten Rock angezogen. Schwarz, leicht glockig, dazu eine weiße Bluse, züchtig hochgeschlossen bis zum Hals. Sie kam sich deplatziert vor und es wurde ihr mit einem Schlag bewusst, hier gehörte sie nicht her.

Ein junges Mädchen in einem schwarzen Kleidchen mit weißem Schürzchen überreichte ihr auf einem Tablett ein Glas Champagner. Wie ich damals in Budapest, durchfuhr es Anna. Sie nahm das Glas mit der perlenden Flüssigkeit und bedankte sich. Wo war nur Sonderegger? Suchend schaute sie sich um, konnte ihn aber nirgendwo entdecken. Er hatte doch gesagt, dass er auch kommen würde?

Langsam schlenderte sie durch die Ausstellungsräume und betrachtete die Bilder, die, so schien es ihr, niemanden interessierten. Man war hergekommen, um gesehen zu werden und nicht, um die Werke des Künstlers zu würdigen, den sie auch nicht entdecken konnte.

Die Bilder waren genau das, was sie an der Malerei liebte. Großzügig aufgetragene Farben, nur unterbrochen mit kleinen Akzenten in Schwarz. Figuren, die in der Farbe verschwammen, sehr grüne und hart gemalte Bäume.

Das wäre eine Galerie für ihre Werke, doch da würde sie wohl nie einen Platz finden.

»Anna!«

Erstaunt drehte sie sich um und entdeckte Hubert von Krantz, der sich einen Weg durch die Leute bahnte.

»Anna, du bist auch hier? Wie schön.« Er betrachtete sie mit begehrlichen Blicken. »Komm, ich werde dich ein paar Leute vorstellen, die in der Kunstszene etwas zu sagen haben.«

Er nahm ihren Arm und ging auf eine Gruppe von Männer zu, die eifrig diskutierten.

»Darf ich kurz stören?«, und ohne eine Antwort abzuwarten fuhr er fort: »Das ist Anna Horvath, eine Künstlerin, vor der sich die Welt in Kürze in Ehrfurcht verneigen wird.«

Anna schaute verlegen zu Boden.

»Wo habe Sie denn schon ausgestellt?«, fragte einer der Herren in hochmütigem Ton.

»Noch nirgends«, stotterte sie und wäre am liebsten unsichtbar geworden.

»Sie wird, bei mir«, fiel von Krantz ein. »Sie werden sehen, meine Herren, sie wird am Kunsthimmel aufsteigen wie ein Stern.« Er rieb sich die Hände.

»Dann sind wir mal gespannt«, meinte einer der Herren spöttisch. »Ich hoffe, dass wir zu der Vernissage eingeladen werden?«

»Aber sicher.« Von Krantz strahlte, »und ich versichere Ihnen, Sie werden staunen. Ich wollte schon nach ihrer Ausbildung in London eine Ausstellung mit ihren Werken organisieren, doch das hat sich zerschlagen, sie hatte in Budapest zu tun.«

»Aha, London und dann Budapest. Geht das denn in einem kommunistischen Land?«

»Aber natürlich, meine Herren, heutzutage geht alles.« Von Krantz ließ sich nicht beirren. »Sie werden meine Einladung rechtzeitig erhalten.« Er nahm Anna am Arm und führte sie von der Gruppe weg. »Morgen kommst du in meine Galerie und bringst mir die Bilder mit, alles, was du hast, verstanden? Um siebzehn Uhr.«

Anna nickte verwirrt. Sie traute ihm nicht. Seine herablassende Art und wie er sie betrachtete. Aber immerhin schien er nicht verärgert über sie zu sein. Sie verabschiedete sich hastig und ging in die Garderobe, um ihre Jacke zu holen.

Draußen atmete sie erst einmal tief durch, bevor sie nach Hause lief.

Am nächsten Tag war Anna pünktlich um siebzehn Uhr vor dem Eingang der Galerie Kesselring/von Krantz. Noch bevor sie geklingelt hatte, öffnete sich die Tür und von Krantz stand im Türrahmen. »Willkommen, Anna.« Wieder dieser gönnerhafte Ton.

Schüchtern trat sie ein, die Mappe mit ihren Bildern unter dem Arm.

»So, dann wollen wir mal sehen, was wir da haben.« Er komplimentierte sie in den Salon. »Nimm Platz, dort auf dem Sofa am Fenster.«

Zögernd setzte sich Anna auf die vordere Sofakante, der enge Rock rutschte ihr dabei hoch. Hastig zerrte sie ihn über die Knie. Von Krantz stand breitbeinig vor ihr. Seine Fülle überspielte er mit einem afrikanischen Kaftan. Er setzte sich ebenfalls und sein Arm streifte wie zufällig ihren Arm. Anna rückte etwas ab und versuchte erneut, ihren Rock nach vorn zu ziehen. Sie öffnete die Mappe und nahm die Bilder heraus.

»Hm, nicht schlecht, wirklich beachtlich«, sagte von Krantz, »aber ich brauche noch mehr für eine Ausstellung, vor allem solche, wie du sie vor dem Studium in London gemalt hast. Das Dunkle und das Wilde von damals, das vermisse ich ...« Er legte die Blätter auf den Tisch, seine Hand landete auf ihrem Oberschenkel und tastete sich langsam nach oben.

»Ich kann schon noch solche Bilder malen. Einige davon sind bei meinen Eltern in Intschi. Die kann ich holen.« Sie hätte ihm gern eine runtergehauen, wagte es aber nicht, den einzigen interessierten Galeristen vor den Kopf zu stoßen. Unauffällig rückte sie daher nur von ihm weg und versuchte erneut, den Rock nach vorn zu ziehen.

»Mach das, ich hol eine Flasche Champagner, wir müssen doch auf deine Karriere anstoßen.«

»Wo ist denn Ihre Frau?«

»Die besucht eine von ihren vielen Schönheitskuren. Dieses Mal ist sie im Schwarzwald.« Von Krantz stand auf und verschwand in der Küche.

»Hier, der Champagner.« Er grinste dreckig und hielt die Flasche hoch, holte zwei Gläser vom Servierwagen. Der Korken knallte leise.

»Ich ... mag keinen Champagner, ich möchte nach Hause.«

»Nichts da, wir feiern jetzt deinen Einstieg in die Kunstwelt«, er setzte sich wieder auf das Sofa und legte den Arm fest um ihre Schultern. »Auf dich«, prostete er ihr zu und nahm einen tiefen Schluck. Verzweifelt versuchte Anna, von ihm weg zu rücken, doch sein Arm hielt sie eisern. »Sei doch nicht so störrisch«, sein Atem streifte ihren Nacken, »etwas musst du schon tun für deine Karriere.« Sein Gesicht kam näher und dabei schaute er sie mit gierigen Augen an. »Komm, wir fangen gleich damit an, denn ohne mich wirst du nie aufsteigen.« Seine Hand glitt erneut unter ihren Rock. Mit aller Kraft versuchte sie sich zu wehren, doch er war stärker. Mit der einen Hand zog er ihre Strumpfhose herunter, mit der anderen öffnete er das Band von seinem Kaftan.

Anna schrie auf.

»Sei still«, herrschte er sie an und nahm sein erigiertes Glied in die Hand.

Sie presste die Beine zusammen, aber von Krantz übermannte sie. Mit einem Wimmern ergab sie sich.

»Hubert!«

Erschrocken ließ er von Anna ab.

Ursula von Krantz stand unter der Tür. »Lass sie los, sofort«, herrschte sie ihn an. »Und Sie«, sie schaute Anna mit wütenden Blicken an, »Sie verschwinden aus meinem Haus.«

Anna erhob sich mit zitternden Beinen, zog die Strumpfhose hoch, strich den Rock glatt und raffte die Bilder zusammen, die verstreut auf dem Tisch lagen. In ihren Augen schwammen Tränen.

Ursula von Krantz hatte das Zimmer verlassen und die Tür mit einem Knall hinter sich ins Schloss fallen lassen. Von Krantz stand wie ein begossener Pudel an der Tür.

»Ich werde dafür sorgen«, zischte er, als Anna an ihm vorbeiging, »dass dich keine einzige Galerie in Basel und Umgebung ausstellen wird.«

Ursula schenkte sich einen Cognac ein, als Hubert in die Küche trat. »Ich weiß ja, dass du rumvögelst«, schleuderte sie ihm entgegen, »aber mit diesem Flittchen, diesem hergelaufenen Flüchtling, ich hätte dir mehr Geschmack zugetraut!« Sie trank das Glas in einem Zug leer.

»Weshalb bist du schon zurück, das war doch erst nächste Woche vorgesehen?«, konterte von Krantz.

»Es war nichts, jedenfalls nicht so, wie ich es mir vorgestellt hatte«, sie schenkte sich ein zweites Glas ein, »ich wollte meine Zeit nicht verplempern. Und«, sie lächelte schmallippig, »ich bin anscheinend zur rechten Zeit zurückgekommen.«

»Es ist nicht so, wie du denkst, Ursula, sie wollte unbedingt in meiner Galerie ausstellen.«

»In deiner Galerie«, höhnte Ursula, »das ist meine Galerie und wer ausstellt, das bestimme immer noch ich.«

»Ihre Bilder würden uns gutes Geld bringen, sie hat Talent und wird eines Tages in der Kunstwelt ganz oben sein.«

»Dieses Geld habe ich ganz gewiss nicht nötig«, auch das zweite Glas leerte sie in einem Zug. »Ich will diese Person nie mehr, hörst du, nie mehr in meiner Nähe sehen. Ich gehe jetzt schlafen.« Mit leicht schwankendem Schritt verließ sie die Küche.

In ihrem Schlafzimmer zog sie die hochhackigen Schuhe aus und setzte sich an den Frisiertisch. Mit kräftigen Strichen bürstete sie ihre langen blonden Haare. Danach fühlte sie sich besser.

28. Kapitel

»Das ist Maria«, begrüßte Anna die Studenten, als sie ins Klassenzimmer trat, »sie wird euer Modell für das Fach Aktzeichnen sein. Maria, du kannst dich hinter dem Paravent ausziehen und dich auf die Decke dort setzen.«

Ein eifriges Schieben der Staffeleien, die an der Wand standen, unterbrochen von leisem Tuscheln erfüllte den Raum. Bis jeder den Platz gefunden hatte, von wo aus er das Modell zeichnen wollte, dauerte es eine Weile. Anna stand am Fenster, beobachtete ihre Studenten mit einem Lächeln und dachte dabei an ihre Ausbildungszeit in London zurück. Wie ähnlich es doch immer wieder ablief.

Maria trat, in einen weißen Bademantel gehüllt, hinter dem Paravent hervor. Sie zog ihn aus und ließ sich auf der Decke nieder. Sie sah aus, als wäre sie soeben aus einem Bild von Rubens entstiegen. Anna gab Maria Anweisungen über die Pose und den Schülern mit einem Nicken zu verstehen, dass sie jetzt mit dem Skizzieren beginnen können. Sie selber zog sich hinter ihren Schreibtisch zurück.

Sie hatte Maria bei einem ihrer Besuche im Kunstmuseum kennengelernt. Obwohl sie selber nicht gerne Aktskizzen zeichnete, sah sie sich immer wieder mal solche Werke an. Einerseits, um ihrer Aufgabe als Lehrerin nachzukommen und andererseits, weil sie diese Kunstform als Betrachterin liebte.

Maria hatte sich neben sie auf die Bank gesetzt und die beiden Frauen ließen stumm die Bilder im Raum auf sich wirken. Nach einer Weile kamen sie ins Gespräch, und Maria erzählte in gebrochenem Deutsch, dass sie Spanierin sei, in einem großen Lebensmittelgeschäft als Kassiererin arbeite, aber ab und zu Modell stehe, um nebenher etwas Geld zu verdienen. Bevor sie sich verabschiedeten, tauschten sie die Adressen aus. Sie hatten sich seit diesem Museumsbesuch öfters getroffen. Zwischen ihnen entwickelte sich allmählich eine Freundschaft. Maria fühlte sich wie Anna, immer noch nicht angekommen in der Schweiz. Nur, sie hatte akzeptiert, dass sie hier, im Gegensatz zu Spanien, arbeiten und auf eigenen Beinen stehen konnte. Maria hatte Anna auch geholfen, die Vergewaltigung durch von Krantz zu verarbeiten.

Als sie ihr die Geschichte erzählte, hatte sie gelächelt und bemerkt: »So geht es doch uns andersdenkenden Frauen immer. Auch ich bin für viele Männer Freiwild, weil ich nicht in das übliche Frauenschema der männlichen Welt passe. Ich bin Nacktmodell, präsentiere meinen Körper, der gerne gezeichnet wird, deswegen bin ich aber noch lange nicht für jeden verfügbar, und das wollen einige nicht begreifen. Und bei dir«, sie drückte Annas Hand, »ist es dein Künstlerdasein. Das macht Angst, mit solchen Frauen können sie nicht umgehen, wissen nicht, was sie mit ihnen anfangen sollen. Wir sind starke Frauen, Anna, vergiss das nicht.«

Maria hatte sie auch immer wieder ermutigt, die Suche nach einer passenden Galerie nicht aufzugeben. »Du malst so einmalige Bilder, Bilder die aus dem Herzen kommen, Anna, bitte gib nicht auf, das wäre sehr, sehr schade.«

»Ja, Bilder, die niemand haben will«, hatte sie geantwortet, »weil sie in kein Schema passen.«

Anna erhob sich und schaute sich die Zeichnungen der Schüler an. Es gab einige, die waren im Ansatz nicht schlecht. Bei anderen musste sie korrigierend eingreifen, nur bei der kleinen »Bonnamy« gab es nichts auszusetzen. Sie ist wie ich, dachte sie, in ihr brennt das gleiche Feuer für die Malerei.

»Genug für heute, vielen Dank, Maria, und«, sie wandte sich an die Studenten, »vielen Dank für Ihr Engagement.«

Maria erhob sich und schlüpfte in den Bademantel. Als sie angezogen hinter dem Paravent ins Zimmer trat, hatten die Schüler den Raum bereits verlassen, nur Anna stand noch vor den Staffeleien und betrachtete die Arbeiten.

»Einige sind gut geworden, schau mal, wie du gesehen wirst.«

»Ja, deine Klasse, mein Kompliment, dein Verdienst.«

»Ach komm, jeder Einzelne von ihnen bringt sein Talent zum Malen mit, ich versuche nur, es in die richtigen Bahnen zu lenken. Gehen wir noch etwas trinken zusammen?«

»Du solltest eher etwas essen.« Maria betrachtete sie mit einem kritischen Blick. »Du bist so dünn geworden, das gefällt mir gar nicht.«

Anna zuckte mit den Schultern. »Ich hab in letzter Zeit einfach keinen Hunger.«

»Du solltest mal einen Arzt aufsuchen.«

»Ja, mach ich.« Anna schloss ihren Schreibtisch ab und hakte sich bei Maria unter, »einen Kaffee, danach muss ich nach Hause, malen, ich habe noch so viel Ideen im Kopf.«

»Versprichst du, dass du dich untersuchen lässt?«, drängte Maria.

»Ja, aber komm jetzt.«

Ganz in der Nähe der Kunstschule gab es ein kleines Bistro, in dem sich Künstler und solche, die es werden wollten, trafen.

»Auch einen Kaffee mit Schuss?«, fragte Maria.

Anna nickte.

»Immer wieder gut«, bemerkte Maria, bevor sie einen Schluck nahm, »der wärmt meine steifen Glieder nach dem stundenlangen Sitzen ohne Kleider.«

»Hast dabei aber gutes Geld verdient.« Anna kicherte und umschloss den Becher mit den Händen.

»Ist dir auch kalt, Liebes?«

»Nein, nur etwas flau im Magen.«

Es regnete in Strömen, als Anna zur Straßenbahnhaltestelle eilte. In kürzester Zeit klebten ihre dunklen Locken klatschnass am Kopf. Sie strich mit der Hand die Haare aus dem Gesicht und stieg in die Straßenbahn. Ich muss grässlich aussehen, dachte sie, als sie sich setzte und bemerkte, wie die Leute sie anstarrten. Oder waren es ihre pechschwarzen Haare und die dunklen Augen? Sie hatte schon öfters bemerkt, dass sie mit ihrem Aussehen hier in Basel nicht der allgemeinen Norm entsprach. Meistens störte sie das nicht besonders, aber heute war sie in dieser Hinsicht empfindlicher.

Im Treppenhaus roch es muffig, so wie es immer roch, doch heute rebellierte ihr Magen gegen den Geruch. Im letzten Moment schaffte sie es in ihre Wohnung und gerade noch zur Toilette.

Mit zitternden Knien setzte sie sich auf einen Stuhl. Sie fror, ihr Kopf war heiß, sie fühlte sich elend wie schon lange nicht mehr. Wird wohl heute nichts mehr mit dem Malen, dachte sie, zog ihre nassen Kleider aus und schlüpfte unter die Decke. Unruhig wälzte sie sich hin und her, bis sie endlich in den Schlaf fand. Dunkle hohe Berge lachten ihr hämisch entgegen, als sie einen steilen Weg hinaufzuklettern versuchte. Sie rutschte auf den nassen Steinen immer wieder hinunter. Oben auf dem Berg stand Anton und winkte. Er hielt ein langes Seil in den Händen, das er ihr zuwarf, doch sobald sie nach dem Seilende greifen wollte, zog er es wieder zurück.

Schweißgebadet erwachte Anna. Mit hämmerndem Kopf lauschte sie in die Dunkelheit. Meine Güte, ich habe verschlafen! Sie wollte wie gewohnt aus dem Bett springen, doch ihre Beine gaben nach und sie sank erschöpft auf die Matratze zurück. Dann rappelte sie sich erneut hoch und schleppte sich zum Telefon. Mit zitternden Fingern wählte sie die Nummer des Schulsekretariats und meldete sich für den heutigen Tag krank.

Am Abend fühlte sich sie besser, sie aß eine Kleinigkeit und nahm ihren Skizzenblock zur Hand, sie musste unbedingt den Traum der letzten Nacht zeichnen, den sie immer noch klar und deutlich vor sich sah.

Nach zwei Stunden legte sie den Block zufrieden zur Seite. Es gefiel ihr, was sie gezeichnet hatte. Berge, spitz und dunkel, ein schmaler Pfad, auf dem runde glänzende Steine lagen. Links und rechts vom Pfad schlangenähnliche Gebilde und ganz oben ein Mensch ohne Kopf. Es war eine Skizze, die sie so noch nie gemacht hatte. Vielleicht das Fieber, dachte sie, doch sie war sich nicht ganz sicher, ob es nur das gewesen war. Vielleicht hatte ihr der Fieberschub von letzter Nacht geholfen, einen neuen Weg für ihr kreatives Schaffen zu finden. Einen Weg, nach dem sie schon lange auf der Suche war. Sorgfältig versorgte sie das Bild in ihrer Mappe. Sie würde es später auf die Leinwand malen. Und sie war sich sicher, dass noch mehr solcher Bilder in ihrem Kopf entstehen würden.

Eines Abends, Anna hatte soeben die Pinsel mit Terpentin gereinigt, die Farben verschlossen und das Bild auf der Staffelei mit einem Tuch bedeckt, klopfte es ungestüm an der Tür. Zögernd öffnete sie. Sonderegger stand schwer atmend vor ihr.

»Darf ich hereinkommen Anna?«

»Bitte, ist etwas passiert?«

»Nein, eine gute Nachricht, weswegen ich so unangemeldet hergekommen bin. Eine Nachricht, die nicht warten kann«, sagte er und schaute sich überrascht um. »Oh, du bist fleißig gewesen, Anna, schön, dass du dich wieder gefangen hast.« Er strahlte sie an. »Pass auf, ich habe heute einen Brief in meiner Post gefunden, es geht um eine Ausschreibung.« Er zog ein Kuvert aus seinem Sakko und legte ihn auf den Tisch. »Zur Einweihung des neuen Gemeindehauses im Zürcher Oberland sind junge unbekannte Künstler eingeladen, ihre Bilder auszustellen. Ein Wettbewerb. Die Bilder können aber auch verkauft, respektive gekauft werden. Anna, eine einmalige Gelegenheit für dich. Es bleibt nicht mehr viel Zeit für die Anmeldung, deshalb mein spontaner Besuch.«

»Möchten Sie einen Kaffee oder einen Tee?«

»Tee, wenn du hast, gerne, und dann schauen wir uns deine Bilder an.«

Anna schüttelte den Kopf, während sie ihren Malerkittel auszog. »Ich habe keinen Schweizer Pass.«

»In der Ausschreibung steht nichts von einer Landeszugehörigkeit.«

»Ich geh jetzt Tee kochen.« Sie verschwand in der Küche und ließ einen verdutzen Sonderegger zurück.

»Nein, ich möchte wirklich nicht.« Anna stellte die Teekanne und zwei Gläser auf den Tisch. »Mir geht es gut, so wie es ist. Ich kann malen, ich habe eine Arbeit, die mir Spaß macht«, sie goss den Tee ein. »Zucker, Milch?«

»Anna, deine Bilder müssen gesehen werden.«

»Weshalb soll ich mich wieder ...«, sie stockte und fuhr dann fort, »mich niedermachen lassen, obszöne Bemerkungen anhören oder ... schauen Sie sich doch um, Herr Sonderegger«, sie strich eine Locke aus dem Gesicht, »in welcher Galerie haben Sie Bilder von Frauen gesehen? Ich jedenfalls in keiner, die ich besucht habe. Frauen gehören an den Herd und haben nichts verloren in der Kunstszene. Frauen sollen in ihrer Freizeit Häkeln, Stricken oder Nähen. Gut, ich male halt in meiner Freizeit.«

»Nun mach mal langsam, Anna«, Sonderegger sah sie mit gerunzelter Stirn an. »Erstens ist das keine Galerie, in der du ausstellen sollst, sondern es ist ein Wettbewerb, und zweitens gibt es sehr wohl Frauen in der Kunstszene. Sicher, es sind nicht viele, aber es gibt sie.« Er war aufgestanden, »und jetzt schauen wir uns deine Bilder an. Gefragt sind Schweizer Landschaftsbilder.«

»Ach, dann hab ich eh nichts Richtiges. Bergbilder ja, doch meine Neuesten sind keine Schweizer Landschaftsbilder«, bockte Anna und war froh, eine Ausrede gefunden zu haben.

»Dann wollen wir mal schauen.« Sonderegger betrachtete intensiv ein Bild nach dem anderen. »Hm, ich muss dir recht geben, du hast wirklich einen anderen Stil entwickelt. Doch sie sind gut, richtig gut. Das da zum Beispiel«, er zeigte auf eines mit blauen Bäumen, blau-schwarzem Gras und einer nur leicht angedeuteten Kirche im Vordergrund.

»Die Kirche in Intschi, das ist aber kein Schweizer Landschaftsbild«, sagte Anna störrisch, »und wird gewiss nicht ins Zürcher Oberland passen.«

»Lass mich das in die Hand nehmen, welchen Titel hat es?«

»Komposition in Blau. Ich habe es einfach nur so gemalt, weil mir danach war und ohne groß nachzudenken.«

»Wirklich?« Sondereggers Blicke wanderten über die anderen Bilder. »Das dort, die Blumenwiese, das könnten wir auch noch einreichen.«

»Ist doch eines meiner ersten Bilder, das habe ich gemalt, als ich noch in Intschi gewohnt habe. Es steht nur noch hier, weil ich es aus Sentimentalität behalten habe.«

»Und genau das werden wir auch anmelden. Es zeigt deine Entwicklung in der Malerei. Machst du nun mit?«

Anna nickte zögernd, Sonderegger war einfach nicht abzubringen von der Idee.

»Und was hast du dort auf der Staffelei?«

»Ach, das ist noch nicht fertig und passt ganz gewiss nicht.«

»Darf ich?«, fragte er, und ohne eine Antwort abzuwarten, hob er das Tuch hoch. Eine Weile blieb er stumm vor dem Bild stehen, dann drehte er sich nach Anna um, die hinter ihm stand.

»Das ist großartig! Ich bin sprachlos!«

»Ein Fiebertraum.«

»Dann hab weiterhin solche Fieberträume.« Sonderegger ging an den Tisch und trank den Tee aus, der in der Zwischenzeit kalt geworden war. »Gut, ich melde dich an und werde dir Bescheid geben!« Er nahm seinen Mantel von der Stuhllehne und verabschiedete sich mit einem Kopfnicken.

Drei Wochen später erhielt Anna die Bestätigung, dass die zwei vorgeschlagenen Bilder zum Wettbewerb zugelassen wurden.

In einem körperbetonten schwarzen Kleid, das sie in einem Secondhand-Laden gefunden hatte, einer roten Jacke und schwarzen Pumps stieg Anna in das Auto von Sonderegger, der mit ihr zur Ausstellung fuhr.

Sie hätte allerdings lieber ihre Gammeljeans angezogen, darin fühlte sie sich wohler.

»Du musst dir was Schickes kaufen«, hatte Maria befohlen. »Mit deinen abgeschabten Hosen und den ausgeleierten Pullovern kannst du dort nicht erscheinen.« Maria hatte sie schließlich in diesen Laden geschleppt und das Kleid und die Jacke für sie ausgesucht. »So kannst du hingehen«, hatte sie befriedigt gesagt.

»Ich glaube, es wäre besser gewesen, da nicht mitzumachen«, sagte Anna und schaute zweifelnd auf Sonderegger, der seine schwarze Limousine würdevoll aus dem morgendlichen Verkehr in Richtung Autobahn steuerte.

»Anna, es sind alles junge Künstler so wie du, und du hast gute Chancen. Hast du überhaupt etwas gegessen?«

»Ich konnte nicht, ich war zu nervös.« Sie strich eine Locke, die sich trotz heftiger Bürstenstriche aus der Spange gelöst hatte, aus dem Gesicht.

»Dann werden wir unterwegs einen Halt einlegen und etwas zu uns nehmen. Einverstanden?«

Anna nickte dankbar.

»Werden deine Eltern auch da sein?«, fragte er weiter.

»Sie haben es mir versprochen.«

Die Autobahnraststätte war gut besucht. Sonderegger bestellte zwei Milchkaffee und zwei Stück Kuchen. Gedankenversunken aß Anna den Kuchen. »Können wir wieder oder möchtst du noch ein Stück?«

»Nein, nein, ich bin satt.« Anna stand auf, um das Tablett mit dem schmutzigen Geschirr auf den fahrbaren Gitterwagen zurückzustellen.

Sonderegger schaute ihr nach. Wie zerbrechlich sie wirkt. Was muss das Mädel in Budapest alles erlebt haben?

Zwei Stunden später glitt die Limousine die Straße hinauf und hielt vor dem neuen Gemeindehaus.

»Ich parke den Wagen, geh du schon mal hinein, ich komm

gleich nach.« Er stieg aus, öffnete die Beifahrertür und half ihr aus dem Wagen.

Links und rechts neben dem Eingang standen Blumenkübel, gefüllt mit Astern, Geranien und zarten Gräsern. Anna blieb stehen, beugte sich vor und schnupperte an den Blumen, bevor sie zögernd den Ausstellungsraum betrat.

Lachend und plaudernd, mit einem Glas Wein in der Hand, betrachteten die anwesenden Gäste die Gemälde.

Keine Spur von meinen Eltern, dachte Anna betrübt, nachdem sie sich umgesehen hatte.

»So, und nun schauen wir uns in Ruhe zusammen die Exponate an.« Sonderegger war gerade hinter sie getreten, »deine beiden hängen an einem idealen Platz, in der Mitte dort drüben, hast du sie schon gesehen?«

Anna nickte, ihre Blicke suchten immer noch nach ihren Eltern.

»Ich habe sie kommen sehen, sie sind noch draußen«, beruhigte er, »warten wir auf sie mit dem Anschauen?«

In diesem Moment betraten sie den Ausstellungsraum. Vater in seinem besten Anzug aus früheren Jahren, und auch dem Kostüm von Mutter sah man an, dass es schon einige Jahre überlebt hatte. Doch das kümmerte Anna nicht, freudig eilte sie auf ihre Eltern zu.

Mit einem Glas Wein in der Hand betrachteten die drei die Werke der jungen Künstler. Anna staunte, was sie da zu sehen bekam. Schweizer Landschaftsbilder, wie sie wirklich waren. Abgemalt, würde Franz sagen, doch sie gefielen ihr, auch wenn sie so nicht mehr malen wollte. Als sie vor ihren eigenen Bilder standen, entdeckte sie einen roten Punkt auf ihrem Blumenbild. Fragend schaute sie zu Sonderegger auf.

»Es ist verkauft, Anna! Ich habe dir doch gesagt, dass die Bilder auch verkauft werden können, erinnerst du dich nicht mehr?«

Anna runzelte die Stirn. »Oh! Ich habe nicht mehr daran gedacht, aber ... Oh, oh«, nun strahlten ihre Augen.

»Den Preis habe ich für dich gemacht«, sagte er mit einem Lächeln. »Deine Bilder sollten nicht unter ihrem Wert verkauft werden, und ich weiß, dass Bilder von dir einmal viel Wert sein werden.«

»Wer hat es denn gekauft?«

»Keine Ahnung, das werden wir nach der Preisverleihung erfahren.« Er zeigte zum Podest, hinter dem sich soeben der Redner postierte.

Erwartungsvolle Blicke schauten auf ihn, der mit vielen Worten und ebenso vielen Gesten seine Rede hielt und den jungen Künstlern für ihr Engagement dankte.

Endlich, nach einer Ewigkeit, so schien es Anna, begann er die Namen der Gewinner aufzurufen. Der erste Platz ging an einen schmächtigen jungen Mann. Ein Landschaftsbild mit einer solchen Intensität hatte Anna noch nie gesehen. Aufgeregt rutschte sie auf dem Stuhl hin und her.

»Und der dritte Platz geht an die ›Komposition in Blau‹«, verkündete der Mann auf dem Podest. »Obwohl es kein Landschaftsbild ist«, fuhr er fort, »hat sich die Jury dafür entschieden. Es hat so viel Ausdruckskraft, da konnten wir nicht daran vorbeigehen. Von der Künstlerin werden wir bestimmt noch einiges sehen.«

»Herzliche Gratulation«, wandte sich Sonderegger an die Eltern. »Sie können stolz auf Ihre Tochter sein, und ich bin sicher, Anna wird ihren Weg in der Kunstwelt machen.«

»Dank Ihnen, Herr Sonderegger«, murmelte Vater Janosch. »Ohne Sie ...«, er brach ab und nahm Anna in den Arm.

Mutter Olga stand daneben, sie hatte Tränen in den Augen. »Herr Sonderegger, ich weiß gar nicht, wie ich Ihnen danken soll.«

»Schon gut«, Sonderegger drückte ihre Hand, »ich freue mich mit Ihnen«, sagte er gerührt.

Freudestrahlend ging Anna nach vorne, um die Urkunde und einen Scheck entgegenzunehmen. Sie hatte eine fast unüberwindbare Hürde gemeistert, man würde sie in Zukunft zur Kenntnis nehmen müssen, und sie würde auch ohne von Krantz ihre Bilder in Galerien ausstellen können. Er und seine Frau konnten sie nicht mehr daran hindern!

29. Kapitel

Die Maschine setzte hart auf und holperte über die Landebahn. Anna öffnete die Augen, ihre verkrampften Muskeln lockerten sich langsam. Noch immer überkam sie dieses Angstgefühl, wenn sie in der Luft war. Sie löste den Sicherheitsgurt, reckte sich und holte ihr Handgepäck herunter. Mit müden Augen wartete sie, bis die Flugbegleiterin die Tür geöffnet hatte und sie endlich aussteigen konnte.

Es war ein unruhiger Nachtflug von New York nach London gewesen. Häufig leuchtete das Signal auf, die Sicherheitsgurte umzulegen, und auch die ruhelose Sitznachbarin, die jede halbe Stunde auf die Toilette musste, ließen Anna nicht zur Ruhe kommen. Doch jetzt freute sie sich auf Ellien.

»Wir werden zusammen frühstücken und danach bringe ich dich nach Hause«, hatte sie am Telefon gesagt.

Ellien! Anna lächelte, eine wirkliche Freundin seit sechzehn Jahren, so wie Maria, die sie, nachdem sie vor acht Jahren wieder nach London gezogen war, leider nicht mehr so oft treffen konnte. Nun würde sie Ellien gleich in die Arme schließen können. Vier Wochen war Anna in New York gewesen und freute sich nun auf ihre schöne Wohnung.

In der Ankunftshalle stauten sich wie immer die Angekommenen vor den Förderbändern. Heute, so schien es Anna, dauerte es eine Ewigkeit, bis endlich ihr Koffer auf dem Band erschien. Nachdem sie die Zolllabfertigung hinter sich gebracht hatte und ihre

Füße englischen Boden betraten, winkte ihr eine aufgeregte Ellien entgegen. In der Hand schwenkte sie einen Rosenstrauß.

»Willkommen zu Hause. Ach, wie freue ich mich, dass du wieder hier bist«, sprudelte es aus Elliens Mund. »Jetzt gehen wir frühstücken.« Sie schaute Anna prüfend an, »du bis ja immer noch so dünn, gab es nicht genügend zu Essen in New York? Komm, gib mir deinen Koffer«, sie hakte sich bei Anna unter.

»Wirbelwind«, entgegnete Anna schmunzelnd und überließ ihr das Gepäck. »Und weshalb die Rosen?«

»Für dich und für mich, aber das erzähl ich dir beim Frühstück«, Ellien lächelte und rollte die dunklen Augen. Sie steuerte ihren Mini durch den dichten Morgenverkehr in die Stadt. Vor einem kleinen Coffee-Shop unweit vom Coventgarden hielt sie an.

»Steig schon mal aus und geh hinein, ich suche mal einen Parkplatz.«

Der Geruch von gebratenem Speck schlug Anna entgegen, als sie eintrat. Sie setzte sich an einen Tisch am Fenster und zog einen Spiegel aus der Tasche. Ihre kurz geschnittenen Locken standen wirr vom Kopf ab. Um die Augen waren die ersten Fältchen zu sehen. Hastig versuchte sie, etwas Ordnung in die Haare hineinzubringen und strich sich mit der Hand über die Augen.

»Du bist immer noch schön.« Ellien war an den Tisch getreten, »im Gegenteil, du bist noch schöner geworden.« Sie setzte sich. »Speck mit Eiern oder mit Würstchen, Tee, Kaffee?«

»Keinen Speck, nur Tee und ein Stück Kuchen.« Anna drehte sich um und schaute in Richtung Theke, »wenn die so was haben?«

»Die haben alles hier.« Ellien winkte der Bedienung, »einmal Speck mit Ei und zweimal Kuchen, bitte.«

»Nur ein Stück, mein Hunger ist nach dem langen Flug nicht

sehr groß«, wehrte Anna ab.

»Du isst zwei, so dünn wie du bist, keine Widerrede.«

Als die Bedienung das Gewünschte hingestellt hatte, hob Anna fragend die Augenbrauen, »jetzt erzähl, was ist mit dem Rosenstrauß?«

»Ich kann die Julia spielen an dem neuen Theater. Ich bin so aufgeregt.«

»Du, die Julia? Mensch, Ellien, das ist ja großartig«, Anna nippte an ihrem Tee und strahlte ihre Freundin an. »Ich freue mich so für dich. Endlich hast du es geschafft. Weswegen auch für mich?«

»Erstens, weil du wieder hier bist und zweitens«, Ellien schob eine Scheibe Speck auf die Gabel, »weil du nun ganz oben bist.«

»Ich?«

»Ja, du! Ich habe den Bericht über dich und deine Werke im Guardian gelesen, ich weiß jetzt alles über dich!«

Anna schaute sie nachdenklich an. Es gab doch etwas, was Ellien nicht wusste: Von Anton hatte sie nie gesprochen. Was er wohl jetzt gerade tat? Kühe melken, sehr wahrscheinlich.

»Was denkst du gerade, du bist so weit weg?«, riss Ellien sie aus ihren Gedanken. »Ach nichts, ich möchte nach Hause, ich bin müde.«

»Gut, dann fahren wir.« Ellien winkte der Bedienung, um zu bezahlen.

Die Wohnung von Anna lag in einem gutbürgerlichen Quartier im Westen von London. Sie hatte sie mit viel Glück gefunden. Nicht allzu teuer, doch hell und auch groß genug für ihre Staffeleien.

Sie liebte London. Diese lebendige und etwas verrückte Stadt mit den Museen, Galerien, Theatern und den vielen Möglichkeiten, Kunst in allen Facetten zu genießen.

»Wir sehen uns bald, versprich es. Ich will alles über deine Ausstellung in New York wissen.« Ellien stieg aus und reichte ihr den Koffer.

»Du wirst alles erfahren, ich rufe dich an, wenn ich ausgeschlafen bin.«

Im Eingang begegnete Anna ihrem Nachbarn, der eben die Zeitung aus dem Briefkasten holte. »Wieder zurück, Anna? Alles gut gelaufen?«

»Danke ja, Henry, und bei Ihnen?«

»Auch alles gut. Die Katze von den Campells ist gestorben, überfahren von einem Auto. Das war vielleicht ein Drama. Aber sie haben schon wieder eine Neue gefunden, es laufen ja hier so viele wilde Katzen umher. Und jetzt sind sie glücklich. Ich wünsche Ihnen noch einen schönen Tag.« Er klemmte die Zeitung unter den Arm und schlurfte in seinen Hausschuhen die Treppe hoch, während Anna sich hinter ihm mit ihrem Koffer abmühte.

Das Erste, was sie entdeckte, als sie die Wohnung betrat, war ein fantastisches Blumenarrangement. Erstaunt stellte sie den Koffer auf den Boden und nahm die Karte aus dem Gesteck. Auf der Rückseite stand mit kräftiger Handschrift »Congratulation, Samuel Morgan.« Ihr Lehrer! Sie ließ die Karte sinken, ihr Lehrer hatte ihr gratuliert?

»Miss Anna.«

Sie drehte sich um, im Türrahmen stand ihre Nachbarin, Helen.

»Ich habe angeklopft, zweimal, aber Sie haben nichts gehört.«

»Schon gut, Helen. Sie müssen mich nicht Miss nennen, ich bin die Anna«, sie ging auf die alte Dame zu und küsste sie auf die Wange.

»Die Blumen auf dem Tisch wurden gestern für Sie abgegeben.« Helen wischte sich mit der Hand unauffällig über die Wange.

»Das ist lieb, vielen Dank.«

Über das Gesicht von Helen huschte ein scheues Lächeln. »Die Post liegt dort drüben und hier sind die Schlüssel. Danke für das Vertrauen, dass ich auf Ihre Wohnung aufpassen durfte, Miss Anna.«

»Ich bin die Anna, alle im Haus nennen mich so.«

»Sie sind doch eine berühmte Künstlerin. Ich habe den Bericht über Sie in der Zeitung gelesen und Ihre Bilder angeschaut, als ich die Post hereingebracht habe«, erwiderte Helen schüchtern, »sie sind schön, aber ich kann sie nicht verstehen.«

»Das freut mich, dass sie Ihnen gefallen, man muss Kunst nicht immer verstehen. Nächste Woche kommen Sie mal zu einer Tasse Tee, dann können wir ein bisschen plaudern, jetzt aber muss ich einiges erledigen und bin müde von dem langen Flug.«

»Ja, natürlich, ich wollte nicht stören.«

Helen drehte sich um und zog leise die Tür hinter sich ins Schloss.

Anna beugte sich erneut über das Blumengesteck, Samuel Morgan hatte ihr gratuliert. Ihr strenger Lehrmeister, der sie immer wieder aufgefordert hatte, noch mehr an sich zu arbeiten? Der nie oder fast nie zufrieden mit ihren Arbeiten gewesen war? Sie musste ihn besuchen, mit ihm sprechen, über die Ausstellung in New York, über die Galerie, die noch weitere Werke von ihr wollte. Wie alt war er wohl heute? Er müsste schon längst in Rente sein, obwohl Künstler nie in Rente gehen. Sie rechnete. Die Zeit, die sie in Budapest verbracht hatte. Danach die Jahre, in denen sie an der Gewerbeschule gearbeitet hatte, ihr erster Schritt in die Kunstwelt im Zürcher Oberland. Schätzungsweise an die achtzig musste er jetzt sein.

Anna zog die Jacke und die Schuhe aus, ging ins Schlafzimmer und legte sich aufs Bett. Ihre Vergangenheit zog wie ein Film an ihr vorüber. Nach dem dritten Platz damals interessierten sich mit einem Mal einige Galerien für ihre Werke. Zuerst nur die kleinen, aber auf einmal drehte sich das Rad wie von selbst. Sie konnte inzwischen von ihren Bilderverkäufen leben.

Die Ausstellung in New York war der Höhepunkt in ihrer bisherigen Karriere.

Ihr Mund war trocken. Sie ging in die Küche und ließ Wasser aus dem Hahn in ein Glas laufen. Mit durstigen Zügen trank sie und füllte das Glas noch einmal. Hier konnte das Wasser noch aus dem Hahn getrunken werden, es roch weder nach Chlor noch nach anderen chemischen Zusätzen, nicht so wie in New York.

New York! Das Tempo von dieser Stadt hatte ihr zuerst Schwindel verursacht. Ihr Hirn kam anfangs nicht nach, die Eindrücke zu verarbeiten. Erst nach zwei Tagen konnte sie wieder klarer denken. Die Galerie hatte sie in einem Hotel in der Nähe des Times Square untergebracht. Die erste Nacht war eine Qual gewesen. Durch die Zeitverschiebung erwachte sie um zwei Uhr morgens und konnte nicht mehr einschlafen. Um fünf war sie aufgestanden, in ihre Kleider geschlüpft, mit dem Lift nach unten gefahren und zwei Stunden durch die Straßen des langsam erwachenden Tages gelaufen.

Wenn sie nicht in der Galerie beschäftigt war, besuchte sie das MOMA, bummelte durch die unendlichen Verkaufsflächen des Macys, durchstreifte das World Financial Center oder erholte sich im Central Park.

Die Vernissage war ein voller Erfolg gewesen. Fünf Werke hatte die Galerie verkauft und Mister Jelineck, der Galerist, wollte noch weitere Bilder von ihr in Kommission nehmen. »Berge, liebe Anna,

Ihre Berge kommen an.«

Sie hatte freudig genickt, ihre surrealistischen Kompositionen hatten Liebhaber gefunden.

Im ersten Moment wusste Anna nicht, wo sie sich befand, als sie am nächsten Morgen erwachte. Sie wähnte noch die heulenden Sirenen der Feuerwehrautos und der Krankenwagen zu hören, die Tag und Nacht durch New Yorks Straßenschluchten heulten. Nur langsam begriff sie, dass sie wieder in London, in ihrer Wohnung war.

Ihr Zuhause?

»Ja, mein neues Zuhause«, murmelte sie und schälte sich aus der Bettdecke. Verschlafen tappte sie in die Küche und setzte den Wasserkessel auf die Herdplatte. In ihrem Kopf herrschte Nebel, die Zeitverschiebung war noch nicht überwunden. Mit dem Kaffeebecher in der Hand ging sie ins Wohnzimmer, schob das Tuch über dem Bild zur Seite, an dem sie zurzeit arbeitete. Lange betrachtete sie es. Es war noch nicht fertig, es fehlten immer noch einige Elemente, doch was genau, das konnte sie sich nicht erklären. Sorgfältig legte sie das Tuch wieder über die Staffelei und schaute sich um. Ich sollte mir eine größere Wohnung suchen oder zumindest ein Atelier. Sie wanderte ins Schlafzimmer. Auch hier Bilder über Bilder, die entweder gestapelt auf dem Boden lagen oder an den Wänden angelehnt waren. Sie seufzte. Die Wohnung, das Haus und das Quartier gefielen ihr. Leicht viktorianisch angehaucht. Die Nachbarn konservativ, aber nett und hilfsbereit, bis auf Henry, der des Öftern mit seinem Gehabe zeigte, dass er einmal etwas Besseres gewesen sein musste. Trotzdem mochte sie ihn.

Sie musste mit Ellien sprechen. Vielleicht wusste oder kannte sie jemanden, der wieder jemanden kannte, der ihr behilflich sein konnte, ein bezahlbares Atelier zu finden. Ellien, der Wirbelwind, dachte sie zärtlich.

Unschlüssig stand sie im Schlafzimmer. Eigentlich sollte sie das Chaos aufräumen, die Koffer auspacken, einkaufen gehen, Samuel Morgan anrufen und sich für die Blumen bedanken, an ihren Bildern arbeiten, ihren Eltern mitteilen, dass sie wohlbehalten aus den USA zurück war, aber sie konnte sich zu nichts entscheiden.

Wieder im Wohnzimmer ging sie nochmals zu dem unfertigen Bild und starrte es an. Schlammiges Grün, helles Grün, Gelbgrün, Schwarz und Rot. Wilde Farbstriche ineinanderfließend. Doch der ruhende Punkt, der fehlte. Aber was? Ein Haus, eine Blume, eine Figur? Anna schüttelte den Kopf und deckte das Bild wieder zu.

Nachdem sie geduscht und sich angezogen hatte, ging sie ans Telefon und suchte im Telefonverzeichnis die Nummer von Samuel Morgan heraus. Es klingelte lange, Anna wollte eben auflegen, als sich eine atemlose Frauenstimme meldete.

»Hier bei Mister Morgan, was kann ich für Sie tun?«

»Mein Name ist Anna Horvath, könnte ich bitte Mister Morgan sprechen?«

»Er schläft noch. Könnten Sie in einer Stunde nochmals anrufen?« Anna bejahte und legte den Hörer auf die Gabel zurück. Er schläft noch? Sie schaute auf die Uhr, zehn Uhr dreißig?

Was fange ich nun mit dem Tag an? Malen? Nein! Einkaufen? Sie hatte keinen Hunger und keine Lust, nach draußen zu gehen. Nachdenklich blieb sie vor dem Telefonapparat stehen. Da klopfte es leise an die Tür. Anna öffnete. Helen, die schüchterne Nachbarin, stand vor dem Eingang und hielt ihr eine Tüte entgegen.

»Für Sie Mis ... Anna, ich dachte, ich bringe was zum Essen mit, weil Sie sicher immer noch müde von dem langen Flug sind.«

»Oh, das ist lieb, Helene, vielen Dank.« Anna nahm ihr die Tüte ab. »Was bin ich Ihnen schuldig?«

»Der Zettel ist in der Tüte, es eilt nicht, Sie können mir das Geld morgen oder übermorgen geben.« Damit verschwand sie wieder.

Anna packte aus. Käse, Butter, Toastbrot, Schinken und Eier und eine Flasche Milch. Wie lieb, dachte sie und verstaute sie im Kühlschrank. Dann schaute sie auf die Uhr, die Stunde war um, und sie nahm erneut den Telefonhörer in die Hand. Dieses Mal klappte es, Mister Morgan meldete sich persönlich.

»Anna! Meine Haushälterin hat mir mitgeteilt, dass Sie schon einmal angerufen haben. Wie geht es Ihnen?«

»Gut, sehr gut. Ich möchte mich ganz herzlich für die Blumen bedanken.« Anna betrachtete ihre Finger, an denen heute ausnahmsweise mal keine Farbreste zu sehen waren, »und ich würde Ihnen gerne etwas über die Ausstellung in New York erzählen, wenn Sie mögen.«

»Möchten Sie mich besuchen? Ich bin leider nicht mehr so mobil, um Sie in der Stadt zu treffen.«

»Gerne, sehr gerne. Wann soll ich kommen und wo wohnen Sie?«

»Etwas außerhalb von London, in Sevenoaks. Sie können mit der Bahn vom Charring Cross direkt nach Sevenoaks fahren. Mein Haus liegt nur einen kurzen Fußmarsch vom Bahnhof entfernt.« Er erklärte ihr den Weg.

»Dann freue ich mich auf Morgen, vielen Dank, Mister Morgan«, sie legte den Hörer zurück und drehte sich um sich selbst. Sie würde ihren Lehrmeister treffen, ihm über die Ausstellung erzählen und vielleicht, vielleicht könnte er ihr auch einen Tipp für das noch nicht fertige Bild geben.

Nun verspürte sie doch ein leichtes Hungergefühl. Sie ging zum Kühlschrank. Auf Eier oder Schinken hatte sie keine Lust. Vielleicht ein Stück Schnittkäse und eine Scheibe vom Toastbrot? Lustlos biss sie hinein. Kaum, dass sie den letzten Bissen gegessen hatte, wurde ihr übel. Sie versuchte, den Brechreiz mit einem Schluck Wasser zu stoppen, doch es gelang nicht. Brot und Käse landeten in der WC-Schüssel. Seufzend spülte sie den Mund mit Wasser, was war nur los mit ihr? Doch schnell wischte sie die Angst weg. Vermutlich nur eine leichte Magenverstimmung. »Wird schon wieder, Anna«, murmelte sie.

Das Bild in ein Tuch eingewickelt unter den Arm geklemmt, die Tasche über die Schulter gehängt, stieg Anna aus der U-Bahn und fuhr mit der Rolltreppe direkt in die Halle des Charring Cross Bahnhofs. Wie immer eilten gehetzte Menschen durch die Halle. Wie immer wehte ein leichter Fettgeruch der umliegenden Buden über die Bahnsteige und wie immer priesen die fliegenden Händler allerlei Unbrauchbares an.

Die Tafel mit den Abfahrtszeiten zeigte, dass der Zug nach Sevenoaks in drei Minuten abfahren würde. Anna hastete durch die Menschenmenge, stieß mit ihrem Bild immer wieder an und wäre fast gestolpert. Keuchend erreichte sie den Bahnsteig und konnte in letzter Minute in den hintersten Wagen einsteigen.

»Sevenoaks, Sevenoaks«, tönte es durch den Lautsprecher, sie nahm das Bild von der Ablage, schnappte die Tasche und stieg aus. Als sie aus dem Bahnhof trat, wähnte sie sich auf dem Land. Die Fahrt hatte knapp fünfundzwanzig Minuten gedauert, und London mit dem nie endenden Autoverkehr, dessen Abgase die Luft unerträglich machten, die hektischen Menschen, die keine Zeit zu haben schienen, London war meilenweit entfernt. Hier schien die Zeit stehengeblieben zu sein. Nur ein paar wenige Autos waren auf dem Parkplatz zu sehen.

Die Villa von Mister Morgan befand sich am Ende der Straße. Ein Holztor verwehrte den Einblick auf den Eingang. An einem Pfosten war eine Glocke befestigt. Anna zog an der Schnur und ein heller Ton schallte durch die Gegend. Nach einer Weile vernahm sie Schritte auf dem Kies, ein Knacken und das Tor öffnete sich.

»Sie müssen Anna sein, herzlich willkommen, Mister Morgan erwartet Sie bereits.« Eine rundliche Person, mit freundlichen Augen streckte ihr die Hand entgegen. »Ich bin die Haushälterin, mein Name ist Emma Miller.« Sie schloss das Tor und die beiden gingen den geschwungenen Kiesweg entlang zum Haus.

»Bitte erschrecken Sie nicht. Mister Morgan hat sich in den letzten Jahren sehr verändert.«

Anna schaute sie verwundert an.

»Nicht so, wie Sie vielleicht denken, aber er ist nicht mehr so gut zu Fuß.«

»Das hat er mir bereits am Telefon gesagt«, sagte Anna, »deshalb konnten wir uns nicht in der Stadt treffen«, sie schaute sich kurz um, »doch hier ist es wunderschön, so friedlich.«

Miss Miller lächelte. »Wir genießen diese Ruhe. Bitte kommen Sie.« Sie öffnete die schwere Eingangstür und hieß sie eintreten.

Das Erste, was Anna sah, war ein langer Korridor, an dessen Ende sich ein Butzenscheibenfenster befand, in dem sich das Licht spiegelte.

»Hier entlang«, Miss Miller eilte ihr voran bis zur hintersten Tür, »Mister Morgan erwartet Sie in seinem Atelier.« Sie klopfte kurz und öffnete die Tür. »Ihr Besuch, Mister Morgan.«

»Wie schön Sie wiederzusehen, willkommen in meinem Haus!« Er drehte sich um und rollte auf Anna zu. »Setzen Sie sich dort auf den Sessel neben der Staffelei. Wir trinken einen Tee zusammen und dann erzählen Sie mir von Ihrem Erfolg in den USA.«

Anna nickte stumm und betrachtete ihn stirnrunzelnd. Was war nur mit diesem stattlichen Mann passiert, der nun zusammengefallen in einem Rollstuhl saß?

Als hätte er ihre Gedanken erraten, sagte er: »Ja, ja, ich bin ein alter Mann geworden, ein Schlaganfall, doch ich kann noch malen und das ist für mich das Wichtigste in meinem Leben. Und ich werde von Miss Miller gut versorgt.« Er nahm eine Glocke, die neben der Staffelei auf einem kleinen Tisch stand und läutete. Sofort öffnete sie die Tür.

»Miss Miller, können Sie uns bitte Tee servieren und von den köstlichen Keksen, die Sie kürzlich gekauft haben?«

»Kommt sofort.«

»Und nun, Anna, erzählen Sie einem alten Mann, der nur noch durch Zeitungen am Leben teilhaben kann, von sich.«

Stockend zuerst berichtete sie von der Ausstellung in New York, und dass die Galerie noch mehr Bilder von ihr in Kommission nehmen wollte, und es geplant sei, in Paris und bei der »Art Basel« auszustellen.

»Das ist ja fantastisch!« Morgan strahlte sie an. Seine Augen hatten trotz der Schicksalsschläge nichts von dem früheren Glanz verloren. »Und das da?«, interessiert blickte er auf das verhüllte Bild.

»Da habe ich eine Frage, ich bin sicher, dass Sie mir helfen können.« Anna wickelte das Bild aus und stellte es auf den Boden. »Es fehlt etwas, aber ich weiß beim besten Willen nicht, was?«

»Hm«, er betrachtete es eine Weile aufmerksam. »Die Farbzusammenstellung ist Ihnen gut gelungen, auch die kräftigen dunklen Rundungen, unterbrochen von dem zarten Gelb, wirklich, ich mag das. Doch Sie haben recht, etwas fehlt.«

»Vielleicht eine Figur oder ein Haus oder so etwas?« Anna blickte ihn interessiert an. »Haben Sie schon einen Titel dafür?«

»Nein. Meistens habe ich bereits bei den ersten Strichen einen Namen im Kopf, aber hier nicht. Mich hat es gereizt, eine unkontrollierte Farbkomposition auf die Leinwand zu bringen, aber ich bin mir jetzt nicht mehr ganz sicher, ob diese Idee gut war?«

»Lassen Sie mich darüber nachdenken. Könnten Sie mir das Bild hier lassen?«

Anna nickte. »Gerne, für Ihren Rat wäre ich Ihnen sehr dankbar.«

Miss Miller kam mit einem Teewagen ins Atelier zurück und schob ihn an den Tisch. Zwei durchsichtige Porzellantassen, eine antike Teekanne, eine Kristallschale, gefüllt mit Gebäck und eine Vase mit einer Rose schmückten den Wagen. »Wenn Sie noch etwas brauchen, ich bin im Zimmer nebenan.«

»Danke, Miss Miller, ich glaube, wir haben alles.«

Der Tee schmeckte köstlich, das Gebäck himmlisch. Beide tranken schweigend ihren Tee. Plötzlich unterbrach Mister Morgan die Stille. »Anna, malen Sie einfach so weiter wie bisher. Lassen Sie Ihre Gefühle in Ihre Bilder fließen, Sie können sich dabei auch selber finden.«

»Meine Heimat, vielleicht?«

»Ja, vielleicht. Sich selber finden, das kann auch Heimat sein.«

In Gedanken versunken ging Anna zum Bahnhof zurück. Es war ihr nach dem Gespräch mit ihrem ehemaligen Lehrer klar geworden, dass sie mit ihrer Malerei auf dem richtigen Weg war.

30. Kapitel

Einige Wochen nach dem Besuch bei Mister Morgan in Sevenoaks lag ein Schreiben von der Galerie in New York im Briefkasten. Ob da ein Scheck von Verkäufen drin war? Neugierig öffnete Anna ihn. Sie musste ihn zweimal lesen, bevor sie den Inhalt begriff, und er war wertvoller als jeder Scheck!

Ihre Bilder sind ein solcher Erfolg in Amerika, schrieb Mister Jelineck, *dass wir uns definitiv entschlossen haben, sie auch in Europa bekanntzumachen. Die »Art Basel« ist der beste Einstieg dazu. Wir würden uns freuen, Sie in Basel zu begrüßen und der europäischen Kundschaft vorzustellen. Ich werde in zwei Wochen nach London kommen, mir Ihre neuen Arbeiten anschauen und dann entscheiden, was wir ausstellen werden.*

Anna vergaß einen Augenblick zu atmen. Ihre Werke würden auf der »Art Basel« gezeigt werden! Sie wusste um die Bedeutung dieser Kunstmesse. Eine Messe, bei der nur ausgewählte Galerien zugelassen werden. Zeitgenössische Kunst in allen Facetten werden dort einem ebenso ausgewählten Publikum vorgestellt. Und sie durfte mit ihren Bildern dabei sein!

Sie musste sich setzen, konnte es einfach nicht glauben. Nachdem die erste Welle der Euphorie etwas abgeklungen war, zog sie die Jacke über, um in ihr Atelier zu fahren. Sie musste jetzt ihre Bilder besuchen. Sie wollte sie anschauen, sie wollte die Farbe und den Terpentingeruch riechen und sofort malen, ihre Freude auf der

Leinwand festhalten. Wie ein Wirbelwind stürmte sie nach unten und wäre im Hauseingang um Haaresbreite mit Henry zusammengestoßen, der eben zur Tür hereinkam.

»He, he, nicht so schnell«, schimpfte er, hielt ihr aber trotzdem die Tür auf. »Es regnet, haben Sie einen Schirm, Anna?«

»Brauche keinen!« Schon war sie an ihm vorbeigeschlüpft, zum Gartentor gerannt und die Straße entlang in Richtung Atelier, das nur ein paar Meter von der Wohnung entfernt, in der nächsten Querstraße, lag. Außer Atem schloss sie die Tür auf und betrat ihr Reich.

Ellien hatte Himmel und Hölle in Bewegung gesetzt, alle Beziehungen spielen lassen, und mit sturer Hartnäckigkeit die Annoncen in den entsprechenden Zeitungen durchforstet, um eine Lokalität für Anna zu finden. Und wie es das Schicksal so wollte, war es Henry gewesen, der ihr gesagt hatte, dass bei einer älteren Dame ganz in der Nähe ein ausgebauter Dachboden zu vermieten sei.

Miss Hampton und Anna waren schnell einig geworden. Der Raum war groß und die Dachfenster spendeten genug Licht zum Malen. Nur im Winter war es ziemlich kalt und vor allem feucht. Der Holzofen war zu klein, um den Raum genügend zu heizen. Anna störte das nicht sehr. Dicke Pullover, darüber eine Felljacke, und die Kälte konnte ihr nichts mehr anhaben.

Da standen sie, ihre Kinder, an den Wänden und auf den Staffeleien. Tief zog sie den Farbgeruch in sich ein und betrachtete intensiv jedes Bild.

Welche würde Mister Jelineck wohl auswählen? Die mit den Papageienfarben, die aussahen, als wären sie nur mit schnellen Strichen auf die Leinwand gemalt worden? Oder vielleicht die Berge, die mittlerweile nicht mehr nur dunkel und mit spitzen Bergzacken dastanden, sondern rund, mit weichen Übergängen? Das Bild mit den Wolkenkratzern von New York? Die Wolkenkratzer standen nicht gerade, sondern neigten sich nach allen Seiten, so, als würden sie unter der Last der Menschen zusammenbrechen, die sie bewohnten. Oder ihr »Suchbild«, wie sie es nannte? Mister Morgan hatte ihr geraten, ein Haus in die leere Fläche zu malen.

»Ein Haus, das man nicht auf den ersten Blick als solches erkennen kann, sondern erst beim zweiten Mal«, hatte er vorgeschlagen. »Ein Haus, das umrankt von Farben ist, das würde mir gefallen.«

Sie liebte dieses Bild, weil sie erkannt hatte, dass sie sich damit künstlerisch auf neue Wege begab. Wege, die noch nicht ausgereift waren, die es aber Wert waren, sie zu erkunden.

Sie holte eine Staffelei aus der Ecke und begann eine Leinwand auf den Keilrahmen aufzuspannen. Es war immer noch eine mühsame Arbeit und innerlich schimpfte sie sich, dass sie nicht für genügend Vorrat gesorgt hatte. Jetzt musste sie nach dem Aufspannen die Leinwand zuerst imprägnieren, dann grundieren und trocknen lassen. Also wurde heute nichts mit malen. Sie konnte ihre Freude über die Ausstellung in Basel nicht in Farben ausdrücken.

Die Grundierung stank mehr als je zuvor. Anna ging zum Seitenfenster und öffnete es. Der Regen war stärker geworden und Wind peitschte ihn herein. Schnell schloss sie es und kehrte zur Staffelei zurück. Sie wollte diese Leinwand unbedingt heute noch fertig grundieren. Mit Schweißperlen auf der Stirn arbeitete sie verbissen weiter. Ellien hatte ihr vor ein paar Wochen mit strenger Stimme befohlen, nun endlich einen Arzt aufzusuchen.

»Dir ist ständig übel, du isst nur noch Kuchen, bist spindeldürr«, hatte sie geschimpft. Anna hasste es krank zu sein, hatte dann aber nachgegeben und sich in einer Praxis angemeldet. Der Arzt war der Meinung gewesen, dass ihre Übelkeit nicht weiter gravierend sei. Überarbeitung, mehr nicht. Sie solle sich mal eine Pause gönnen, gesund essen und an der frischen Luft spazieren gehen, dann werde sich das von allein erledigen. Er hatte ihr eine Packung mit blauen Pillen mitgegeben, sie solle die regelmäßig jeden Morgen nach dem Frühstück zu sich nehmen, die würden ihren Magen beruhigen. Falls es nach zwei Wochen noch nicht besser sei, solle sie in Gottes Namen nochmals kommen.

Die erste Woche war nun schon vorbei, aber die Übelkeit war geblieben. Sie würde einen Teufel tun, sich nochmals in das dunkle Wartezimmer setzen, um stundenlang zu warten, bis sie an die Reihe kam. Ihre Malerei war wichtiger und sie hatte keine Zeit zu vertrödeln.

»Miss Anna, möchten Sie einen Tee? Es ist kühl geworden, der Regen.«

Miss Hampton hatte unbemerkt den Raum betreten. In der einen Hand hielt sie eine Teekanne und in der anderen einen Becher.

»Hier«, sie stellte beides auf den Tisch an der Wand und zog ihre Strickjacke enger um die schmalen Schultern. »Sie sind so blass?«, fragte sie besorgt.

»Nein, nein, es ist alles in Ordnung«, erwiderte Anna, »nur der Geruch von der Grundierung ist heute besonders intensiv.«

»Ja, und das Fenster kann man nicht öffnen, der Regen und der Wind.« Miss Hampton schaute sich um. »Vielleicht wollen Sie nach unten kommen?«

Anna schüttelte den Kopf. »Vielen Dank, ich möchte diese Leinwand noch fertig grundieren, danach muss ich eh warten, bis sie trocken ist. Danke für den Tee. Ich bringe Ihnen nachher das Geschirr nach unten.«

»Es eilt nicht, Sie können es auch stehen lassen, ich hole es Morgen und kann gleichzeitig das Zimmer lüften«, sie schnupperte, »ja, es riecht tatsächlich streng.« Sie trippelte zur Tür und verließ den Raum.

Heute war ihr Tag. Mister Jelineck hatte sich um zwölf Uhr in einem kleinen Restaurant unweit vom Piccadilly Circus mit ihr verabredet. Anna wählte ihre Kleidung besonders sorgfältig, denn er war ein sehr distinguierter Herr und achtete auf solche Äußerlichkeiten. Obwohl sie nach wie vor am liebsten Hosen und Pullis trug.

Punkt zwölf Uhr betrat sie das Restaurant. Bequeme Ledersessel, kleine Tische, gedämpftes Licht und eifrige Kellner, die lautlos über die dicken Teppiche schwebten, um die Gäste zu bedienen.

Sie blieb am Eingang stehen und schaute sich suchend um. Ein Kellner trat auf sie zu: »Ein Tisch für ...?«, er hob fragend die Augenbrauen.

»Ich bin verabredet ... und«, da erblickte sie ihn. »... danke ich habe ihn gesehen.« Sie lächelte und ging auf Mister Jelineck zu.

»Anna, wie schön, Sie wieder zu sehen«, sein Händedruck war warm. »Setzen Sie sich«, er schob ihr den Sessel zurecht und winkte einem Kellner, die Speisekarte zu bringen. »Wie geht es Ihnen? Ich freue mich auf Ihre Arbeiten.« Er nahm die Karte, die der Kellner vor ihn hinlegte. Ein kurzer Blick, er schien sich bereits entschieden zu haben. »Anna, Ich könnte als Vorspeise eine Forelle gedämpft empfehlen und als Hauptgang ein gebratenes Kalbsbries mit einer Gemüsegarnitur. Das Dessert bestellen wir danach.« Abwartend schaute er sie an.

»Ich kenne mich nicht so gut aus«, erwiderte sie, »bestellen Sie einfach für mich mit«, doch sie spürte, ihr Magen fing schon beim Gedanken an essen zu rebellieren an.

Die Kunst und ihre Möglichkeiten waren während des Essens das Hauptthema sowie auch die kommende Ausstellung an der

»Art Basel«.

Anna stocherte in ihrem Teller herum. Mister Jelineck schien es nicht zu bemerken, oder er übersah es aus Höflichkeit.

»Wir haben bereits zweimal in Basel ausgestellt. Die internationale Kundschaft ist fantastisch, sie kennt sich aus auf dem Kunstmarkt. Hier«, er zog einen Briefumschlag aus der Brusttasche, »ist Ihre Eintrittskarte für das Preview am Mittwochabend. Nur die Künstler und Galeristen und natürlich die Regierung werden anwesend sein. Ein Stelldichein und damit ein Kennenlernen untereinander. Ein nicht zu unterschätzender Aspekt.«

Das Taxi brachte sie anschließend zum Atelier.

»Hm, hier arbeiten Sie also?« Mister Jelineck sah sich um, als sie den Raum betraten. »Und das sind Ihre neuen Werke?« Bewundernd betrachtete er jedes einzelne Bild. »Sie sind fleißig gewesen, Anna, Ihr Stil hat sich verändert. Schön, schön«, sagte er und begann erneut einige der Bilder zu betrachten.

»Nicht alle sind neu. Ein paar davon sind von früher, aus meinen Anfängen.«

»Und das dort«, er zeigte auf ihr »Suchbild«, »das muss sehr neu sein. Diesen wilden Stil, den kenne ich noch nicht von Ihnen.« Er hob das Bild hoch und stellte es auf eine Staffelei, trat einen Schritt zurück und kniff die Augen zusammen. »Anna, das nehme ich nach Basel. Genau solche Bilder sind dort beliebt, sehr beliebt sogar. Und das New York Bild mit den Wolkenkratzern, das wird auch ein Renner werden.« Er drehte sich auf dem Absatz und ging auf Anna zu, die am Seitenfenster stand. »Sie sind eine begnadete Künstlerin. Die Welt wird Ihnen zu Füßen liegen.«

»Vielleicht«, murmelte sie, »ich male, weil ich malen muss. Schon immer ist das so gewesen. Wenn ich nicht malen kann, dann sterbe ich.«

Mister Jelineck betrachtete sie eine Weile nachdenklich, bevor er weitersprach: »Für die Rahmen schicke ich Ihnen einen Fachmann, mit dem ich in London zusammenarbeite. Das dritte Bild, eines von Ihren Bergen, das bei mir in der Galerie hängt, werde ich mit dazunehmen. Einverstanden?«

Anna nickte. Natürlich war sie einverstanden und falls sie verkauft würden, wäre sie das auch. Obwohl ihr »Suchbild«, das würde sie nicht gerne hergeben.

»Dann ist alles geregelt. Wie gesagt, der Fachmann wird sich bei Ihnen melden, er wird auch für den Transport in die Schweiz zuständig sein. Sie haben damit nichts zu tun.« Er streckte ihr die Hand hin. »Auf Wiedersehen in Basel.«

Die beiden verließen den Raum und gingen nach unten, wo das Taxi wartete. Mister Jelineck stieg ein. Ein letztes Winken, Anna schaute ihm nach, bis es um die Ecke verschwunden war.

Erst als sie im Bett lag, wurde ihr vollumfänglich bewusst, welche Chance sie durch diese Ausstellung bekam.

»Du musst natürlich etwas Verrücktes zum Anziehen haben. Kein braver Rock oder deine ewigen Hosen, ich kenne eine Boutique, die genau solche Kleider anbietet. Komm, lass uns gleich hinfahren«, hatte Ellien gefordert, als Anna ihr von ihrem Glück erzählte hatte.

»Nicht so hastig, Ellien. Ich habe passende Röcke und Blusen und auch Kleider, es ist nicht das erste Mal, dass ich an einer Vernissage teilnehme.«

»Aber nicht an so einer! Mensch, Anna, die ›Art Basel‹, das ist keine stinknormale Ausstellung, das high, high, high in der Kunstwelt. Auch wenn ich nicht male, ich kenn mich trotzdem etwas aus, ich spiele immerhin die Julia.«

Anna lächelte. »Wie läuft's mit den Proben?«

»Ganz okay, doch schweif jetzt nicht ab, wir gehen nun was kaufen für dich, keine Widerrede. Du gehst ins Badezimmer und machst dich frisch«, der Ton von Ellien war von einer solchen Bestimmtheit, dass Anna brav gehorchte.

Das Seidenpapier, in dem das Kleid eingepackt war, raschelte, als Anna es aus dem edlen Karton nahm. Ellien hatte sie von einer Boutique zur anderen geschleppt. Beim siebten Laden fing Anna leicht zu murren an.

»Wir finden doch nichts Passendes, lass mich nach Hause gehen. Ich habe wirklich genug Kleider im Schrank.«

»Nichts da, wir suchen weiter«, war die lakonische Antwort gewesen. »Wir werden etwas für dich finden, verlass dich drauf.«

Und Ellien mit ihrem Dickkopf hatte am Ende recht behalten. In einer kleinen, unscheinbaren Boutique in Soho wurden sie fündig. Die Verkäuferin musterte Anna, als Ellien ihr den Wunsch erklärte, und kam nach kurzer Zeit mit einem Kleid über dem Arm aus dem hinteren Teil des Ladens zurück.

»Ich denke, das ist, was Sie suchen.« Sie hielt ein Gebilde von Stoff hoch, auf Taille geschnitten, mit einem tiefen Ausschnitt im Rücken und einem glockigen Rockteil, vorne kürzer als hinten. »Der Stoff ist aus Organza und leicht durchsichtig.«

»Dann probieren wir das gleich mal an.« Ellien trippelte vor Aufregung.

Anna ging widerstandslos in die Umkleidekabine. Als sie sich im Spiegel betrachtete, erkannte sie sich nicht wieder. Ein anderes Wesen blickte ihr entgegen. Sie trat aus der Kabine, und Ellien und die Verkäuferin brachten keinen Ton hervor.

»Du siehst wunderbar aus«, brach Ellien als Erste das Schweigen. »Genau das Richtige, das Kobaltblau passt wunderbar zu deinem schwarzen Haar. Und nun noch einen Hut, der müsste dann allerdings etwas auffallender sein. Haben Sie auch so etwas?«

»Der könnte dazu passen.« Die Verkäuferin brachte einen breitkrempigen schwarzen Hut, mit grauen Federn verziert, aus dem Atelier.

»Setz ihn mal auf, Anna.« Sie tat es und Ellien klatschte in die Hände. »Du wirst die Königin auf dieser Vernissage sein, wir nehmen ihn, nicht wahr, Anna?«

»Wenn du meinst?«

»Aber ja, du siehst ganz wunderbar darin aus. Wie eine Elfe.«

Den erfolgreichen Kleiderkauf hatten sie ganz in der Nähe in einer Bar mit einem Drink gefeiert. Anna hängte das Gebilde von einem Kleid auf den Bügel und den Hut legte sie auf einen Stuhl. Sinnend betrachtete sie ihre Errungenschaft. Wie würde sie werden, die Vernissage? Plötzlich überfiel sie so etwas wie Angst, die sie aber schnell zur Seite schob.

Die Ausstellungsbilder waren gerahmt, verpackt und in die Schweiz geschickt worden. Der Flug war gebucht, der Abreisetag nach Basel rückte näher. Anna hatte mit Sonderegger, mit ihren Eltern und auch mit Maria telefoniert und sie über ihren Besuch in Basel informiert.

»Du wohnst natürlich bei mir, Anna«, hatte Sonderegger sofort erklärt, »und auch deine Eltern sind bei mir willkommen.«

»Meine Eltern werden nicht nach Basel kommen, sie würden nicht in eine solche Gesellschaft passen«, sagte sie. Annas Stimme klang traurig, »und ich konnte sie nicht überzeugen, dass sie es ihrer Tochter zuliebe tun sollten.«

»Soll ich mit ihnen sprechen, Anna?«

»Nein, ich werde nach der Ausstellung nach Intschi fahren und sie besuchen.«

Der Schlaf am Vorabend der Abreise ließ lange auf sich warten. Anna lag mit verschränkten Armen im Bett und starrte an die Decke. Sie freute sich auf Maria, die erklärt hatte, dass sie und nicht ihr Protegé sie am Flughafen abholen würde.

»Ich werde es Herrn Sonderegger persönlich mitteilen. Wir werden zusammen etwas essen gehen und danach bringe ich dich in die Hochburg der Reichen.« Marias Stimme ließ keinen Widerspruch zu.

Sie freute sich auch auf das Wiedersehen mit Sonderegger, doch immer noch fühlte sie eine gewisse Distanz zwischen ihm und ihr, wenn sie sich mit ihm traf. Weshalb, das konnte sie sich nicht erklären. Vielleicht war es seine Herkunft, eine alteingesessene Basler Familie und sie, ein ungarischer Flüchtling? Sie drehte sich auf die Seite, denn sie wollte heute Abend nicht mehr über ihren Status nachdenken.

Das Flugzeug begann mit dem Sinkflug über dem Elsass, zog einen weiten Bogen über den Rhein und landete pünktlich auf dem Flughafen Basel-Mulhouse. Die Zollabfertigung ging zügig voran und ehe es sich Anna versah, stand sie in der Ankunftshalle.

»Anna, endlich.« Maria lief auf sie zu und drückte sie an ihren Busen. »Lass dich anschauen«, sie schob sie von sich weg und betrachtete sie prüfend. »Blass bist du und so dünn«, und sie umarmte sie erneut. »Komm, gib mir deinen Koffer, meine Limousine steht nicht weit von hier.«

»Limousine?«

»Du wirst schon sehen.« Maria kicherte und schubste Anna auf den Ausgang zu. »Dort drüben steht sie, auf der anderen Straßenseite.«

»Ich kann keine Limousine sehen.«

»Ha, ha«, Anna liebte das kehlige Lachen ihrer Freundin, »der grüne Hüpfer dort, siehst du ihn jetzt?«

»Der Käfer, och, du hast dir einen Käfer zugelegt?«

»Ich konnte ihn günstig erwerben, er hat ein paar Rostflecken und will nicht immer so wie ich, aber ich bin nicht mehr auf die öffentlichen Verkehrsmittel angewiesen. Weißt du, ich arbeite immer noch als Modell und dazu muss ich gelegentlich auch weiter wegfahren. Aber komm, lass uns etwas essen gehen, ich bin am Verhungern.«

Der Käfer knatterte und rumpelte, doch nach einem Knall aus dem Auspuff kam er langsam in die Gänge und die beiden fuhren kichernd in die Stadt.

»Übrigens, magst du die spanische Küche?«

Anna nickte und betrachtete sie von der Seite. Maria war immer noch das pralle Weib, und sie konnte sich gut vorstellen, dass sie ein begehrtes Modell war.

»Das Restaurant, in dem ich reserviert habe, hat erst kürzlich eröffnet und da dachte ich, dass wir es mal ausprobieren könnten. Ich habe mich auf dem Markt als Modell gut etabliert«, Maria nahm zügig eine Kurve, »und arbeite inzwischen auch für verschiedene Firmen im Unterwäschebereich, bin aber immer noch die Kassiererin in dem Laden von früher. Passt beides gut zusammen.«

»Das freut mich, aber weshalb immer noch Kassiererin? Du verdienst doch sicher genug, dass du das nicht mehr nötig hast?«

»Ach, weißt du, ich hänge irgendwie an dieser Arbeit, aus Sentimentalität vielleicht. Und wenn ich beides unter einen Hut bringen kann, warum denn nicht.«

»Auch wieder wahr, man soll tun, was einem gefällt, das Leben ist kurz genug.«

»Du und deine Philosophien, dort ist es, hoffentlich finde ich einen Parkplatz.« Maria steuerte das Auto in eine Nebenstraße.

Das Essen schmeckte vorzüglich, Tapas, danach Paella mit Huhn und als Abschluss eine katalanische Creme. Das erste Mal seit langer Zeit, dass Anna wieder einmal mit Genuss essen konnte, ohne Übelkeit zu verspüren.

»Und, ist London jetzt dein Zuhause geworden, fühlst du dich dort wohl?«

»Mein Zuhause?« Anna nagte an der Unterlippe. »Ich weiß es nicht, Maria. Ich bin gerne in London, ich war auch gerne in Basel, aber Intschi?« Sie schüttelte den Kopf. »Wenn ich male, dann bin ich glücklich. Ich freue mich, dass ich Erfolg habe mit meinen Bildern und den Menschen, die sie kaufen, etwas geben kann. Aber mein Zuhause?« Sie hob die Schultern.

»Doch Ungarn?«

»Da gehe ich nicht mehr hin, da gibt es zu viele schlechte Erinnerungen. Ach, komm, lass uns das Thema wechseln, sonst werde ich noch traurig und heute möchte ich fröhlich sein.«

Es war schon weit nach Mitternacht, als die beiden aufbrachen.

»Kann ich dich jetzt noch in dieser noblen Gegend abliefern oder möchtest du bei mir schlafen?«

»Kannst du. Markus Sonderegger wird noch nicht schlafen, der wird noch arbeiten. Jedenfalls früher ist das so gewesen.«

»Na gut, dann lass uns fahren.«

Nachdem Maria den Käfer stotternd vor dem Tor des Patrizierhauses zum Stehen gebracht hatte, umarmten sich die beiden Frauen.

»Kommst du auch zu der Ausstellung und schaust meine Bilder an?«, fragte Anna, bevor sie ausstieg.

»Aber sicher, das lasse ich mir doch nicht entgehen. Ich habe auch bereits eine Einladungskarte erhalten von deinem Sonderegger.« Sie lachte.

»Dann freue ich mich, dich in meine Kunst einführen zu dürfen.«

»Die kenn ich bereits. Aber geh jetzt und schlaf gut.«

Markus öffnete selbst die Tür, noch bevor Anna den Türklopfer betätigen konnte. »Willkommen Anna. Komm herein. Du wirst müde sein. Frau Keller hat dein Zimmer schon gerichtet.«

»Ja, etwas müde und sehr aufgeregt.«

»Das musst du nicht sein. Deine Bilder werden einschlagen. Ich fühle das.«

Anna lächelte ihn dankbar an. Er hatte immer die passenden Worte. Sie nahm ihre Tasche und stieg die Treppe hinauf. Ihr Zimmer. Seine Villa war fast schon ein zweites Zuhause für sie.

Schon lange nicht mehr hatte Anna so tief und fest geschlafen. Nur langsam fand sie in den Tag hinein. Von unten hörte sie leises Geklapper. Sie setzte sich auf, um sich gleich wieder in das Kissen zurückfallen zu lassen. Es war so angenehm warm im Bett. Mit verschränkten Armen über dem Kopf träumte sie vor sich hin. Heute um sechzehn Uhr würde also die Preview Vernissage stattfinden. Was kam da auf sie zu? Sonderegger hatte ihr gestern Abend empfohlen, mit einem Taxi zur Vernissage zu fahren.

Ihr Blick schweifte durch das sonnendurchflutete Zimmer und blieb an dem Kleid haften, das sie noch rasch auf einen Bügel gehängt hatte, bevor sie sich ins Bett legte. Das Kleid, das Ellien für sie ausgesucht hatte. Anna lächelte. Ellien, die Quirlige. Sie war so ganz anders als Maria, die die Ruhe selbst war. Sie wollte die beiden nicht mehr missen. Sie konnte ihnen vertrauen, sie waren immer für sie da. Oh, nein, sie brauchte keinen Mann, sie genoss ihre Freiheit. Ein Mann würde es sehr schwer haben neben ihr.

Wie spät war es eigentlich? Ihre Armbanduhr hatte sie im Badezimmer liegen lassen. Auch egal, heute war ihr Tag. Nur schade, dass ihre Eltern nicht nach Basel kommen wollten. Weshalb eigentlich nicht? Sie sollten sich nicht verstecken, sie waren nicht weniger wert, nur weil sie als Flüchtlinge in die Schweiz gekommen waren. Dieses blöde Wort Flüchtling, wie sie es hasste, es klebte immer noch in ihrem Kopf.

Ein leises Klopfen, Frau Keller trat ein, einen Servierwagen vor sich herschiebend. »Guten Morgen, Anna, haben Sie gut geschlafen?«

Anna setzte sich auf. »Ja, sehr gut, Frau Keller.« Ihre Augen wurden groß, als sie die Köstlichkeiten auf dem Wagen sah. »Ist das alles für mich?«

»Aber ja, heute wird ein strenger Tag für Sie, da muss eine gute Grundlage geschaffen werden.« Sie schob den Wagen neben Annas Bett. »Wenn etwas fehlen sollte, können Sie das interne Telefon nach unten benutzen. So, und nun wünsche ich Ihnen einen guten Appetit.« Leise schloss sie die Tür hinter sich.

Frau Keller, dachte Anna, sie schien alterslos zu sein. Dieselbe Rundlichkeit, dasselbe faltenfreie Gesicht und die Haare immer noch die Farbe wie vor ein paar Jahren.

Das Frühstücksangebot war wahrhaftig phänomenal. Eier, Würstchen, Speck, Käse, Schinken, geräucherter Lachs und Kuchen. Wahlweise Kaffee oder Tee. Sie hatte keinen großen Hunger, doch für Kuchen war sie immer zu haben.

Sie schenkte sich eine Tasse Kaffee ein und legte sich ein Stück Quarkkuchen auf den Teller. Genüsslich biss sie hinein und freute sich, dass ihr Magen die gestrige Mahlzeit bei sich behalten hatte.

Gesättigt ging sie ins Badezimmer.

Aus der Dusche zurück, ließ sie das Handtuch fallen und betrachtete im Wandspiegel ihren Körper. Sie sah nicht wie eine bald vierzigjährige Frau aus. Die Brüste wie bei einem vierzehnjährigen Mädchen, die Taille schmal und die Hüften knabenhaft.

»Anna, du musst etwas Speck ansetzen«, murmelte sie, schlüpfte eilig in eine Jeans und zog ein T-Shirt über. Danach bürstete sie die dunklen Locken, die sich strohig anfühlten.

»Ich mach einen Spaziergang«, rief sie Frau Keller zu und verschwand nach draußen.

Es war ein milder Junitag. In den Vorgärten der noblen Häuser blühten Rosen, Lilien und Margeriten um die Wette. Anna lief die Straße zum Wasserturm hinauf, das Wahrzeichen des Viertels. Oben angekommen setzte sie sich auf eine Bank und schaute auf die Stadt herab, die unter einer Abgaswolke lag. Hier war die Luft klar. Sie atmete tief ein und aus. Seit Langem hatte sie sich nicht mehr so gut gefühlt. Die permanente Müdigkeit war verschwunden und ihr Kopf fühlte sich frei. Sie streckte sich und wanderte zum Blumenfeld, das sich auf der anderen Straßenseite ausbreitete. Wildblumen, dazwischen Ziergras und Rosenbüsche. Wie zur Renoirs Zeiten.

Frauen in langen bunten Kleidern mit Sonnenhüten und Körben an den Armen, Blumen pflückend. Kinder, die lachend zwischen den Beeten umhersprangen. Bienen, die sich an den Blütenständen labten.

Das Kleid stand ihr wirklich gut. Anna drehte sich vor dem Spiegel und betrachtete sich von allen Seiten. Nun noch die Schuhe. Die drückten zwar etwas, sie hätte sie, wie Ellien geraten hatte, vorher ein paar Mal anziehen müssen, doch sie würde es überstehen. Mit dem Schultertuch über dem Arm eilte sie nach unten, den Hut hatte sie liegen lassen.

»Fräulein Anna, das Taxi wartet«, Frau Keller schaute sie bewundernd an, »Sie sehen aus wie eine Elfe, so wunderschön.«

»Danke, Frau Keller, ich geh jetzt, drücken Sie mir den Daumen, ach, bin ich aufgeregt!«

»Mach ich, beide Daumen, viel Glück.« Sie eilte zur Tür, um sie für Anna zu öffnen.

Auf dem Messeplatz vor der Ausstellungshalle fuhren ein Taxi nach dem anderen vor und entließ die geladenen Gäste.

Anna gab ihre Eintrittskarte ab und wurde von einem eleganten Herrn in den Vorhof geführt. Suchend sah sie sich nach Jelineck um, sie wollte vor dem offiziellen Empfang unbedingt noch einmal ihre Bilder sehen. Da kam er auch schon auf sie zu.

»Anna«, er streckte beide Hände aus, »Sie sehen hinreißend aus. Kommen Sie, wir schauen ihre Bilder an.« Er nahm ihren Arm und führte sie in die Ausstellungshalle. »Hier, hier sind sie, Ihre Werke.«

Anna atmete hörbar ein und aus. Da hingen sie und schauten auf sie herab. Wie würden sie in der Kunstwelt aufgenommen? Würden sie überhaupt wahrgenommen, zwischen den übrigen Werken von noch viel berühmteren Künstlern als sie es war?

»Wir müssen zu den anderen Gästen.« Mister Jelineck strich ihr leicht über den Nacken, wo seine Hand liegenblieb.

»Ist Ihre Frau nicht hier?«

»Sie kann erst morgen kommen, irgendetwas mit dem Flug hat nicht geklappt.« Er beugte sich zu ihr und küsste sie auf die Stirn. »Anna, Sie sind die schönste Frau hier, so zart und zerbrechlich und doch so stark in Ihren Bildern. Wir müssen jetzt, leider.«

Anna atmete auf, als sie wieder im Vorhof waren. Sonderegger gestikulierte eifrig mit ein paar elegant gekleideten Herren. Als er sie entdeckte, verabschiedete er sich hastig.

»Anna, ich freue mich so. Hattest du einen schönen Tag? Leider, leider konnte ich mich nicht freimachen und mit dir zusammen essen gehen. Doch komm, ich stelle dich einigen einflussreichen Persönlichkeiten vor.« Er nahm ihren Arm, nickte Jelinek zu und entführte sie.

Die Vorstellungsrunde wollte kein Ende nehmen. Ein junger Mann mit einem Haarzopf und in gammeligen Jeans drängelte sich durch die Menge, die eine Traube um Anna gebildet hatte.

»Ich freue mich sehr, Sie persönlich kennenzulernen.« Er streckte ihr die Hand entgegen und schüttelte sie minutenlang. »Ich habe einen Bericht über Sie und Ihre Bilder gelesen. Fantastisch, ganz fantastisch. Besonders das New York Bild, schräg, sehr schräg.«

Anna lächelte. »Das freut mich, dass Ihnen meine Bilder gefallen.

»Wir müssen.« Markus zog Anna von dem jungen Mann weg und führte sie zu einem Stehtisch, an dem sich Regierungsmitglieder und VIP Personen eifrig unterhielten. »Darf ich Ihnen Anna Horvath vorstellen, eine junge Künstlerin, von der man noch einiges sehen wird.« Markus war in seinem Element.

Anna schüttelte ohne Unterlass jede Menge Hände, beantwortete lächelnd die Fragen zu ihrer Person und zu ihrem Kunststil. Sie war selber erstaunt, wie leicht ihr das fiel, so, als hätte sie im Leben noch nie etwas anderes getan, als zu plaudern und Hände zu schütteln. Die Herren betrachteten sie wohlwollend, die begleitenden Damen mit Argwohn.

Sie war eben im Begriff erleichtert aufzuatmen, als unverhofft von Krantz und seine Frau vor ihr auftauchten. Fast wäre ihr das

Champagnerglas aus der Hand gerutscht.

»Anna, wie schön Sie hier zu sehen.« Mit ausgesteckten Händen kam er auf sie zu.

Wie dick er geworden war! Selbst der Kaftan, den er trug, umspielte nicht mehr locker seinen Bauch.

»Die kommende Künstlerin. Ich habe von Ihren Erfolgen in den USA gelesen. Beachtlich, beachtlich. Ich hab immer gesagt, nicht wahr, Ursula«, wandte er sich an seine Frau, »dass unsere Anna in absehbarer Zeit ein ganz großes Wort in der Kunstwelt zu sagen hat.«

Ursula von Krantz war nun auch herangetreten. »Meinen Glückwunsch, Anna, ich habe stets an Sie geglaubt«, säuselte sie mit einem aufgesetzten Lächeln, das Champagnerglas mit beiden Händen festhaltend. »Wir müssen dringend mit Ihnen sprechen, unsere Galerie würde jederzeit Ihre Bilder in Kommission nehmen.«

Anna straffte die Schultern. »Ich bin zur Zeit mit einer anderen Galerie in Verhandlung, tut mir leid«, sie trat einen Schritt zur Seite, »wir werden uns ganz bestimmt nachher in der Ausstellungshalle nochmals sehen.«

Schweigend saß Anna neben Sonderegger, der den Wagen aus der Stadt in Richtung Bruderholz steuerte. Sie war tief beeindruckt von all den Werken, die sie nach dem offiziellen Empfang gesehen hatte. Modern die meisten, streckenweise sehr gewagt in der Farbenzusammenstellung und dem Motiv. Sie entsprachen so gar nicht den Lehrbüchern.

Auch ihr Malstil hatte einen anderen Weg eingeschlagen, doch sie stand erst am Anfang dieses Weges, aber sie wusste, dass sie ihn weitergehen würde.

»Die wilde Generation«, durchbrach Sonderegger das Schweigen. »Eine Generation, die die Konventionen über den Haufen werfen wird, die sich nicht mehr vom Establishment unterdrücken lässt, die ihre eigenen Wege geht. Und du Anna, gehörst dazu.«

31. Kapitel

Am anderen Morgen flog Anna nach London zurück.

»Ich kann jetzt nicht nach Intschi fahren, in das verschlafene Dorf. Ich werde meinen Eltern schreiben, werde sie einladen, mich in London zu besuchen, ich möchte ihnen meine Welt zeigen.«

Sonderegger hatte genickt, war aufgestanden und hatte einen Flug für sie gebucht. »Anna, versprichst du mir, dass du dich untersuchen lässt? Dein Aussehen gefällt mir überhaupt nicht.« Er schaute sie besorgt an, als er den Koffer aus dem Wagen hob.

»Ich bin bei einem Arzt gewesen, Überarbeitung, hat er gesagt und mir Pillen verschrieben, die meinen nervösen Magen beruhigen sollen.« Sie lächelte gequält.

»Und, haben sie?«

Anna hob die Schultern. »Manchmal.«

Sonderegger nahm den Koffer und begleitete sie in die Abfertigungshalle. »Dann geh nochmals hin, versprochen?«

»Ja, mach ich.«

Bevor sie in der Sicherheitszone verschwand, drehte sie sich um und winkte.

Es war ein ungewöhnlich warmer Sommer. Trägheit lag über London. Die Menschen eilten nicht mehr mit hochgezogenen Schultern und verkniffenen Mündern durch die Straßen, sondern genossen die Sonne und das helle Licht. Auch Anna zog es nach draußen. Stundenlang hielt sie sich im Hyde Park auf, den Skizzenblock auf den Knien. Mit leichter Hand zeichnete sie die Menschen, die auf Apfelkisten standen und mit ihren Reden die Welt verbessern wollten. Mütter, die ihre Kinderwagen vor sich herschoben, oder alte Männer, die auf den Bänken saßen und dem fröhlichen Treiben zusahen. Am Abend verschwand sie in ihrem Atelier und übertrug die Skizzen auf die Leinwände. Bunt, farbenprächtig und skurril. Viele hatten überlange Beine und Arme oder kleine Köpfe auf wulstigen Körpern. Hüte, die das Gesicht verdeckten. Sie arbeitete wie besessen und oft vergaß sie zu essen.

Es war Ellien, die sie hin und wieder aus dem Atelier holte, in ein Restaurant schleppte und mit ihr schimpfte: »Ohne mich wärst du schon lange verhungert. Man muss auf dich aufpassen wie auf ein kleines Kind.«

»Ich bin kein kleines Kind«, murrte Anna dann, doch insgeheim war sie Ellien dankbar für ihre Fürsorge.

Sie hatte ihren Platz in der Kunstwelt gefunden und die Galerien rissen sich um ihre Bilder. Auch von Krantz bot ihr mehrere Male seine Galerie an und offerierte ihr einen phänomenalen Preis, doch sie blieb unnachgiebig.

Inzwischen liebte sie die Glitterwelt, in der sie lebte, und genoss es, umschmeichelt zu werden. Nur etwas stimmte sie traurig, ihre Eltern lehnten es kategorisch ab, sie in London zu besuchen.

»Wir fühlen uns wohl hier«, hatte Vater gesagt, als sie wieder einmal mit ihnen telefonierte. »Wir lesen in der Zeitung über dich und freuen uns über deine Erfolge, aber wir möchten nicht nach London fliegen.«

»Wenn es am Geld liegt, ich kann euch welches schicken, ich würde euch so gerne meine Welt zeigen.«

»Deine Welt ist nicht die Unsrige, weshalb kommst du nicht wieder einmal nach Intschi?«

Darauf hatte sie nichts erwidert und traurig den Hörer aufgelegt. Dass Intschi nicht mehr ihre Welt war, das hatte sie nicht gesagt.

»Du solltest dir eine größere Wohnung suchen und auch das Atelier ist viel zu klein«, erklärte Ellien, als sie wieder einmal bei Anna zu Besuch war.

»Weshalb, mir gefällt es hier. Die Nachbarn sind nett und wenn ich auf Reisen bin, betreut meine Nachbarin die Wohnung und füllt den Kühlschrank, bevor ich nach Hause komme. Die Galeristen besuchen mich allerhöchstens in meinem Atelier und nicht hier.«

»Du musst doch jetzt aber repräsentieren, mit so einer Wohnung ist das nicht möglich«, sagte Ellien, »weißt du was, ich werde für dich auf die Suche gehen.«

»Mach, was du nicht lassen kannst. Ich bin gespannt, wo du etwas Standesgemäßes für mich finden wirst.« Anna rollte die Augen und stieß Ellien in die Seite.

»Du wirst es schon sehen, doch komm jetzt, wir gehen etwas essen, ich kenne ein neues chinesisches Restaurant, ganz in der Nähe.«

»Was wirst du nach der Julia als Nächstes spielen?«, fragte Anna und stocherte mit den Essstäbchen in den gebratenen Nudeln.

»Weiß ich noch nicht, aber sehr wahrscheinlich wieder Shakespeare. Ich wäre die geborene Schauspielerin dazu, hat mein Intendant kürzlich zu mir gesagt. Vielleicht die Cleopatra«, Ellien schmunzelte, »dann kann ich endlich in Eselsmilch baden.«

»Das kannst du auch ohne – oh, weshalb rutschen diese blöden Nudeln immer von den Stäbchen, ich frage jetzt nach einer Gabel.« Anna drehte sich um und winkte dem Mädchen, das soeben mit einer Pfanne in der Hand an dem Tisch vorbeikam.

»Sag mal, gehst du niemals chinesisch essen?« Ellien hob die

Augenbrauen.

»Nicht oft, wenn ich eingeladen werde, dann meistens französisch, amerikanisch und manchmal auch ungarisch.«

»Ungarisch? Möchtest du dort nochmals hingehen, nach all dem ...«, sie stockte und schaute Anna an.

»Nein, oh nein! Obwohl, die Helga, ich habe dir doch von ihr erzählt, die würde ich gerne wieder einmal sehen. Aber sonst«, sie seufzte. »Ich könnte mich heute noch ohrfeigen für meine Dummheit.«

»Du bist verliebt gewesen, Schätzchen, und wie heißt es so schön: Liebe macht blind. Und das warst du, blind, komplett blind.« Ellien legte die Stäbchen auf den Teller, »hast du fertig gegessen, Anna?«

»Ja, ich bin satt.«

»Dein Teller ist aber noch halb voll, hat es dir nicht geschmeckt?«

»Doch, aber mein Hunger ist nicht so groß, die Portionen hier ...«

»... sind nicht so mächtig. Es gefällt mir gar nicht, dass du nicht mehr auf deine Gesundheit achtest. Du arbeitest und vergisst dabei zu essen, und wenn ich dich mitschleppe, dann rührst du es kaum an. Anna, hast du dich noch einmal untersuchen lassen?«

»Nein, ich ... ich habe Angst«, murmelte sie und senkte den Kopf.

»Vor dem Resultat?«

Anna nickte, betrachtete intensiv die gemusterte Tischdecke und malte mit dem Finger kleine Kreise.

»Muss ich das auch noch in die Hand nehmen?«

»Nein, ich werde mich anmelden, versprochen, sobald ich aus Paris zurück bin.«

»Paris?«

»Ja, nächste Woche, eine Galerie möchte eine Ausstellung mit meinen Bildern organisieren.«

»Oh, da kommt mir in den Sinn, Juliette tanzt jetzt an der Pariser Oper. Ich habe kürzlich einen Bericht über sie gelesen, Schwanensee, Solopart. Weißt du noch, wir zwei auf der Heubühne?« Ellien lachte laut auf.

»Ja, es war eine schöne Zeit. Kein Geld, hin und wieder nichts zu essen, Kleider aus den Billigläden, und heute?«

»Können wir uns fast alles kaufen, du jedenfalls, Anna ... Sind wir nun glücklicher als damals?«

Anna hob die Schultern. »Vielleicht, vielleicht auch nicht. Ich weiß es nicht. Doch eines weiß ich, ich bin glücklich und auch dankbar, dass ich malen kann. Malen, wann immer ich will. Darauf habe ich hingearbeitet, das war mein Ziel. Und erreicht habe ich das nur, weil es Menschen gab, die mir dabei geholfen haben. Ohne Sonderegger und auch ohne meine Eltern, die mir das erlaubt haben, wäre ich nie so weit gekommen. Vielleicht wäre ich Bäuerin geworden, würde am Morgen Kühe melken, hätte einen kleinen Gemüsegarten vor dem Haus und viele Kinder.«

»Unvorstellbar, Anna, du und Bäuerin, womöglich mit Kopftuch, damit dir die schwarzen Locken beim Melken nicht ins Gesicht fallen.«

Anna lächelte. »Meiner Mutter hätte das schon gefallen. ›Du musst nicht malen, das ist unnützes Zeug‹, hat sie einmal gesagt, ›du wirst heiraten und Kinder haben. Strümpfe stopfen und kochen, das musst du lernen.‹« Anna strich eine Locke aus der Stirn und fuhr fort, »wenn Vater nicht gewesen wäre, ich weiß nicht.«

»Da habe ich es einfacher gehabt. Meine Eltern waren für meine Wünsche sehr offen, und in diesem Mädchenheim bin ich nur gelandet, weil ich eine Rebellin war. Dort, haben sie gesagt, würde ich lernen mich unterzuordnen. Sag mal, Anna«, wechselte sie das Thema, »hast du immer noch einen ungarischen Pass?«

»Ja, weshalb?«

»Och, du könntest sicher einen englischen Pass beantragen und hättest es beim Reisen leichter.«

»Er vermittelt mir ein kleines bisschen Heimatgefühl, obwohl«, Anna betrachtete ihre Hände, »ich bin durch meine Reisen überall zu Hause. Ach, komm, lassen wir das.«

»Okay, bezahlen wir.« Ellien winkte der Bedienung und holte ihren Geldbeutel aus der Tasche.

»Ich bezahle! Keine Widerrede, du steckst dein Geld wieder ein.« Anna nahm die Tasche von der Stuhllehne, stellte sie vor sich auf den Tisch und klaubte das Portemonnaie heraus.

Der Kellner hatte schon eine ganze Weile unruhig an der Theke gestanden und dabei immer wieder auf die Uhr geschaut. Mit einer Verneigung verabschiedete er sich, als sie das Restaurant verließen. »Es war mir eine Ehre, Sie bedienen zu dürfen«, lispelte er.

Ellien hängte sich bei Anna ein, »komm, lass uns noch einige Schritte gehen oder bist du zu müde?«

»Nein, überhaupt nicht, wo entlang?«

»Dort.« Ellien zeigte auf eine schmale Straße, »dort finden wir bestimmt noch eine Bar, wo wir zu dieser späten Stunde noch ein Glas Wein bekommen.«

Als sie in die Straße einbogen, leuchtete ihnen ein buntes Schild entgegen.

»Sieht einladend aus.« Ellien nahm Anna an der Hand, »genau das Richtige für einen Schlummertrunk.«

Stimmengewirr empfing sie, unterbrochen durch leise Musik aus der Jukebox. Sie sahen sich suchend um, doch alle Plätze an den Tischen waren besetzt.

»An der Bar gibt es noch Platz, würden Sie mir bitte folgen.« Eine dezent geschminkte Dame in einem hautengen schwarzen Kleid führte sie in den Raum nebenan.

»Sag mal, bist du immer noch aktiv in dem Verein ›Kunst für Frauen‹ oder wie das heißt, von dem du einmal erzählt hast?« Ellien nahm eine Erdnuss aus der Schale, die die Bardame hingestellt hatte.

»Ja, weshalb fragst du?«

»Hm, nur so, es gibt nämlich etwas Ähnliches für Schauspielerinnen und ich habe überlegt, ob ich dort beitreten soll.«

»Tu das. Ich finde es ungemein wichtig, dass wir Frauen uns zusammentun, dass wir uns zeigen in der Kunstwelt, die leider immer noch von den Männern dominiert wird. Wir Frauen sollten einander unterstützen, denn wie oft gelingt ein Karriereschritt nur übers Bett. Das ist doch bei euch auch so, oder nicht?«

»Ja, leider.« Ellien nickte, »dann werde ich mich dort anmelden.«

»Ich kenne einige Künstlerinnen«, sagte Anna, »die geniale Arbeiten vorzeigen können, doch keine oder fast keine Chancen haben, in einer Galerie unterzukommen, wenn doch, dann werden sie weit unter ihrem Niveau bezahlt. Für solche Frauen setzt sich der Verein ein.«

»Du hast Glück gehabt, Anna.«

»Bis auf einmal, ja.« Nachdenklich drehte sie das Glas in der Hand.

»Dieser von Krantz?«

»Sprechen wir nicht mehr davon.« Anna winkte der Bardame, um zu bezahlen.

Unruhig wälzte sie sich im Bett, ihre Gedanken wirbelten im Kopf und das dumpfe Gefühl, das sie umklammerte wie eine eiserne Hand, kroch in ihr hoch. Sie konnte sich nicht dagegen wehren. Es war da, sobald sie die Dunkelheit umfing, und ließ sich nicht abschütteln. Sie wollte nicht krank werden, sie wollte malen, neue Wege ausprobieren. Sie wusste, dass sie einen Arzt aufsuchen sollte, doch wenn sich die Bauchschmerzen und die Übelkeit für einige Zeit nicht mehr gemeldet hatten, schöpfte sie Hoffnung und schob den Arztbesuch wieder weit weg.

Die Luft war noch ungewöhnlich mild für Ende Oktober. Es war Annas erster Besuch in Paris. Das Taxi, das sie vom Flughafen in die Stadt brachte, schlängelte sich elegant durch den dichten Verkehr, fuhr mitten in der Blechlawine um den Arc de Triomphe und hielt in der Nähe vom Quartier Latin, in einer kleinen Seitenstraße vor dem Hotel, in dem die Galerie für sie reserviert hatte.

Etwas durchgeschüttelt von der hektischen Fahrt stieg sie aus und nahm ihr Gepäck entgegen. Auf dem schmalen Gehsteig flanierten die Menschen oder saßen draußen an den Bistro-Tischen und tranken Wein, Kaffee oder Pastis. Vor den Kleiderboutiquen präsentierten die Inhaber ihre Waren auf Eisengestellen. Die Röcke und Blusen wehten im Wind. So könnte auch ein Jahrmarkt vor hundert Jahren ausgesehen haben, dachte sie, nahm ihren Koffer und ging ins Hotel.

Das Zimmer war klein, aber fein eingerichtet. Ein Willkommensblumenstrauß von der Galerie empfing sie auf dem Beistelltisch neben dem Bett. Der Lärm von der Straße drang gedämpft durch das Fenster. Sie holte die Präsentationsmappe aus dem Koffer und legte sie auf den Tisch neben die Blumen.

»Hat Zeit bis morgen«, murmelte sie, wechselte die Schuhe,

nahm ein Schultertuch aus dem Gepäck und machte sich auf, Paris zu entdecken.

Die Besprechung mit Monsieur Gabin, dem Galeristen, am nächsten Morgen verlief schnell, ruhig und erfolgreich für Anna. Er interessierte sich für acht Werke, führte sie durch hellen die Ausstellungsräume und schwatzte ununterbrochen auf sie ein. Sein Englisch war schwer zu verstehen und gespickt mit französischen Ausdrücken, die sie nicht verstand. Die Galerie befand sich am rechten Seine-Ufer, in der Nähe vom »Place St. Michel».

»Wir haben nebst unserer Stammkundschaft ebenfalls viel Laufkundschaft«, bemerkte er.

Anna schaute ihn fragend an: »Und die kaufen auch?«

»Aber sicher. Manch einer nimmt gerne ein Bild als Andenken mit nach Hause, es muss ja nicht immer der Eiffelturm sein.« Sein kullerndes Lachen erfüllte den Raum. »Doch jetzt zum Organisatorischen«, fuhr er fort. »Ich arbeite in London mit einer Spedition zusammen, die sich auf den Versand von Kunstgegenständen spezialisiert hat. Die werden bei Ihnen vorbeikommen und die nötigen Vorkehrungen treffen. Verpackung, Zoll und so weiter.« Er beugte sich vor und tätschelte Annas Arm. »Ich bin sicher«, er rieb sich die Hände, »Ihre Bilder werden in Paris riesigen Anklang finden. Die Einladungen und Plakate wird eine renommierte Druckerei durchführen, natürlich auf meine Anweisungen, das heißt, sie bekommen meine Entwürfe dazu. Nun muss noch der Vertrag unterschrieben werden, darf ich Sie in mein Büro bitten, hier entlang.« Mit federnden Schritten eilte er ihr voran den Gang entlang, in den hinteren Teil des Hauses.

Ein schmales Fenster, das zum Hinterhof hinausging, ließ nicht viel Licht in den Raum, der vollgestopft mit Bildern, Rahmen und Büchern war. Auch der Schreibtisch war übersät mit Papieren und

Ordnern. Monsieur Gabin zeigte auf einen Sessel und bat sie Platz zu nehmen. »Wie vereinbart, fünfzig Prozent für Sie und fünfzig Prozent für mich.« Wieder rieb er sich die Hände.

Anna nickte, nahm den Füllfederhalter, setzte ihren Namen unter das Dokument und schob es über den Schreibtisch zu Monsieur Gabin hin.

»Das wäre für den Moment alles«, er stand auf und begleitete sie zur Tür. »Bleiben Sie noch etwas in hier?«, fragte er, als er die Eingangstür für sie öffnete.

»Ein bis zwei Tage, ja. Ich möchte noch etwas von Paris sehen, wenn das in der kurzen Zeit überhaupt möglich ist?«

»Montmartre und das Musée d'Orsay, ein Muss, Madame, und auch der Louvre und durch den Jardin des Tuileries bummeln, einige der Leckerbissen, die Paris zu bieten hat«, er schnalzte genüsslich. »Ich wünsche Ihnen jedenfalls viel Vergnügen in dieser wunderschönen Stadt.« Sein Händedruck fühlte sich fest und zugleich warm an.

Schneeweiß schaute die »Sacré Coeur« auf Anna hinab, als sie die unzähligen Stufen zur Kirche hinaufstieg. Oben angekommen setzte sie sich schwer atmend auf eine Bank und blickte auf die Stadt hinunter, über der ein Dunstschleier lag, und sie aussehen ließ wie ein gemaltes Bild von Monet. Monsieur Gabin hatte nicht zu viel versprochen.

Nachdem sie dieses Bild in sich aufgesogen hatte, stand sie auf und bummelte über den Platz, der sich bereits am Morgen fest in den Händen der Touristen befand, die sich um die Maler mit ihren Staffeleien drängelten. Anna tat es ihnen gleich. Erstaunt stellte sie fest, dass sich unter den vielen Kitschbildern, die angeboten wurden, auch einige Perlen befanden. Spontan erstand sie eine Bleistiftskizze, die Paris unter einer dunklen Wolkendecke darstellte. So hatte sie früher ihre Berge gezeichnet. Lächelnd drückte sie dem Künstler fünfzig Franc in die Hand und bummelte weiter. Der Nachmittag verbrachte sie im Louvre. Die alten Meister, die düsteren Farben, die wohlgenährten Figuren faszinierten sie, obwohl sie nie so malen würde.

Der letzte Tag vor ihrer Abreise war dem Bummeln durch das Straßengewirr gewidmet. Anna ließ sich treiben, setzte sich in eines der unzähligen Bistros und genoss es, den an ihr vorbeieilenden Menschen zuzuschauen. Kichernde Mädchen, elegante Damen, Liebespaare, die nur Augen füreinander hatten, ab und zu ein Clochard, der mit einem Hut in der Hand an den Tischen vorbeiging und um ein Almosen bat. Kellner, die sich mit ihren Serviertabletts behände zwischen Tische und Stühlen hindurchschlängelten, hupende Autos, die es sehr eilig haben mussten und Flics mit ihren Trillerpfeifen, die versuchten, dem Verkehr Herr zu werden.

Anna lächelte in sich hinein, Paris, leichtlebig, kokett, wie eine Cancan-Tänzerin. London, etwas schwerfällig und eingehüllt in sich selbst. Und plötzlich sah sie Intschi vor sich, das Dorf, umgeben von den hohen Bergen, hinter denen sich die Sonne auch im Sommer schon am Nachmittag versteckte.

Entsetzt ließ Anna den Brief von Anton auf den Tisch fallen. Der Londoner Regen prasselte an die Fenster und der Wind blies durch die Fensterritzen. Es war kalt geworden. Wie in Trance stand sie auf, um die Vorhänge zuzuziehen. Sie konnte nicht glauben, was Anton geschrieben hatte. Erneut nahm sie den Brief in die Hand. Die Buchstaben verschwammen auf dem Papier, als sich ihre Augen mit Tränen füllten.

Liebe Anna, leider muss ich dir die traurige Nachricht überbringen, dass deine Eltern gestorben sind, unerwartet und kurz nacheinander. Eine heimtückische Grippe hat sie dahingerafft. Die Beisetzung ist für nächste Woche angesetzt. Bitte komm sobald wie möglich nach Intschi, um die Formalitäten zu erledigen. Viele Grüße Anton.

Ein Schluchzen stieg in ihr auf. Sie setzte sich und nun flossen die Tränen ungehemmt über ihre Wangen. Ihre Eltern waren nicht mehr.

Am nächsten Tag flog sie nach Basel. Sie hatte alle Termine abgesagt. In Basel stieg sie in den Zug, der sie nach Intschi brachte.

32. Kapitel

»Anna.« Anton nahm sie in die Arme. Eine Weile standen sie eng umschlungen an der Bushaltestelle. »Komm, gib mir deinen Koffer, ich bring dich nach Hause.«

Anna schüttelte den Kopf. »Ich kann dort nicht schlafen.«

»Deine Eltern sind nicht mehr im Haus, sie liegen bereits in der Kirche aufgebahrt.«

»Bring mich zu den Mattlis, die haben sicher ein Bett für mich«, bat Anna mit leiser Stimme. »Ich kann jetzt nicht dort sein.«

»Gehen wir.« Er nahm den Koffer und legte den Arm um ihre Schultern. »Es tut mir so leid, dass du keine Gelegenheit mehr hattest, sie zu sehen.«

Anna schluchzte auf und blieb stehen. »Sag mal, haben sie von mir gesprochen, als sie krank waren?«

»Nur Mutter Olga, hat mir Ursina erzählt. Doch komm, wir sollten jetzt nicht darüber sprechen. Du musst dich ausruhen. Morgen werde ich dir alles erzählen.«

Das Gemurmel der wenigen Anwesenden verstummte mit einem Schlag, als die beiden das Restaurant betraten, und eine bedrückende Stille breitete sich aus. Anna blieb mit gesenktem Kopf und hängenden Schultern stehen. Ein dicker Kloß steckte in ihrem Hals.

»Setz dich.« Anton nahm ihre Hand und führte sie an einen Tisch, »ich gehe Frau Mattli suchen.«

Es hatte sich nichts verändert, hier war die Zeit stehengeblieben.

Dieselben Stühle, Tische und Tischtücher, mit den gleichen Kunstblumen darauf. Dieselben Bilder mit den röhrenden Hirschen an den Wänden.

»Die berühmte Kunstmalerin ist zurückgekommen, um ihre toten Eltern zu begraben«, tönte es boshaft aus der hinteren Ecke. »Endlich sind wir sie los und müssen sie nicht mehr durchfüttern.«

Anna schaute verdattert auf. Es war der Alois, der Bergbauer vom Tobel. Er hatte immer schon gegen die Flüchtlinge gewettert und sie öffentlich Schmarotzer genannt.

»Sei still, Alois, es sind arbeitsame Leute gewesen und sie mussten nicht durchgefüttert werden. Noch ein Wort und du verlässt meine Gaststube«, rief Frau Mattli, die mit energischen Schritten aus der Küche kam. Danach ging sie auf Anna zu, zog sie hoch und drückte sie an ihren wogenden Busen.

»Es tut mir ja so leid, dass du sie nicht mehr sehen konntest.« Sie strich ihr über das Haar, »weshalb bist du nie mehr nach Intschi gekommen, sie hatten sich deinen Besuch so sehr gewünscht.«

»Ich weiß es nicht.« Anna schluchzte und wischte sich die Tränen vom Gesicht.

»Ist ja gut.« Frau Mattli hielt sie auf Armlänge weg und betrachtete sie prüfend, »du musst hungrig sein nach der langen Reise, ich bringe dir gleich etwas zu essen.«

»Ich bin nicht hungrig, nur müde, ich möchte schlafen.«

»Kannst du, nachher, wenn du etwas gegessen hast.«

Sie nickte Anton zu, der hilflos daneben stand. »Bis Morgen, und du setzt dich«, wandte sie sich an Anna, »und isst was, danach zeige ich dir das Zimmer.«

Anna gehorchte schweigend. Sie wusste, wenn Frau Mattli in diesem Ton sprach, gab es keine Widerrede.

Das dumpfe Gefühl kroch nicht in ihr hoch, als sie im Bett lag und in die Stille lauschte. Womöglich wird doch alles gut, dachte sie und kuschelte sich in die Bettdecke. Frau Mattli hatte sie beim Abendessen wie eine Mutter umsorgt. Immer wieder strich sie über ihren Arm, tröstete sie, erzählte vom Dorfleben, und dass der Anton ein guter Gemeindepräsident sei.

»Gemeindepräsident?«, hatte sie gefragt.

»Ja, seit einem Jahr. Er ist mit großer Mehrheit gewählt worden und seitdem geht es mit dem Dorf wieder aufwärts. Die Touristen kommen zurück und die Anliegen der Bauern vertritt er in Bern mit Vehemenz, lässt sich nicht abschütteln, gibt nicht nach. Wir sind ihm sehr dankbar.«

Anton, Gemeindepräsident! Der Bauernjunge, der ihr seine Berge nahebringen wollte, der mit ihr die Sprache geübt hatte, der immer für sie da gewesen war. Sie seufzte. Mit verschränkten Armen unter dem Kopf starrte sie in die Dunkelheit. Morgen Nachmittag würde sie sich um die Beisetzung ihrer Eltern kümmern. Blumen mussten bestellt werden, die Rede zur Trauerfeier mit dem Pfarrer besprochen, und es war abzuklären, was mit dem Haus, das der Gemeinde gehörte, geschehen sollte. Anton hatte kurz anklingen lassen, dass sie das Haus kaufen könnte.

Nach dem Frühstück, das ihr Frau Mattli ins Zimmer gebracht hatte, spazierte sie den schmalen Pfad hinauf zu ihrem Lieblingsplatz und setzte sich auf die Bank, die immer noch dort stand. Auch das hatte sich nicht verändert. Wie oft hatte sie hier gesessen und gemalt. Sie schaute auf das Dorf hinunter. Wie friedlich es da lag.

Sie holte einen Skizzenblock und einen Bleistift aus der Tasche und skizzierte mit raschen Strichen das Dorf, so wie sie es sah. Die Dächer waren rund, die Fenster auch, die Bäume bogen sich nach links oder nach rechts.

»Wie immer am Zeichnen?« Anton war unbemerkt hinter die Bank getreten. »Unser Dorf?«, fragte er.

»Ja, komm setz dich«, Anna rutschte zur Seite. »Musst du nicht arbeiten?«

»Nein, heute nicht. Heute nehme ich mir Zeit für dich.«

»Wie geht es deinen Eltern?«

»Gut. Vater sitzt zwar im Rollstuhl, aber er macht sich trotzdem nützlich. Er liest der Theresa-Anna die Urner-Sagen vor, so wie mir früher, und Ursina hat dann für ein paar Stunden Ruhe vor dem ewigen Plappermaul und Zeit, sich mit Alois zu beschäftigen.«

»Du hast einen Sohn?«

Anton nickte stolz. »Und Mutter ist noch recht rüstig, sie hilft Ursina im Haushalt.«

Er nahm Annas Hand und spielte mit ihren Fingern. »Es tut mir so leid für dich. Ich hätte dir telefonieren sollen, vielleicht hättest du sie dann nochmals sprechen können«, sein Zeigefinger strich zärtlich über Annas Wange. »Bist du glücklich?«

Anna nickte stumm.

»Und London, gefällt es dir dort?«

»Ja.«

»Und die Malerei?«

»Was meinst du?«

»Macht sie dich froh?«

»Ja.«

»Ich würde mir wünschen, dass du hierbleibst.«

»Weshalb?«

»Du gehörst doch hierher, hier bist du aufgewachsen.«

»Anton, ich kann überall wohnen, dort wo meine Bilder sind. Im Moment wohne ich in London, vielleicht wohne ich übermorgen in

Paris, wer weiß.«

»Das Haus, dort«, er deutete mit dem Kopf auf das Haus von Annas Eltern, »das könntest du kaufen. Du hättest einen Ort, an den du immer zurückkehren könntest.«

»Ich weiß nicht, wenn, dann kann ich sicher bei den Mattlis wohnen. Aber ich werde es mir überlegen.«

»Ja, mach das. Hier hast du die Schlüssel, falls du dich umsehen möchtest.« Anton zog den Schlüsselbund aus der Hosentasche und legte ihn in Annas Hand, die immer noch auf seinem Knie lag.

»Danke, ich werde nach dem Gespräch mit den Pfarrer hingehen und ...«

»Übrigens, deine Eltern wünschten sich eine stille Trauerfeier, kein Brimborium.«

»Woher weißt du das?«

»Mutter Olga hat es Ursina gesagt, kurz bevor sie gestorben ist.«

»War es wirklich nur die Grippe und nichts anderes?«

»Sie haben viel von dir gesprochen.«

Anna betrachtete ihre Hände. »Kann ich sie nochmals sehen?«

»Ja, die Särge sind noch nicht verschlossen.«

»Dann werde ich jetzt die Blumen bestellen und mich nachher mit dem Pfarrer unterhalten.«

»Ich geb dir die Telefonnummer von einem Blumengeschäft in Altdorf, dann musst du nicht hinfahren, sie haben schöne Kränze und dergleichen. Du kannst bei uns zu Mittagessen«, sagte er, »Ursina würde sich freuen.«

»Bist du sicher?« Anna sah ihn zweifelnd an.

»Aber ja, Ursina ist eine gute Frau.«

»Ich möchte in den Gasthof zurückgehen und mich hinlegen, ich bin etwas müde«, erwiderte Anna.

»Wie du willst.« Anton sah sie traurig an, »wir sehen uns dann übermorgen bei der Beerdigung, pass auf dich auf, Anna.«

Nachdem sie dem Blumengeschäft den Auftrag gegeben hatte, ein Arrangement aus weißen Lilien, weißen Rosen und immergrünen Zweigen zusammenzustellen und nach Intschi zu liefern, ging sie auf ihr Zimmer und legte sich auf das Bett. Sollte sie wirklich das Haus kaufen? Sie würde doch nie mehr nach Intschi zurückkehren, und eine Ausstellung von ihren Bildern in Intschi? Andererseits, weshalb eigentlich nicht? Viel würde es nicht kosten und sie könnte ...? Was sie könnte, das wusste sie selber nicht so genau. Sie stand auf und holte ihre Skizze hervor. Nachdenklich betrachtete sie die runden Häuser, die geneigten Bäume mit dem schnurrgeraden Weg dazwischen.

»Gar nicht so abwegig. Vielleicht ist die Gemeinde interessiert an so was, ich würde es ihr schenken«, murmelte sie und legte die Skizze beiseite.

Das Gespräch mit dem Pfarrer am Nachmittag verlief in einer ruhigen, angenehmen Atmosphäre. Er fragte sie, ob sie sich noch an ihr Dorf in Ungarn erinnern, und ihm vielleicht ein paar Informationen dazu geben könne. »Ich möchte das in meine Trauerrede einbauen.« Anna verneinte und bat, die Ansprache kurz zu halten. »Meine Eltern haben sich gut in Intschi eingelebt und sich nicht mehr als Flüchtlinge, sondern als Dorfmitglieder gesehen. Obwohl, Mutter hat sich immer etwas schwer mit der Sprache getan.«

Danach zeigte der Pfarrer ihr das Doppelgrab, in dem sie beigesetzt werden sollten. Es lag ganz am Ende des Friedhofes direkt an der Mauer, von wo man einen wunderschönen Blick auf das Tal hatte. Die Grube war bereits ausgehoben und ein einfaches Holzkreuz mit dem Namen der Eltern lag auf dem Erdhügel.

»Übermorgen wird es aufgestellt sein«, sagte der Pfarrer, als er ihren fragenden Blick sah. »Die Blumen, haben Sie die schon bestellt?«

»Die sollen morgen geliefert werden«, erwiderte Anna. »Kann ich meine Eltern noch einmal sehen, Herr Pfarrer?«

Er schlug sich mit der Hand an die Stirn. »Aber sicher, kommen Sie, dass ich nicht vorher schon daran gedacht habe.« Er führte sie in die Kirche, wo die beiden Särge auf einem Gestell aufgebahrt waren. Zwei dicke weiße Kerzen an den Kopfenden flackerten im Luftzug. Der Pfarrer hob die Deckel hoch. Anna blieb am Fußende stehen. Da lagen sie, ihre Eltern, mit gefalteten Händen.

»Sie sehen aus, als würden sie schlafen«, flüsterte sie.

»Sie sind jetzt dort, wo es keine Sehnsüchte und keine Schmerzen mehr gibt. Es geht ihnen gut«, flüsterte der Pfarrer zurück, bekreuzigte sich, senkte den Kopf und betete murmelnd ein »Ave Maria«.

Anna tat es ihm gleich, nur sie betete nicht, sondern bat Mutter und Vater im Stillen um Verzeihung.

Leise schloss der Pfarrer die Särge und führte Anna aus der Kirche. »Bis übermorgen, und wenn Sie noch eine Frage haben, melden Sie sich bitte.«

»Vielen Dank, Herr Pfarrer. Die Blumen habe ich direkt hierher liefern lassen.«

»Ist schon recht«, sagte er und machte sich an seinem steifen Kragen zu schaffen.

Tags darauf regnete es in Strömen. Die Wolken, so schien es Anna, berührten fast den Boden. Auch um zwölf Uhr mittags war es noch so dunkel wie am Morgen.

Frau Mattli gab ihr ein paar Gummistiefel. »Mit deinen Schuhen kommst du nicht den Weg hoch, dort ist jetzt alles voller

Schlamm.« Sie musterte mit hochgezogenen Augenbrauen Annas Ballerinen. Brav zog Anna die Stiefel an, die mindestens eine Nummer zu groß waren.

Der Weg zu ihrem Elternhaus war mit Schlamm und Erdschollen übersät, wie es Frau Mattli vorausgesagt hatte. Anna rutschte immer wieder aus.

Leicht keuchend blieb sie vor der Tür stehen, bevor sie sie aufschloss. Nur zögernd ging sie hinein. Sie stieß die Küchentür auf. Es war alles so, wie sie es in Erinnerung hatte. Der Schrank, der Tisch mit der zerkratzten Tischplatte, die Küchenhocker. Auf dem Herd stand der große Topf, in dem Mutter die Suppe gekocht hatte, Teller und Tassen standen auf der Anrichte daneben. Sie lauschte einen Augenblick dem Regen, sammelte Kraft, bevor sie die Treppe hochging in ihr Zimmer. Auch hier war alles aufgeräumt. Das Bett frisch bezogen, die Tagesdecke nur leicht darübergelegt, so wie Mutter das immer tat, wenn sie sich zum Besuch angemeldet hatte. Auf dem Tisch stand eine Vase mit einem vertrockneten Blumenstrauß, daneben eine Karte. *Herzlich willkommen, liebe Anna. Wir gratulieren dir zu deinem großen Erfolg in Basel,* war mit Vaters steiler Schrift darauf geschrieben.

Schluchzend legte sie die Karte zurück. Sie hatten auf sie gewartet und da sie nicht gekommen war, waren sie schlafen gegangen und hatten ihr die Karte hingelegt. Wie mussten sie enttäuscht gewesen sein, als sie ihre Tochter am anderen Morgen nicht vorgefunden hatten. Es musste ihnen das Herz gebrochen haben. Anna sank auf das Bett, ein heftiger Weinkrampf schüttelte ihren Körper. Hustend und nach Luft ringend ging sie zum Fenster, öffnete es und atmete mehrmals tief ein und aus. Auch im Wohn- und im Schlafzimmer sah es so aus, als ob Mutter und Vater nur eben mal kurz weggegangen sind.

Dieses Haus würde nie mehr ihr Lebensmittelpunkt sein. Sie war zu sehr ein Stadtmensch geworden. Entschlossen stand sie auf, zog die Stiefel an, die Regenjacke über und verschloss das Haus. Der Regen war schwächer geworden und das dunkle Grau der Wolken leicht durchmischt mit einem zarten Blau.

Es war eine stille Trauerfeier. Kaum jemand aus dem Dorf hatte den Weg in die kleine Kirche gefunden. Anton schob den Rollstuhl, in dem sein Vater saß. Die Mutter und Ursina folgten. Herr und Frau Mattli waren da und noch ein paar wenige Leute vom Dorf.

Anna saß in der vordersten Bankreihe und lauschte den Worten des Pfarrers, ohne sie wirklich zu hören. Ihre Gedanken waren weit weg. Sie sah sich zusammen mit ihren Eltern am Tisch, beim Abendbrot. Sie hörte die Stimme von Mutter, die sie ermahnte, still zu sitzen. Vater, wie er sich bei der Mutter für sie und ihren Wunsch, Malerin zu werden, einsetzte. Sie war in ihre Kindheit zurückgekehrt.

Nach der Trauerfeier ging Anna zusammen mit Anton und den Mattlis in das Gasthaus.

»Was möchtest du trinken, Anna?« Frau Mattli schob ihr einen Stuhl zurecht.

»Nur ein Glas Wasser.«

Anton setzte sich ebenfalls an den Tisch. »Hast du es dir überlegt, Anna, das mit dem Haus?« Er schaute sie erwartungsvoll an.

»Ich denke, dass ich es nicht kaufen möchte. Ich seh keinen Sinn darin. Ich gehöre nicht hierher.«

»Weshalb denn nicht? Du bist hier aufgewachsen, zur Schule gegangen.«

»Auch wenn ich hier aufgewachsen bin, es ist nicht mehr meine

Welt.«

»Ist es doch.« Anton beugte sich vor, nahm ihre Hände und drückte sie. »Du musst ja gar nicht immer hier wohnen. Vielleicht brauchst du aber hin und wieder mal eine Auszeit von deiner Glitterwelt, und ...«, er brach ab.

»Ich bin nicht krank, Anton, nur etwas überarbeitet. Ich habe viel gemalt, neue Wege gesucht, mich in einer Organisation für Künstlerinnen eingesetzt, reise viel, das zehrt, doch deswegen muss ich mich nicht in den Bergen erholen.« Anna drehte eine Haarsträhne um ihren Finger. »In ein paar Wochen habe ich eine Ausstellung in Paris. Meine Galerie in New York möchte neue Werke von mir, und auch in Barcelona ist eine Ausstellung geplant. Du siehst, ich habe keine Zeit, mich in den Bergen niederzulassen.«

»Du kannst ja auch hier malen«, erwiderte Anton. »Malen kann man überall, so weit ich die Arbeit eines Malers oder in deinem Fall, einer Malerin, verstehe.«

»Könnte ich, ja, will ich aber nicht. Ich brauche die Glitterwelt, wie du es nennst. Sie gibt mir Anregung, Kuhglocken nicht. Ich werde morgen abreisen.«

»Ist das dein letztes Wort, Anna?«

»Ja. Und wenn ich zu Besuch kommen möchte, dann kann ich bestimmt bei den Mattlis wohnen.«

»Was wird denn aus uns?«

»Aus uns darf nichts werden, das weißt du genauso wie ich. Das damals«, eine leichte Röte stieg in ihr Gesicht, »das war sehr schön gewesen.«

Anton erwiderte nichts, doch in seinen Augen lag eine tiefe Traurigkeit. »Anna, ich wünsche dir alles Glück auf dieser Erde.«

»Anton, ich muss tun, was ich tun muss.«

Ursina saß in der Küche und beschäftigte sich mit der wöchentlichen Flickarbeit. »Und, kauft sie es jetzt?«, fragte sie, als Anton eintrat.

»Nein, sie will nicht«, antwortete er kurz angebunden und ging an den Kühlschrank, um sich ein Bier zu holen. »Sie denkt, dass sie nie mehr hier wohnen wird, und deshalb ...«, er öffnete die Flasche und nahm einen großen Schluck.

»Weshalb sollte sie auch«, sagte Ursina, ohne den Kopf zu heben. »Sie passt nicht mehr in dieses Dorf, sie wäre hier sehr unglücklich.«

»Weshalb? Sie ist keine von diesen extrovertierten Künstlerinnen. Trotz ihrer Erfolge ist sie doch sehr einfach geblieben?«

Ursina hielt inne und schaute ihn mit einem erstaunten Blick an. »Das fragst du mich? Kannst du dir nicht vorstellen, dass eine Frau, die überall gefeiert wird, dass eine solche Person sicher nicht in einem Nest wie Intschi wohnen kann? Sie braucht den Applaus. Sie braucht die Menschen und vermutlich auch die Männer, die zu ihr aufschauen, sie bewundern und ihr hofieren. Sie hat ja nichts außer ihren Bildern.«

»Das siehst du so, Ursina?« Anton hatte sich auf einen Stuhl fallen lassen, stellte die Bierflasche auf den Tisch und betrachtete seine Frau, die sich wieder der Näharbeit zugewandt hatte.

»Ja, natürlich. Ihre Bilder sind ihre Kinder, ihre Familie. Es gibt solche Frauen. Das ist zwar nicht normal, denn eine Frau sollte heiraten, dem Mann eine gute Frau sein und Kinder haben. Das ist normal. Sie wird sehr einsam sein, wenn sie alt ist. Doch das ist ihr Problem und nicht meins.« Ursina legte die Flickarbeit in den Korb zurück und stand auf, »ich bin müde, ich werde mich hinlegen. Arbeite nicht mehr zu lange.« Sie küsste ihn auf die Stirn, »und grüble nicht zu sehr über diese Anna nach.«

»Ich werde jedenfalls an der nächsten Gemeinderatssitzung sagen, dass sie es sich noch überlegen will, das mit dem Hauskauf«, murmelte Anton.

Ursina zuckte mit den Schultern. »Wenn du meinst, dann tu das.«

33. Kapitel

Die Vernissage in Paris war ein voller Erfolg gewesen. In den einschlägigen Feuilletons gab es eine Menge Lob für Anna, wie: *Ein Talent, von dem wir noch einiges sehen werden* oder *Die Pariser Kunstszene feiert ihren neuen Liebling.*

Jeden Abend wurde sie wie auf einem silbernen Tablett herumgereicht. Kaum konnte sie sich der vielen Honorationen erwehren. Sie war der Realität vollkommen entrückt und schwebte wie auf Wolken. Auch Sonderegger war bei der Vernissage gewesen. »Ich wurde eingeladen, schließlich vertrete ich eine gut betuchte Kundschaft und berate sie in Sachen Kunst«, sagte er, »und deine Bilder sind es wert, auch in dieser Hinsicht.«

Die Woche verging, ohne dass Anna Zeit fand, nochmals durch Paris zu bummeln und auf den Montmartre zu gehen, um sich dort mit den Straßenmalern zu unterhalten.

»Das nächste Mal, Madame«, hatte Monsieur Gabin gesagt. »Ich plane für das Frühjahr eine weitere Ausstellung mit Ihren Bildern. Meine Räume wären dann nur für Sie reserviert und da werden wir uns vorher noch einmal zusammensetzen, um die Auswahl zu treffen. Mir schwebt ein Thema vor, sagen wir mal in der Richtung, mein Weg in der Kunst, also Ihren Werdegang. Ich könnte mir vorstellen, dass das sehr gut ankommen würde.«

»Mein Werdegang, ich weiß nicht, das möchte ich mir noch überlegen. Weil meine ersten Gehversuche ... die sind nicht so sehenswert.«

»Deshalb sollten Sie mindestens eine Woche reservieren, damit wir das im Detail besprechen, und dann werden Sie alle Zeit der Welt haben, Paris noch besser kennenzulernen.«

Anna hatte ihn zwar zweifelnd angeschaut, aber nichts erwidert. Sie hatte inzwischen gelernt, dass eine erste Idee niemals so umgesetzt wird, sondern dass sich derlei Vorstellungen, so wie die in der Malerei, ändern können.

Der Abschied von Paris fiel ihr einerseits nicht leicht, doch andererseits freute sie sich auf London und auf Ellien. Sie hatten sich lange nicht mehr gesehen. Wenn Anna in London weilte, war Ellien auf Theatertournee, und wenn Ellien in London war, war sie selber irgendwo unterwegs.

Prüfend schaute sie auf den gedeckten Tisch. Der weiße Freesienstrauß verströmte einen betörenden Duft. Ellien liebte Freesien. Im Ofen brutzelte ein Huhn, die Vorspeise, gefüllte Gurken, stand bereit, und die Kartoffeln waren geschält und mussten nur noch gekocht werden.

Im Badezimmer prüfte sie nochmals ihr Aussehen. Sie hatte etwas Rouge aufgelegt, um ihre Blässe zu kaschieren. Sie wollte keine Diskussionen mehr über ihren Gesundheitszustand hören. Die blauen Pillen hatte sie schon seit einiger Zeit nicht mehr genommen. Alles was sie aß, konnte sie bei sich behalten. Ihr Appetit war zwar immer noch nicht mächtig, doch sie nahm jetzt wieder regelmäßig ihre Mahlzeiten ein.

Sie war zufrieden mit dem, was ihr im Spiegel entgegenblickte. Die dunklen Locken umrahmten ihr fein geschnittenes Gesicht mit den hohen Backenknochen, und der breite Mund, der sie schon immer gestört hatte, war auch noch da. Sie schnitt sich eine Grimasse und ging ins Wohnzimmer zurück.

Weshalb war Ellien noch nicht hier? Anna schaute ungeduldig auf die Uhr. Das Huhn brennt an, wenn sie nicht bald kommt.

Endlich waren Elliens Schritte im Treppenhaus zu hören. Anna kannte sie, zwei Stufen auf einmal und auf jedem Treppenabsatz ein kurzer Halt, bevor es weiterging. Ein knappes Klopfen und Ellien stand mit hochrotem Kopf und einem Blumenstrauß in der Hand im Eingang. »Können Sie mir verzeihen, Mylady, aber ich hatte noch eine wichtige Besprechung mit meinem Intendanten, und solche Besprechungen, Mylady, dürfen nicht abgebrochen werden.«

»Ach, du, ist doch okay. Treten Sie ein, mein Fräulein.« Die beiden lachten und fielen sich um den Hals.

»Hier, für dich soll's rote Rosen regnen, dir sollen sämtliche Wunder begegnen, von der Knef, für dich abgeändert.« Ellien drückte ihr den Strauß in die Hand und umarmte sie erneut.

Anna nahm die Blumen und versenkte das Gesicht darin. »Wunderschön, vielen Dank«, sie küsste ihre Freundin auf die Wange. »Aber jetzt häng deine Jacke auf und komm herein. Ich suche schnell eine Vase, inzwischen mach es dir bequem. Ein Glas Weißwein?«

»Nein, besser ein Glas Champagner.«

»Hab ich nicht.«

»Aber ich, schau!«

Ellien zog eine Flasche aus der Tasche, »und er ist noch kühl. Öffnen bitte, wir müssen feiern.«

»Was denn?«, fragte Anna mit großen Augen.

»Uns, Liebes. Unsere Freundschaft, unsere Erfolge und dass das Leben so schön ist.«

Die Kristallgläser klangen glockenrein, als sie sich zuprosteten.

»Der schmeckt herrlich«, bemerkte Anna nach dem ersten

Schluck, »ich habe schon lange keinen Champagner mehr getrunken.«

»Was hast du denn bei der Vernissage in Paris getrunken, nur Wasser?«

»Ja, es war sehr anstrengend. Jeden Abend war ich irgendwo eingeladen, musste diskutieren, mir all die Namen der Leute merken, mit Alkohol hätte das nicht geklappt. Doch heute«, sie lächelte, »heute darf ich. Jetzt wollen wir aber essen, ich hole die Vorspeise, sie ist ganz leicht, so, wie du es magst. Danach gibt es Huhn mit Kartoffeln.«

Schweigend machten sie sich über die Vorspeise her.

»Sag mal«, Ellien legte die Gabel hin, »du hast mir noch gar nichts über die Beerdigung von deinen Eltern und von Intschi erzählt?«

»Ging so.« Anna nahm eine gefüllte Gurkenscheibe, »der Pfarrer war nett, es waren nicht viele Leute anwesend. Mutter wollte es so, hat mir Anton gesagt.«

»Anton, den hast du ja noch gar nie erwähnt. Wer ist das?«

Ein Hauch von Röte flog über Annas Gesicht. »Hab ich sicher, früher mal.«

»Hast du nicht. Also, wer ist Anton?«

»Ein Nachbar, wir sind zusammen in die Schule gegangen, seine Eltern hatten ihren Bauernhof in der Nähe von unserem Haus. Anton bewirtschaftet ihn jetzt und ist Gemeindepräsident von Intschi.«

»Ach ja, einmal hast du mir von einem Schulkameraden, der Anton heißt, erzählt. Und, wie ist er. Schön, hässlich, dick, mager, groß, klein?«

Anna pustete. »Hör auf, Ellien. Er ist ganz normal, verheiratet und hat zwei Kinder. Am Morgen steht er im Stall und am Nachmittag sitzt er im Büro und arbeitet Gemeindeakten ab.«

»Weshalb wirst du denn jetzt so rot?«

»Ich werde nicht rot«, wehrte Anna ab, »das ist mein Rouge.«

Ellien stützte den Arm auf den Tisch und schaute Anna an. »Du kannst mir alles sagen, ich werde nicht plaudern«, drängte sie.

»Da gibt es überhaupt nichts zu sagen. Wir waren und sind Freunde. Anton und seine Frau haben nach meinen Eltern geschaut, als sie krank waren.« Sie nestelte in ihren Locken. »Gute Freunde eben, so wie du und ich. Ich hole jetzt das Huhn und die Kartoffeln und du kannst schon einmal den Wein dort öffnen.«

Das Huhn schmeckte herrlich und der Wein ergänzte das zarte weiße Fleisch vorzüglich. Anna erzählte von Paris und dass Sonderegger gesagt habe, ihre Bilder seien nun auch für seine Kunden spruchreif. Sie berichtete, dass die Galerie eine weitere Ausstellung mit ihr plane und sie deshalb noch vor dem nächsten Frühling für eine Woche nach Paris reisen müsse. Dass ein Besuch in Barcelona bevorstehe und auch Mister Jelineck eine dritte Ausstellung vorbereite. »Ich habe so viel zu tun, Ellien, ich seh im Moment nur Berge vor mir.«

»Du wirst das schon hinkriegen, Anna. Dazu kenne ich dich lange genug.«

Anna nahm einen weiteren Schluck von dem Rotwein, der sie leicht und schwerelos werden ließ. Und plötzlich platzte es aus ihr heraus: »Anton hat mir offeriert, dass ich das Haus in Intschi kaufen kann. Es gehört der Gemeinde, doch er meinte, ich solle mir in Intschi einen Rückzugsort offen halten. Ich habe erst mal abgelehnt. Was soll ich mit einem Haus in den Bergen? Ich werde nie mehr dort wohnen.«

»Man sollte nie, ›nie mehr‹ sagen«, Ellien schaute sie prüfend an. »Denn wer weiß schon, was noch kommt im Leben. Möglicherweise brauchst du irgendwann einmal einen solchen Ort. In Intschi bist du aufgewachsen. Es ist doch so etwas wie Heimat für dich.«

»Ich bin überall zu Hause. Überall, wo meine Bilder sind, verstehst du?«

Ellien schüttelte den Kopf. »Deine Bilder können keine Heimat ersetzen, Anna. Das ist eine fixe Idee von dir. Damit machst du dir was vor. Und kannst du mir mal sagen, weshalb du dieses Haus nicht kaufen willst, auch wenn du planst, nie mehr dort zu wohnen? Du kannst es vermieten, mir zum Beispiel.« Sie lachte ihr helles Lachen und strich sich die langen Haare aus dem Gesicht. »Dann lerne ich endlich deinen Anton und deine Berge kennen.«

»Es ist nicht mein Anton und es sind nicht meine Berge. Ganz zufällig hat es mich mal dorthin geschlagen, sonst würde ich immer noch in Hakar wohnen und ...«

»... wärst nie eine berühmte Malerin geworden und hättest mich nicht kennengelernt«, ergänzte Ellien. »Ach, Anna, manchmal bist du schwer zu verstehen. Du hast Geld genug für diese Hütte. Da muss noch was anderes mitspielen. Siehst du, jetzt wirst du schon wieder rot. Dieser Anton ist es, hab ich recht?«

»Nein, es ist nicht ›dieser‹ Anton«, wehrte sich Anna. »Ich möchte einfach nicht mehr dort wohnen. Diese Ära ist abgeschlossen für mich, jetzt wo meine Eltern nicht mehr sind. Als ich zur Beerdigung dort war, haben mich die Dorfleute wie eine Außerirdische angeschaut. Ich gehöre nicht mehr in das Dorf, habe sehr wahrscheinlich auch nie dazugehört.«

»Ist ja gut.« Ellien strich ihr über den Arm, »ich dachte ja nur. Doch lassen wir das Thema.«

Die beiden plauderten und kicherten bis in die späte Nacht.

»Liebes, ich muss, morgen früh ist eine Probe angesagt, ich ruf mir ein Taxi. Darf ich dein Telefon benutzen?«

»Sicher.« Anna strich sich über die Augen. »Es war ein wundervoller Abend, danke, dass du gekommen bist.« Sie nahm eine von Elliens Haarsträhnen und wickelte sie um ihre Hand. »Weißt du eigentlich, dass ich schon immer neidisch auf deine Haare gewesen bin. So lang und so glatt.«

Ellien lachte. »Man will immer das haben, was man nicht hat. Ich zum Beispiel werde neidisch auf dein Haus in den Bergen sein. Mach's gut, ich glaube, das Taxi ist bereits unten.«

Anna wartete, bis sie die Autotür zuschlagen hörte. Ihre Blicke wanderten dabei über den Tisch. In der Weinflasche befand sich noch ein Rest Wein, sie goss ihn in ihr Glas. Gedankenverloren trank sie. Weshalb sollte sie dieses Haus in den Bergen kaufen? Sie hatte das Thema eigentlich nicht anschneiden wollen, doch der Alkohol hatte ihre Zunge gelockert. Nach dem letzten Schluck stellte sie das Glas energisch hin. Sie wollte jetzt nicht mehr an die Vergangenheit denken. Intschi war weit weg.

Die kommenden Monate waren hektisch. Anna malte wie besessen. Paris, Barcelona und New York mussten mit neuen Werken bestückt werden. Die Termine der Ausstellungen waren gesetzt. Ihre Bilder wurden immer ausdrucksstärker und ließen eine gewisse Schwermut nicht verbergen.

»Es ist, als ob deine Pinsel Trauer tragen würden«, hatte Ellien kürzlich bemerkt, als sie einen Nachmittag bei Anna im Atelier verbrachte.

Anna hatte sie erstaunt angeschaut, »weshalb?«

»Das Dunkle, Mystische strahlt aus deinen Bildern und nimmt mich gefangen. Weshalb, das kann ich nicht erklären, das ist einfach da.«

Anna legte den Pinsel zur Seite, trat einen Schritt von der Staffelei zurück, und betrachtete ihre Arbeit. »Diesen knorrigen Baum gibt es in Intschi. Ich bin oft an ihm vorbeigelaufen und habe ihn ›alter Mann‹ genannt. Ich mag ihn und er steht immer noch dort.«

»Du malst eben mit dem Herzen, liebe Freundin, und das können nicht viele. Darum dein Erfolg.«

Anna lächelte. »Das hat Peter schon einmal gesagt, das mit dem ›aus dem Herzen malen‹.«

Eines Morgens waren sie wieder da. Die Schmerzen, die wie glühende Messer in ihrem Bauch wühlten. Stöhnend quälte sich Anna sich aus dem Bett und setzte Wasser für einen Tee auf, den sie gleich wieder erbrach. Im Badezimmer suchte sie mit zitternden Händen nach den blauen Pillen, konnte sie aber nirgends finden. Sie kroch zum Telefon neben der Eingangstür und versuchte nach dem Hörer zu greifen, dabei verfing sich das Telefonkabel im Türgriff und der Apparat landete mit einem scheppernden Ton auf dem Boden.

Die Koffer standen gepackt im Wohnzimmer, die Zimmerpflanzen hatte die Nachbarin in Pflege genommen, Gas und Strom waren abgemeldet. Anna saß im Sessel und wartete auf Ellien, die sie zum Flughafen bringen sollte. Würde sie jemals hierher zurückkommen? Sie schaute sich um. Sie hatte diese Wohnung geliebt, die Nachbarn, auch Henry, der manchmal ziemlich garstig sein konnte, dennoch ein liebenswerter Kauz, wie sie ihn bei sich nannte.

Sie fuhr sich mit der Hand über den Kopf. Da gab es keine Locken mehr, die sie sich hätte aus dem Gesicht streichen können, da gab es nur noch kurze Stoppeln.

»Die Haare werden nachwachsen«, hatte der Arzt im Spital gesagt, als sie zur Nachuntersuchung dort gewesen war. »Sobald der Körper die Strapazen der Chemotherapie überstanden hat, sprießen sie wieder.«

Anna zog das gefaltete Tuch aus der Tasche und betrachtete es nachdenklich. Sollte sie wirklich ohne diesen Kopfschmuck ins Flugzeug steigen, wie Ellien kürzlich gesagt hatte?

»Du hast eine so perfekte Kopfform, plag dich doch nicht mit diesen Tüchern ab, die lassen dich nur alt aussehen.«

»Sie haben Krebs, Bauchspeicheldrüsenkrebs, um genau zu sein, doch wir konnten noch keine Metastasen finden.« Vor fünf Monaten hatte der junge Spitalarzt auf dem Bettrand gesessen und ihre Hand gestreichelt. »Sie müssen schon seit einiger Zeit unter Übelkeit oder Bauchschmerzen gelitten haben?«, fragte er. »Weshalb haben Sie sich nicht vorher schon untersuchen lassen?«

Anna hatte ihm erklärt, dass sie bei einem Arzt gewesen sei und der habe auf Überarbeitung getippt und ihr Pillen verschrieben. Es sei auch besser geworden.

»Wir dürfen keine Zeit verlieren und müssen sofort mit der Chemotherapie beginnen«, fuhr der Arzt fort.

»Werde ich dann wieder ganz gesund?«

»Die Chemotherapie kann die Metastasenbildung unterdrücken.«

Die nächsten Monate verbrachte Anna wie in einem Vakuum. Sie sagte alle Verpflichtungen ab. So oft es ihr möglich war, ging sie in ihr Atelier, um zu malen. Wilde, düstere Gemälde, die ihre Angst ausdrückten. Hin und wieder aber auch kleine bunte Blumenwiesen, Kindheitserinnerungen. Doch das Dunkle überwog.

»Ich habe Anton geschrieben, ich werde das Haus in Intschi

kaufen.«

Ellien hatte sie überrascht angeschaut. »Weshalb dieser Gesinnungswandel? Aber ich finde es gut, die Bergluft und die Ruhe werden dir guttun und dir helfen, bald wieder ganz gesund zu werden.«

»Hier bin ich. Ist alles bereit für den Abflug?« Ellien war zur Tür hereingekommen und warf einen prüfenden Blick auf die Koffer. »Komm, Anna, mein Auto steht unten im Parkverbot, ich nehm das Gepäck und geh schon mal voraus.« Sie küsste sie auf die Stirn und half ihr vom Stuhl hoch. »Sonderegger wird dich vom Flughafen abholen, ich habe soeben nochmals mit ihm telefoniert und wird dich nach Intschi fahren. Alles wird gut, glaub mir«, sie schaute sie beschwörend an, »du darfst nicht aufgeben. Versprichst du mir das?«

Anna nickte, nahm ihre Tasche und zog die Jacke an.

Der Abschied am Flughafen war tränenreich. Ein dicker Kloß machte sich in Annas Hals breit. Würde sie ihre Freundin in diesem Leben nochmals sehen? »Vielen Dank für alles«, flüsterte sie, nahm ihr Handgepäck und verschwand, ohne sich umzudrehen, durch die Drehtür zum Sicherheitsbereich.

Die hochgewachsene Gestalt von Sonderegger war nicht zu übersehen, als Anna in die Empfangshalle vom Basler Flughafen trat. In der Hand hielt er einen bunten Blumenstrauß. »Für dich, Anna«, er nahm sie in den Arm und drückte sie an sich. Es war das erste Mal, dass er sie auf diese Weise berührte.

»Maria konnte leider nicht kommen, sie musste nach Spanien in irgendeiner Familienangelegenheit, aber sie lässt dich ganz herzlich grüßen.«

Wie schon seit langer Zeit nicht mehr schlief Anna in dieser

Nacht ohne Schmerzen bis zum Morgen durch.

Der Abend war entspannt gewesen. Sonderegger umsorgte sie so fürsorglich, dass sie ihn immer wieder erstaunt angeschaut hatte. Ihre Gespräche drehten sich um die Kunst im Allgemeinen und um ihre Malerei, und er informierte sie, dass zwei seiner Kunden ein echtes Interesse für ihre Bilder bekundet hätten.

»Das dürfte ich jetzt nicht ausplaudern, Anna, doch ich denke, dass eine solche Neuigkeit hilft, dass du bald wieder gesund wirst.«

Am nächsten Tag fuhren sie in seiner Limousine in Richtung Intschi. Anna saß im Fond und schaute auf die Landschaft, die an ihr vorbeiflog. Sanftes Hügelland zuerst, dann immer mehr schroffes Gebirge, je näher sie Altdorf kamen.

Sonderegger hielt vor dem Gasthof, stieg aus und half Anna aus dem Auto. Frau Mattli kam aus der Gaststube gerannt und nahm zuerst Anna und dann ihren Koffer in Empfang.

»Willkommen zu Hause, Liebes, dein Zimmer ist gerichtet«, sie umarmte sie, »und morgen wird dich Anton in dein Haus bringen. Hier wirst du gesund werden.« Sie strich ihr zärtlich über die Haarstoppeln, »und die werden auch wieder wachsen.«

»Ich bin müde«, antwortete Anna, »ich möchte mich hinlegen.«

»Ja natürlich, ich bring dein Gepäck nach oben.«

Sonderegger stand hilflos daneben. »Ich nehm gerne noch einen Kaffee und später werde ich mit Anna zusammen essen.«

»Setzen Sie sich in die Gaststube, Herr Sonderegger, mein Mann wird Ihnen den Kaffee bringen. Sie haben recht, Anna muss essen, damit sie wieder zu Kräften kommt, und dafür werde ich sorgen.« Sie stemmte die Hände in die Hüften.

Frau Mattli hatte ihr Zimmer liebevoll hergerichtet. Gelbe Rosen standen auf dem Frisiertisch, das Altdorfer Wochenblatt und etliche Magazine lagen daneben. Drei Kissen türmten sich am Kopfende des Bettes und eine buntgehäkelte Tagesdecke brachte Frische in den Raum mit den Wänden aus dunklem Holz.

Anna lächelte, die gute Frau Mattli. Wie lange kannte sie sie jetzt schon. Eine Ewigkeit! Morgen würde sie in ihr Haus einziehen. In das Haus, in dem sie eine glückliche Kindheit verbracht hatte. Mit dem Gedanken schlief sie ein.

Die Natur erwachte. Die Knospen an den Bäumen verwandelten sich in zartes Grün. Die Amsel weckte Anna jeden Morgen mit ihrem Jubellied, und die Sonne, die am Nachmittag angenehm warm war, trieb Anna immer öfters hinaus, um zu malen. Es waren nicht mehr wilde, dunkle Bilder, sondern weiche, zarte, die eine Ära der Hoffnung erahnen ließen.

Frau Mattli brachte ihr jeden Tag eine Mahlzeit. »Anna, es ist wichtig, dass du wieder zu Kräften kommst, aber wie ich dich kenne, kochst du dir eh nichts.« Sie blieb in der Küche sitzen, bis Anna den Teller leer gegessen hatte.

Wenn sie nicht malte, saß sie vor dem Haus und betrachtete die Berge, die nicht mehr so groß und übermächtig schienen. Berge, die auch sie beschützten, wie Anton ihr es einmal erklärt hatte, damals, als sie noch ein kleines Mädchen war.

Anton besuchte sie, so oft es seine Zeit erlaubte. Hin und wieder brachte er Theresa-Anna mit, die ihm wie aus dem Gesicht geschnitten war. Sie hatte die gleichen Augen, den gleichen Ausdruck und auch die gleichen Gesten wie er. Dann malte Anna mit ihr zusammen. Blumenbilder, Häuser, Berge.

Anton schüttelte den Kopf und meinte, dass seine Tochter ganz bestimmt nie im Leben eine Kunstmalerin werden würde, worauf Anna entgegnete, dass man so etwas nie voraussagen könne.

Mit der Zeit fühlte sie sich immer besser und schrieb lange Briefe an Ellien.

Ich werde bald wieder nach London zurückkehren. Der Arzt ist sehr zufrieden mit mir. Ach, ich freue mich so sehr auf Dich. Das Leben kann so schön sein. Ich habe auch eine Stiftung für mittellose Künstler gegründet. Denn ich finde es wichtig, dass junge und talentierte Künstler eine Chance bekommen, so wie ich damals. Bis jetzt weiß nur Sonderegger davon, er hat mir versprochen, mir bei der Suche nach solchen Talenten behilflich zu sein. Ich umarme dich, grüß mir London, Deine Anna.

Anton betrat die Eingangshalle des Spitals in Altdorf. Die Schwester am Empfang begrüßte ihn mit einem freundlichen Nicken. Der Lineoleumboden quietschte unter seinen schweren Arbeitsschuhen, als er den langen Gang hinunterging. Drei Wochen lag Anna nun schon auf der Intensivstation. Der Rückfall war völlig unerwartet gekommen. Er klopfte an die Zimmertür mit der Nummer einundzwanzig und trat ein. Da lag sie, das Gesicht durchsichtig, fast wächsern, von gelblicher Farbe. Die Augen waren geschlossen. Leise trat er an das Bett und beugte sich über sie.

»Anna«, flüsterte er und strich ihr mit der Hand leicht über die Wange.

Sie öffnete die Augen. »Anton, du? Wie schön, dass du hier bist. Ich habe Durst.«

Er nahm die Schnabeltasse, die auf dem Nachttisch stand, hob ihren Kopf leicht an und gab ihr zu trinken. »Gut so?«

Sie nickte dankbar und schloss die Augen.

»Ich geh jetzt Anna«, sagte er leise.

»Nein, bleib.«

Anton setzte sich auf einen Stuhl und nahm ihre Hand. Die Stille im Raum wurde nur durch ihre rasselnden Atemzüge unterbrochen. Lange betrachtete er sie, und er sah das kleine Mädchen mit den dunklen, traurigen Augen und dem schwarzen Lockenkopf vor sich. Wie er auf sie gewartet hatte, unten an der Wegkreuzung. Wie sie zusammen in die Schule gelaufen waren, er barfuß, weil er im Sommer immer barfuß lief, und sie mit den billigen Holzschuhen, die von der Gemeinde an bedürftige Familien abgegeben wurden. Er hörte ihr Lachen, wenn er ihr leichtfüßig vorauslief, und sie sich beklagte, dass sie ihm mit diesen Schuhen nie nachkommen könne. Das kleine Mädchen, das zu einer wunderhübschen jungen Frau herangewachsen war, die nur eines wollte, malen und mit ihren Bildern die Welt erobern. Er strich sanft über ihre Finger. Finger, die mit dem Pinsel so unergründliche Bilder malen konnten, Bilder die er nicht verstand, auch nie verstehen würde.

»Anton.« Anna hatte die Augen geöffnet und versuchte sich aufzurichten.

»Bleib liegen, ich hole dir ein Kissen.« Sachte hob er sie an, sie war leicht wie eine Feder, und schob das Kissen unter ihren Rücken.

»Anton, ich musste malen. Ich ... du wärst mit mir nicht glücklich geworden.« Erschöpft hielt sie inne. »Vielleicht war der Weg, den ich gegangen bin, doch nicht der richtige.«

»Sprich nicht, Anna, das ermüdet dich.«

»Ich liebe dich, immer schon, ich habe es nur nicht gewusst.« Die letzten Worte sprach sie so leise, dass Anton sie mehr erahnte. »Ich möchte dich um etwas bitten.«

»Ja?«

»Ich habe eine Stiftung für junge, mittellose Künstler gegründet«, sie rang nach Luft, »ich möchte, dass du nach meinem Tod diese Stiftung weiterführst und auch meine Bilder verwaltest. Der

Erlös soll in die Stiftung fließen.« Ihre großen dunklen Augen schauten ihn bittend an.

»Ich habe doch keine Ahnung vom Malen, Anna, und wo soll ich junge, begabte Künstler finden? Da gäbe es bessere Leute, die so was können. Sonderegger zum Beispiel.«

»Sonderegger wird dir dabei behilflich sein, ich ... er weiß von dieser Stiftung. Es steht alles in meinem Testament. Bitte, Anton, sag ja!«

Anton schob den Stuhl weg und setzte sich auf den Bettrand. »Wenn Sonderegger mir dabei hilft, dann werde ich dein Erbe verwalten und für die Nachwelt erhalten.« Er beugte sich zu ihr und küsste sie sanft.

»Danke, Anton«, flüsterte sie, »geh jetzt, ich möchte schlafen.«

Als er sich aufrichtete, wusste er, dass es ein Abschiedskuss gewesen war. Leise stellte er den Stuhl zurück. An der Tür drehte er sich noch einmal um. Anna hatte die Augen geschlossen, doch auf ihrem Gesicht lag ein Lächeln.

Epilog

Graue Wolken bedeckten wie zugezogene Vorhänge die Bergspitzen. Ein kalter Wind, der den bevorstehenden Winter ankündigte, blies durch das Dorf.

Anna hatte ihre letzte Ruhestätte neben ihren Eltern, auf dem kleinen Friedhof in Intschi gefunden.

Anton saß im Gasthof zum Alpenblick. Vor ihm lag der Brief, den er von Annas Notar bei der Testamentseröffnung erhalten hatte. Er starrte auf den Inhalt, den er auswendig kannte, so oft hatte er ihn schon gelesen.

Anton Schuler soll meine Stiftung, die ich für mittellose junge Künstler und Künstlerinnen gegründet habe, nach meinem Tod weiter verwalten. Auch die Verwaltung meiner Bilder lege ich in seine Hände. Der Erlös soll zu Hundertprozent in die Stiftung fließen. Das Haus, mein Elternhaus, soll ein Begegnungsort für Künstler werden.

»Darf ich mich zu Ihnen setzen?« Sonderegger war unbemerkt an seinen Tisch getreten.

Anton nickte stumm. Schweigend saßen sich die beiden Männer eine Weile gegenüber.

»Hier ist mir Anna zum ersten Mal begegnet.«

»Ich weiß.« Anton starrte auf die Tischdecke.

»Sie ist ein großartiger Mensch gewesen und eine begnadete Malerin.« Sonderegger beugte sich vor, »werden Sie Annas letzten

Wunsch erfüllen?«

»Das werde ich. Ich habe es ihr versprochen.«

»Wenn Sie mögen, besuchen Sie mich doch in Basel. Ich kann Ihnen ein Stück von Annas Lebensweg zeigen.«

»Ich werde es mir überlegen.«

Kurz danach erhielt Anton einen Brief aus Basel. Hubert von Krantz bat ihn, nach Basel zu kommen. Er habe etwas Wichtiges, Anna betreffend, mit ihm zu besprechen. Mehr stand nicht darin. Er kannte keinen Herrn von Krantz und konnte sich auch nicht erinnern, von Anna je diesen Namen gehört zu haben.

Er kontaktierte Sonderegger und erklärte ihm den Sachverhalt. Die beiden kamen überein, dass es das Beste sei, wenn er nach Basel kommen würde, um die Angelegenheit persönlich mit von Krantz zu besprechen.

Sonderegger empfing ihn mit distanzierter Herzlichkeit, doch bei dem abendlichen Gespräch, das sich hauptsächlich um Anna drehte, öffneten sich ihre Herzen.

»Hier hat also die Karriere von Anna begonnen?«

»Nein, nicht hier. Sie hat schon viel früher begonnen. Ich möchte fast behaupten, schon in Intschi, nur ist das niemandem bewusst gewesen.«

Am nächste Morgen machte sich Anton auf, um Basel zu erkunden. Er durchstreifte die Gassen in der Altstadt und besuchte das Münster. Sonderegger hatte ihm nicht zu viel versprochen, die Aussicht von der Pfalz über den Rhein war phänomenal.

Auf dem Marktplatz schlugen ihm die verschiedenen Dialekte entgegen. Elsässische und badische Klänge vermischten sich mit baslerischen Worten. Er war beeindruckt. So ganz anders als Zürich. Die Menschen waren offen und freundlich, weltoffen, und er dachte dabei an Intschi, an das kleine Dorf, das jedem Fremden mit Argwohn begegnete. Hier hatte Annas Künstlerweg begonnen. Wie gerne hätte er sie dabei begleitet, aber sie wollte nicht, sie wollte ihren Weg allein gehen.

»Ich sollte das Ganze abbrechen und wieder zurückgehen«, bemerkte Anton, als er Sonderegger am Nachmittag in der »Brasserie zum Hahn« traf. »Was will dieser von Krantz von mir? Ich kenne mich nicht aus in der Kunst.«

»Sie müssen versuchen, Annas Leben zu verstehen, und das können Sie nur, wenn Sie sich mit ihren Bildern auseinandersetzen. Sie war eine Vertriebene und ihr ganzes Leben lang auf der Suche. Vielleicht deshalb ihre Besessenheit zum Malen.«

Von Krantz kam mit ausgestreckten Händen auf Anton zu und begrüßte ihn mit überschwänglicher Herzlichkeit. »Meine Frau und ich freuen uns, Sie in unserer Galerie begrüßen zu dürfen. Kommen Sie, ich führe Sie durch die Ausstellungsräume. So können Sie sich eine Vorstellung machen, wie wir Annas Bilder unserer illustren und kaufkräftigen Kundschaft präsentieren werden.«

Sonderegger verdrehte die Augen.

Anton staunte auf dem Weg durch die Ausstellungsräume.

So viele Bilder hatte er noch nie gesehen. Bilder mit wilden Motiven, einfach so auf die Leinwand geworfen. Und wieder musste er an Anna denken, an ihre Bergbilder, die sie in der Schule gemalt hatte, und die für ihn keine Berge waren, so wie er sie sah.

»Wie gefallen Ihnen die Exponate?«

Von Krantz riss ihn aus seinen Gedanken.

»Ich kenn mich da nicht so gut aus. Farbenfroh sind sie ja, aber ...«

»Das macht nichts. Man muss sich nicht auskennen. Trauen Sie

Ihrem Gefühl. Doch jetzt sollten wir über die Ausstellung von Annas Bilder sprechen. Meine Frau und ich haben beschlossen, dass wir ihr und ihren Werken in Basel ein Denkmal setzen, indem wir ihren Bildern einen festen Ausstellungsplatz in unserer Galerie einrichten. Alle Welt soll erfahren, dass hier bei mir Annas Karriere begonnen hat. Unsere Preise werden hoch angesetzt.«

»Das geht nicht.« Anton schaute zu Sonderegger, der ihm zunickte, »eine feste Ausstellung ist in Ordnung, aber die Einnahmen müssen vollumfänglich in die Stiftung fließen, die Anna kurz vor ihrem Tod für junge und mittellose Künstler gegründet hat. So ist es testamentarisch festgelegt.«

Von Krantz erwiderte nichts, doch er blickte verärgert. »Ja dann, wenn das so ist, von der Stiftung habe ich nichts gewusst.«

»Ich fühle mich mit dieser Aufgabe schlichtweg überfordert«, bemerkte Anton, als Sonderegger ihn am nächsten Morgen auf den Bahnhof fuhr. »Wo soll ich diese mittellosen Künstler finden? Wie soll ich überhaupt herausfinden, wer wirklich ein talentierter Künstler ist. Was passiert jetzt mit den Bildern von Anna? Es sind doch ziemlich viele, nicht wahr?«

»Ja, und es gibt noch einiges abzuklären«, sagte Sonderegger, »ich werde Sie dabei unterstützen.«

Der Zug stand bereits da. Die beiden umarmten sich.

»Sie und ich werden das schaffen, Anton, wir tun es für Anna.«

Der Zug rollte langsam aus dem Bahnhof. Anton ließ sich auf den Sitz fallen und schloss die Augen. Bald würde er wieder seine und Annas Berge sehen.

~~~ENDE~~~
~~~

Ein paar Worte zum Schluss

Liebe Leserinnen und Leser,

Danke, dass Sie sich für mein Buch entschieden haben. Vom ersten Gedanken bis zur Vollendung eines Buches vergeht viel Zeit und ohne Hilfe hätte ich es nie geschafft.

Mein herzlicher Dank geht an:

Elsa Rieger, meine Lektorin, für ihre wichtigen und kreativen Beiträge und ihren Überblick über das Ganze, sodass die Geschichte rund und geschmeidig wurde.

Dr. Sabine Korsukéwitz, Autorin, Malerin und Moderatorin, für ihre wertvolle Unterstützung bei den Vorbereitungen (Plot, Exposé), sowie ihre hilfreichen Tipps in Bezug auf das Malen.

Irene Repp, meine Cover-Designerin, die mir für meine Geschichte ein wundervolles Cover gebastelt hat.

Meinen Testleserinnen, Ute Burger, Barbara Loveric, Judith Schwormstedt und Alice Semmler. Ihre Rückmeldungen haben mir bestätigt, dass ich mit meiner Geschichte auf dem richtigen Weg bin.

Und nicht zuletzt meinem Erstleser und Lebenspartner, Manfred Dahms. Er hat auch dieses Mal die diffizile Aufgabe übernommen, mir beizubringen, was er gut und was er verbesserungsbedürftig fand.

Verena Dahms

Ich freue mich über Ihren Besuch auf:

www.verena-dahms.com
https://www.facebook.com/V.Dahms
und/oder ein Feedback: dahms94@gmail.com